조작간첩 함주명의
나는 고발한다

조작간첩 함주명의

나는 고발한다

이인우 지음

도서출판 길

조작간첩 함주명의
나는 고발한다

2014년 3월 25일 제1판 제1쇄 찍음
2014년 3월 31일 제1판 제1쇄 펴냄

지은이 | 이인우
펴낸이 | 박우정

기획 | 이승우
편집 | 이현숙

펴낸곳 | 도서출판 길
주소 | 135-891 서울 강남구 신사동 564-12 우리빌딩 201호
전화 | 02)595-3153 팩스 | 02)595-3165

등록 | 1997년 6월 17일 제113호

ISBN 978-89-6445-085-7 03810

나는 왜 이야기를 남기는가

고문에는 당할 자가 없다고 했다. 많은 사람이 죽어갔고 억울한 감옥살이를 했다. 당해보지 않고는 믿기지 않는, 인간의 존엄과 가치가 갈기갈기 찢기는 사각지대였다. 박종철이 고문으로 죽고, 김근태 당시 민청련 의장조차 허위자백을 강요당했다.

남영동에 치안본부 대공분실이라는 곳이 있었다. 이른바 간첩을 잡는다는, 사실은 간첩을 만드는 곳이었다. 24시간 200촉 백열등으로 밤낮이 없고, 시간 개념도 생리주기도 무시된 수많은 감시의 눈이 있는 곳이다. 어느 누구의 구원도 바랄 수 없는, 외부와 완벽하게 차단된 곳, 오직 굶주린 포식자의 먹잇감이 되어 협박과 욕설, 집단구타, 물고문, 전기고문, 통닭구이 그리고 또다시 이어질 고문의 공포에 시달리다 끝내 고문기술자들의 시나리오대로 연출이 강요되는 곳이었다.

나는 마침내 남파간첩이 되고, 사형 구형을 받고, 최종심에서 무기징역을 받아 감옥에서 16년을 살았다. 그러나 그 지옥 같은 고문실에서 허위자백을 할 때도 언젠가는 진실이 밝혀질 것이란 희망을 잃지 않았다. 저들이 나를 간첩으로 만들려는 그 집요함만큼 나 또한 그 악몽의 순간순간과 싸웠다. 법정에서 싸우고, 감옥에서도 싸웠다. 한순간도 한눈팔지 않고 한결같이 "나는 무죄다!"를 소리 없이 외쳐 댔다. 이 외침은 나의 가족을 통해 민주화실천가족운동협의회(이하 민가협)로, 변호인으로 이어졌다. 그것은 다시 사회 여론 속에서 메아리쳤다. 마침내 나는 22년 만에 재심(再審) 판결에서 무죄를 받아 명예를 회복할 수 있었다.

나는 경기도 개성에서 인삼 상인의 3남 2녀 중 막내로 태어나 남부럽지 않은 유년시절을 보냈다. 고등학교까지는 자유분방한 학창 시절이었다. 우등생이 되려 머리를 싸매고 공부에 매달리지도 않았다. 남과 경쟁하여 이기려고 할 필요도 없었다. 유복한 가정의 부모 형제들 속에서 부러울 것이 없었다. 철없는 부잣집 막내아들의 모습이 바로 그때의 나였다. 낙천적인 성격으로 친구들과 잘 어울리고 세상사에도 잘 순응하는 편이었다.

1950년 한국전쟁이 일어나 그때는 남한에 속했던 개성에 인민군이 들어왔다. 개성여자고등학교의 영어교사 겸 배석장교였던 큰형님과 육군 경리사관학교에 합격해 등교할 날만 손꼽아 기다리던 작은형님이 신분 때문에 숨어 지내고 있었음에도 나는 아직 어린 탓이었는지 별다른 위기의식을 느끼지 못했다. 그러던 어느 날 개성상업학교 운동장에서 선배, 친구들과 함께 이른바 '조국해방전쟁'을 독려하는 인민군 장교의 입대 권유 연설을 듣고 큰 거부감 없이 의용군에 입대했다. 의용군에 입대한 청년들과 함께 북쪽으로 이동한 나는 평양 근교 승호리 시멘트 공장 옆 야산의 훈련소에서 45밀리미터 대전차포 조준수로 훈련을 마치고 임진강 북쪽 강변에 위치한 고랑포(경기도 연천군 장남면) 전투에 투입돼 미군 장갑차를 격파하는 전공

6

을 세웠다. 그러나 처음이자 마지막이 된 이 전투에서 나는 한쪽 눈을 잃으며, 전장의 참상을 온몸으로 느끼게 되었다.

중국 지린(吉林) 성에 있던 북한군 후방병원으로 후송되어 수술과 치료를 받고, 요양을 하고 나서 아직 전쟁 중이던 1951년 7월 영예제대를 했다. 병원장은 고등학교를 다니다 의용군에 자원입대하여 한쪽 눈을 잃은 나를 특별하게 보았는지 김일성대학 입학 추천서를 써주었다. 뜻밖에 북한 최고 대학에 입학하게 된 나는 6개월 과정의 특설과(예과)를 수료하고 김일성대학 무역경제학과에 다니면서 학내 연극 서클 활동도 열심히 하는 등 대학 생활에 잘 적응하고 있었다. 그해 여름방학의 어느 날 나는 서클 활동 중에 일어난 사소한 일로 다른 두 명의 학생과 함께 학교 당국의 주의 경고를 받게 되었다. 이 사건으로 인해 내 출신 성분이 드러나고 급기야 학교 당국이 우리 가족의 월남 사실을 문제 삼으려 한다는 걸 알고 나는 자퇴를 결심했다. 결국 나는 김일성대학을 1년도 채 다니지 못하고 고향인 개성으로 내려와야 했다. 그리고 우리 가족 모두가 1·4후퇴 때 남하한 사실을 직접 확인할 수 있었다. 나는 고향에 혼자 남게 되었고, 가슴에 사무치게 가족이 그리웠다.

정전이 되고 북쪽에 홀로 남게 된 나는 어떻게 해서든 가족을 만나겠다는 일념으로 1954년 4월 남파공작원을 자원했다. 군사분계선을 넘자마자 대성동 주민의 도움을 받아 미군 부대에 자수할 수 있었다. 미군 방첩부대인 CIC와 한국 경찰에서 철저한 조사를 받고 기소된 나는 진술의 진정성이 인정되어 북한 민주청년동맹(민청) 가입 사실만 유죄(이적단체 가입)로 하여 징역 2년, 집행유예 3년을 선고받고 풀려났다. 이렇게 하여 나는 꿈에 그리던 어머니와 재회하여 함께 살수 있는 기쁨을 안게 되었다.

그러나 국가보안법 위반 혐의 전과자로 남한 사회에서 살아가기란 쉽지 않았다. 주물공장 경리, 식당 운영, 고물 파지 수집상 등 온갖 일을 해보았지만 국가보안법 전과자의 꼬리표가 늘 따라다녔다. 직업의 불안정으로 생활도 고달프기만 했다. 그러다 재혼한 아내와 테이프 복사 사업을 하면서부터 뒤늦게나마 어느 정도 생활의 안정을 찾고 지내던 1983년 2월 18일에 나는 뜻밖의 강제 연행을 당했다.

나는 간첩으로 남파된 후 체포되어 한국 경찰에 협력하고 있던 전향한 북한 공작원의 잘못된 '제보'로 당시 치안본부 대공분실(남영동 분실)로 끌려가 '고문기술자' 이근안 등에 의해 고정간첩으로 조작되었다. 그들은 내가 드보크(비밀 접선을 위한 무인 포스트) 등을 통해 북한의 지령을 받았다거나, 공작금을 수령했다거나 하는 등의 혐의를 만들었다. 심지어 강화도에 있는 선친 묘소를 다녀오는 길마저 군사기밀 탐지 행위로 모는 등 무려 열여섯 가지에 이르는 터무니없는 간첩 혐의를 조작했다. 원심과 항소심, 대법원에 이르기까지 이름 있는 변호인들이 조작된 간첩사건임을 강력히 주장했지만, 공안 탄압이 정권의 안보 수단이었던 당시에는 전혀 먹혀들지 않았다. 그러나 언제까지나 손바닥으로 하늘을 가릴 수는 없었다. 진실은 끝내 밝혀지기 마련이었다. 인권의 파수대 역할을 해온 민가협과 인권변호사들의 헌신적 노력으로 나에게 씌워진 허위와 조작의 검은 누명이 벗겨지고 진실이 드러나 마침내 정의가 승리하게 되었다. 이 승리는 당연한 말이지만, 무엇보다 내가 간첩이 아니었다는 명백한 사실이 있었기에 가능한 것이었다.

나는 내 이야기를 통해 고문의 잔혹함과 인간의 존엄과 가치를 짓밟는 반인간적 · 반인륜적 범죄를 고발하고 싶었다. 국가권력을 등에 업고 무고한 시민을 하루아침에 간첩으로 조작하여 감옥에 가두고 가정을 파탄 내며 그 자식들을 간첩의 가족으로 매도하는 이런 비인간적 · 반도덕적 · 불법적 행위는 시효 없이 끝까지 추적하여 그 죄를 묻고 피해자들의 억울함을 풀어줘야 한다. 그 누구도 이런 범죄를 다시는 꿈도 꾸지 못하게끔 경종을 울리고 싶었다. 덧붙여 말하고 싶은 것은 이 사건을 비롯한 군부독재 시대의 수많은 조작간첩사건(재일동포간첩사건 포함)이 분단과 냉전 시대의 산물이란 점이다. 우리나라는 민족의 의지와 관계없이 남북으로 분단이 되어 결국 서로 총부리를 겨누는 동족상잔의 비극을 겪어야 했다. 수많은 이산가족이 아직도 남북으로 흩어져 살고 있다. 이제 다행히 많은 조작간첩사건이 재심을 통해 오랜 누명에서 벗어나고 있지만, 하루빨리 남북이 극한적인 대결을 끝내고 평화와 통일의 시대로 접어들어 다시는 나와 같은 분단의 피해자가 없기를 바란다.

마지막으로 이 모든 조작 사건들은 국가보안법이 존속하기에 가능할 수 있었다는 것을 말하고 싶다. 불법 강제 연행, 부당한 강압 수사(고문 등), 불법 구금 등이 모두 국가보안법 아래 간첩을 조작하는 수단이 되고 있다. 따라서 반인권 · 반민주 · 반통일적인 악법을 폐지해 이 같은 반인간적 · 반인륜적 범죄가 더는 일어나지 않기를 바란다.

2014년 2월
함주명

차 례

제1장

함주명의 살아온 이야기

운명의 그날

운 없는 사나이

개성 사람 함주명은 1983년이 되면서 만으로 쉰둘이 되었다.

개성의 부잣집에서 태어나 자란 어린 시절은 유복했다. 막내아
들이어서 더욱 부모님과 주변의 귀여움을 받고 자란 터라 오히려 버
릇없는 아이였다. 커서도 공부보다는 노는 것이 더 좋았다. 중학교도
재수했고, 개성상업학교 3학년 때는 유급을 했다. 그래도 행복한 시
절이었다.

철없이 즐겁던 그에게 뜻밖의 불운이 찾아왔다. 한국전쟁이었다.
개성에 진주한 북한군을 따라 의용군에 들어갔다가 그는 소중한 한
쪽 눈을 잃었다. 그가 전쟁에 나간 사이 가족은 모두 공산주의를 피
해 남하했다. 북한에 홀로 남은 그는 가족을 찾기 위해 남파간첩을
자원해 남으로 내려와 가족을 만나는 데까지는 성공했지만, 그 이상
의 '행운'은 주어지지 않았다.

남한에서의 생활은 궁핍의 연속이었다. 학업의 길은 중도에 끊

어졌고, 월남할 때 뒤집어쓴 전과 때문에 번번이 직장에서 쫓겨나기 일쑤였다. 부잣집 막내아들로 자라 다소 자기중심적이고 고집이 센 성격 탓인지 벌이는 사업마다 오래가지 못했다. 생활고에 시달리면서 첫 아내와도 점점 마음이 멀어져 결국 두 아들을 남기고 이혼하고 말았다. 형편은 좋아지지 않았다. 재혼한 젊은 아내와 새로 태어난 어린 막내아들이 그의 힘겨운 어깨 위에 보태졌다. 벌어놓은 것은 없는데 진 짐은 무겁기만 한 채로 그는 지천명의 나이를 힘겹게 넘어가고 있었다.

"젠장, 아무리 생각해도 내 인생은 불운의 연속이란 말이야!"

술만 마시면 그렇게 투덜대며 가슴에 쌓인 신세 한탄과 세상에 대한 원망을 토해내던 그에게 1980년대가 들어서면서 서서히 서광이 비치기 시작했다.

행복했던 시절

1979년 10월 26일, 박정희 대통령이 김재규 중앙정보부장이 쏜 총에 맞아 죽었다. 바로 뒤이어 전두환 보안사령관이 군대를 동원해 정권을 탈취했다. 광주에서는 민중항쟁이 벌어져 숱한 사람이 죽어갔다. 세상은 살벌했다. 그러나 이런 세상사와 관계없이 평범한 보통시민 함주명의 생활은 조금씩 피고 있었다. 새로 시작한 테이프 복사 사업이 잘되면서 오랜만에 돈 버는 재미를 맛보았다. 카세트가 널리 보급되기 시작한 데다 막 일기 시작한 영어 붐이 테이프 복사 사업과 잘 맞아떨어진 것이다.

주명은 지인의 소개로 한 미국인 선교사가 설교 테이프 복사를 위해 들여온 일제 오타리 복사기를 인수해 테이프 복사 사업을 시작했다. 주로 고등학생을 대상으로 하는 영어회화 테이프 원본을 받아다가 대량 복제해 출판사에 넘기는 사업이었다. 영어 테이프와 함께 기독교 설교 테이프 수요도 많아 이래저래 주명의 사업은 부부가 밤을 새워가며 기계를 돌릴 정도로 성업을 이루었다. 육체적으로는 매우 고단한 작업이었지만, 수입이 꽤 좋았으므로 주명과 아내 이춘자의 얼굴에는 모처럼 웃음꽃이 피던 시절이었다. 아내는 주명이 문경 광업소에서 일할 때 알게 돼 결혼했는데, 그때 아내의 나이 불과 열아홉 살이었다. 주명이 두 아들이 딸린 이혼남이었으니 두 사람의 결합은 특히 아내의 친정 식구들에게는 큰 충격이었다. 그래서 주명은 더욱 젊은 아내에게 잘해주고 싶었다.

주명의 아내는 훗날 당시를 이렇게 기억했다.

"〈고교 생활영어〉 테이프를 복사하고 납품하는 일이 아주 잘되었어요. 일감이 많아 정신없이 바빴지만 드디어 내 인생에도 볕 들 날이 왔구나 싶었습니다. 막내 종호가 태어났고 전처 소생의 두 아들도 젊은 저를 잘 따라주었습니다. 남편은 이따금 제 손을 꼭 잡고는 '종호 엄마, 조금만 더 고생하자. 우리 생활도 곧 활짝 필 거야'라며 제 등을 두드려주곤 했습니다. 밤새 일해도 피곤한 줄 모르고 살았습니다. 풍족하진 않았지만 그때가 그나마 가장 행복했던 시절이었던 것 같아요."

"너, 우순학이 알어?"

사회는 조금씩 다른 분위기로 바뀌어갔다. 신군부의 폭압정치에 짓눌려 있던 학생과 민주화운동 세력이 서서히 기지개를 켜고 있었다. 대학마다 반정부 시위가 속출하기 시작했고, 정부는 공권력을 총

동원해 학생 시위를 사전에 차단하는 데 급급했다. 그러나 주명은 그런 세상에 관심을 둘 만큼 여유롭지 못했다. 오십 평생 하루하루 생계를 해결하기 위해 살아온 그에게, 대학 공부를 시켜야 할 두 아들, 20여 년 아래의 젊은 아내와 철모르는 코흘리개 막내아들이 눈에 밟히는 그에게 그런 세상의 기류 따위는 눈에 보이지 않았다.

그렇게 만 쉰둘이 된 1983년, 겨울바람이 몹시 차갑던 날이었다.

주명이 평소와 다름없이 아침밥을 먹고 집을 나서 종로5가 기독교회관에 도착한 것은 2월 18일 오전 9시께였다. 기독교방송국 시청각실 녹음기사인 이인선으로부터 복사할 설교 테이프를 가져가라는 연락을 받고 가는 길이었다. 이인선은 설교테이프 복사 일로 2년여 전부터 알게 된 뒤 개인적으로도 가깝게 지내는 사이였다. 주명은 이인선과 가벼운 인사를 나누고 테이프 원본을 받아 들고 바로 방송국을 나섰다. 일감을 받아 들고 나서는 길이니 발걸음도 가벼웠다.

주명이 기독교회관 현관을 막 나설 때였다. 누군가가 불쑥 앞을 막고 섰다. 건장한 체격의 중년 사내였다.

"함주명 씨죠?"

"네? 아, 접니다만?"

"같이 갑시다."

"왜 그러시죠?"

"가보면 압니다."

건장한 사내는 주명을 안듯이 단단하게 팔을 끼고 마치 아는 사람처럼 나란히 걸어 방송국 앞 도로를 건너갔다. 주명은 그야말로 얼떨떨하기도 하고 아득하기도 해서 사내의 강한 완력에 끌려가다시피 길을 건넜다. 검은 승용차가 시동을 건 채 대기하고 있었다. 운전석에는 이미 한 사내가 출발을 준비하고 있었고, 뒷좌석에는 두 남자가 주명을 기다리고 있었다. 주명을 끌고 온 건장한 사내가 조수석에 앉자 차는 곧바로 출발했다. 주명을 뒷자리 가운데에 앉히고 양옆에 앉은 사내들이 곧 무뚝뚝한 목소리로 주명에게 말했다.

"웃옷을 벗으시죠."

주명은 그제야 무엇인가 잘못되어가고 있음을 느꼈다. 알 수 없는 두려움이 전신을 짓누르듯 덮쳐와 몸이 덜덜 떨렸다. 아무 말도 못 하고 시키는 대로 웃옷을 벗자, 그들은 그것을 주명의 머리에 뒤집어씌웠다.

'이 사람들은 누구지? 경찰인가?'

'내가 뭘 잘못했기에?'

그때 주명의 머릿속을 스쳐간 것은 테이프 복사 일이었다. 테이프를 무단 복제해 판매하는 것은 따지고 들면 엄연히 불법이었으니 말이다.

'우리 사업이 잘되니까 누가 찔렀나?'

머릿속으로 여러 경쟁업자들이 스쳐갔다. 마침 설교 테이프 원본을 받아 들고 나온 터라 주명은 더욱 그런 생각이 들었다.

'그래, 걸렸구나!'

주명은 그렇게 생각했다. 머릿속으로 한참을 어떻게 사정을 설명하나, 복잡한 생각을 하는 중에도 차는 어디론가 향하고 있었다. 20~30분쯤 지났을까, 자동차가 멈추는 듯하더니 끼익하며 큰 철문이 열리는 소리가 들렸다. 이윽고 사내들이 차에서 내리는 소리가 들리고 주명은 그들의 손에 이끌려 차에서 내렸다. 웃옷을 뒤집어쓴 채 그들이 끌고 가는 대로 계단을 올라가 엘리베이터를 타는 듯했고 이어서 들어선 곳은 조그만 방 같았다. 그들이 웃옷을 벗겼을 때 주명은 그곳이 보통 방이 아니라 경찰서 조사실 같은 곳이라는 걸 금세 알 수 있었다. 책상 하나와 마주 놓인 의자, 갓을 씌운 전등…….

희미한 어둠 저편 책상 건너편에 앉은 사내가 물었다. 주명을 방송국에서 데리고 나온 그 건장한 중년의 사내였다.

"함주명 씨, 우순학이 알어?"

'우순학? 아니, 그 우순학?'

오랜 세월이 흘렀지만 주명이 그 이름을 모를 리가 없었다. 온 가족이 월남한 뒤 주명만 혼자 개성에 남았을 때 그의 숙식을 돌봐주던 이웃집 딸 우순학이 아닌가? 스무 살 무렵 서로 연정을 품었던 사이였다. 주명이 남으로 넘어오지 않았다면 결혼했을 수도 있었다. 그런데 왜 느닷없이 이 사람들이 우순학을 묻는 걸까? 이 사람들은 또 우순학을 어떻게 안단 말인가? 주명은 그제야 자신이 잡혀 온 까닭이 테이프 무단 복제 때문이 아니라는 걸 직감했다.

'뭔가 다른 이유가 있구나!'

어쨌든 우순학을 모른다고 할 수는 없었다. 알고 있는 건 사실이었고, 그들도 알고 물어보는 게 틀림없었다.

"네, 압니다. 개성에서 살 때 하숙집 딸이었습니다."

그러자 사내의 입에서는 거 보란 듯이 탄성이 터져 나왔다.

"야, 봐라. 맞지? 바로 이 새끼야! 하, 맞네!"

주명을 둘러싼 사내들은 쾌재를 부르는 것 같았다. 무엇이 맞는다는 것인지 모르겠지만 그들은 사람을 제대로 찾았다는 듯 환호작약하며 우르르 방을 뛰쳐나갔다.

그들이 조사실로 돌아왔을 때는 손에 푸른 국방색 작업복이 들려 있었다.

"이것으로 갈아입어."

반말의 명령과 함께 군복으로 갈아입는 그 순간부터 주명에게

20

는 길고 긴 고난의 시간이 기다리고 있다는 것을 그때는 알지 못했다. 잠시면 끝날 것 같은 숨 막히는 고통의 시간들이, 그저 잠깐 견디면 될 줄 알았던 시간들이 그토록 오랜 세월이 될 줄은 그때는 정말 몰랐다. 그렇게 시작된 악몽 같은 불운이 16년 감옥살이로 이어질 줄 도대체 어떻게 알 수가 있단 말인가? 그저 하루하루 먹고사는 일에만 바빴던 그저 그런 중년 사내가 말이다.

'간첩' 함주명의 탄생

고향 개성의 추억

함주명은 1931년 1월 23일 경기도 개성시 만월동에서 아버지 함정일과 어머니 김수점 사이에서 3남 2녀 중 막내로 태어났다. 아버지 함정일은 부유한 상인이 많은 개성에서도 손꼽히는 인삼 상인이었다. 상당한 규모의 인삼밭을 소유하면서 '불로사'라는 인삼 점포도 운영했으며, 개성인삼상업조합 조합장을 지내기도 했다. 비록 38선으로 남북이 나눠지면서 전국적인 인삼 판매 사업이 크게 위축되기는 했지만, 휴전으로 인해 개성이 북한 지역에 속하기 전까지 주명의 집안은 경제적으로 큰 어려움이 없는 호상이었다. 지금도 여든 살 이상의 개성 출신 사람이라면 함주명은 몰라도 아버지 이름 함정일은 안다고 할 정도였다.

주명의 형제들은 이런 집안 환경에 힘입어 모두 당시로서는 높은 수준의 교육을 받았다. 큰형은 일본에 유학해 메이지(明治) 대학을 나왔으며, 둘째 형 주성은 개성상업중학교(6년제)를 마치고 육군 경

22

리사관학교에 합격했다. 작은누이 주옥은 개성의 호수돈여고를 거쳐 전문학교에 진학하는 등 당시로서는 흔하지 않은 신여성이었다. 주명은 전형적인 부잣집 막내아들이었다. 동네 친구들과 어울려 개성 일대를 쏘다니며 놀기에 여념이 없는 어린 시절을 보냈다. 이때 다져진 그의 기질은 한국전쟁이 발발한 뒤 그의 운명을 바꿔놓는 데 어느 정도 일조했다. 부모와 상의도 없이 개성에 진주한 북한 인민군을 따라 의용군에 나간 것은 어쩌면 이런 그의 성격과도 무관하지 않았을 것이다.

주명은 1938년 개성 만월국민학교에 입학했다가 이듬해 만월국민학교에서 분리된 고려국민학교(고려공립심상소학교)를 졸업했다. 중학교를 진학할 때는 첫 시험에 떨어져 이듬해인 1945년 개성공립상업중학교(6년제)에 입학할 수 있었다. 사실 주명이 명문학교로 통하는 개성상업학교에 입학할 당시에는 학교가 개성농업학교로 바뀌었을 때였다. 태평양전쟁을 치르고 있던 일제는 전쟁 물자 생산을 위해 전통적인 명문 상업학교였던 개성상업학교를 농업학교로 바꾸었던 것이다. 개성농업학교는 해방이 되면서 이듬해 다시 개성상업학교로 환원되었다고 한다. 주명은 당시 개성 북쪽의 토성까지 나가서 농사 실습을 했던 것을 지금도 기억하고 있다.

운명을 바꿔놓은 한국전쟁

개성상업학교에 진학해서도 주명은 학업에 그리 열중하는 편이 아니었다. 3학년을 마치고 4학년(지금의 고등학교 1학년)으로 바로 진급하지 못하고 유급을 하기도 했으니 공부를 잘하는 학생이라고 할 수는 없었다. 한국전쟁이 터지던 1950년, 주명은 열아홉 살의 나이로 개성상업학교 5학년에 다니고 있었다. 1950년 6월 25일, 그날 새벽의 일을 주명은 아직도 또렷이 기억하고 있다. 당시 개성은 38선 이남에 속해 있었던 터라 남한 지역이었다. 한창 새벽잠에 빠져 있던 주명을 어머니의 다급한 목소리가 깨웠다.

"주명아! 주명아!"

"주명아, 자니?"

"왜 그러세요? 새벽에."

"일어났거든 바깥을 좀 내다보거라."

주명은 창문을 열고 밖을 내다보았다. 주명의 집은 개성 중심가에 있었기 때문에 시내에서 무슨 일이 벌어지면 금세 알 수 있었다. 주명이 창문을 열고 내다본 거리에는 전에 볼 수 없었던 풍경이 펼쳐지고 있었다. 일단의 군인들이 중무장을 한 채 북에서 남으로 행진하고 있었다. 자세히 지켜보니 그들은 국군이 아니었다. 태극기가 아니라 낯선 기를 들고 있었다. 인공기였다. 북한군이었던 것이다. 인공기를 앞세운 인민군이 줄지어 시내를 가로질러 개성의 남쪽 관문인 남대문 쪽을 향해 가고 있는 게 아닌가? 주명은 놀라 가족을 깨웠다. 어머니도 놀라 숨을 죽인 채 그 광경을 지켜보았다. 당시 개성에서는 종종 남북 군인들 간에 국지적인 총격전이 벌어지곤 했다.

개성에서는 만월대가 올려다보이고 그 뒤가 송악산이었는데, 당시 송악산 위에는 비행기의 충돌을 막기 위해 항공 등대가 설치돼 있었다. 그 아래로 남북으로인지 아니면 좌우인지는 모르겠으나 남북한 군대가 주둔하면서 가끔 서로 총질을 해대 유탄이 학교 교정까지 날아온 적도 있었다. 그러나 인민군이 이처럼 대규모로 시내에 진입한 적은 한 번도 없었다. 여기는 엄연히 남쪽 지역인데 웬 북쪽의 인민군이란 말인가? 인민군의 행렬이 지나가고 새벽이 밝아오자 주명의 가족을 비롯해 개성 시민들이 하나둘씩 거리로 모습을 드러냈다. 어리둥절한 표정에 가득 두려움을 담은 채.

의용군에 나가다

개성은 전쟁의 기운을 거의 느낄 수 없었다. 개전과 동시에 바로 북한 치하가 되었고, 북한 정규군인 인민군은 파죽지세로 남쪽으로 내려간 상태였다. 개성은 포소리 한 방 울리지 않았다. 어쩌면 주명의 이런 기억은 한국전쟁이 남침이었다는 사실을 증명하는 또 하나의 증언인지도 몰랐다. 주명이 기억하는 한국전쟁의 발발 상황은 분명히 대규모 북한군의 '남쪽을 향한 행군'이었던 것이다.

군대가 국군에서 인민군으로 바뀌었을 뿐 주민의 일상은 크게 달라진 것이 없었다. 군인과 경찰, 공무원 등을 제외한 대부분의 주민은 그대로 생업에 종사하였고 학교의 수업도 여느 때와 다름없이 계속됐다. 물론 인민군의 진주로 불안과 위기의식을 느껴 남쪽으로 피해 가거나 숨은 사람들도 많았다. 당시 개성여고 영어 교사 겸 배석 장교였던 큰형, 육군 경리사관학교에 합격해 등교를 앞두고 있던 작은형은 벌써 인민군을 피해 몸을 숨겼다. 그러나 아직 어리고 물정모르는 주명에게는 형들이 느끼는 것과 같은 위기의식은 없었다. 어쩌면 형들이 왜 몸을 피했는지조차 그 의미를 정확히 모르던 시절이었다.

8월 어느 날인지 정확히 기억나지는 않지만, 여름방학 중이던 어느 날 학교의 선배들로부터 소집이 있으니 학교로 나오라는 연락이 왔다. 동네 친구들과 학교 운동장에 나가보니 수많은 학생들이 운집해 있었다. 학생들이 어느 정도 모이자 교사의 안내를 받아 단상에

오른 인민군 장교는 "인민군이 남조선 인민을 해방하기 위해 개성에 진주했다. 해방전쟁은 곧 끝날 것이다. 더 늦기 전에 영광스러운 해방 전쟁에 나서라"라는 요지의 연설을 했다. 한마디로 북한 의용군에 나가라는 것이었다. 그 사람의 연설이 끝나자 몇몇 좌익계 선배들의 찬동 연설이 이어진 뒤 곧바로 의용군 입대 지원을 받았다.

주명은 어떻게 해야 할지 망설이다가 몇몇 친구들과 함께 의용군에 입대하기로 결심했다. 의용군 참가 독려 연설이 끝나기도 전에 몰래 학교를 빠져나간 친구들도 많았지만 주명은 끝까지 운동장에 남아 있었다. 특별한 정치의식이나 사상 같은 것이 있을 턱이 없던 주명이었지만, 주명의 생각으로는 세상이 바뀐 것 같았다. 개성은 이미 인민군이 차지한 데다, 연설을 들어보니 북한군이 서울을 점령하고 남쪽 끝까지 내려가 있었다. 전쟁은 북쪽의 승리로 곧 끝날 것이 분명했다. 지금 전쟁에 나간대도 그리 위험하지 않을 것 같았다. 소영웅 심리도 작용했다. 낄낄대며 같이 몰려다니던 친구들 중에 앞장서서 자원하는 이도 있었기 때문이다. 엄숙하고 애국적인 분위기를 조성하여 의용군 입대를 독려한 북한군의 선전술도 영향을 미쳤지만, 이처럼 19살의 주명은 단순한 정세 인식과 소영웅 심리에 휩쓸려 자원입대 희망자의 대열에 서고 말았다.

그날 그와 함께 의용군에 입대한 친한 친구들은 5~6명이었고, 개성상업학교 전체로는 100여 명 정도가 의용군에 나간 것으로 주명은 기억하고 있다. 당시 개성상업학교가 학년당 180명으로 의용군에 나갈 만한 연령인 4~6학년이 540여 명이라고 추산하면 결코 적다고 할 수 없는 숫자였다.

오랜 세월이 흘러 의용군에 입대한 친구들을 다 기억하지는 못하지만 아직도 주명의 기억 속에 남아 있는 친구가 몇 명 있다. 그 가운데 이름 석 자를 모두 기억하는 친구는 박순영이다. 그는 훈련까지 함께 받았으나 각자 부대를 배속받은 뒤에는 다시 만나지 못했다. 또 한 친구는 별명이 '초코레또'(초콜릿)였다. 그는 개성 지역에서 알아 주는 건달이었으며, 나중에 주명이 부상을 당해 후송됐던 병원에서 만난 사이였다. '초코레또'는 서울 파고다공원에서 개성의 다른 패거 리들과 싸움을 벌이다 그만 송도 중학생 하나가 죽는 바람에 서대문 형무소에 있다가 의용군에 들어갔다고 한다. 그 역시 그때 만난 것이 처음이자 마지막이었다. 남쪽에서 만난 의용군 동기도 한 사람 있기 는 했으나 주명은 이름을 기억하지 못했다. 그는 거제도 포로수용소 를 거쳐 남한에 정착해 충주에서 식당을 하고 있다고 했는데, 우연히 만나 서로 무척 반가워했지만 그 이후로는 다시 만난 적이 없어 그만 이름조차 잊고 말았다.

고랑포 전투에서 한쪽 눈을 잃다

주명 자신은 정확한 날짜를 기억하지 못하지만, 그가 월남하여 자수한 직후 원주경찰서(강원도경 사찰 2계)가 작성한 검거보고서 기록에 따르면 1950년 8월 4일 의용군에 입대하여 8월 16일 평양 부근인 평안남도 대동군 승호리에 있는 보위성 직속 제19사단 35연대 제2대대 직속 45밀리미터 직사포 부대에 배속되었다. 8월 30일께 사단 본부 사무실에서 북한 민주청년동맹(민청) 초급단체위원장의 권유로 민청 평맹원으로 가입했으며, 10월 11일 오전 8시께 장풍 지역에서 벌어진 전투에서 왼쪽 눈을 실명하는 부상을 당한 것으로 되어 있다.

주명의 회고는 이 기록과 약간 차이가 있다. 주명의 기억에 따르면 주명은 7월 말께 북한군의 모병에 응한 뒤 8월 4일 자로 입대일이 정해졌으며, 8월 16일 평양 근교 승호리로 이동한 것으로 보인다.

주명을 비롯한 의용군 입대자들은 미군의 폭격을 피해 밤에 기차로 평양에 도착한 뒤 도보로 승호리에 도착했다. 도착한 곳은 시멘트 공장 옆 야산이었다. 북한은 그곳에 야전 병영을 설치하고 남한 전역에서 모집해 온 의용군 부대인 인민군 제19사단을 창설한 것으로 주명은 기억하고 있다. 주명이 본 의용군은 대부분 주명 또래의 학생과 청년 들이었다. 나이도 10대 후반이나 20대 초반이 대부분이었다.

주명은 19사단 35연대 2대대에 배속되어 포병 병과를 부여받았다. 대대장은 주명이 개성상업학교 학생인 것을 알고 그를 45밀리미터 대전차 직사포 부대의 조준수를 맡겼다. 아마도 상업학교에서 수학을 배웠으니 상대적으로 포 사격을 쉽게 익힐 것으로 보았던 듯하다. 직사포 조준수가 된 주명은 한 달 남짓 포 사격 훈련을 받은 뒤 분대장에 임명됐다.

주명이 처음이자 마지막으로 전투에 투입된 곳은 임진강 북쪽 강변의 나루터 지역인 고랑포였다. 경찰 기록에는 장풍으로 되어 있다. 훈련을 마친 주명의 부대는 소달구지에 대포를 싣고 전선이 있는 남쪽으로 이동했다. 미군 폭격기를 피해 주로 밤에만 이동한 탓에 주명은 부대가 어느 방향으로 어디까지 이동하는지 정확히 알 수가 없었다. 장교들은 병사들에게 최종 목적지를 알려주지 않았다. 다만 방향으로 보아 남쪽으로 내려가고 있다는 것은 어렴풋이 알 수 있었고, 도착한 곳이 고랑포인 줄은 나중에 부대장에게 들어 알게 되었던 것으로 주명은 기억하고 있다.

장풍은 한때 개성에 속했던 지역으로 장단과 개풍의 일부 지역이 합쳐져 생긴 군이고, 고랑포는 장단에 있는 임진강의 포구 지역 (현재의 행정구역으로 고랑포는 경기도 연천군 장남면 고랑포리)이므로 두 곳이 같은 곳을 의미한다고 보아도 좋을 것 같다. 경찰의 기록은 좀 더 넓은 의미에서 전투 지역을 장풍으로, 주명은 자신의 포대가 설치된 곳 즉 고랑포를 전투 지역으로 기억하게 된 것으로 보인다.

10월 11일 오전 8시경이었다. 밤에 이동을 시작해 새벽녘에 임진강이 내려다보이는 고랑포 언덕에 도착해 포대 설치를 다 마치고 났을 때였다.

"크르릉, 크르릉"

남쪽에서 탱크들이 굉음을 내며 북쪽으로 올라오는 소리가 멀리서 들려왔다. 망원경으로 보니 미군 탱크 부대였다. 10월 중순이란 날짜와 전투 지역이 임진강 지역인 것으로 보아 미군과 국군에 서울을 빼앗긴 북한 인민군이 최대한 안전하게 퇴각하기 위해 시간이 필요했던 것 같다. 즉 정규군의 퇴로를 확보할 목적으로 미군과 국군의 북상이 예상되는 곳에 의용군으로 꾸려진 19사단을 투입했던 것이 아닌가 추측해볼 수 있다. 주명이 속한 19사단 35연대 2대대는 고랑포 지역에서 북상하는 미군을 1차 저지하는 것이 임무였던 것 같다. 미군 탱크는 이런 북한의 작전을 예상하지 못한 듯 특별한 경계 없이 유유히 북으로 전진하고 있었다.

북상하는 미군 탱크들을 발견한 주명의 포대는 포대장의 명령에 따라 미군 탱크를 향해 직사포를 발사했다. 주명은 훈련소에서 포 사격 훈련을 받을 때, 적 탱크를 발견할 경우 맨 먼저 최선두의 탱크를 파괴하고 다음에는 맨 후미의 탱크를 파괴하라고 배웠다. 앞뒤 탱크를 파괴하여 탱크 부대의 전·후진을 모두 차단하는 전술이었다. 주명은 교육받은 대로 맨 앞에서 전진하는 탱크를 향해 직사포를 발사했다. 충분히 시간을 갖고 수학적으로 계산해서 쏜 포탄은 정확히 탱크에 명중했다.

주명은 얏! 명중이다! 하고 속으로 외쳤다. 그때였다. 거의 동시에 미군 탱크에서도 번쩍하는 빛이 발사되었다. 미군도 대응 사격으로 포를 쏜 것이다. 주명의 기억으로는 거의 동시나 다름없었다. 미군의 대응사격이 하도 빨라서 그 와중에도 너무 놀라 지금껏 생생하게 기억하는 장면이었다. 주명이 속으로 외친 명중 소리가 채 끝나기도 전에 포대에 포탄이 떨어졌다.

"쾅!"

고막을 찢는 폭발음이 들리고 섬광이 번쩍이는 순간 장탄수 병사의 목이 허공으로 날아가는 것이 보였다. 그리고 거의 동시에 왼쪽 눈썹 부위와 어깨 부근이 불에 덴 듯이 뜨겁고 눈에서는 액체가 왈칵 쏟아지는 느낌이 왔다. 시커먼 액체였다. 주명은 꺼내 든 압박 붕대를 풀 겨를도 없이 시커먼 액체가 쏟아지는 눈자위에 갖다 댔다. 그것이 마지막 기억이었다. 주명은 정신을 잃고 쓰러지고 말았다.

얼마나 시간이 지났을까?

덜컹거리는 느낌에 정신이 들었다. 붕대로 눈을 싸맨 채 달구지에 실려 어디론가 가고 있었다. 퇴각하는 인민군 무리에 섞여 후송되고 있었던 것이다. 다른 부상병들과 함께 낮에는 숨어 있다가 야간에만 이동하여 3~4일 만에 겨우겨우 도착한 곳은 평양 인근이었다.

당시 평양은 미군의 공습으로 시가지는 거의 폐허가 되다시피 했으나 철도는 그런대로 남아 있었다. 1950년 10월 중순경 주명을 비롯한 부상병들은 평양에서 밤 열차에 실려 신의주를 거쳐 압록강 건너 만주로 들어갔다. 도착한 곳은 만주 지린 성의 한 조선족 부락에 북한이 설치한 인민군 야전병원이었다. 주명은 그곳이 정확히 어디인지, 해당 야전병원 부대의 이름이 무엇인지 기억하지 못하지만, 환자 전원이 북한군 부상병이었고, 군의관과 간호사, 부대원 모두 조선인으로 보였던 것으로 보아 중국군 병원이 아니라 북한 인민군 야전병원이 틀림없었다.

주명은 그곳에서 부상당한 왼쪽 눈을 치료하고 의안(義眼)을 해 넣는 수술을 받았다. 의사에 말에 따르면 파편이 왼쪽 눈 위의 눈썹 부근에서 안구로 들어갔다고 한다. 그때 만주에서 받은 수술 자국이 지금도 왼쪽 눈썹과 오른쪽 어깨에 남아 있다. 인민군이 해 준 의안은 그리 품질이 그리 좋은 편이 아니어서 남한에 내려온 뒤 바꾸었다.

김일성대학 입학과 자퇴

지린에서 수술 후 회복 치료를 받던 중 중공군이 한국전쟁에 개입했다. 중공군 참전에 힘입어 다시 공세로 돌아선 북한군은 부상병들을 다시 북한 지역 내로 이송했다. 주명이 압록강을 건너 처음 이송되어 간 곳은 평안북도 삭주군 수풍 소재의 제55호 후방병원이었다. 이곳에서 요양을 계속하다가 이듬해 여름인 1951년 7월 9일 완치 판정과 함께 제대 명령을 받았다.

그리고 공식 퇴원한 이튿날인 7월 10일 주명은 병원장실에서 중좌 계급의 병원장, 당 지도원 등과 면담했다. 제대 절차 중의 하나로 제대 후 희망 사항을 말하고 듣는 자리였다. 주명은 이곳에서 의용군에 자원입대하여 용감히 싸우다 한쪽 눈을 잃은 상이용사로서 영예제대자 대상으로 분류되어 있었다. 병원장과 지도원은 주명에게 제대 후 하고 싶은 일에 대해 물었고, 주명은 학교를 다니다 전쟁에 나왔으니, 돌아가면 다시 학교 공부를 계속하고 싶다고 말했다.

그러자 지도원이 말했다. "함 동무. 지금 전쟁 중이라 정식 입학은 아니지만, 함 동무 같은 영예군인을 위해 김일성대학 특설과가 설치되어 있습니다. 거기에 함 동무를 추천해주겠으니 학업을 계속하십시오."

사실 주명의 집안은 북한 기준으로 보면 부유한 부르주아 집안이었으나, 전시 상황에서 그것은 그리 큰 문제가 되지 않았던 듯하다. 전쟁에서 적 탱크를 파괴하는 혁혁한 전공을 세우고 한쪽 눈을 잃은 무공을 더 인정받은 것이다. 아마 이때는 그의 가족이 모두 월남한 사실이 알려지지 않았고 주명 자신도 온 가족이 개성을 떠나 남쪽으로 갔으리라고는 전혀 생각하지 못하던 때였다. 뜻밖에 주명은 비록 전시 중의 특설과이지만 북한 최고 명문인 김일성대학에 입학하게 되었다.

당시 김일성대학은 교사가 대부분 파괴돼 평양 부근 야산에 막사를 치고 전시 대학을 열고 있었다. 주명은 평안북도 정주군 관하면(그는 순천으로 기억함)에 간이 막사로 설치된 기숙사에서 생활하며 학교를 다녔다. 6개월 과정의 특설과(예과)를 마치고 김일성대학 경제학부에 처음 신설된 무역경제학과에 입학했다. 무역학과에 배정된 것은 그가 개성상업학교 출신이란 점이 작용한 듯했다.

전쟁 영웅에 해당하는 영예군인으로 제대한 데다 북한 사회에서 출세가 보장되는 김일성대학에 입학하게 된 주명은 꽤 부푼 마음으로 대학 생활을 시작했다. 주명은 학업 이외에 학내 서클 활동에도 열성을 보였다. 그가 참여한 동아리는 연극반이었다. 아리따운 여학생들도 가입한 이곳에서 주명은 즐거운 시간을 보낼 수 있었다. 연극반에는 주명처럼 이남 출신으로 의용군에 나왔다가 김일성대학에 들어온 여학생도 있었는데, 주명과는 같은 남쪽 출신이라 비교적 친하게 지냈다.

주명을 비롯해 연극반 회원들이 연습한 연극은 『톰 아저씨의 오두막』을 각색하여 흑인 노예를 학대하는 미국인들을 부각하여 미군에 대한 적개심을 고취하는 내용이었다. 주명은 이 연극에서 흑인 노예 역할을 맡았다. 이 연극은 여름방학 동안 열린 교내 행사에서 공연돼 학생과 교수 들에게 박수를 받기도 했다. 즐거운 학창 시절이 전개되는 듯했다. 그러던 어느 날 전혀 예기치 않은 사건이 발생하고 말았다.

연극반 학생들은 공연을 마친 후 자축 다과회를 열기로 했는데 비용이 모자랐다. 학생들은 논의 끝에 각자 자기 기숙사에서 사용하는 개인용 침대 매트리스 커버 한 장씩을 가지고 나와 비용으로 충당하기로 했는데, 이것이 문제가 된 것이다. 공공 물품인 매트리스 커버를 학교의 허가 없이 반출한 것은 학생들의 혈기가 앞선 실수였지만, 굳이 문제를 삼자고 들면 엄연한 교칙 위반이었다. 아무튼 이 사소하다면 사소한 사건으로 연극반 학생들이 반출 경위를 조사받게 되면서 주명의 출신 성분이 새삼 당국의 주목을 받게 된 것이다.

이때 연극반원 5명 중 주명과 같이 조사를 받은 학생은 남한 출신의 여학생 '김 동무'와 함흥 출신의 남학생 '박 동무'(두 사람 모두 이름을 잊었다)였는데, 비교적 경미한 처벌인 주의 경고 조치를 받았다. 그런데 주명에게는 이것으로 사건이 일단락되지 않았다. 그로부터 일주일 후 학교 당국은 주명만을 따로 불렀다.

"함주명 군. 가족들이 모두 남쪽으로 내려갔다고 하는데, 이런 사실을 알고 있었나요?"

주명은 그제야 가족이 월남한 사실과 부르주아 출신 성분이 문제가 되고 있음을 직감했다. 문제가 주명의 출신 성분으로 비화되자 학교 관계자는 주명에게 사실상 자퇴할 것을 권유했고, 주명도 온 가족이 남하한 이상 김일성대학에서 계속 수학하기 어렵다는 것을 인정하지 않을 수 없었다. 주명은 결국 자퇴를 결심했다. 김일성대학에 입학해 예과 6개월을 마치고 본과 무역경제학과에 입학한 지 반년도 안 된 때의 일이었다. 자퇴 처분을 받은 주명은 졸업장 대신 여행증을 손에 쥐고 고향인 개성으로 돌아올 수밖에 없었다.

뜻밖의 일로 학교를 그만두게 된 데다, 어머니를 비롯해 가족까지 월남해 혈혈단신이 되었다는 사실 앞에 주명은 한동안 우울한 시간을 보내야 했다. 함께 주의 경고를 받은 김 동무와 박 동무가 2학기 개강을 앞두고 개성에 내려와 이틀을 함께 지내며 "다 같이 잘못했는데 혼자 책임을 지고 자퇴한 것이 아니냐"며 주명을 위로하고 돌아간 일이 그나마 위안이라면 위안일 뿐이었다.

남파공작원으로 선발되다

여행증을 받아 들고 우울한 마음으로 돌아온 개성 고향 집은 폐가나 다름이 없었다. 가족은 모두 남한으로 내려갔고 그 넓고 좋던 집은 잡초만 무성했다. 봄이면 마당 가득 향기를 뿜어내던 라일락 나무는 훌쩍 자라 있어 그동안의 시간을 말해주는 듯했다. 뒤꼍 광을 열어보니 바닥을 파헤친 흔적들과 큰 항아리가 깨진 조각들이 여기저기 흩어져 있었다. 나중에 어머니에게 들어 알게 된 사실이지만, 1·4후퇴 때 피난을 가면서 가져가지 못하는 값나가는 물건들을 큰 항아리에다 넣고 광에 묻었다는 것이다. 주명의 가족이 남쪽으로 피난을 떠난 뒤 사람들이 집에 들어와 항아리를 캐낸 것이 분명했다.

주명은 마루에 걸터앉아 하염없이 울었다. 남북이 분단된 상태에서 전쟁이 끝났으니, 북에 홀로 남은 스물한 살의 주명은 고아나 진배없었다. 어머니가 그리워 견딜 수가 없었다. 의용군에 나간 뒤로는 한 번도 얼굴을 못 본 어머니였다.

한쪽 눈을 잃고 돌아온 '영예군인'인 그에게 당이 준 직업은 도서관 직원 자리였다. 고향에 돌아온 얼마 뒤인 7월 중순 주명은 개성시 인민위원회의 호출을 받았다. 주명을 부른 사람은 개성시 인민위원회 사회보장부 부장이었다. 30대 중반으로 보이는 그는 상이용사로 고향에 돌아온 주명에게 개성시 조소문화협회(우리의 한미친선협회나 미국문화원 같은 단체)의 도서계원으로 일하도록 했다. 도서계원은 사회주의 서적과 생산 관련 기술 서적 등을 분류 · 정리하고 각 직장 소조반에 대출하거나 배부해주는 일을 했다.

한편 고향에서 가족도 없이 홀로 생활하게 된 주명에게 심리적 안정을 가져다준 사람은 이웃집 소녀 우순학이었다. 우순학은 주명보다 두 살 아래로, 주명의 집에서 세 집 건너에 살며 동네 오빠, 동생 사이로 가깝게 지냈다. 한국전쟁이 발발한 1950년 당시 개성 명덕여중 3학년이었으니 주명이 고향에 돌아왔을 때는 열아홉 살이었다. 주명과 길에서 마주친 우순학은 "오빠, 웬일이야"라며 몹시 반겨주었다.

가족도 없이 폐가나 다름없는 집에서 혼자 지내야 했던 주명은 우순학에게 지난 일들을 이야기해주고, 우순학의 집에 숙식을 부탁했다. 주명의 가족이 다 월남한 사실을 알고 있는 우순학과 그의 어머니는 주명의 숙식을 흔쾌히 맡아주었다. 주명은 개성에 있는 동안 우순학의 집에서 숙식을 해결하면서 이들 모녀에게 많은 신세를 졌다. 특히 스무 살 안팎의 청춘 남녀이기도 한 두 사람 사이에는 알게 모르게 연정이 싹터 곧 연인 관계로 발전했다.

우순학의 집안도 주명 못지않게 불안한 처지에 놓여 있었다. 오빠와 언니 둘이 월남한 상태에서 아버지가 인민군에 의해 총살을 당하는 불행을 겪었다.

우순학의 아버지는 38선이 그어진 뒤 남북 간의 밀무역에 종사하고 있었다. 이런 밀무역은 전시에도 싸움이 소강상태가 되면 재개되었고, 종전 후에도 한동안 양쪽 당국의 묵인 아래 계속되었다. 인삼과 생필품, 의약품 등의 교환은 양쪽에 모두 필요한 데다, 밀무역을 이용해 상대의 정보를 탐지하고자 했기 때문이었다. 남쪽에서는 특히 미군 첩보부대인 CIC가 남쪽 밀무역 업자들을 사실상 정보원으로 삼아 북한 정보를 캐고 있었다. 밀무역품은 주로 인삼과 미군 물품, 의약품 등이었다. 이런 밀무역은 정전협정 후에 오히려 더욱 은밀하게 진행되었는데, 우순학의 아버지는 이 과정에서 무엇인가 중대한 과실이나 부정이 발각된 게 아닌가 추정해볼 수 있다. 아니면 남북 양쪽 모두의 정보원으로 이용되면서 이중간첩의 상황에 놓였다가 일이 잘못되었을 수도 있다. 총살형이란 극형에 처해진 것으로 보아 그는 어쩌면 이중간첩으로 몰려 비극을 맞이했는지도 모를 일이다. 그런 우순학 모녀에게 비록 가족이 모두 월남한 처지이기는 하지만, 우씨 집에 사는 유일한 남자이며, 영예군인 신분의 주명이 상당한 의지가 되었을 것이라는 것은 충분히 짐작할 만했다.

주명은 우순학의 집에 기거하면서 나중에 작은형 주성의 장인이 되는 김명환의 소식을 듣게 되었다. 김명환은 우순학의 아버지처럼 남북 당국의 상호 묵인과 감시(김명환은 남한으로 넘어오면 남한 대공 경찰의 통제 아래에 있었다) 속에 밀무역을 하고 있었기 때문에 아마도 두 사람은 서로 아는 사이였을 것이다. 작은형 주성은 김명환의 딸 김재숙과 사실상 정혼한 사이나 다름없었기 때문에 주명에게는 사돈 어른이 되는 셈이었다. 우순학의 어머니로부터 주명이 살아 돌아왔다는 소식을 접한 김명환이 어느 날 주명을 찾아와 월남한 가족의 소식을 전해주었다.

김명환은 강화와 개성을 오가며 밀무역을 하면서 남한 지역으로 내려올 때면 누이동생 김놈복과 딸 김재숙을 만났다. 딸로부터 사돈 집안의 소식을 자연스럽게 알게 되었고, 사위인 주성을 비롯해 주명과 사돈 가족을 만나기도 했다. 지금 상황에서는 잘 이해하기 어렵지만, 전쟁이 끝난 뒤 1950년대 중반까지도 남북 양쪽의 묵인 아래 이런 밀무역상이 남북을 오가며 정보와 물자를 서로 교환하고 있었다. 김명환은 주명에게 유사시에 다시 휴전선이 무너지거나 할 때를 대비해 서울에 사는 누이, 즉 주명에게는 사돈집 고모가 되는 사람의 주소를 주명에게 알려주었다. 주명의 가족은 뿔뿔이 흩어져 있어 주소를 알 길이 없었고, 주명의 어머니는 자신의 누이와 딸을 매개로 하면 쉽게 찾을 수 있을 거라는 생각에서였다. 김명환은 또 주명의 어머니가 한창 전쟁이 진행 중인데도 포화를 뚫고 개성에 들어와 주명을 애타게 찾다가 눈물을 머금고 되돌아간 사연을 전했다.

어머니 이야기를 들은 주명은 미칠 것만 같았다. 말할 수 없이 어머니가 그리웠고, 가족이 보고 싶었다. 어떡해서든 어머니가 계시는 남쪽으로 가고 싶었다. 하지만 그것은 쉬운 일이 아니었다. 아무런 도움 없이 혼자 휴전선을 넘는다는 것은 목숨을 거는 행위였다.

그렇게 안타까운 시간이 흘러 해가 바뀌어 1954년이 되었다. 주명이 만 스물세 살이 된 그해 2월 1일이었다. 새해를 맞아 평소 알고 지내던 '동네 형' 김달원과 우연히 술자리를 같이하게 되었다. 김달원은 주명보다 네댓 살 위로 주명이 살던 동네에서 소문난 건달 청년이었다. 김달원은 전쟁 중에 빨치산이 되어 미군과 싸웠다며 자랑하고 다녔다. 그는 전쟁 전부터 개성의 알아주는 부자였던 주명의 집안에 대해 잘 알고 있었다. 놀기 좋아하는 부잣집 막내아들인 주명과도 형 동생 하며 지냈던 차였다. 어느 정도 술기운이 오르자 주명은 술 김에 빨치산이라고 자랑하는 김달원에게 하소연했다.

"형님. 형님도 잘 알지 않소? 우리 어머니가 날 얼마나 귀여워했는지? 그런 어머니가 글쎄 그 무서운 포화를 뚫고 나를 찾으러 개성까지 다녀갔다고 하지 않소? 어머니가 나 때문에 얼마나 걱정이 많겠소? 어머니가 보고 싶어 죽겠소. 형!"

그런데 주명의 하소연을 듣던 김달원이 의외의 말을 하는 것이었다.

"그래, 네 어머니가 널 얼마나 귀여워했는지 그걸 모르는 동네 사람들이 어디 있나? 너나 네 어머니 심정을 누가 모르겠나? 너무 걱정하지 마라. 네가 정 그런 마음이라면 내가 한번 알아봐줄게."

주명은 그런 김달원의 말을 듣고 놀랍기도 하고 고맙기도 했지만, 평소 허풍이 심한 그인지라 설마 하는 마음이었다. 그런데 한 일주일이 지났을까? 그런 이야기를 한 것조차 잊고 있던 어느 날 밤이었다. 검은 승용차 한 대가 우순학 집 앞에 서더니 웬 사람이 내려 주명을 찾는 것이었다.

"함주명 동무 여기 계십니까?"

그를 찾는다는 전갈을 받고 대문 밖으로 나가자, 그 사내는 다짜고짜 "같이 가자"며 그를 차에 태웠다. 주명이 간 곳은 개성시 자남동 28반의 신을순이라는 사람의 집이었다. 주명은 그 집에서 평양에서 왔다는 사람으로부터 성분, 학력, 경력, 생활 환경, 건강 상태 등에 대해 많은 질문을 받았다. 심사를 받은 것이었다. 그리고 다시 우순학의 집으로 와 간단히 짐을 싼 다음 다시 신을순의 집으로 돌아갔다. 주명이 남파간첩으로 선발된 것이다.

훗날 주명으로 인해 경찰 조사를 받은 형수 김재숙은 "1953년 5월께 개성에서 강화로 (밀무역을 위해) 나온 아버지(김명환)를 만났을 때, 시어머니(김수점)가 주명이 남쪽으로 내려올 수 있게 도와달라고 간곡히 부탁해 이런 시어머니의 말을 아버지에게 전한 사실이 있다"고 밝히기도 했다.

주명이 당시 상황을 완전히 기억하진 못하지만 부분적인 기억과 김재숙의 기억을 종합해 보면, 주명은 개성에서 김명환을 만났을 때, 어머니가 자신을 만나기 위해 포화를 뚫고 개성에 다녀갔다는 눈물겨운 이야기와 함께 어머니가 주명을 만나면 어떻게든 남으로 내려오라고 했다는 당부를 전해 들었다.

그래서 남쪽으로 가야겠다고 결심한 주명이 그쪽의 '마당발'인 김달원을 만났을 때 이런 심경을 술김에 넌지시 표시하여 결국 남파공작원으로 선발되었던 것이다. 또한 현시점에서 아무도 확인할 수는 없지만, 김명환과 김달원도 같은 개성 사람으로 한쪽은 보안요원을 끼고 밀무역을 하는 사람이고, 한 사람은 빨치산 출신을 자처하며 대남공작원을 소개할 정도로 대남공작 분야에 가까이 있던 사람이라고 보면 두 사람도 어느 정도 서로가 하는 일을 아는 사이였을지 모른다. 이런 관계가 주명이 남파 적임자로서 북한 당국의 눈에 들게 된 배경이었는지도 모른다.

남파

밀봉교육

주명이 40여 일 동안 남파를 위해 밀봉교육을 받은 곳은 평양 외곽의 한 초대소였다. 거기서 주명을 기다린 사람은 '김영일'이라는 이름의 지도원이었다. 물론 김영일이란 이름은 틀림없이 본명이 아닐 것이다. 주명은 이날로부터 남파될 때까지 '김영일 지도원 동무'로부터 남한 생활과 간첩 활동에 필요한 교육을 받았다.

"함주명 씨, 어서 오십시오. 김달원 씨로부터 이야기를 잘 들었습니다. 부모님이 모두 이남에 계시다고요? 부모님이 많이 보고 싶겠습니다. 함주명 씨는 남조선 해방전쟁 때 우리 의용군에 자원입대하여 몸까지 다쳐가면서 공화국을 위해 혁혁한 공을 세우셨습니다. 그런 분이 부모님을 만나기 위해 자원해서 남으로 나가겠다고 하니, 저희들이 이렇게 모시게 되었습니다."

김영일은 그렇게 부모를 그리워하는 주명의 처지를 이해한다는 태도를 보이면서 한편으로는 "공화국을 위해 다시 일하게 돼 감사하다"는 식으로 말하며 주명이 이곳에 온 목적, 즉 이것이 남파공작 활동임을 분명히 했다. 그는 이어 '공화국'이 그를 남조선으로 내려보내는 목적에 대해 힘주어 말했다.

"함 동무는 이미 공화국을 위해 큰 부상을 입어가며 공을 세운 사람으로서 이남에 가서도 계속 공화국을 위해 협조해주고 싸워줄 수 있는 사람으로 믿습니다. 우리가 바라는 것은 그것뿐입니다. 남쪽에서 가족과 함께 편히 지내시면서 우리 공화국의 우월성을 많이 알려주시고, 동지들도 많이 모아서 6·25와 같은 사변이 다시 일어났을 때 봉기해서……."

김영일은 대강 이런 요지의 이야기를 늘어놓았다. 그리고 한 달여의 본격적인 교육이 시작되었다. 보통 남한 사람들이 지닌 북한의 간첩 밀봉교육 이미지라고 하면 영화나 드라마에 종종 비치는 것처럼 엄청난 군사 훈련이나 고도의 스파이 훈련을 받는 것으로 생각하기 쉬운데 적어도 주명의 경우에는 그렇지 않았다.

주명이 받은 교육의 대부분은 남한 현지 실정을 배워서 거기에 맞게 행동하기 위한 것들이었다. 이런 교육의 일환으로 매일 『서울신문』과 『조선일보』 등 서울에서 발행되는 신문들과 『신동아』 같은 월간 잡지류를 읽었다. 하루 일과의 대부분이 주로 이런 일들이었다. 주명이 그때 신기하게 여긴 것은 서울에서 나오는 조간신문이 저녁이면 초대소에 어김없이 배달되어 왔다는 것이다. 남한 실정을 알기 위한 교육이 맨 먼저였다면 다음은 북한 체제의 우월성을 선전하기 위해 필요한 교육을 받았다. 주로 무상교육 제도의 우월성과 토지개혁, 쌀 수매 및 배급 정책의 효과 등에 대해 강조하는 식의 교육이었다.

주명이 월남 후 조사를 받은 원주경찰서의 '기소의견서'에도 주명이 남파되기 전 북한에서 받았다는 교육 내용에 대해 비교적 구체적으로 언급되어 있다. 당시 기록에 의하면 주명은, '인민공화국'이 필승한다는 조건에 대한 설명, 이순신 장군의 투쟁사, 소련을 위시한 각 민주국가의 원조사, 임진조국전투사(임진왜란 전쟁사로 추정) 등을 '정치공작에 필요한 교양'으로 교육받은 것으로 되어 있다.

또 유사시 행동요령으로는,

- 수사기관에 검거될 때는 반공청년으로서 부모 형제를 찾아 남하했다고 가장하라.

- 가족 상봉 후에는 대학 입학을 애원하여 입학한 후 학생들을 친밀히 접하여 빈농자 및 노동자 자제에게 인민공화국의 우월성과 대한민국의 단점을 해설하여 소수인이라도 포섭하여 당적으로 교양하라.

- 포섭한 학생을 침투시키고 있다가 금후 6·25와 같은 사태가 발생 시에는 침투한 학생들로 하여금 봉기하여 인민군의 남진을 원활하게 함과 동시에 선전사업을 강화하고 235호(김영일)를 찾으면 당이 과업을 지령할 것이다.

- 함 동무가 남하하여 활동력에 따라 성공하면 노동당에 입당시킬 것이다.

등의 교육을 시킨 것으로 나타나 있다.

이런 기록은 주명의 기억과도 어느 정도 일치한다. 특별한 간첩활동에 대한 행동교육은 받지 않았고, 남파되면 평범한 생활을 하면서 학생들을 포섭하여 북한의 우월성을 알리고 유사시에는 봉기하라는 것이 핵심 내용이었다.

한편 주명의 당시 검거보고서(주명은 자수를 했지만, 경찰은 그를 월남인 수용소에서 검거한 것으로 상부에 보고했다)에는 추서가 붙어 있었는데 그 내용은 "임무를 달성하고 돌아올 때까지 '애인' 우순학에게 생활 보장을 해준다"는 요지였다. 즉 "우순학을 고려인민학교 교원으로 삼는다는 것, 우순학에게 공작비 1개월간 비용(주명의 월급에 해당하는 듯하다) 1만 2천 원, 하루 백미 900그램을 지급한다"는 식으로 기록되어 있다.

북한으로서는 주명에게 애인을 잘 돌봐줄 테니 염려 말고 당을 위해 열심히 활동하라는 뜻이었다. 이는 주명에게 인질이 있음을 암시하는 것이기도 했다. 또 주명이 남파되고 난 뒤 만일의 경우에 대비해 '애인' 우순학과 그 어머니의 장래 생계를 염려했던 흔적으로도 추정된다.

주명은 약 40여 일에 걸쳐 남한에 내려갔을 때의 주의사항과 활동 내용을 반복적으로 교육받았다.

당시 북한은 '6·25해방전쟁'은 성공하지 못했지만, 멀지 않은 때에 6·25와 같은 '남조선 해방운동'이나 전쟁이 다시 일어날 것을 예상해 가능한 한 많은 공작원을 남한 사회에 침투시키려고 했던 것 같다. 교육 내용을 보면 당장의 어떤 공작사업이나 간첩 활동보다는 장기적으로 남한 사회에 적응하면서 유사시 북한 쪽에 협조할 수 있는 세력을 확보하고자 하는 전략이었음을 짐작하게 한다.

휴전선을 넘다

40여 일의 은밀한 교육을 마치고 주명은 1954년 4월 13일 초대소 문을 나섰다. 초대소에서는 그날 밤 성대한 저녁상을 차려 주었다. 그리고 (검거보고서에 의하면) 이튿날 밤, 즉 1954년 4월 14일 오전 2시 정각에 주명은 김영일의 환송을 받으며 2명의 안내원을 따라 군용 지프차를 타고 개성을 출발해 군사분계선 북쪽 지역에 도착했다.

지프는 북쪽 초소를 지나 10여 분쯤 더 남쪽으로 서행한 뒤 일행을 내리게 했다. 주명과 안내원 둘은 여기서부터 약 30분간을 걸었다. 안내원들은 늘 다니는 길인 양 컴컴한 밤길을 능숙하게 헤쳐나갔다. 일행은 비무장지대 안 사천강(혹은 사천내강)을 건너 휴전선 중앙분계선 남쪽 대성동 마을로부터 약 500미터 떨어진 작은 언덕에 도착했다. 거기서 안내원들은 "여기서부터 이남이니 이제 당신 혼자 간다"며 마지막으로 다시 한 번 지뢰밭을 피해 내려가는 길을 설명해준 다음, 거수경례를 붙이더니 이내 오던 길을 되돌아 사라졌다.

주명은 안내원들이 돌아가자 그만 자신도 모르게 털썩 주저앉았다. 몸은 사시나무 떨리듯이 떨려왔다. 지뢰도 지뢰려니와 무서운 마음에, 부모가 있는 남쪽 땅으로 가기 위한 자신의 마음을 감춰온 탓인지 남쪽 땅을 눈앞에 두자 그만 긴장이 풀린 것인지 주명은 발이 얼어붙은 듯 떨어지지 않아 한 발짝도 움직일 수가 없었다. 주명은 그 자리에 주저앉은 채 그저 날이 밝기만을 기다렸다.

몇 시간을 그러고 있었을까? 마침내 동녘이 훤하게 밝아오기 시작했다. 언덕 밑으로 마을이 조금씩 보이기 시작했다. 대성동 마을이었다. 그러고 얼마나 더 있었을까? 망태기를 멘 늙은 농부가 쇠스랑을 끌며 언덕을 올라오는 것이 보였다.

"여보시오! 여보시오!"

주명이 부르는 소리를 들은 농부가 주명 쪽을 향해 "뉘시오?"라고 대답했다. 주명은 "발이 떨어지지 않아 갈 수가 없어요. 날 좀 구해주시오"라고 소리쳤다. 이윽고 농부가 주명을 발견하고는 주명을 부축해 마을 쪽으로 내려가는 길을 안내하고는 흔한 일이라는 듯 아무 말 없이 다시 언덕길로 되돌아갔다.

주명이 마을 어귀로 들어서니 이른 아침인데도 마을 청년 대여섯 명이 나와 드럼통에 불을 피우고 곁불을 쬐고 있었다. 그들은 주명에게 누구인지, 어디서 왔는지를 이리저리 물어보았다. "부모를 찾아 북에서 내려왔다"며 간략한 자초지종을 말하자 그들은 주명을 이끌고 "갑시다"라고 하면서 자리에서 일어섰다. 그들이 주명을 데리고 간 곳은 비무장지대 남쪽 바깥의 미군 헌병 초소였다.

주명을 넘겨받은 미군 헌병은 도넛과 커피를 준 다음 주명이 식사를 마치자 바로 지프에 태워 서울을 거쳐 원주로 이송했다. 원주는 미군 첩보부대인 CIC 308부대 본부가 있는 곳이었다. 주명은 이곳에서 콘센트 막사 1동에 혼자 수용되었다. 주명은 약 한 달가량 미군 CIC에 수용되어 매일 아침 10시부터 하루 2~3시간씩 북한 실정에 대해 조사를 받았다. 미군은 주명이 알고 있는 모든 북한 정보를 알아내려는 듯 소상하게 심문했다. 한 달여가 지나자 어느 정도 조사가 끝났다고 판단했던지 미군은 주명을 한국 경찰에 넘겼다.

원주경찰서에서 조사를 받다

미국 첩보대에서 조사를 마친 후 주명은 한국 경찰에 넘겨졌다. 주명이 인계된 곳은 당시 원주경찰서에 있던 강원도경이었다. 주명에 대한 경찰의 검거보고서는 1954년 5월 25일 자로 작성되었다. 이곳에서 주명은 위장자수 여부에 대해 집중적인 조사를 받았으며, 그 과정에서 난생처음으로 고문에 가까운 문초를 당했다.

검거보고서에는 원주 경찰이 1954년 5월 20일 오후 1시 당시 원주읍에 있던 제1피난민수용소에서 주명을 검거한 것으로 되어 있다. 즉 주명이 "4월 15일 거주지(개성시 자남동 41의 19)에서 월남한 자로서 피난민으로 가장해 심사를 무사히 종료하고 원주읍 소재 제1

피난민수용소에 도착하여 동태가 지극히 애매함으로 공작원을 침투시켜 공작 중 검거함"으로 되어 있다.

그러나 이는 사실과 다르다. 주명은 휴전선을 지키는 미군 헌병에게 자수하여 미군 첩보대에 넘겨져 그곳에서 조사를 마친 뒤 한국 피난민수용소로 이전·수용되는 형식으로 한국 경찰에 이첩된 것이다. 경찰은 이런 과정을 경찰이 피난민수용소에서 주명을 직접 검거한 것으로 보고서를 작성하였다. 경찰이 그렇게 보고서를 작성한 경위는 정확히 알 길이 없으나, 당시 상황에서 간첩을 검거한 공적을 만들기 위해서라고 추정된다. 아니면 미군에게 자수한 것은 대한민국에 직접 자수한 것으로 인정하지 않는 분위기가 당시 경찰 내부에 있었는지도 모른다.

그러나 주명이 피난민수용소에서 '태도가 극히 애매한 거동 수상자'로 직접 체포된 것이 아니라 그의 말대로 월남하자마자 자수한 사실을 알 수 있는 것은 경찰이 작성한 압수물품 목록에 "북한 지폐 3매 중 2매만 압수했고 1매는 미군 308CIC에서 보관하고 있다"는 기록이 있기 때문이다. 이는 주명이 한국 경찰에 인계되기 전에 미군 방첩대가 신병을 먼저 확보했고, 증거물품으로 북한 화폐 3장 중 1장을 먼저 압수했다는 사실을 보여준다.

한편 경찰이 주명의 신병을 확보한 날이 5월 20일이고 검거보고서 작성 시점이 5월 25일인 것으로 보아 주명은 원주경찰서에 넘겨진 뒤 며칠 동안 위장자수 여부를 집중적으로 조사받은 것이 분명해 보인다. 주명도 원주경찰서에 넘겨진 뒤 처음에는 유치장이 아니라 여관 비슷한 곳에서 숙식하면서 매일 사찰계로 불려 나가는 방식으로 조사를 받은 것으로 기억했다.

당시 경찰이 주명의 위장자수 여부에 대해 집중 추궁한 것은 정전 직후 북한이 대량으로 간첩을 남파하던 상황으로 보아 경찰로서 당연한 조사 활동이었다. 주명은 원주경찰서에서 처음으로 고문이란 걸 당해보았다. 수갑을 찬 채 긴 각목에 끼어 대롱대롱 매달리는 이른바 통닭구이 고문과 고춧가루를 탄 물을 먹이는 수법 등이었다. 처음 당하는 고문은 매우 고통스러웠으나, 그 이상의 가혹한 고문은 하지 않았고, 특별한 구타 행위도 없었다고 한다. 이로 보아 경찰은 주명의 위장자수 여부를 확실히 판단하고자 했던 것으로 보인다.

주명은 원주경찰서에서 북에서 받은 지령과 자신의 남파 경위에 대해 상세히 진술했다. 당시 주명의 진술은 남파에서 자수까지 비교적 짧은 시간적 간격으로 보나, 어머니를 찾기 위해 남하한 직후 자수해서 경찰의 조사에 적극적으로 응한 정황으로 보나 그의 남하에 관한 한 가장 진실에 가까운 사실을 담고 있을 것이 분명하다. 가족을 찾는 게 급선무였던 상황에서 주명이 거짓말을 할 이유가 없었다. 주명은 북에서 받은 교육 내용과 남파 과정을 그대로 진술했다고 볼 수 있다. 그러나 경찰로서는 주명이 자수한 것이 아니라 검거한 것으로 상부에 보고한 이상 주명의 간첩 혐의가 좀더 분명해야 했다. 그런 점을 고려할 때 주명의 진술이라고 기록된 북에서의 교육 내용이나 남파 목적 등에는 어느 정도 일반적인 간첩의 사례가 과장된 내용으로 포함됐을 가능성도 있다.

아무튼 당시 검거보고서에는 주명이 진술한 자신의 행적이 비교적 상세히 기록되어 있다. 이 보고서에 나타난 주명의 행적은 '개성상업학교 5학년 때 한국전쟁 발발—의용군 입대—전투에서 왼쪽 눈 부상—김일성대학 특혜 입학 후 성분 불순 이유로 퇴교 처분—조소문화협회 개성시위원회 도서계원—개성시 영예군인생산협동조합원 근무—빨치산 출신 동네 형 김달원의 소개로 대남공작원 선발—

개성시 자남동 28반 신을순의 집에서 40여 일간 밀봉교육 후 남파된 것'으로 되어 있다. 이는 밀봉교육을 받은 장소를 제외하고 주명의 기억과도 대부분 일치한다. 주명은 김달원의 소개 후 곧바로 평양으로 이동해 평양 외곽 초대소에 머물며 남파교육을 받았다고 하는데, 어떤 이유에서인지 수사기록에는 남파교육 장소가 개성시 자남동 신을순의 집으로 되어 있다.

주명의 남파 목적에 대해 검거보고서에는 "월남한 부 함정일 외 6명을 배경으로 신변 보호 및 생활 보장을 받으면서 대학에 입학 침투하여 쓰클(서클)조직으로부터 점차 당적으로 결속하여 2년 후이면 6·25와 같은 사태가 전개될 터이니 일제히 군중 봉기를 조종하라는 지령을 받고 월남하여 목적 달성을 위하여 잠입 중이던 자"라고 기술되어 있다.

보고서 내용으로 보면 북한은 가까운 시일 안에 한국전쟁과 같은 비상사태가 다시 발생할 때를 대비해 주명 등 남파간첩을 대거 남파했음을 짐작할 수 있다. 또 당시 주명이 썼다는 '자술서'에도 "전체 가족이 대한민국에서 유력한 가정으로서 있는 조건에서는 발을 붙이고 사업할 수 있다"는 것, 그와 같은 안정된 조건에서는 "대학을 다니게 되면 주로 대학생을 당적으로 교양시키는 데 유리한 점" 등이 북한 교육에서 강조되었던 것으로 나와 있다. 이런 점으로 볼 때 북한은 영예군인인 주명의 충성심을 어느 정도 믿었으며, 주명의 가정 환경이 남한에서 주거하며 활동하는 데 유리한 조건이 된다고 보았던 것 같다.

하지만 주명에 관한 남한 최초의 기록인 검거보고서나 자술서 어디에도 주명 가족에 대해 구체적으로 진술한 내용이 들어 있지 않다. 만약 남쪽에 있는 형이나 친척 중에 국군, 경찰, 공무원이나 미군 종사자 등이 있었다면 자수한 주명으로서는 매우 유리한 조건이므로 이를 말하지 않았을 리가 없다. 경찰도 이 부분에 대한 조사 유무를 기록했을 것이 틀림없다. 그럼에도 주명의 자수 사실 확인에 유리한 이 같은 사실에 대해 언급이 없다는 것은 이 시점에서 주명이 가족의 행방이나 직업에 대해 구체적으로 아는 바가 없었다는 점을 말해준다고 해석할 수 있다. 이는 나중에 주명이 간첩으로 조작될 때 북한 당국이나 주명 자신이 북한에서 형이나 친척의 군인 신분을 알고 그것을 활용하기 위해 남파된 것처럼 꾸며졌다는 것을 알 수 있게 하는 부분이다.

이것은 나중의 일이지만, 이때 작성된 주명의 검거보고서와 자술서, 사건송치서, 춘천지법의 판결문 등은 훗날 주명이 이근안 등에 의해 연행돼 간첩으로 조작되는 데 주요 근거로 활용되었다. 이근안이 주명을 연행한 뒤 처음 한 질문은 우순학에 대한 것이었는데, 이는 검거보고서 추서에 기록된 우순학과, 처음으로 주명을 남파간첩으로 지목한 전향간첩 홍종수의 진술이 일치하는지 확인하기 위해서였던 것이다.

어쨌든 주명은 이곳에서 자신의 남파 경위와 앞에서 서술한 북한에서의 교육 내용 등에 대해 조사를 받았으며, 한국 경찰에 인계된 지 열흘 만인 6월 1일 원주경찰서 유치장에 정식으로 유치되었다.

기적 같은 재회

이름 모를 청년의 도움

열흘간의 경찰 조사를 마치고 주명은 원주경찰서 유치장으로 옮겨졌다. 주명이 넘겨진 원주경찰서 유치장에는 여러 종류의 사람들이 들어와 있었다. 그들은 자신들과 조금은 달라 보이는 '청년' 주명에게 이리저리 궁금한 질문을 던졌다. 아마도 유치장 '신고식'이었을 것이다. 잔뜩 겁을 먹고 있던 주명은 그들에게 어머니를 찾아 남파공작원으로 자원해 휴전선을 넘어온 사연을 들려줬다. 주명은 이때의 신고식이 기적처럼 가족을 만나게 해줄 줄은 정말 몰랐다고 한다.

주명의 신고식을 받던 '선참' 중에 주명과 비슷한 또래의 청년이 있었다. 이름도 모르고 얼굴도 기억나지 않는 그는 자기는 내일 유치장을 나가 서울로 돌아간다며 신고식 따위에는 별다른 관심을 보이지 않았다. 관심을 보인 쪽은 오히려 주명이었다. 주명은 그가 서울로 간다는 말에 귀가 번쩍 띄었다. 지푸라기라도 잡는 심정으로 그에게 딱 붙어 앉았다.

"형씨, 부탁 좀 합시다."

"뭔데?"

"아까 말한 대로 제가 어머니를 찾아 목숨을 걸고 남으로 넘어왔는데, 어머니가 어디 계신지는 알 수 없고, 지금 간첩으로 잡혀 있습니다. 누명을 벗으려면 가족을 만나야 하는데 도와주십시오."

"그런데, 어떻게?"

"저희 집안하고 사돈이 될 분의 친척이 서울에 삽니다. 개성에 있을 때 그 집 주소를 알아둔 게 있습니다. 서울 서대문구 평동 45번지인데 거기에 가서 제가 남쪽으로 넘어와 원주경찰서에 잡혀 있다는 걸 꼭 좀 알려주십시오. 부디 부탁합니다."

그 주소는 김명환의 여동생 김놈복이 사는 서울 집이었다. 주명의 간곡한 부탁을 받은 이 청년은 유치장을 나간 뒤 주명이 건네준 주소지를 찾아가 마침 집에 있던 주명의 형수에게 주명이 원주경찰서에 잡혀 있다는 소식을 전했다. 그것은 거의 기적이나 다름없었다. 당시에 그 청년의 선의가 아니었다면 주명은 어쩌면 간첩 혐의로 좀 더 오래 징역을 살고, 가족과의 재회도 늦어졌을 것이다. 그 청년이 서울 집을 다녀간 사실을 면회 온 주성으로부터 전해 들은 주명은 진심으로 그 이름 모를 은인에게 깊은 감사를 드렸다.

평동의 집 주인 김놈복은 김명환의 여동생이므로 주명의 형수 김재숙한테는 고모였다. 그때 작은형 주성은 김재숙과 사실상 부부로 이 집에 살고 있었다. 김재숙은 어느 날 웬 낯선 청년의 방문을 받고 깜짝 놀라지 않을 수 없었다. 북에 남기고 온 막내 시동생 주명의 소식을 가지고 온 것이었다. 주성은 당시 육군 방첩부대(HID) 속초지구대(육군 제3519부대 36지구대)에서 사병으로 근무하고 있었다. 속초 지구 방첩부대장은 김동석 중령이란 사람으로 주명 형제의 사촌 함영희의 남편이었다. 전시에 막강한 권한을 갖고 있던 방첩부대 고위 장교인 김동석은 여러 면에서 함 씨 일가의 생활에 도움을 주었다. 주성도 김동석의 주선으로 현지 입대 방식으로 속초 HID에 들어갈 수 있었다.

주성은 동생이 월남하여 원주경찰서에 잡혀 있다는 소식을 듣고는 바로 원주로 주명을 찾아갔다. 유치장 면회실에서 두 형제는 눈물 어린 재회를 했다. 주명은 형을 붙들고 하염없이 울었다. 전쟁이 나서 헤어진 지 거의 4년 만의 형제 상봉이었다.

여기서 잠시 한국전쟁 발발로 흩어진 주명 형제들의 근황을 되짚어 보자. 작은형 주성은 개성상업학교를 졸업하고 육군 경리사관학교에 합격해 입학을 기다리다 한국전쟁을 맞았다. 정식 등교가 늦어진 것은 태릉 화랑대가 사관생도와 경리사관생도를 동시에 수용하기엔 비좁아 따로 경리사관학교 교사를 마련한 뒤 입교시키기 위해서였다고 한다. 어쨌든 국군 장교가 되려고 한 주성으로서는 인민군이 내려온 개성 집에 그냥 머물러 있을 수는 없었다. 좌익 계열의 학생들이 주성이 육군사관학교(경리사관학교를 육사로 오인했다고 한다)에 들어간 반동이라고 하여 잡으러 다닌다는 소문이 돌자, 김재숙의 집에 숨어 있다가 개성이 수복된 후에야 집으로 돌아왔다. 일본 메이지 대학을 졸업한 큰형 주회는 개성여고 영어 교사 겸 배석장교(과거 학도호국단과 같은 일제식 편제로 교련을 담당했다)여서 한국전쟁이 발발하자 역시 처가가 있는 장단으로 피신했다. 주명 가족은 1·4후퇴 때 모두 피난 대열에 끼어 개성을 떠났다. 그러나 각자 따로 피난을 가는 바람에 어머니와 누이, 큰형과 작은형은 한동안 소식이 두절되어 생사를 모른 채 지내기도 했다.

집행유예로 풀려나다

주성은 주명에게 전후 사정 이야기를 듣고 부랴부랴 변호사를 구해 재판에 대비했다. 주명은 1954년 6월 14일 국가보안법 위반(북 민청 가입 혐의) 및 간첩 혐의로 검찰에 송치되어 있었다. 춘천지법에서 열린 재판에서 변호인은 주명이 가족을 찾기 위해 간첩 선발에 동의했으며, 남파 직후 바로 자수한 점을 참작해달라며 재판부에 선처를 호소했다. 재판부 역시 자수 정황을 참작하여 간첩 혐의는 인정하지 않고 북한 민청에 가입한 것을 국가보안법상 이적단체 가입죄로 보아 징역 2년에 집행유예 3년을 선고하고 주명을 석방했다.

당시 판결문을 보면 검찰도 주명에게 간첩 혐의를 적용하지 않고 국가보안법상 이적단체 가입 혐의만 적용하여 기소하였다. 주명이 간첩 사명을 띠고 남파되었다 하더라도 남파 직후 자수(검거)하여 실제 간첩 활동을 한 게 없으므로 간첩 활동 혐의를 적용하기는 어려웠을 것으로 보인다. 그러나 주명이 간첩 혐의로 기소되지 않았던 것은 당시 속초 방첩지구대에 근무하고 있던 주성과 사촌 매형의 보이지 않는 도움이 컸다고 보는 것이 더 현실적이다. 형 주성이 주명의 구명을 위해 애쓴 흔적은 훗날 주명의 사건으로 참고인 조사를 받게 되었을 때 작성된 주성의 참고인 조서에 잘 나타나 있다.

당시 저는 속초 주둔 육군 첩보부대 36지구에 근무하고 있었습니다. 제 보직은 경리 담당으로, 부대 경비 및 봉급을 수령하기 위해 매월 말께 서울 용산의 본부로 출장을 와 집에서 1박을 한 후 귀대하고 있었습니다. 마침 그때도 상경하여 집에 들렀더니 어머니 말씀이 "북에 남아 있던 주명이가 월남했는데, 잘못되어 원주경찰서에 구속되어 있다"고 하시는 거였습니다. 그래서 제가 깜짝 놀라 그런 말은 누구한테서 들었느냐고 하니, 주명이 어떤 사람을 평동 집에 보내서 알았노라 하시면서 빨리 부대로 돌아가서 (사촌) 매부 김동석에게 잘 부탁해보라는 것이었습니다.

1954년 6월 초 저는 매부 김동석에게 주명의 상황을 설명하고 선처를 당부하였습니다. 김동석은 제가 1차로 원주에 먼저 가서 주명이 맞는지 확인하고 자세한 경위를 알아보는 것이 순서라 하여 바로 다음 날 저는 속초에서 원주로 갔습니다. 원주경찰서에 가보니 정말로 주명이가 거기에 있었습니다. 저는 동생에게 어떻게 된 것이냐고 묻자, 주명은 월남한 즉시 자수하려고 모 부대(미군 부대)를 찾아갔다가 원주경찰서로 이첩돼 간첩죄로 조사를 받았으며, 지금은 기소되어 재판 대기 중이라는 말을 하며 하염없이 울기만 했습니다.

그래서 제가 사촌 매부가 방첩부대 간부라는 사실 등을 알려주고 최대한 노력을 해서 석방되도록 할 테니 걱정하지 말라고 안심을 시켜놓고 귀대해, 이런 내용을 김동석에게 상세히 보고한 후 동생의 선처를 신신당부했습니다.

그로부터 사흘 후, 김동석이 불러 사무실로 갔더니 "부하 장교인 김진수 대위를 보낼 터이니 함께 가라" 하면서 김 대위가 잘 알아서 처리할 것이라고 말했습니다. 그래서 즉시 김 대위와 원주에 가서 검찰 서기인 듯한 사람을 만났습니다. 김 대위와 그는 서로 잘 아는 사이로 보였습니다. 셋이서 상황을 협의한 다음, 검찰 서기로부터 지금은 이름을 기억할 수 없는 변호사를 소개받아 수임료 5만 원을 내고 사건을 맡겼습니다.

제가 그때 김 대위와 변호사가 대화하는 것을 들으니, 36지구대도 대북공작을 하는 부대로 북에 들어가 납치·유인 작전도 하는데 지금 주명처럼 남파된 사람은 우리에게 필요한 사람이다, 함주명은 월남을 좀 늦게 한 것이지 원래 사상이 나쁜 사람이 아니다, 함주명이는 검거된 것이 아니고 자기 발로 부대를 찾아 자수를 한 것이다, 등의 논리를 정리하는 것 같았습니다. 또 김 대위와 내가 주명의 사촌 매부가 첩보부대 지구대장이고, 형인 내가 그 부대에 근무하는 군인이니 주명의 신원을 충분히 책임질 수 있다고 하자 변호사가 바로 신원보증을 요구했습니다. 그래서 속초로 돌아와 김동석 명의로 신원보증서를 작성한 다음 다시 원주로 가 변호사에게 전달했습니다.

이런 노력이 주효해서 7월게 변호사로부터 주명이 집행유예를 받을 것이란 언질을 받았습니다. 구형 공판에서 검사가 3년을 구형해서 집행유예가 나올 수 있을 것으로 저도 확신하였습니다. 그래서 서울로 와서 이 소식을 전하고 반드시 집행유예로 풀려날 것이니 걱정 마시라고 어머니를 안심시켜드렸습니다.

선고 공판일에 춘천지법에 가보니 서울서 어머니와 누이동생 함주옥도와 있어서 함께 재판을 방청하고 집행유예가 떨어져 주명을 데리고 서울로 올라오게 되었습니다.

주명은 1954년 8월 23일 춘천지방법원에서 징역 2년에 집행유예 3년 판결(재판장 이은성)을 받고 석방되었다. 가족과 함께 기차를 타고 서울로 오면서 주명은 지나온 몇 년의 세월이 주마등처럼 스쳐 지나가는 걸 느꼈다. 이제 새로운 인생을 시작해보리라는 벅찬 가슴으로 창밖을 바라보았다. 모든 풍경과 사물들이 다 새로워 보였다.

고단한 남한 생활

남한 생활을 시작하다

주명은 1954년 8월 출소하여 어머니와 누나 주옥 등과 함께 서울로 올라와 가족과 합류했다. 큰형 주희는 광주 상무대 정훈장교로 근무하면서 아버지를 모시고 있었고, 어머니는 작은형수와 함께 살고 있었다. 작은형 주성은 앞에서 말한 대로 속초에서 군 복무를 하면서 한 달에 한 번 봉급 수령차 서울에 올 때 집에 들렀다. 누나 주옥은 두 번째 결혼을 해 살림을 하고 있었고 새 매형은 당시 미도사진관이라는 사진관을 운영하고 있었다.

이북에서 막 내려온 스물세 살의 주명에게는 마땅한 일자리가 없었다. 주명은 누나 주옥의 도움으로 용두동에 사진관을 내보았으나 장사는 잘되지 않았다. 결국 사진관을 접고 매형의 미도사진관에서 일을 돕다가 당시 을지로 입구에 있던 『정경민보』라는 조그만 신문사에 사진기자로 취직했다. 신문사 사진기자라고는 하지만, 광고 영업사원이나 다름없었다. 사진기자가 기업이나 업소를 돌아다니며 광고 사진이 될 만한 것을 촬영해 오면 신문사는 그걸 게재한 뒤 추후에 광고료를 업체로부터 받아내는 식이었으니 정상적인 신문이라고 하기는 어려웠다. 개성 송도중학교 친구 소개로 들어가긴 했으나 얼마간 해보니 도무지 생활이 되지 않았다.

주명의 형편이 조금 나아지기 시작한 것은 작은형 주성 덕분이었다. 방첩부대에서 제대한 작은형 주성이 내무부 토목국에 취직을 한 것이다. 전쟁이 끝난 후 재건사업이 활발하던 그 무렵 내무부 토목국은 건설회사에는 '왕'과 같은 존재였다. 정부의 건설·복구 사업권을 사실상 쥐고 있었던 탓이다. 형 주성은 토목국에서 어느 정도 자리가 잡히자 주명을 대구의 한 건설회사 경리과에 취직을 시켰다. 그 회사는 일신토건이었는데 당시 대구 지역에서 도급 순위 1~2위를 다투던 건설회사였다.

첫 번째 결혼

작은형의 도움으로 대구 일신토건의 대구대 과학관 신축공사 현장 경리사원으로 대구 생활을 시작한 주명은 스물여덟 살 때인 1959년 봄 오숙자와 결혼했다. 당시 스무 살의 오숙자는 경북대 사범대 가정과에 다니고 있던 여대생으로 천주교 명문가의 딸이었다. 그녀의 아버지는 유명한 학자로 대학 학장까지 지낸 대구 지역의 저명인사였다. 주명이 대구 명문가의 사위가 된 것이다.

주명은 대구에서 직장 생활을 하는 동안 전쟁통에 못다 한 학업을 마치기 위해 당시 청구대(주명은 이 학교를 2학년까지 다니고 서울로 발령이 나 학업을 중단했다. 청구대는 1967년 대구대와 합병해 현재의 영남대가 되었다) 토목과 야간부를 다니고 있었는데, 일신토건 사장의 딸로부터 그녀의 친구인 여대생 오숙자를 소개받게 된 것이다. 오숙자는 1958년 겨울 또래 친구들과 벌인 크리스마스이브 파티에서 사회를 보았는데 그 파티에 참석했던 주명은 한눈에 그녀에게 반했다. 주명은 정식으로 오숙자를 소개받은 뒤 적극적인 구애 작전을 펼쳐 그녀의 마음을 얻는 데 성공했다. 그러나 두 사람은 오숙자 부모의 강한 반대에 부딪혔다. 대구의 명문가 집안에서 볼 때, 다른 지방에서 온 출신도 잘 모르는 낯선 청년을, 그것도 만난 지 얼마 되지도 않아 사위로 맞이한다는 것은 있을 수 없는 일이었을 것이다. 주명과 오숙자는 이런 집안의 반대를 무릅쓰고 사랑의 도피를 감행하면서까지 부모를 설득해 그해 5월 30일 결혼식을 올리는 데 성공했다.

그러나 어렵사리 얻은 신혼의 단꿈도 잠시였다. 일신토건이 그만 도산을 한 것이다. 주명에게는 마른하늘에 날벼락이나 다름없었다. 졸지에 타관에서 다시 실업자가 된 주명은 아내와 함께 잠시 당구장을 운영하다가, 아내의 고모부로 당시 제일은행장이었던 정 아무개의 소개로 서울의 무영산업주식회사 총무과에 취직했다. 무영산업은 무역회사로 당시 남대문극장이 들어 있던 큰 빌딩에 있었다. 그때가 1961년 5월이었다.

운명의 갈림길, 대한철광 시절

주명은 서울서 직장을 얻고 비로소 생활의 안정을 찾은 듯했다. 큰아들 종우가 태어난 것도 이즈음이었다. 그러나 그것도 잠시, 또다시 불운의 그림자가 드리우기 시작했다. 1962년 4월 무영산업이 부도가 난 것이다. 어머니가 황달에 걸려 갑자기 세상을 떠난 것도 이 무렵이었다.

엎친 데 덮친 격으로 생활의 어려움에 시달리고 있던 주명 부부에게 구원의 손길을 내밀어준 사람은 주명이 세 들어 살던 집 주인이었다. 주명이 서울에 올라와 세 들어 산 곳은 용산구 청파동에 있는 한 가정집이었는데, 그 집 주인이 임원석이라는 현역 육군 대령이었다. 임 대령은 5·16쿠데타로 군부가 집권한 뒤 1962년 7월 국영 기업이 된 대한철광주식회사 사장을 지낸 사람이다. 주명은 이 임원석 부부의 주선으로 1962년 10월 초 대한철광에 취직했다. 주명이 당시로서는 '최고의 직장 중 하나'로 손꼽히던 국영 광산회사에 취직할 수 있었던 데는 아내의 힘이 절대적이었다. 아내 오숙자는 임 대령 부인에게 큰 호감을 사고 있었다. 주명이 마침 실직을 하게 되자 아내는 임 대령 부인에게 어려움을 호소했고, 그녀는 남편에게 주명의 취직자리를 부탁했던 것이다.

대한철광주식회사에서 주명이 맡은 일은 양양광업소 경리계장 자리였다. 주명에게 이곳은 평생을 통해 가장 직장다운 직장이었다. 원래 삼미사 계열이었던 대한철광은 5·16쿠데타로 국영 기업이 되면서 회사 체제를 군대식으로 갖추어 위계질서가 엄격했는데, 관리직은 마치 군대에서 장교와 같은 대접을 받았다고 한다.

"사원들은 모두 군복 비슷한 제복을 입었습니다. 광부들이 관리직 사원을 보면 자리에서 일어나 거수경례를 붙였어요. 그때 아, 여기 잘 왔구나, 참 폼 난다 싶어서 괜히 우쭐하기도 했어요. 내 인생이 이제야 풀리나 보다 싶었습니다."

그러나 그런 재미도 오래가지 못했다. 오히려 주명의 인생이 꼬이기 시작했다고 해도 과언이 아닐 만큼 불운의 출발점이었다. 월남한 후 처음으로 주명의 과거 전력이 사회생활에 장애요인으로 등장하게 되었던 것이다.

주명이 신나는 마음으로 근무하기를 몇 개월, 어느 날 임원석 사장이 그를 불렀다. 임 사장은 대뜸 호통치듯 물었다.

"자네 어떻게 된 건가? 신원조회를 했는데 자네가 남파간첩으로 나온다고 그러는데?"

국영 기업체였던 만큼 관리직 사원에 대해 신원조회 절차가 있었던 모양인데, 신원조회를 통해 주명이 과거에 간첩 혐의로 재판을 받은 '전과'가 드러난 것이다. 주명은 사장에게 저간의 사정을 소상히 설명하고 자신은 결코 간첩이 아니라고 설명했지만 사장은 기분상 꺼림칙했던지 더는 주명의 일에 연루되기를 꺼렸다. 인사과장은 회사의 인사 방침상 전과가 있는 사람을 알고도 계속 쓰기가 곤란하다고 하면서 주명에게 회사에서 나가줄 것을 통고했다.

주명에게 그것은 큰 충격이었다. 그동안 자신의 월남 문제가 재판을 통해 모두 종결된 것으로만 여기고 있었는데 그게 아니었다. 전과자 기록이 늘 자신을 따라다니고 있다는 사실을 비로소 실감했다. 하지만 억울했다. 내가 무슨 간첩이고, 전과자란 말인가? 주명은 서울로 올라와 관할 경찰서인 성북경찰서에 진정을 넣었다. 자신은 자진하여 월남을 하였는데 억울하게 아직도 간첩 누명을 쓰고 고생하고 있으니 진실을 밝혀달라는 내용이었다. 연좌제가 시퍼렇게 살아 있던 당시의 시대 분위기에서 간첩 전력을 지닌 사람의 말을 믿어주는 곳은 많지 않았다. 그토록 긍지를 느끼던 직장을 잃고 한동안 허탈한 심정에 빠진 주명은 속초에서 어묵공장을 해보려다 그마저 실패하고는 아내와 아들을 데리고 쫓기듯 서울로 돌아오고 말았다.

이혼과 재혼

서울에 올라온 주명은 다시 누나 주옥의 소개로 용산에 있는 동도주물이라는 회사에 경리사원으로 들어갔다. 1964년 8월에는 아버지가 별세해 강화도에 장지를 마련했다. 그해 둘째 아들 종헌이 태어났다.

주명은 동도주물을 나와 문경에서 흑연 괴탄 탁송업을 했고, 1965년부터 서울 현저동에 세를 얻어 음반외판원, 식당종업원, 고물행상 등 닥치는 대로 일을 했다. 밑바닥 생활이나 다름없는 어려운 시기였다. 어묵공장 실패로 남은 돈마저 모두 날린 이 시기의 경제적 어려움은 이루 말할 수가 없었다. 수년째 생활고가 이어지자 아내와의 사이에도 금이 가기 시작했다. 두 사람은 별거 생활에 들어갔고 결국 1970년 5월 이혼에 이르고 말았다.

생활고에다 아내와 헤어지게 된 주명에게 또다시 도움을 준 것은 작은형 주성이었다. 당시 주성은 토목국을 나와 대부업을 하고 있었다. 월남한 개성 사람들이 흔히 하던 사업이었다. 주성은 사업 관계로 알게 된 문경 석봉광업소에 주명의 취직을 부탁했다. 당시 문경군 고요리 소재의 석봉광업소는 주물 제작용으로 사용되는 흑연 괴탄을 채탄하는 광산이었다. 산업화가 본격화되면서 각종 주물공장에서 흑연의 수요가 폭발적으로 증가하던 때였다. 문경에서는 봉명광업소가 가장 크고 유명한 흑연 광산이었는데, 석봉광업소는 그다음 규모의 크기였다.

주명은 이곳에서 현재의 아내 이춘자를 만났다. 주명이 석봉광업소에서 급사로 일하던 이춘자를 처음 만났을 때 그녀는 열여덟 살 소녀였다. 주명이 석봉광업소에서 경리를 보다가 인근 마석리에 새로 개발한 석봉광업소 마석분소 자재과장으로 발령을 받아 근무할 때였다. 두 사람은 나이 차이가 20년 이상 났기 때문에 사실 연애에 빠질 사이는 아니었다. 그러나 아침저녁으로 늘 얼굴을 대하면서 두 사람 사이에는 알게 모르게 정이 쌓인 모양이었다. 특히 어린 소녀였던 이춘자는 주명이 이혼하고 혼자 두 아들을 데리고 사는 것에 여성으로서 안타까운 동정심을 느꼈다.

주명은 이춘자가 아직 어린 소녀인 터라 결혼을 생각할 상황은 아니었지만, 젊고 예쁜 이춘자에게 마음이 끌리는 것도 어쩔 수 없었다. 현실적으로 아이들을 돌봐줄 여자가 필요하기도 했다. 이춘자도 그런 주명에게 동정심 이상의 마음을 품게 되었다. 애들도 있는데 저렇게 살면 어쩌나 싶은 마음이 들면서 자꾸 마음이 기울었다.

그러던 어느 날 두 사람은 누가 먼저랄 것도 없이 중대한 결심을 했다. 이춘자가 서울로 가서 살림을 내는 데 동의한 것이었다. 주명은 회사에 사흘 휴가를 낸 뒤 택시를 전세 내 이춘자를 싣고 서울에 올라와 누나 주옥에게 이춘자를 맡겼다. 두 사람은 그렇게 해서 실질적인 부부가 되었다. 이춘자의 결심으로 이뤄진 일이었지만, 이춘자의 가족 입장에서는 강탈이나 다름없는 결혼이었다. 주명으로서는 자재과장과 수송과장을 하면서 제법 뒷돈을 많이 챙겨 경제적으로 여유가 생긴 것도 이 결혼을 가능케 했다.

주명이 이런 돈키호테식 행동으로 결혼하게 된 데는 또 다른 이유가 있었다. 사실 주명은 석봉광업소에서도 '전과'가 드러나 더 근무하기 어려운 상황에 직면해 있었다. 경리 분야에 실력을 갖추고 작은형의 지원 사격을 받는 주명이 자재과와 수송과 등 이른바 물 좋은 자리를 계속 차지하자, 현지 출신 직원들 사이에 불만이 높아졌다. 그들 입장에서 보면 주명은 한갓 외지인에 불과했다. 평소에도 따돌리며 아니꼽게 보고 있었는데 주명이 알짜 부서로 꼽히는 마석분소 자재과장으로 영전하자 그만 불만이 폭발한 것이다. 사실 한통속일 수밖에 없는 현지 직원들과 경찰은 몰래 주명의 뒷조사를 했다. 경찰의 신원조회에서 주명의 전력이 드러나자 이들은 이를 공개적으로 문제 삼으며 주명을 공격했다. 하지만 국영 회사도 아닌 일반 회사에서 과거에 전과가 있다는 것만으로 그냥 해고할 수는 없는 일이었다. 주명은 양쪽에 끼여 노골적으로 난처한 입장을 표시하던 사장에게 통사정을 했다.

"저는 정말 억울합니다. 6·25 때 의용군에 잘못 나갔다가 한쪽 눈을 잃고 가족을 찾아 월남해 자수한 것인데, 그게 어쩌면 이렇게 내 인생을 따라다니며 괴롭히는 겁니까?"

사장도 이런 주명의 호소에 부담을 느끼고 망설이는 눈치였지만, 결국 결단을 내려야 할 쪽은 주명이었다. 주명은 지난 4년 동안 문경에서 제법 돈을 모았고 어린 이춘자와 살림까지 하게 된 마당에 굳이 문경에서 눈총을 받아가며 살 필요는 없을 것 같았다. 어차피 이곳 사람들과 어울려 살기 어렵다면, 이참에 문경을 뜨는 것이 옳겠다 싶었다.

각종 직업을 전전하다

주명이 서울에서 새로 얻은 직장은 버스회사인 유신고속 남서울 영업소장 자리였다. 그의 업무는 각종 단체여행과 중·고교 수학여행 등을 유치하는 것이었다. 처음 하는 여행사 영업 일이지만, 사업 경험과 수완이 있던 주명에게는 그다지 어려운 일이 아니었다. 학교에 찾아가 재단이나 담당 교직원과 교섭하는 일이 그리 낯설지 않았다. 그렇게 처음 영업을 성사시킨 것이 일산여상을 속초로 수학여행 보낸 것이었다. 나중에 이 속초 여행이 그가 군사시설 탐지 등 간첩 활동을 한 주요 증거가 될 줄은 당시에는 꿈에도 생각하지 못했다.

버스회사의 영업소장 일도 유신고속의 노선 변경으로 사업소가 폐쇄되면서 끝났고, 투자 사기에도 휘말려 적지 않은 돈을 날렸다. 이어 그가 손댄 일은 파지 수집 판매업이었다. 한쪽 눈이 없어 6급 장애인이었던 주명은 장애인 단체 간부의 소개로 학교나 관공서에서 배출하는 파지를 수집해 재활용 공장에 넘기는 사업권을 딴 것이다. 주명은 그 사업권을 바탕으로 서울 종로2가 파이롯트 빌딩 뒤에 있는 공터에서 동업으로 파지 수집 판매업을 시작했다. 사업권을 장애인에게 내준 만큼 거의 독점이나 다름없어서 사업은 제법 잘되었다. 그러나 장사가 잘되자 사업권을 둘러싼 다툼도 치열해졌다. 또다시 과거 이력을 끄집어내 주명을 공격하는 사람이 생겨났다.

주명은 내심 놀라 그만 파지사업을 접고 그 자리에 분식점을 차려보기도 했다. 당시 종로경찰서 정보과장이던 개성상업학교 동창의 뒷심으로 무허가 가건물을 지어 우동가게를 차린 것이다. 그러나 이 또한 오래가지 못했다. 이번에는 땅 주인인 파이롯트에서 새 건물을 짓는다며 공터를 비우라고 요구한 것이다. 돌아보면 주명은 잘될 만하면 뭔가 일이 생겨 쫓겨나거나 그만두게 되는 일이 반복되고 있었다. 분식집을 접은 뒤 주명은 평소 익숙한 파지 운송업에 다시 손을 댔다. 1978년 타이탄 트럭을 하나 사서 지방을 오가다가 사고가 나 대출 보증을 선 형 집에 차압이 붙는 불상사도 겪었다.

그러나 아주 나쁜 일만 있었던 것은 아니었다. 1980년 무렵부터 아내 이춘자와 함께 집에서 가내업으로 시작한 테이프 복사 일이 꽤 짭짤한 수입을 가져다주고 있었다. 테이프 복사 사업은 파지사업을 하다 알게 된 김성수라는 평창 출신 사람의 소개로 시작했다. 김성수는 사업상 기독교방송국의 시청각실 녹음기사인 이인선을 알고 지냈는데 그로부터 설교 방송 테이프를 복사해 파는 사업이 잘되니 직접 해볼 생각이 없느냐는 권유를 받았다가 이를 주명에게 소개한 것이다. 주명은 김성수의 소개로 일본에서 온 미국인 선교사에게 일제 오타리 고속복사기 2대를 사서 이 일을 시작했는데 그것이 주명에게는 좋은 돈벌이가 된 것이다. 당시 영어회화와 설교 테이프가 하도 수요가 많아 주명과 아내가 밤새 일을 해도 물량을 못 댈 정도였으니 즐거운 비명이 절로 나왔다. 살림살이가 좀 나아지자 주명은 아내와 미루고 있었던 정식 결혼식을 올렸다. 두 사람에게는 이때가 가장 안정되고 행복하던 시기였다.

그렇게 사는 재미에 조금 익숙해질 무렵 주명은 1983년 2월 18일 아침을 맞이했다. 그날 추운 길거리에서 정체불명의 낯선 사내들에게 끌려간 것이 16년간의 감옥살이로 이어질 줄 그 누가 알았겠는가.

제2장

지옥에서 보낸 45일

날조의 시간들

우순학을 아는가

"너, 우순학이 알어?"

그것이 남영동 대공분실 조사실에서 주명이 처음으로 받은 질문이었다.

아무리 세월이 흘렀어도 주명이 그 이름을 잊을 리 없었다. 이웃집에 살던 소녀였다. 의용군에 나갔다가 돌아와 고아나 다름없는 처지가 되었을 때 그녀의 집에서 숙식을 의지하며 남몰래 연정을 나누던 사이가 아니었던가? 주명은 30년 만에 갑자기 튀어나온 그 이름에 얼떨떨해하면서도 '아, 테이프 복제 사업 때문에 끌려온 건 아니구나' 싶어 순진하게 안도의 숨을 내쉬기까지 했다. 테이프 복제도 불법이었지만 주명 일가족의 생활이 걸린 생계 수단이었기 때문에 그 와중에도 그는 그 사업이 들통나지 않은 것이 다행스럽게 여겨졌다.

"우순학요? 알지요. 개성 살 때 하숙집 딸입니다."

주명은 수사관의 눈치를 살피며 조심스레 대답했다. 그러자 수사관들은 "그래, 맞잖아! 바로 이 새끼야!"라고 외치며 자기들끼리 거 보란 듯이 좋아하는 것이었다. 우순학을 안다는 답변에 수사관들이 쾌재를 부르자 이번엔 주명이 당황하지 않을 수 없었다.

'뭐가 맞다는 거지? 30년 전의 우순학이가 서울에라도 나타난 건가?'

주명을 군복으로 갈아입힌 그들은 주명 앞에 볼펜 한 자루와 16절지 종이를 가져다 놓았다.

"함주명. 너, 태어나서 지금까지 살아온 행적을 한 줄도 빠짐없이 쓰는 거다. 알았지?"

어두운 조사실에서 백열등 하나만이 사내들과 주명의 얼굴을 비추고 있었다. 으스스한 공포 분위기 속에서 주명은 잔뜩 겁을 집어먹은 채 떨리는 손으로 볼펜을 집어 들었다. 그리고 그날부터 꼬박 사흘 동안 거의 한 잠도 자지 못한 채 주명은 자술서라는 걸 썼다. 쓰다가 졸음이 쏟아져 깜박 졸기라도 하면 지켜보던 수사관이 바로 그를 깨우고는 빨랫방망이로 손바닥을 사정없이 내려쳤다. 잠을 쫓기 위해서다. 엄청난 고통이었다. 몇 번 맞고 나니 손바닥이 퉁퉁 부어올랐다. 주명은 다시 맞지 않으려고 필사적으로 졸음을 쫓으며 행적을 써 내려갔다.

"둘째 날까지는 어찌어찌 버틸 수 있었는데 사흘째 접어들어서는 견딜 수가 없었습니다. 이건 비몽사몽이 아니라 아예 내가 지금 살아 있는 건지, 죽어 있는 건지조차 헷갈릴 정도로 정신이 아주 나갔습니다. 그렇게 쓴 자술서가 결국 나를 옭아매는 근거가 되더군요. 어이없게도."

본격적인 취조

잡혀 온 지 나흘째. 주명이 살아온 행적을 필사적으로 쓰고 나자 수사관들의 본격적인 취조가 시작됐다. 취조의 근거는 주명이 쓴 행적조서였다. 개성에서 태어나 의용군에 나가기까지, 의용군에서 돌아와 남파되기까지, 그리고 지난 30년 동안 생계를 유지하기 위해 전전했던 직장과 사업은 물론, 그가 옮겨 다니며 살았던 동네와 집들까지도 주명은 빼놓지 않고 썼다. 그 모든 것이 간첩 혐의의 조사 대상이었음은 물론이다.

그들은 가장 먼저 우순학과의 관계에 대해 알고 싶어 했다. 정확히 말해 알고 싶다기보다는 주명과 우순학이 북한에서 결혼한 사이라는 것, 즉 북한에 두고 온 처(재북처)라는 사실을 확인하는 것이었다. 또 주명이 남파되기 전에 인삼 공장과 군사정전위원회 개성연락사무소에서 근무한 사실을 확인하고자 했다.

주명은 김일성대학에서 퇴교한 뒤 개성으로 돌아와 영예군인 자격으로 조소문화협회 도서계원으로 취직한 사실은 있으나, 인삼 공장이나 군사정전위원회 개성연락사무소 등에서 일한 적은 없었다. 매트리스 커버 1장을 서클 활동 다과회 공동 비용으로 쓴 사소한 일이 발단이 돼 출신 성분이 드러나 학교를 그만둔 20대 초반 청년에게 정치적으로 민감하고도 중요할 수 있는 정전위원회 보직을 북한 당국이 맡길 까닭도 없었다. 또 순학이는 애인이라면 몰라도 정식으로 결혼을 한 사이는 아니었다.

훗날 알게 된 사실이지만, 순학이가 주명이 북에 두고 온 아내이며, 군사정전위원회 개성연락사무소에서 일했다는 이야기를 처음 한 사람은 남한 대공당국에 주명을 '고정간첩'으로 지목한 전향간첩 홍종수였다. 홍종수의 '제보'로 주명을 추적하여 검거했다고 믿는 수사 당국으로서는 홍종수가 한 말의 신빙성을 당사자인 주명에게 직접 시인받으려 했던 것이다. 수사관들은 주명과 우순학이 아는 사이라는 가장 핵심적인 사실을 주명이 인정하자, 그것만으로도 주명을 남파 고정간첩으로 단정하게 된 것으로 보인다. 홍종수의 제보에만 의지하던 수사관들로서는 충분히 그럴 수도 있었다.

주명에 대한 조사를 주도한 경찰관은 나중에 고문기술자로 알려진 이근안 경감(당시 경위)이었다. 그는 고문기술자라는 별명 그대로 고문의 달인이었다.

"그의 손은 두꺼비 같았습니다. 크고 투박한 그 손으로 그냥 툭툭 어깨를 쳤어요. 마치 때리는 게 아니라 진술을 독려하기 위한 가벼운 접촉인 것처럼. 그렇지만 그건 폭행이나 다름없었습니다. 처음한두 번은 참을 수 있지만, 계속 같은 곳을 치면 금세 그 부위가 퉁퉁 부어올랐어요. 거길 다시 툭툭 치면 얼마나 아픈지. 그것으로도 끝이 아니었습니다. 그렇게 부은 어깨를 볼펜으로 찔러요. '야, 이거 기억 안 나? 이렇게 네가 했잖아?' 하면서. 보통 같으면 그냥 약간 따끔한 정도겠지만, 탱탱하게 부어오른 살에는 송곳으로 찌르는 것 같은 고통이 왔어요. 자지러질 것 같은 고통이 두려워 나중에는 그냥 볼펜으로 폼만 잡아도, 지레 겁을 먹고 '알았습니다', '그렇습니다', '무조건 맞습니다!'를 연발하지 않을 도리가 없었습니다."

그러나 그것도 앞으로 주명이 겪어야 할 고문에 비하면 그야말로 새 발의 피였다. 주명과 우순학이 지인 관계라는 것을 확인한 수사관들은 이때부터 아예 주명을 간첩으로 단정한 듯이 취조하기 시작했다.

"함주명! 그간의 투쟁 경력을 진술하시오!"

주명은 그것이 무슨 말인지 언뜻 알아들을 수가 없었다.

'투쟁 경력이라니?'

주명은 잔뜩 겁을 먹은 채 대답했다

"투쟁이라니요? 저는 아닙니다. 저는 스물세 살 때 가족을 찾아 남쪽으로 넘어온 뒤 곧바로 자수했습니다. 절대 위장자수가 아니었습니다. 그래서 춘천지법에서도 저는 간첩죄가 아니라 민청 가입 혐의만 인정돼 집행유예를 받고 풀려나질 않았습니까? 그 이후 30년 동안 지금까지 여느 대한민국 사람처럼 먹고사느라 온갖 고생을 하며 살았습니다. 정말입니다."

"이 새끼, 웃기고 자빠졌네. 누굴 속이려고 지랄이야!"

"야, 거기 칠성판 가져와!"

주명은 이날부터 두 달 가까운 시간 동안 모든 외부 접촉을 차단당한 채 고문 속에서 고정간첩으로 만들어져갔다.

공작명과 노동당 당증번호

주명을 간첩으로 단정하자, 간첩에 걸맞은 암호명이 있어야 했다. 진짜 이름으로 누군가를 접선하고 활동하는 '보안의식 없는' 간첩이 어디 있겠는가?

"모 월 모 시에 종업원을 대동하여 월북한 사실이 있지 않느냐며 고문을 해대서 하는 수 없이 엉터리 혐의를 시인하자, 이때부터 내 공작명이라며 가명을 저희들이 직접 만드는 것이었습니다. 그들은 제 공작명이 '우영규'라고 했습니다. 우순학의 우와 북한에서 나를 담당한 대남공작지도원 김영일의 영, 그리고 나와 접선한 북괴 공작원 '조규삼'이란 가공인물의 규를 합하여 우영규라고 하고 그것이

제 암호명이란 겁니다."

그러나 주명이 고문에 못 이겨 대동 월북했다고 허위자백한 김춘동, 박기태와 같은 인물들이 여전히 서울에 버젓이 살고 있는 주명의 친구들이라는 사실이 확인되자, 이 혐의는 없던 것이 되었다. 그렇게 되자 접선 공작원 조규삼이란 인물도 특정할 수 없는 가공인물이 되고 말았다. "수사관들은 결국 조규삼의 규를 빼고, 우순학의 우와 김영일의 영일을 합쳐 제 공작명을 '우영일'로 정하게 되었습니다."

공작명이 정해지자 이번엔 노동당 당증번호가 필요했다. 수사관들은 주명이 "북괴 노동당에 가입한 걸 보면 반드시 당증번호가 있을 것"이라며 그 번호를 댈 것을 요구했다. 그러나 없는 당증번호를 어떻게 댄단 말인가. 또다시 구타가 이어졌고, 구타에 못 이긴 주명은 아예 수사관들과 머리를 맞대고 당증번호를 만드는 데 협조하지 않을 수 없었다. 코미디가 따로 없었다.

"그때 만들어진 저의 북한 노동당 당증번호가 '3121823'입니다. 그게 어떻게 만들어졌는지 아시나요? 먼저 제 생년월일이 1931년 1월 23일입니다. 그런데 당증번호는 일곱 자리 숫자라고 하면서 두 자리가 부족하다고 하였습니다. 한참을 고민하던 수사관들은 인민군 창설일이 2월 8일이니 '2'와 '8'을 쓰자면서 제 출생년도 31년 다음에 '2'를, 월과 날짜 사이에 '8'을 집어넣어 '3121823'이란 숫자를 만들었습니다. 그러더니 저더러 함주명, 네 고유암호는 28번(028)이야 하더군요. 허허."

신문 광고를 보고 만든 접선 공작원

주명의 북한노동당 당증번호와 고유암호가 만들어지자, 이번에는 실제로 북한 공작원과 접선한 증거가 있어야 했다. 그래야만 실제 간첩 활동을 한 것이 되니까. 이때 이근안은 주명에게 신문의 심인광고를 통해 북괴와 연락하지 않았느냐고 다그쳤다.

"신문에 심인광고를 낸 적이 없다고 하니까 또 때리더군요. 하는 수 없이 『서울신문』과 『동아일보』에 '김영일아 보아라 어머님 위독하니 속히 돌아오라 028'이라는 광고를 낸 적이 있다고 했습니다. 그랬더니 수사관들이 서울신문사와 동아일보사에 찾아가 1954년도 신문을 다 뒤졌는데, 내지도 않은 광고가 있을 리가 있겠습니까? 그런데도 이근안은 얼마 뒤 '이 새끼, 귀신을 속여도 나는 못 속인다'며 1954년 10월 30일 자로 된 광고문 하나를 내밀었습니다. 거기에 '김종운 보아라 어머니 위독하니 속히 돌아오라'는 문구에 주소가 서울 영등포구 문래동 271, 본적 충남 서천군 00'이라고 되어 있었습니다."

주명은 이때 이근안의 기발한 광고 해석을 아직도 기억하고 있다.

"이근안이가 이 광고 문구를 해석하기를, 김종운의 김은 김영일의 김, 종은 조규삼의 조에다 영일의 'ㅇ' 받침을 붙인 것이고, 운은 우순학의 우에 순학의 'ㄴ'을 붙인 것이라고. 또 주소의 문래동 271번지는 '2'와 '7+1'이니 '8', 그러니까 '28'이 된다고 하면서, 다른 수사관들을 둘러보며 '자, 어떠냐? 내 머리가 비상하지?'라고 자랑하는 것이었습니다. 허 참. 그게 엉터리라는 게 곧 들통 났지만."

한번 조작이 시작되면 거기에 맞춰 새로운 조작이 필요했다. 거짓말이 꼬리를 물게 된 것이다. 주명의 신분이 조작되고 접선 형식도 만들어졌으니 이번에는 실제로 접선한 사례가 있어야 했다.

"야, 함주명. 신문에 광고를 냈으면 서로 만나야 할 것 아냐? 드보크(무인 포스트)가 있어야지 지령을 주고받을 게 아니냐, 안 그래?"

그러면서 또 고문이었다. 한마디로 말해 광고로 연락을 했으니 직접 지령문을 수령할 무인 포스트가 어디인지 말하라는 것이었다. 그들은 사건 한 가지를 만들 때마다 고문부터 시작했다.

"조사실과 별도로 있는 별실로 데리고 가서는 칠성판에 묶어놓고 물고문을 시작했습니다. 전기고문도 견디기 어려웠지만, 물고문의 고통은 정말 참기 어려웠습니다. 수건을 입에 대놓고 샤워기를 제 입에 틀어놓습니다. 숨을 쉴 수도 없을 뿐 아니라 숨을 쉬려고 하면 물만 목구멍으로 들어가니 견딜 수가 없는 고통이었습니다. 전기고문도 같이 했습니다. 입으로는 물을 먹이고 동시에 발밑에서는 양쪽 새끼발가락에 음극과 양극의 전극을 연결해 전류를 흘려보내는 끔찍한 고문이었습니다. 이근안은 정말 전문가였습니다. 제가 거의 죽기 일보 직전에 고문을 그칩니다. 정확히. 그렇게 초죽음 상태에서 풀어놓으면 물을 한 양동이 이상 토하고 거의 실신 상태가 돼요. 그러면 그제야 더운 소금물을 가져다 먹입니다. 이와 같은 잔인한 고문 아래 무슨 정의가 있고 진실이 있겠습니까? 그저 죽는 것이 두려워 고문의 고통이 무서워 시키는 대로 거짓 진술을 하게 되는 것입니다."

여기서 생각해보자. 과거 주명이 가족을 만나기 위해 의도적으로 남파간첩이 되어 월남한 사실이 있다 하더라도, 그 이후 남한 행적을 보면 그는 지극히 평범한 보통의 생활인이었다는 것을 쉽게 알수 있다. 그런 그가 고문을 이기고 자신의 결백을 끝까지 주장할 수 있었을까? 오히려 그는 고문을 당할수록 더 빨리 수사관들과 타협하고 싶었을 것이고, 또 실제로 그렇게 했다. 그는 일반적으로 생각하는 것보다 훨씬 약한 사람이었다.

사상적 신념이나 이념이 아무리 투철할지라도 가혹한 고문 앞에서 자신을 지킬 수 있는 사람은 드물다. 50대 초반의 평범하고 소심한 중년인 주명에게 이런 잔인한 고문은 단 몇 초도 견디기 힘들었을 것이다. 주명은 고문의 공포에 더 익숙해져야만 했다. 그래야 실제로 고문을 피하거나 줄일 수 있다는 걸 본능적으로 깨달았다. 수사관들이 고문을 할 것 같은 태도만 취해도 주명은 그들이 원하는 답변을 미리 만들어놓으려고 애쓰는 자신을 발견해야 했던 것이다.

"제가 살던 서울 서대문구 현저동 뒤 북한산에 선바위가 있습니다. 지금도 사람들이 많이 찾는 등산로이자 기도처이잖아요? 거기가 수사관들이 원하는 무인 포스트가 될 것도 같았습니다. 그래서 고문을 피하기 위해 '선바위 뒤가 거깁니다'라고 하자, 그렇게 막연하게 말하는 무인 포스트가 어디 있느냐고 오히려 반문하면서 슬그머니 지나가는 말처럼 덧붙이는 겁니다. '야, 함주명, 바위 뒤가 어디 한두 군데야? 혹시 선바위 앞에 있는 제상다리 밑이라면 몰라도.' 그러자 저도 얼른 눈치를 채고는 '그래요. 바로 거기, 거기가 맞습니다'라고 맞장구를 쳐주고 말았습니다."

그렇게 하여 주명은 '3121823'이란 당증번호를 지닌 북한 노동당원으로서 우영일이라는 공작명으로 남한에서 암약한 고정간첩이 되었다. 그리고 월남한 1954년부터 1975년까지 매년 두 차례에 걸쳐서 북한산 선바위 드보크를 이용해 북한 지도원과 접선하였다. "매년 4월에는 북에 보내는 보고문을 촛농으로 밀봉한 페니실린 병에 넣어 선바위 제상다리 밑에 묻었고, 매년 10월에는 북쪽 공작원이 파묻어놓은 지시문을 수령했다. 주명이 북으로 보낸 보고문의 주요 내용은 형들에게 들은 한국군 군사기밀이었다. 주명은 또 북에서 보낸 지시문대로 동창생들에게 북한이 남한보다 우월하다는 찬양 활동을 하고 다녔으며, 매년 공작금을 무인 포스트를 통해 정기적으로 받았다." 조서는 착실하게 작성되었다. 주명은 이렇게 '수십 년간 임무를 더할 나위 없이 성실하게 수행해온 고정간첩'이 되었다.

"협조해라, 풀어주겠다"

간첩 혐의라고 하는 것이 고문과 협박의 공포에 질린 주명이 시키는 대로 아무렇게나 주워댄 것들이다 보니 앞뒤가 맞지 않는 일도 벌어졌다. 수사관들은 매일 그날의 취조 결과를 상관과 담당 검사에게 보고하는 것 같았다.

먼저 정해진 혐의에 맞게 진술을 만들어놓고, 그 진술이 실제 상황에 부합하는지를 현지에 가서 확인을 한 다음, 그 결과를 보고서로 작성해 올리는 식이었다. 이런 일일 보고는 피의자의 인권 보호나 수사관의 직권 남용을 막기 위한 측면도 있었을 테지만, 당시 공안정국에서는 공소유지를 위해 수사상의 모순이나 허점이 생길 것을 먼저 차단하기 위한 사전 점검 차원이 더 강했을 것이다.

주명이 기억하고 있는 가장 웃지 못할 해프닝은 이근안 자신이 천재라며 의기양양하게 '밝혀낸' 접선용 심인광고 사건이었다. 북한과의 접선용이어야 할 그 광고가 실제로 사람을 찾는 광고였던 것이다. 주명이 암호명으로 썼다고 이근안이 의기양양하게 지목했던 광고 속의 '김종운'이란 사람은 수사관들이 현지에 가서 확인한 결과 실제로 그 주소지에 살고 있었다고 한다. 이에 당황한 이근안 등은 심인광고를 통한 실제 공작원 접선은 없던 일로 하고, 대신 북에서 남파될 때 그런 내용으로 심인광고를 내기로 사전에 약속한 사실을 밝혀낸 양 얼버무리고 말았다고 한다.

심인광고 건으로 자신들의 증거조작 행위가 드러나자 이번에는 회유책을 앞세웠다.

"심인광고를 통해 접선했다는 내 진술이 거짓으로 상부에 들통이 나자 이때부터 저를 달래기 시작했습니다. 이근안 등이 그러더군요. '이봐, 함주명. 당신이 이미 여기 들어와 있는 마당에 뭔가 했다고 하는 게 있어야지. 그래야 우리도 검사님한테 이야기를 잘 해줄 수 있을 거 아니겠나.' 그러면서 두꺼운 법전을 내 앞에 펼쳐놓고 이렇게 말하더군요. 우리가 담당 검사님한테 잘 얘기해서 '공소권 보류'가 나오도록 해볼 테니, 우리 서로 잘 협조해서 얼른 조사를 마칩시다. 그래야 하루빨리 가족의 품으로 돌아갈 게 아닌가요?"

형사소송 절차나 피의자의 법적 권리 등 법에 대해 제대로 알 턱이 없었던 주명으로서는 그저 하라는 대로 하면 고문도 피하고, 나중에 검사가 사실관계를 제대로 바로잡아줄 거라고 여길 수밖에 별다른 도리가 없었다. 아니, 차라리 그들의 말이 사실이기를 바랐다. 지긋지긋한 고문만은 더는 받고 싶지 않았기 때문에 나중에 어떻게 되든 빨리 이 상황을 벗어나고 싶은 마음이 더 간절했다. 한편으로 주명은 검사 앞에만 가면 누명을 벗을 수 있을 것으로 내심 기대했다. 자신이 간첩이 아니라는 사실은 누구보다 주명 자신이 잘 알고 있었다. 법치국가인 대한민국에서 대명천지에 이런 누명을 씌워 생사람을 잡지는 않을 거라고 순진하게 여겼던 것이다.

만들어진 암호 전문과 드보크

조사가 거듭되면서 주명이 고문을 피하려고 진술에 협조하자 분위기가 다소 부드러워졌다. 두 번째 조서 작성이 새로 시작됐다. 이번 '주문'은 암호를 주고받는 무전기를 내놓으라는 것이었다.

"주명 씨. 북괴 공작원하고 서로 연락을 하려면 무전기가 있을 것이고 무전으로 주고받은 암호 문건이 있어야 할 텐데, 어디 있습니까?"

2장 지옥에서 보낸 45일 ＊79

사실 이것도 황당한 요구였다. 주명이 정말 간첩 활동을 했다면 무전기를 갖고 있거나, 사용한 사실을 털어놓을 수 있을 테지만, 무전기는 주명으로서는 구경도 못 한 물건이었다. 게다가 암호 문건이 어떻게 생긴 것인지도 알 수 없는데 어떻게 내놓을 수 있겠는가. 고문을 당하지 않기 위해서라도 수사관들을 도와주고 싶은데 도울 길이 없으니, 이런 황당한 경우도 없을 것이다.

어쩌면 이즈음에서 이근안을 비롯한 수사관들은 주명이 진짜 간첩 활동을 하지 않은 게 아닐까, 스스로 의심했을지도 모른다. 전향간첩의 제보를 믿고 주명을 처음 검거했을 때만 해도 간첩이라는 확신이 있었을는지 모르겠지만, 점차 조사를 거듭할수록 간첩이라고 하기엔 주명이 너무나 어수룩했고, 고문을 가하며 쥐어짜도 그럴듯한 혐의는 나오지 않았다. 그러나 이미 엎질러진 물이었다. 이제 와서 자기들 스스로 '어, 간첩이 아니네'라고 할 수는 없는 노릇이었다. 주명이 간첩이 아니라고 한다면 자신들의 실수와 무능을 인정하는 격이니 더더욱 그럴 수는 없는 일이었다. 무엇보다 간첩 체포는 특진의 기회가 아닌가. 포기하기 어려운 유혹이었을 것이다. 어찌 됐든 자기들은 밝혀내든 만들어내든 '주어진 수사 결과'에 맞게 결과를 내놓기만 하면 되는 실무자 입장이었다. 간첩 혐의로 기소하는 것은 어디까지나 검사 책임 아니냐며 심리적으로는 상황을 합리화하고 있었는지도 모른다.

그런 탓인지 수사관들도 심리적으로 한풀 꺾인 듯 처음처럼 심한 고문은 하지 않았다. 대신 그들은 다른 방법을 썼다.

"며칠이 지났을까, 웬 사람 하나를 데려왔는데, 통신책임자라고 했습니다. 그는 내게 이런저런 것을 물어보는데, 내가 정말로 암호나 무전에 대해 아는 것이 없어서 대답을 못하는지, 위장을 하고 있는지를 살펴보는 듯했습니다. 이것저것 물어보고 동태를 살피는 듯도 하다가, 그가 슬그머니 힌트를 주는 것이었어요. 아마도 수사관들과 미리 말을 맞추고 온 것이겠지만, 그는 지나가는 듯이 '암호 전문이 7호나 5호라면 몰라도' 그러면서 제 눈치를 힐끗 보는 겁니다.

그 전에 나는 다그치는 수사관들에게 아무 숫자나 막 주워댔거든요. 123번? 하면 수사관이 고개를 갸우뚱하고, 다시 눈치를 보며 66번, 하니까 역시 같은 표정이고, 또 00번 하는 식으로 계속 번호를 댔지만, 그런 암호 전문은 없다는 것이었습니다. 그런 상황에서 그 통신책임자라는 사람이 들어와서는 그게 7호나 5호라면 몰라도, 하는 식으로 운을 떼듯이 말하니 내 눈이 번쩍 뜨일 수밖에. 그래서 얼른, '아, 그래요? 그럼 5호, 아니 7호 전문!' 하고 나도 모르게 외쳤지요. 그러자 수사관들도 얼굴이 환해졌습니다. '맞아 7호 전문! 진작 그렇게 말했어야지. 그 7호 전문은 딱 3번 방송됐는데, 그것으로 접선하고 공작금도 주고받았던 거야. 그렇지?'

그렇게 해서 내가 북한 공작원과 접선하기 위해 단파 방송을 수신해 받은 암호 전문은 7호 전문으로 결정되었던 겁니다."

암호를 주고받은 전문이 만들어졌으니, 이제는 지시문이나 공작금을 주고받을 실제 무인 포스트가 있어야 했다. 무인 포스트는 처음에 현저동 선바위 앞 제상다리 밑으로 이근안이 지정해준 것이 있었으나, 발각될 것에 대비해 여러 개의 무인 포스트를 만들어두는 것이 간첩 활동의 기본이라며, 최소 두 곳이나 세 곳은 있어야 한다고 수사관들이 추가 장소를 요구했다.

"그래서 이번에도 생각나는 대로 이곳저곳을 말해보았으나 수사관들은 야 그런 곳이 어떻게 무인 포스트냐면서 역시 '절 같은 데가 무인 포스트를 만들기 좋은 곳이지', 그러면서 사찰들이 표시된 지도를 내 앞에 내놓는 겁니다. 그 지도를 보니 평소 살던 곳과 가까운 수유리 화계사가 눈에 띄길래 거길 찍어주었습니다."

그냥 아무 데나 찍었을 뿐이었다. 괜히 시간을 끌다 신경을 건드려 고문을 당하느니 얼른 둘러대는 편이 나았다. 어차피 이래저래 다 사실이 아니니까, 하는 생각에서였다. 수사관들도 마찬가지였다. 이제는 주명을 데리고 직접 현장에도 가지 않았다. 어차피 사실이 아니니까. 자기들이 가서 먼저 장소를 둘러보고 무인 포스트로 삼을 만한 적당한 지점을 찍어서 주명에게 거꾸로 알려주는 게 차라리 편했을 것이다.

그런데 실황 조사를 다녀온 것 같았던 수사관 중의 하나가 조사실에 먼저 들어와 주명을 잔뜩 겁을 주면서 이러는 것이었다.

"야, 너, 이제 죽었다."

"아니, 왜요?"

"저번에 네가 무인 포스트라고 한 선바위 제상다리 앞은 전부 시멘트 콘크리트 바닥이더라. 그런 곳에 어떻게 암호를 파묻고 캐내고 하겠냐?"

어이가 없는 노릇이었다. 현저동 선바위 앞 제상다리는 자기들이 지목해서 알려줘놓고는 이제 와서 콘크리트가 깔렸느니 어쩌니 하고 있으니. 아마도 선바위 제상다리 앞에 새로 콘크리트가 깔렸는지까지는 모르고 있다가 현지 조사를 통해 알게 되자 적잖이 당황한 모양이었다.

그러면서 그 수사관은 "선바위 앞으로 사람이 지나다니는 곳에서 약 200미터 지점을 무인 포스트라고 해라"고 정정해주었다. 그리고 화계사 포스트는 아예 "절 입구에서 등산로 쪽으로 느티나무가 3개 있는데 그중 약수터 옆에 있는 느티나무로 하라"고 정해주고는 그냥 나가버렸다. 그가 나간 뒤 얼마 있자 이번엔 이근안이 들어왔다. 그는 짐짓 조사를 하는 것처럼 호통까지 쳐가며 말하는 것이었다.

"야, 너 똑똑히 대. 우리가 선바위를 조사해보니 시멘트로 콘크리트가 돼 있고, 화계사는 지점이 너무 막연해. 어떻게 된 거야?"

주명은 그제야 그게 무슨 뜻인지 알았다. 주명이 먼저 다녀간 수사관이 일러준 대로 설명을 하자, 이근안은 천연덕스럽게 아주 당연하다는 듯이 "맞았어. 거기에는 무인 포스트가 될 만한 장소가 거기밖에 없어" 하는 것이었다. 연기도 이 정도면 수사반장급이었다.

세 번째 무인 포스트는 봉은사 부근으로 정해졌는데, 여기에도 사연이 있다.

"자동차 운전면허시험 때문에 당시 14번 버스를 타고 봉은사 앞을 몇 번 지나다닌 적이 있었습니다. 그때 버스 안에서 사람들이 말하기를, 원래 봉은사에 오려면 뚝섬에서 배를 타고 들어와야 했는데 지금은 이렇게 버스들이 다닌다며 신기해하는 이야기를 했어요. 또 삼선교에 세 들어 살 때 함께 세 들어 산 국방부 운전병 두 명과 지프차를 타고 봉은사에 놀러 간 적도 있었습니다. 그걸 자술서 행적에 썼는데, 그때 놀러 가서 드보크를 만들었다고 조서를 꾸미더군요. 화계사는 길음동 살 때 가까운 유원지라서 가족이 자주 놀러 다닌 곳이었습니다. 나중에 내가 수사관들에게 두 절에 대해 그런 사정 이야기를 하니까 '쓸데없는 말 말라'며 오히려 핀잔을 맞았습니다."

그렇게 해서 주명이 고정간첩으로서 북괴의 지시와 공작금 등을 받은 무인 포스트가 현저동 선바위, 화계사 입구 느티나무, 봉은사 일주문 옆 느티나무 등으로 결정되었던 것이다. 한 편의 블랙 코미디 같은 소극이 아닐 수 없었다.

계속되는 증거 만들기

코미디 아닌 코미디는 계속됐다. 거짓말을 감추기 위해 또 다른 거짓말이 필요하듯이. 심인광고를 통한 접선이 여의치 않게 되자, 수사관들의 증거 만들기는 3개의 무인 포스트를 통한 접선으로 방향이 바뀌었다. 그에 따른 구체적인 접선 활동 내역도 필요해졌다.

이근안을 비롯한 수사관들은 주명의 형제들과 형수 김재숙 등을 상대로 한 조사에서 김재숙의 아버지 김명환이 휴전 후에도 남북 당국의 묵인 또는 비호 아래 남북을 오가며 한동안 밀무역을 계속한 데 주목했다. 수사관들은 김명환이 밀무역을 위해 1955년 마지막으로 남한에 왔을 때 주명을 만난 적이 있는데 그때 우순학의 소식과 함께 뭔가 북한 쪽의 지령 사항을 전달한 게 아니냐고 의심했다.

주명이 당시 김명환을 만나 우순학에게 보내는 편지를 전하면서 김명환으로부터 월남한 우순학의 오빠와 두 언니의 소식을 알아봐 달라는 부탁을 받은 것은 사실이었다. 그러나 간첩 지령에 해당할 만한 일을 서로 부탁한 적은 전혀 없었다. 우순학으로서는 남으로 내려간 애인인 주명에게 자신의 근황을 전하고, 주명을 통해 월남한 오빠와 언니들을 찾아 가족들의 소식을 전할 수 있도록 해달라는 부탁인데, 그것이 간첩 활동을 위한 지령이나 접선이 될 수는 없는 일이 아닌가.

그러나 김명환과 주명이 간첩임을 알고 접선했다고 보는 수사관들은 우순학의 오빠와 누이에 대한 부탁을, '소재 파악 및 주소지 이동 상황을 파악해 북에 보고하라'는 '과업'으로 설정하고, 그 과업 보고를 위해 무인 포스트를 만들도록 지령을 받은 것으로 상황을 만들었다. 주명이 무인 포스트를 설치했다는 시점을 1955년으로 설정한 것도 바로 이 만남을 북한 지령 수수 행위의 구체적 사례로 제시하기 위한 것이었다.

그러나 수사 당국이 김명환을 간첩으로 전제한 것과 관련해 짚고 넘어갈 것은 김명환이 당시 서울에 나타나 딸 김재숙과 주성, 주명 등을 만나고 간 후로 남쪽 왕래는 물론 소식도 완전히 끊어졌다는 사실이다. 갑작스러운 소식 두절의 원인은 여러 가지로 추측해볼 수 있지만, 가장 쉽게 생각할 수 있는 것은 그가 무슨 이유로든 남북 사이의 밀무역을 중단했을 가능성이다. 그리고 아무런 사전 예고나 연락 없이 소식이 두절된 것은 그의 밀무역 중단이 그 자신도 예상하지 못한 상태에서 이뤄졌음을 의미한다. 그가 남한 당국에게도 의심을 사 한때 구속될 지경에 몰린 적이 있다는 점을 생각한다면, 그는 북한 당국에서도 비슷한 의심을 사게 되었는지 모른다. 아무튼 이런 정황을 살펴볼 때 김명환을 통해 북한 지령을 받았다는 설정은 진실과는 거리가 멀 가능성이 높은 것이다.

조 선생과 서부여관

어쨌든 주명은 "1955년 김명환을 통해 북한의 지령을 받아 화계사에 무인 포스트를 설치한 다음 1957년부터 북한에 보고 활동을 해온" 간첩이 되었다. 여기에다 1965년에는 북한 공작원 '조 선생' (애초 조규삼이라고 했던 가공인물)이라고 하는 사람을 집 앞에서 접선해 암호 문건과 공작금 20만 원을 받았다는 '활동 사실'이 새로 추가되었다.

주명의 조서를 보면 '고정간첩' 함주명이 다른 간첩을 접선했다고 적시된 사례는 이 건 딱 한 번뿐이다. 그러나 그마저도 실제로 그런 일이 있어서가 아니라, 주명이 남한에서 30년 가까이 '암약'한 고정간첩이기 위해서는 무인 포스트를 통한 지령 수수와 함께 최소한의 직접적인 대인 접촉도 있었던 것으로 해야 간첩 혐의가 더욱 분명해진다는 수사상의 필요에 의한 것이었다.

주명도 재판 과정에서 이런 접선을 완전한 날조라고 주장했지만, 대충이라도 수사기록을 훑어본 사람이라면 이것이 조작이라는 것을 금세 알 수가 있다. 우선 '조 선생'이라는 가공인물의 존재이다. 수사기록을 보면 '조 선생'은 1954년 2월부터 4월까지 주명이 북한에서 받았다는 밀봉교육의 접선 과정에 처음 등장한다.

> 위(에 정한) 일시 장소에서 상향선이 안경을 들고 서 있으면 하향선은 왼손에『아리랑』잡지책을 들고 담배를 피우면서 접근.
> 하향선: 우 선생(주명의 암호명 우영일)님입니까?
> 상향선: 누구십니까?
> 하향선: 조 선생입니다.
> 상향선: 무슨 일로 오셨나요?
> 하향선: 김영일 씨에게 전할 것이 있어서요.
> 등 대화로 확인 후 하향선을 따라간다.

그러나 이런 접선교육이 북한에서 실제로 있었던 것은 아니다. 이 내용은 1980년대 대공수사 때 포착된 당시 간첩들의 일반적인 접선 방식을 주명에게 대입한 것이었다.

주명은 밀봉교육을 받을 때 남한에서 살면서 동지를 규합하다가 한국전쟁 같은 유사 사변이 생기면 봉기하라는 것이지, 구체적으로 누굴 접선한다거나 하는 교육은 받은 적이 없다고 줄곧 주장하기도 했지만, 무엇보다 위 진술이 가공일 가능성이 높은 것은 대화 내용 중에 등장하는 『아리랑』잡지의 존재이다. 잡지 『아리랑』은 1955년에 창간되었으나 주명의 밀봉교육 시기는 그 전해인 1954년이기 때문이다. 아마도 어느 간첩사건 수사에 등장했던 접선 내용을 이근안이 주명의 밀봉교육 내용을 재구성하면서 집어넣었기 때문에 생긴 착오로 보는 것이 타당할 것이다.

수사기록의 시간순으로 보면 '조 선생'이 처음 등장하는 것은 이 밀봉교육 내용 중에서다. 이에 따르면 조 선생은 주명이 남한에서 접선하는 북한 공작원의 암호명으로 이미 정해진 것이 된다. 그러므로 조 선생이란 이 호칭은 실제 존재한 게 아니라 앞에서 보았다시피 나중에 조사 과정에서 만들어진 뒤 다시 과거 행적에 적용된 것에 불과하다.

"'조 선생'은 앞에서도 언급했듯이 내 공작 이름을 만들 때 등장했습니다. 내가 고문에 못 이겨 조규삼이라는 북한 공작원을 만나 친구와 종업원들을 월북시켰다고 허위진술을 했을 때 등장했던 바로 그 조규삼입니다. 당시 이근안은 조규삼과 담당 지도원 김영일, 그리고 '재북처'라고 단정한 우순학의 이름을 조합해내 암호명을 '우영규'라고 짓고, 조규삼의 지휘 아래 친구들을 월북시켰다는 혐의를 만들었다가 없던 일로 하는 과정에서 조규삼을 조 선생으로, 우영규를 우영일로 하게 되었다는 사실은 앞에서 말한 바 있지요. 조 선생은 이처럼 원래 존재했던 인물이 아니라 수사 과정에서 만들어진 가공인물일 뿐입니다."

이렇게 하여 '조 선생'은 1983년 주명의 조사 과정에서 1954년 밀봉교육 때 등장한 인물로 만들어진 다음, 1965년 주명의 집 앞에 실제 '접선간첩'으로 등장하게 된 것이다. 당시 수사기록을 보면,

1965년 10월 일자 불상 오전 10시 당시 함주명의 주거지인 서대문구 현저동 46-476 염남선(주명의 전셋집 주인)의 집에서 외출차 대문 밖으로 약 50미터 지점에 나왔을 때 성명 불상 45세가량의 남자(신장 170센티미터 잠바 차림)가 약 20미터 가량 뒤따라오더니 접선.

하향선: 우 선생입니까?

상향선: 누구십니까?

하향선: 조 선생입니다.

상향선: 무슨 일로 오셨나요?

하향선: 김영일 씨에게 전할 것이 있어서요.

상향선: 잘 오셨습니다.

하향선: 조용한 곳으로 가서 이야기합시다.

두 사람의 대화는 30년 전 북한에서 받았다고 하는 접선교육 내용과 맞춘 듯이 일치한다. 조서의 앞부분을 읽은 사람이라면 두말할 나위 없이 수사관들이 만들어 집어넣은 접선 상황임을 한눈에 알 수 있다. 다시 수사기록을 보자.

접선신호를 교환 후 동인을 따라 동소에서 약 150미터 상거한 서울 서대문구 현저동 46의 38 소재 우성여관 2층 호실 불상으로 안내되어 동인으로부터 재북처 우순학, 장모, 처제 등 4명이 찍은 흑백 가족사진(가로 10센티 세로 7센티가량) 1매를 제시받아 이를 신표로, 남파된 상부선 공작원임을 확인, 되돌려 준 후 동인으로부터 지령을 받은 후…….

여기서 주명이 조 선생과 만나 북한 지령을 수수한 것으로 특정된 장소가 우성여관이다. 그런데 애초에 수사관들이 주명에게 제시한 여관은 당시 현저동 서울구치소 정문 옆에 있던 서부여관이었다.

"수사관들은 내가 서부여관 3층에서 조 선생을 만나 암호 문건과 방송 청취 요령 등을 교육받은 것으로 꾸몄습니다. 그런데 나중에 수사관들이 현장 확인을 해보니 내가 간첩을 만났다고 하는 시점인 1965년에는 서부여관이 존재하지 않았다고 합니다. 수사할 당시 서부여관이 있으니까 1960년대에도 있었겠거니 했는데 막상 당시에 이 여관은 문을 열기 전이었다는 사실이 드러나니 자기들도 몹시 당황해했습니다. 난리가 났어요. 야, 이거 상부에 보고까지 했는데 어떻게 하느냐고. 그러더니 이근안인지 누군지가 '빨리 가서 근처의 다른 여관을 알아보자'며 한 명을 내보냈습니다. 그리고 몇 시간이 지났을까, 수사관 하나가 조사실로 들어와 내 앞에 그림이 그려진 종이를 내놓고는 모두 나가버리는 겁니다. 종이를 들여다보니까 '우성여관'이라고 네 글자가 적혀 있고 지금은 3층이지만 1965년에는 2층이었다는 설명과 함께 내부 약도가 그려져 있었습니다. 그걸 놓고 자기들은 모두 나가버린 거예요, 아무 말도 없이. 그게 무슨 의미이겠습니까? 뻔하죠. 자, 함주명, 이걸 숙지하라, 그러지 않으면 죽는다, 그런 무언의 위협이었던 거지요."

이렇게 하여 간첩 함주명은 완전무결한 고정간첩이 되었다. 위장자수하여 남한 사회에 파고든 우영일이라는 암호명의 북괴 간첩. 북한의 지령에 따라 무인 포스트를 만들어 북의 지령과 공작금을 주고받았으며, 나아가 조 선생이라는 공작원과 접선하여 공작금을 받고 단파 라디오를 통한 전문 수신 방법을 교육받은 뒤 7호 전문이란 암호 문건을 수신한 간첩.

"경찰조서는 자기들이 조작해 쓰고, 피의자 신문조서는 다른 방으로 나를 데리고 가서 따로 썼습니다. 수사관이 조서 내용을 불러주면 그것을 그대로 받아쓴 것이 내 진술서가 되었습니다."

연행에서 조서가 다 꾸며지기까지 45일이 지났다. 주명은 이 조서가 꾸며지는 막바지에 가장 고문을 심하게 당했다고 한다. 조서를 읽어보니 도무지 맞는 게 없어 주명이 크게 반발하자, 이근안은 조사실 건너편의 넓은 방으로 주명을 옮기게 한 뒤 칠성판에 묶어놓고 물고문과 전기고문을 함께 가했다.

"손을 뒤로 묶어 수정을 채운 뒤 이근안과 또 한 명이 욕조에 내 머리를 처넣었다가 내가 거의 숨이 넘어가기 직전에 머리를 꺼내기를 반복했습니다. 아, 이러다 죽겠다 싶으면 딱 꺼내는 것이 정말 뛰어난(?) 고문기술자였습니다."

주명은 그때를 생각하면 지금도 오금이 저리고 가슴이 떨려온다.

만들어진 혐의

40가지의 간첩 혐의

가혹한 고문 속에 이근안 등이 '찾아낸' 주명의 '간첩 혐의'는 40가지가 넘었다. 그 가운데 공소시효가 지난 20여 가지를 뺀 19가지 혐의가 기소 대상으로 정해졌다(나중에는 16가지가 최종적인 혐의사실이 되었다).

당시 경찰이 열거한 주명의 40여 가지 간첩 혐의란 이러했다. 먼저 공소시효가 지나 처벌할 수 없다고 한 혐의가 20여 가지였다. 그 혐의사실이란 것이 대충 제목만 보아도 쓴웃음이 나온다. 1954년 9월, 즉 주명이 춘천법원에서 집행유예로 나온 뒤 수행했다는 간첩 활동이란 것들이 대부분 형제, 고교 동창, 사업상 알게 된 지인들과 술자리에서 또는 고향을 회상하며 나눈 이야기들 중에서 나오기 때문이다.

1. 1950년 8월경 조선민주청년동맹 가입 및 구성원(반국가단체 가입).

2. 1954년 2월~4월 남파간첩 선발 및 교육 수수 등 국헌 위배 및 국
   간변란 목적의 괴뢰집단과 지령사항 수행 협의.

3. 1954년 2월 조선노동당 가입.

4. 1954년 4월 간첩 예비 및 잠입.

5. 1954년 9월 개성상업 동창 이병택(53세. 국민은행 관리역)에게 반국
   가단체인 북괴를 고무 찬양 선전.

6. 1954년 9월 개성상업 동창 전광현(51세. 포목상 운영)에게 반국가
   단체인 북괴를 고무 찬양 선전.

7. 1954년 9월 개성상업 동창 최영동(51세. 동부볼트사 대표) 이장호
   (55세. 선린상고 교감) 등에게 반국가단체인 북괴를 고무 찬양 선전.

8. 1954년 10월 장형 함주희가 근무하는 육군 상무대가 있는 광주에
   가서 형에게 부대 규모 등을 묻는 등 국가기밀을 탐지 수집.

9. 1955년 11월 중형 함주성의 장인 김명환을 만나 지령사항 수행 결
   과를 보고.

10. 1957년 4월 화계사 무인 포스트를 통해 지령사항 결과 보고.

11. 1957년 4월~1960년 12월 대구 일신토건 경리사원으로 종사하
    면서 여행, 현장답사, 탐문 등을 통해 군사기밀을 탐지 수집.

12. 1957년 10월 화계사 무인 포스트를 통해 지령문과 공작금 20만
    환 수령.

13. 1959년 4월 화계사 무인 포스트를 통해 활동 보고.

14. 1959년 10월 화계사 무인 포스트에서 지령문 매몰 없음을 확인
    (취득 운반 예비).

15. 1960년 6월 대구 옥호 불상 횟집에서 개성상업 2년 선배 이상명
    (55세. 포목상 운영)과 술을 마시며 반국가단체 찬양 선전.

16. 1962년 3월~1968년 10월까지 부모의 장례식 및 제사, 추석 성묘

차 장형 함주희가 거주하는 강화읍을 오가며 검문소, 해병 군부대 소재 등 국가기밀 탐지 수집.

17. 1962년 5월 개성상업 29회 동창회에 참석하여 회장 최영동 등 동창 10명에게 반국가단체 찬양 선전.

18. 1965년 10월 북괴공작원 '조 선생'과 접선하여 회합 및 금품수수 및 국가기밀 누설.

19. 1966년 11월 1일 서울 현저동 셋집에서 라디오를 통해 7호 전문, 1967년 3월 1일 103조 전문 수령 등 반국가단체와 통신 연락.

20. 1967년 4월 개성상업 동창 대상 포섭 활동 및 서울-강화 간 탐문 결과 등을 서울 성곽 성돌 밑에 매몰하여 수행 결과 보고 등 국가기밀 누설.

21. 1967년 11월 라디오로 24조 전문 수신.

22. 1968년 3월 1일 라디오로 지령문 수신 기도.

23. 1970년 6월 경북 문경 석봉광업소 자재 담당 재직 중 동 경리과장 이춘우(45세), 자재계장 허남규(56세) 등과 술을 마시면서 반국가단체인 북괴를 찬양 선전.

24. 1977년 6월 서울 성동구 마장동 소재 목화화장지회사 사무실에서 사장 박상규(44세)에게 반국가단체 찬양 선전.

다음은 공소시효가 남아 처벌할 수 있는 혐의라며 경찰이 제시한 19가지 기소 대상의 혐의이다.

1. 1968년 6월 개성상업 동창 대상 포섭 활동 및 서울-강화 간 탐문 결과 등을 서울 성곽 성돌 밑에 매몰하여 수행 결과 보고 등 국가기밀 누설.

2. 1973년 9월 추석 성묘차 강화읍을 왕래하며 국가기밀 탐지 수집.

3. 1974년 10월 유신고속 관광 남서울영업소 경영 중, 고양여자상업고 수학여행 중 국가기밀 탐지 수집.

4. 1976년 10월 고양군 벽제면 대자리 삼원제지 공장 파지 납품차 국도 왕래 중 탱크 차단 콘크리트 구조물 및 검문소 등 국가기밀 탐지 수집.

5. 1978년 6월 양지스넥서 무궁화파지 대표 배영수(47세)와 술을 마시며 반국가단체 찬양 선전.

6. 1978년 12월 주 2회 대전 태평양제지, 삼영제지 및 청주 남양제지 등지에 파지 납품을 위해 고속도로 왕래하며 국가기밀 탐지 수집.

7. 1979년 6월 대전 태평양제지 제지기기 증설 축하연 참석차 왕래하며 국가기밀 탐지 수집.

8. 1979년 10월 서울 동대문구 소재 충주집 주점에서 배영수, 박상규 등과 술을 마시며 반국가단체 선전.

9. 1980년 7월 무궁화장지회사 사무실에서 사장 배영수와 음주 중 반국가단체 선전.

10. 1980년 9월 추석 성묘차 강화를 왕래하며 국가기밀 탐지 수집.

11. 1981년 9월 목화장지회사 사장 박상규와 그의 친구 등 5명과 인천 연안부두 횟집에서 음주한 뒤 국가기밀 탐지 수집.

12. 1982년 7월 서울 성북구 길음동 소재 집 마루에서 세 들어 사는 성북경찰서 순경 이기생(28세)과 음주 중 허위사실 날조 유포 전파.

13. 1982년 7월 서울 성북구 미아동 소재 제일식당에서 도서출판 한국 대표 양규설(34세)과 음주 중 허위사실 왜곡 전파.

14. 1982년 10월 추석 성묘차 강화를 왕래하며 국가기밀 탐지 수집.

15. 1982년 10월 양규설과 안동으로 가기 위해 국도로 예천을 지나며 군사기밀 탐지 수집.

16. 1982년 11월 서울 종로구 서린동 서린생맥주집에서 양규설과 음주 중 허위사실 왜곡 전파.
17. 1982년 12월 서울 성북구 길음동 소재 보신탕집에서 양규설과 음주 후 허위사실 날조 유포 전파.
18. 1982년 12월 카세트테이프 판매차 대구의 동서 안성식(42세) 집을 방문하여 국가기밀 탐지 수집.
19. 1983년 1월 4일 안성식과 여수 지역 판매원 안경수, 정명규, 기독교방송국 시청각실 녹음기사 이인선(34세) 등과 술을 마시면서 허위사실 날조 유포.

훗날 1심 재판부는 이 가운데 1번, 8번, 9번을 유죄 판결 대상의 범죄 사실에서 제외하였다. 그 이유는 1번의 경우 공소시효 완료 시점에 포함된 것으로 보고 제외한 것 같고, 8번과 9번은 시점과 대화 내용으로 볼 때 1979년 10·26사태 전후와 1980년 광주항쟁 전후의 시기에 일반 시민들도 친한 술자리 등에서 흔히 나눌 수 있는 시국담과 크게 다를 바 없는 것이어서 이를 판결에 포함할 경우 간첩 혐의 전반에 대한 유죄 판정의 정당성이 흔들린다고 보아 뺀 듯하다.

이상 3가지를 제외하면 1973년 9월부터 1983년 1월까지 약 10년 동안 주명의 범죄 사실은 국가보안법상 국가기밀 탐지 10회, 반국가단체 찬양 선전 1회, 허위사실 왜곡 날조 유포 5회 등이었다. 그러나 혐의 이름은 거창하지만 그 내용이란 것을 보면 대개가 실소를 금치 못하는 것들이었다.

국가기밀 탐지 혐의를 구체적으로 들여다보면, 업무차 지나다닌 고속도로나 도로 상에서, 또는 성묘나 제사 참석차 오간 강화도 주변의 군사시설 등을 봤다는 것이 전부이다. 또 반국가단체 찬양 선전이란 것도 친구들이나 사업상 지인들과 술자리에서 나눈 술자리 시국담 수준을 벗어나지 않는 것이었다. 이런 수준의 혐의란 것에 대해 검찰과 법원 모두 적용한 법률은 어마어마한 것이었다. (국가보안법 제4조 1항 2호, 6호. 제7조 1항. 형법 제98조 1항. 구국가보안법 제2조(법률 제1151호), 제3조 1항. 제4조. 반공법 제4조 1항.)

"파지업 할 때 생긴 일을 간첩행위라고 사건을 만들 때였습니다. 내가 박스 제작용 파지를 한 차씩 납품하던 삼원제지 회사가 고양시에 있었어요. 서울과 고양으로 오가는 길에 벽제인가 장흥 어디인가의 도로 위에 큰 콘크리트 덩어리가 설치되어 있었어요. 처음엔 나도 몰랐는데 그게 탱크 차단기라고 사람들이 말해서 알게 되었는데, 거기를 데리고 가서 그래요. 너 저게 뭔지 알지? 저거 탐지했지? 그러는 거예요. 그걸 내가 알고 있든 모르고 있든 그냥 도로 위에 설치돼 있어 지나다니는 사람들이면 모두 보는 시설물인데 그걸 탐지하고 말고가 어딨어요? 겨우 그걸 탐지했다고 하라고 고문까지 하더라고요."

"대전 태평양제지에서 제지기기 증설 축하차 간 일이 있다고 했지요? 그때 행사가 끝나고 일행이 대전의 무슨 절에 들렀다가 돌아왔는데 그 절로 가는 길에 탐방동이라는 동네에 군사 비행장이 있다는 겁니다. 대전에 살아보지 않은 나로서는 전혀 알 수 없는 일이지요. 그런데 내가 그걸 탐지하기 위해 일부러 거길 갔다는 걸 시인하라는 겁니다. 내가 혼자 간 것도 아니고 여러 사람이 같이 간 건데. 나중에 실황 조사란 걸 나가서 거길 처음 갔는데, 자기들도 비행장을 못 찾는 거예요. 골목길을 따라 쭉 들어가니 그제야 보이더군요. 그걸 손으로 가리키게 하고는 사진을 찍었습니다. 내가 탐지한 시설이라면서. 기막힐 일이죠. 그때 같이 갔던 삼원제지, 태평양제지 사장들도 다 나 때문에 조사를 받았어요. 밤샘 조사를 하며 겁을 주니 나중에는 할 수 없이 그랬대요. '뭐, 함주명 씨 본인이 했다고 하면 한 것이겠죠'라고.
사실 그 사람들로서는 그렇게 대답할 수밖에 없는 노릇 아니겠어요?"

악마의 시간

1983년 2월 18일 치안본부 남영동 대공분실로 연행되어 3월 24일 용산경찰서 유치장으로 이감될 때까지 주명은 외부인은 물론 가족조차도 만나지 못한 채 고립의 공포와 가혹한 고문에 시달렸다. 그러나 그 어떤 간첩행위도 한 적이 결코 없기에, 주명은 그 두려움을 버텨내고 있었다. 간첩을 잡아 공을 세워보겠다는 경찰의 눈먼 공명심에서 벗어나 검사 앞에만 가면 다른 건 몰라도 간첩이라는 엄청난 누명만큼은 벗을 수 있을 것이라는 기대가 있었다.

'공을 세워보겠다고 날뛰는 무식한 자들보다는 그래도 공부를 많이 한 검사님은 나의 억울함을 알아주리라.' 주명은 그렇게 믿었다. 상식을 가진 사람이라면 조서에 나온 혐의란 것들이 얼마나 터무니없는지쯤은 한눈에 알 수 있을 것이라고 믿었다. 본인이 결단코 부인하는 상황에서 자백에 의한 증거란 대개 고문에 의해 만들어진다는 것도 수사를 많이 한 검사가 누구보다 잘 알고 있을 게 아닌가. 아무리 빨갱이면 그냥 때려죽여도 된다는 세상이라 하더라도 백주에 버스를 타고 지나다니며 본 것을 국가기밀 탐지라고 한다면 누구인들

간첩이 안 되겠는가?

주명은 또 검사 앞에서든 판사 앞에서든 밝히고 싶은 것이 있었다. 아니, 호소하고 싶었다. 그가 당한 그 고통스럽던 고문을. 고문은 끔찍했다. 삶에 쫓겨 까맣게 의식 저 끝에 가라앉아 있던 기억도 잠 못 자고, 얻어맞고, 고문당하면 하나둘씩 의식의 바깥으로 불려 나왔다. 아니 끌려 나왔다고 해야 옳을 것이다. 주명은 그렇게 경찰이 원하는 대로 자신도 까맣게 잊고 있던 전 생애의 사건들을 찾아 공포의 시간 속을 헤매었다.

자술서가 다 쓰이자 취조가 시작됐다. 고문도 시작됐다.

희미한 백열등 불빛을 주명은 지금도 몸서리친다. 3평 남짓한 작은 방에 책상 하나가 놓여 있고 그 위에 백열전구가 빛나고 있다. 무시무시한 펀치의 이근안이 앉고, 그 옆에 이봉구가 앉아서 취조 내용을 기록했다. 이동구, 최평선 등도 있었다.

수사관들은 주명의 모든 행적을 간첩 혐의와 결부하려 했고, 주명은 터무니없는 혐의를 부인할 수밖에 없었다. 부인하면 다시 고문하는 악순환이 거듭되면서 나약한 인간일 수밖에 없는 주명도 결국 자포자기의 심정이 되었다. 사건을 만들 때마다 그걸 부인하면 고문을 하니, 나중에는 고문이 두려워 그냥 하자는 대로 내버려둘 수밖에 없었다. 그러는 한편 마음속으로는 빨리 이곳을 벗어나자, 검사 앞에 가면 그래도 나의 억울함을 알아줄 것이라고 믿었다.

경찰은 주명에 대한 취조를 마치고 4월 4일 국가보안법 등의 간첩 혐의로 구속영장을 신청해 발부를 받았다. 주명은 2월 18일 연행되어 그때까지 45일간 조사를 받았지만, 경찰은 이런 사실을 감추었다. 일반적인 간첩사건 때는 역용(전향한 간첩을 이용하여 대간첩 정보를 얻거나 간첩을 검거하기 위한 비밀 활동)을 위해 일정 기간 영장 없이 조사하는 관행이 있었다. 그러나 어디까지나 불법은 불법이었다. 그래서 경찰은 합법적인 조사 기간에서 불법 구금 기간을 감추기 위해 주명의 검거일을 2월 18일이 아니라 남영동에서 조사가 끝난 3월 24일로 했고 3월 25일부터 1차 자술서 작성을 시작하여 10일 만에 조사를 마치고 4월 4일 구속영장을 신청한 것처럼 날짜를 맞춘 것이다.

대공분실에서 용산경찰서로 이감된 뒤 구속영장이 발부될 때까지 10일 동안 주명은 매일 다시 대공분실로 불려가 그동안 작성한 조서를 외워야 했다. 경찰로서는 주명의 혐의가 대부분 조작되었거나 고문의 와중에 시인한 것이기 때문에 정작 주명 자신도 혐의 내용을 정확히 알지 못하는 것이 들통 나서는 안 되기 때문이었다.

이근안 등은 법에 무지한 주명의 처지를 악용해 회유 전술도 병행했다.

"이근안은 '조서를 잘 외워야 이곳에서 나갈 수 있다. 거기(검찰) 가면 조서에 꾸민 대로 진술해야 유리하다'면서 커다란 법전을 책상 위에 펼쳐놓더니 '이봐, 공소유예라는 게 있어. 그게 뭐냐면 너 기소 당하지 않고 집에 갈 수 있게 해주는 거야. 그러니 내 말대로 해야 공소유예를 받을 수 있는 거야, 알겠지?' 그런 식으로 저를 어르기도 했습니다."

수사관들은 그렇게 회유 반 위협 반 엄포를 놓았다. 경찰은 주명에게 검사 앞에 가서 조사를 다시 받는다는 사실은 일절 알려주지 않았다. 그냥 높은 사람한테 가서 심사를 받는다고만 했다. "거기 가서 높은 양반한테 여기 나온 대로 진술을 잘하고 솔직하게 시인을 하면 집에 가는 거고, 그러지 않고 이상한 말을 하거나 딴소리를 하면 여기로 다시 오게 되는데 그런 일이 벌어지면 그날로 넌 장사를 치르는 줄 알아, 알겠지?"

회유와 협박을 번갈아 하며 주명이 검사 앞에서 다른 소리를 못 하도록 단단히 얽어매는 것도 잊지 않았다.

용산경찰서로 이감된 지 17일 만인 4월 21일 주명은 수사 검사 앞에 출두하게 되었다. 주명은 수사 실무자인 이근안과 이봉구, 이동구 세 사람과 함께 승용차를 타고 서울지검에 나갔다. 담당검사는 서울지검 공안부 최병국 검사였다. 이날은 검사 앞에서 그동안 조사받은 내용을 확인받는 자리로서 검사의 1차 신문조서가 작성되는 날이었다. 말하자면 경찰의 조사에 문제가 없었는지 피의자를 직접 불러 검사가 혐의 내용을 확인하는 절차였다. 검사가 날인한 신문조서만이 법정에서 증거능력이 있기 때문이다. 따라서 경찰 조사 때 강압에 의해 허위진술을 하거나 불리한 조사를 받은 피의자에게는 자신의 무죄를 주장하는 데 매우 중요한 기회이기도 하다.

그러나 시국사건 특히 간첩사건의 경우, 피의자가 그런 기회를 갖는다는 것은 현실적으로 매우 어려운 일이었다. 우선 검사 앞에 앉아서도 등 뒤를 의식하지 않으면 안 됐다. 자신을 고문까지 해가며 조사한 경찰관들이 버젓이 조사실 뒤에 나란히 앉아서 검사의 신문을 지켜보고 있었다(나중에 이근안은 자신은 다른 볼 일이 있어 검사실에 있지 않았다고 주장했다). 검사의 신문도 형식적이었다. 경찰이 내놓은 10여 가지의 혐의사실을 하나씩 읽어 내려가기만 했다. 그러면 옆에 앉은 사무보조원이 그걸 타이프로 받아 칠 뿐 주명에겐 질문조차 하지 않았다. 이근안의 말대로 자기들 편의를 위해 사건만 꾸미고는 나는 그냥 집으로 보내주려고 저렇게 하는가 싶은 기대 반 의문 반의 상념이 수십 번도 더 일어나던 시간이었다.

최병국 검사는 경찰 수사의견서의 혐의사실 요지를 죽 읽고 나서 주명에게 사실관계조차 확인하지 않고 그냥 조서에 지장을 찍으라고 하고선 나가도 좋다고 하는 것이었다. 그러면서 마지막으로 하나 물어본다는 것이 혐의사실에 대해서가 아니라 주명이 1954년 원주경찰서에서 조사를 받을 때 북한 노동당 민주청년동맹 가입에 대한 당시 재판 결과였다. 그러자 이근안이 옆으로 와서 민청 가입으로 국가보안법 위반죄가 적용된 사실을 확인해주었다. 주명은 이런 사실을 정확히 기억하고 있었다. 어쨌든 검사의 실무적인(?) 태도를 보면서 주명은 정말 집에 보내주려고 저러는가 싶은 어리석은 기대를 해보기도 했다.

검사 신문을 마치고 나오자 이근안 일행은 주명을 독립문 부근의 도가니탕집으로 데려갔다. 대성집이라는 유명한 도가니탕집이었는데, 그 집에 들어서더니 자기들끼리 "이놈, 도가니나 잘 먹여서 보내자"고 수군거리는 것이었다. 주명은 그 말에 정말 이놈들이 날 집으로 보내주려나 보다 싶어 순진하게도 이근안 등 수사관들에게 고마운 마음마저 들었다고 한다.

음식점에서 이근안은 주명에게 소주를 한잔 권하며 말했다. "오늘 잘했어! 이대로 계속 잘하면 집에 갈 수 있을 거야." 하지만 식사를 마치고 나온 일행이 향한 곳은 집이 아니라 서대문구치소였다. 그제야 주명은 자신에게 어떤 상황이 주어졌는지를 실감했다. 아, 이대로 간첩이 되는구나 하는 자포자기 심정이 그제야 물밀듯 밀려왔다. 멍한 상태로 아무 생각도 하지 못하고 이근안에게 끌려가다시피 서대문구치소 보안과에 인계돼 0.75평 독방에 수감됐다.

주명은 그래도 그것이 그토록 오랜 감옥살이의 시작일 줄은 아직도 예감하지 못하고 있었다. 자신에게 씌워진 간첩이라는 혐의를 그는 도무지 실감할 수가 없었다. 주명은 나중에 항소이유서에 당시 상황을 이렇게 기술했다.

검사님한테 가서 심사를 받아야 된다며 아침부터 서두르는 것이 이상하여 저는 검사 앞에 가면 모든 것을 있는 그대로 말할 결심이었습니다. 그래서 자기네들끼리는 전무라고 부르는 경감(백남은)에게 오늘 저를 구속 송치하는 것이냐고 물으니까 검사에게 가서 심사를 받고 와서 결정짓는다고 답하는 것이었습니다. 저는 그 말을 듣고 마음을 놓고 수사관들을 따라갔으나 검사실에는 함께 간 수사관이 두 명 옆에 앉아서 제가 대답하는 것을 지켜보고 있었습니다. 물론 검사님 앞에 가기 전에 검사한테 가서 부인하거나 쓸데없는 이야기를 하면 그날은 죽는 날인 줄 알라고 했기 때문에 저는 시인도 부인도 못 하고 있으니까 검사가 경찰조서를 보고 공소사실을 읽지 않고 1번부터 17번까지의 내용을 읽으면서 옆의 타이피스트가 타이프를 치는 식으로 약 한 시간에 걸쳐 심문하더니 데리고 나가라는 것이었습니다.

저는 다시 치안본부에 갔다가 마무리 짓겠지 하고 따라 나오니까 저녁을 사 주고 서대문 쪽으로 가는 것이었습니다. 제 생각에는 무엇 때문에 이쪽으로 오나 싶어 기분이 이상하였는데 차를 서울구치소 안으로 몰더니 구치소에다 수감을 한 것입니다.

최병국 검사는 이날 주명을 1차 조사하여 피의자 신문조서를 꾸미고는 20여 일 동안 한 번도 주명을 불러 조사하지 않았다. 최 검사는 5월 16일에야 주명을 불러 2차로 피의자 신문조서를 작성했다. 이때 주명은 최 검사 앞에서 공소사실 일체를 부인하고 경찰의 고문과 가혹행위에 대해 호소했으나 공소장에는 단 한 줄도 받아들여지지 않았다.

1차 조사 이후 약 1개월 가까이를 독방에서 외부와 일체 단절된 상태에 있다가 5월 16일 구치소 직원과 함께 검사실에 나갔습니다. 그때는 검사가 직접 묻지 않고 옆에 있는 조사 직원이 물어보며 조사를 했는데, 비로소 저는 자신의 입장을 말할 수 있게 되었습니다. 이곳에서는 두려울 것도 없고 사실대로 말하면 그대로 반영이 되는 줄 알았더니 하나도 반영이 되지를 않고 처음 수사관들이 입회하여 작성된 조서대로 공소사실이 작성되어 저에게 발송됐던 것입니다.

최병국 검사는 경찰이 수사의견서에 내놓은 17가지의 혐의를 그대로 인정하여 주명을 국가보안법 등 위반 혐의로 기소했다.

홍종수는 누구인가

주명의 간첩 혐의를 놓고 짚고 넘어가야 할 궁금증이 하나 있다. 공안 당국은 왜 월남한 지 30년 만에 느닷없이 주명을 고정간첩이라며 체포한 것일까? 간첩 신분으로 월남해 자수한 뒤 재판에서 집행유예를 받은 주명은 1960년대 후반께 당시 중앙정보부로부터 요시찰 인물 대상에서 해제됐다는 통보를 받았다. 이는 역으로 말하면 그때까지 남한의 대공 당국은 주명의 동태를 정기적으로 관찰하고 있었다는 이야기가 된다. 또한 그것은 최고 대공수사기관이던 중정이 그 시점에서 이제 더는 주명에게 대공 용의점이 없다는 결론을 내렸다는 뜻이기도 하다. 그런 주명을 왜 서울시경 대공분실이 갑자기 주목하게 된 것일까?

그 질문에 대한 대답이 홍종수라는 사람에게 있었다.

홍종수는 전향한 남파간첩으로, 주명의 존재를 서울시경 대공분실에 처음 제보한 사람이다. 그는 1980년 5월 11일 남파되었다가 5월 24일 서울역 부근에서 주민의 제보로 서울시경 수사관들에 의해 검거됐다. 홍종수는 검거 당시 자살을 기도했지만 곧 전향하여 경찰의 역용에 협력하고 있었다. 홍종수는 경찰의 대공작전에 협력하면서 정보를 추가로 요구하는 대공수사관에게 자기가 개성시당에 파견돼 근무할 때 '우순학'이라는 각급 학교 지도원에 대해 알게 되었는데 그 내용은 "우순학이라는 여교사의 남편이 개성 출신의 애꾸눈인데, 남파되어 혁명 활동을 하고 있다"는 것이었다.

훗날 홍종수는 광주민중항쟁의 북한조종설의 진위를 추적하고 있던 『월간 말』과 1998년 11월에 인터뷰를 한 적이 있다. 그 인터뷰에서 홍종수는 당시 제보 정황에 대해 이렇게 말했다.

—함주명 씨가 간첩이라는 유일한 증거는 당신의 제보뿐입니다. 함 씨는 당신 때문에 억울한 옥살이를 16년간 했다고 주장하고 있습니다. 어떤 근거로 함 씨가 간첩이라고 제보했나요?

"전향해서 시경 대공분실에 있었는데 수사관들이 대공첩보를 자꾸 요구했습니다. 최 모 수사관이 '생각나는 대로 얘기해달라'고 졸라대서 '혹시 자료가 될지 모르겠다'며 내가 개성 학교에 있을 때 들은 이야기를 해줬습니다."

—어떤 이야기였습니까?

"개성 학교에 근무할 때 우순학이라는 여선생이 혼자 살고 있었어요. 교장이 말하기를 '우순학 남편은 애꾸눈인데 대남공작원으로 나가 있다'고 하더군요. 내가 남파될 때까지도 우순학은 혁명가 가족으로 대우를 받고 있었어요."

—그런 사실만으로 (1954년에 귀순 자수했던) 함주명 씨가 남한에서 간첩행위를 계속해왔다고 보긴 힘들지 않을까요?

"난 거기까지 제보한 겁니다. 그 이상은 아니었어요. 난 함주명이란 이름도 몰랐어요. 함주명 씨 재판에 증인으로 나갔을 때도 '수사관에게 그런 제보 한 사실 있냐'고 해서 '사실이다'고 하고 1분도 못 돼서 나왔어요. 그러니 나한테 따질 건 아니지요."

─함주명 씨 재판 기록을 보면 이근안이 당신의 증인조서를 문답식으로 작성해놓은 것이 있는데.

"이근안 씨는 만난 적도 없어요. 이근안 씨가 나를 심문한 적도 없어요. 나는 증언 사실을 자술서로 썼을 뿐 문답식 조사는 어느 누구로부터도 받은 적이 없습니다."

주명의 체포 작전 기록에 의하면 홍종수가 주명을 제보한 때는 1982년 5월께였다. 홍종수의 '제보'를 전해 들은 서울시경 대공과(남영동 대공분실)는 백남은 경감을 반장으로 이근안 경위를 비롯해 경사 이봉구·이동구, 경장 최병기, 순경 최평선 등으로 전담반을 편성하여(작전명 백인공작) 개성 출신 실향민들을 상대로 장기간 탐문 수사를 펼친 끝에 홍종수가 말한 '개성 출신의 애꾸눈'이 주명이라는 사실을 확인한 뒤 주명을 미행하다가 1983년 2월 18일 전격 연행하게 되었던 것이다.

홍종수의 신분과 그의 제보 정황으로 미뤄 볼 때 당시 경찰은 주명을 간첩으로 확신하고 체포 작전에 임한 것으로 보인다. 경찰은 탐문 수사를 통해 주명의 소재를 확인한 뒤에도 곧바로 검거에 나서지 않고 한동안 그의 동태를 감시한 것으로 보아, 간첩들과의 접선 활동을 포착해 다른 간첩들까지도 일망타진할 계획이었던 듯하다. 그러나 주명이 이렇다 할 간첩 활동을 전혀 보이지 않자, 주명을 연행한 후 직접 조사를 하기로 한 것으로 추정된다.

아무튼 전향간첩 홍종수의 제보는 대공수사관들에게 주명이 간첩이 분명하다는 심증을 갖게 했고, 나아가 고문을 자행하면서까지 간첩 혐의를 다수 만들어내게 했다. 전향간첩이 간첩이라고 제보한 사람에게서 간첩 혐의를 찾아내지 못한다면 경찰 스스로 무능을 드러내는 것밖에는 안 된다고 생각했을 수 있다.

홍종수의 증언은 전언에 전언을 거친 것으로 주명을 바로 간첩으로 단정하기엔 한계가 명백했으나, 수사관들은 이를 검증할 생각은 전혀 하지 않았다. 홍종수는 주명의 이름도, 남파된 직후 자수했다는 사실도 전혀 모르고 있었다. 그런 상황에서 남파 이후 간첩 활동 사실이 필요했던 경찰은 수사 과정에서 고문을 비롯한 많은 무리수를 두지 않을 수 없었던 것이다.

형식적인 재판

사형 구형, 무기징역 선고

간첩 혐의로 기소된 주명의 재판은 형식적으로 진행되었다. 대여섯 차례 공판이 있은 뒤 결심과 선고가 이어졌다. 검사는 '극형'(사형)을 구형했고, 재판부는 특별한 검증 노력도 없이 무기징역을 선고했다.

아내 이춘자를 비롯해 그의 가족은 비록 간첩 신분으로 남하한 원죄 때문에 이런 일이 벌어졌지만, '조금 고생은 하더라도 감옥살이야 오래 시키겠느냐'고 막연히 생각하고 있었다. 그래도 대한민국의 사법 정의를 믿었던 것이다. 그런데 무기징역이라니. 상상을 뛰어넘는 형량에 가족은 모두 혼비백산했다.

주명의 변호사는 억울하게 됐다고만 할 뿐 상황을 되돌리기에는 모든 점에서 역부족이었다. 그는 개성의 송도중학교 출신으로 주명과 같은 또래였다. 그는 월남한 고향 사람들에게서 성공한 사람으로 신망을 받고 있던 박천식 변호사로 형 주성이 선임에 앞장섰으나, 공안사건을 담당해본 경험이 없었다. 그는 무슨 이유에서였는지 첫 공판 때 법정에 나오지 않았다. 이춘자가 다음 날 변호사 사무실로 찾아갔더니 그는 공판이 개시된 사실조차 모르고 있었다. 변호사는 다음 날 부랴부랴 구치소로 주명을 찾아와 이번 사건 변론의 어려움을 하소연하듯 이야기했다. 억울하겠지만, 이런 시국에, 그동안의 간첩 사건 판례로 볼 때 좋은 결과를 기대하기는 어려울 거라고.

그러나 간첩이라는 어마어마한 죄명을 안은 주명으로서는 그렇게 간단히 포기할 수 있는 일이 아니었다. 실제로 사형 구형에 무기 징역이 떨어진 사건이었으니, 주명에게는 죽고 사는 생사의 문제였다. 이어진 재판에서 주명은 지레 변론을 포기하다시피 한 변호사를 제쳐두고 스스로 사력을 다해 무죄를 호소했다. 고문을 당한 일도 눈물로 호소했다. 혐의사실 하나하나에 대해 그 혐의가 조사 과정에서 어떻게 만들어졌고, 그것이 만들어질 때마다 어떤 고문을 당했는지를 일일이 열거하기도 했다. 하지만 판사들은 주명의 호소에 거의 귀를 기울이지 않는 듯했다. 흔히 엄벌을 피하려는 피고인들이, 나아가 고도로 훈련된 간첩들이 흔히 하는 위장전술쯤으로 여기는 분위기가 노골적으로 감지될 정도였다.

재판은 증인으로 나온 주명의 고교 동창 이병택이 조서 내용을 부인하는 발언을 해 한 차례 정회된 것을 빼고는 별다른 진위 공방도 없이 일사천리로 진행됐다. 검찰은 1983년 8월 29일 열린 결심에서 주명에게 간첩 혐의로 사형을 구형했다.

"난 사형이 나온 줄도 몰랐습니다. 검사가 구형을 하는데 '극형에 처해주십시오' 그랬는데 그게 무슨 뜻인 줄 몰랐습니다. 재판이 끝나고 대기실에 돌아왔는데 교도관이 '안되셨습니다' 그러는 거예요. 그래서 내가 '뭐가 안됐다는 거요?' 물으니 그는 오히려 되물었어요. '함 선생, 몰랐어요? 사형 나왔잖아요' 그러는 겁니다. 그제야 나한테 사형 구형이 떨어졌다는 걸 알았습니다. 설마 하기는 했지만, 그게 현실이 될 줄이야 ······."

당시 주명의 공판을 맡은 검사는 임휘윤이었다. 그는 공안검사로서 정해진 법 절차와 형량에 따라 구형했을 뿐이라고 할 수 있겠으나, 주명과 가족의 입장에서는 아무런 고민도 회의도 없는 사형 구형처럼 보였다. 과연 그 자신도 주명의 혐의가 사형에 해당할 만큼 크다고 생각했을까 하는 의문을 가족은 지울 수가 없었다. 하지만 그들에겐 저항할 힘이 전혀 없었다.

그로부터 한 달 후인 9월 29일 선고 공판에서 재판부는 주명에게 무기징역을 언도했다. 재판부는 검찰이 제시한 1954년부터 1973년까지 공소시효가 완료된 시기까지의 혐의사실을 모두 인용한 다음, 1973년 9월 추석 성묘차 선친 산소가 있는 강화도에 가면서 직행버스 창밖으로 본 강화대교 주변의 검문소 등 군사시설을 탐지하여 수집한 혐의 등 총 16가지 혐의를 간첩죄로 판시했다. 재판부는 재판장 이건웅과 배석 이홍권, 임한흠이었다.

기억에 남는 인물들

주명은 1심 재판을 되돌아보면 특별히 기억에 남는 사람이 3명 있다고 한다. 한 사람은 공판 담당 검사 임휘윤이며, 나머지 두 사람은 증인으로 나온 주명의 친구 이병택과 주명의 집에 세 들어 살던 당시 순경 이기생이었다.

임휘윤은 재판 과정에서 검찰 증인으로 출석한 사람이 증인조서 내용과 배치되는 진술을 하자, 사정을 알아보기는커녕 증인의 발언을 중지시키고 재판 연기를 요청하는가 하면, 조서 내용과 다른 진술을 한 사람이 일개 순경이라는 이유로 폭언을 하는 등의 행태로 피고인 함주명의 기억에 뚜렷이 남아 있는 인물이다.

임휘윤 검사는 공안검사로서 주명의 고문 호소나 결백 주장은 어쩌면 하나도 귀에 들어오지 않았을지 모른다. 그는 시국사건 조사 속성상 고문이 불가피하다는 생각을 갖고 있었는지도 모른다. 당시 시국 관련 간첩사건에 대한 그의 시각은 주명이 1심에 불복해 항소했을 때 그가 제출한 항소이유서에 비교적 잘 나타나 있다.

원심은 위 공소사실을 모두 인정하면서도 피고인에게 무기징역형을 선고했으나 위장 남파간첩이란 점에서 그 형이 가벼워 부당하다 하겠습니다. 즉 피고인은 간첩 밀봉교육을 받고 이미 남하해 있던 친척들인 장형은 국군 대위로, 중형은 첩보대원으로, 사촌 매부는 동해 지구 첩보대 대장으로 복무하고 있음을 이용, 간첩 활동을 하려 하면서도 가족을 찾아 남하했다고 위장 귀순하여 합법 토대를 구축한 다음 그의 지령사항을 장기간에 걸쳐 수행해온 자로서 장기매복자의 본보기라 할 수 있습니다.

그럼에도 불구하고 법정에서 본건 공소사실을 모조리 부인하는 등 그 교활성과 악성을 보여주고 있는 자입니다. 피고인이 아무런 합리적인 근거 없이 공소사실을 모조리 부인하는 것은 저들의 소위 법정투쟁 전술의 시현이라 할 것입니다.

오늘날 북괴는 대남적화통일을 위하여 소위 3대 혁명역량 강화전술을 기본노선으로 하여 무장공비침투전술, 통일전선전술, 지하당구축전술, 장기매복침투전술, 정치사상전술, 해외우회침투전술 등 각종 다양한 전술을 그때그때 상황에 따라 적용하면서 우리의 안보를 시시각각 위협하고 있다는 사실은 우리 모두 공지의 사실입니다. 또한 북괴는 위와 같은 각종

전술 중에서도 최근에는 해외우회침투전술과 정치사상전술에 역점을 둠과 동시에 장기매복침투전술에 따라 남한에 매복되어 있는 수많은 준동자들과의 접선을 복구하는 데 온 힘을 기울여 소위 남한의 혁명역량 강화에 광분하고 있는 실정입니다.

이러한 현실에 비추어 볼 때 장기매복자의 본보기라 할 수 있는 피고인 이야말로 국가안보의 이름으로 엄중 처벌되어야 할 것입니다.

그럼에도 불구하고 위같이 가벼운 형을 선고했음은 부당하다 할 것인즉 마땅히 검사의 구형과 같은 형을 선고하여 명확한 안보 토대를 구축하여야 할 것입니다. 따라서 원판결은 마땅히 파기 시정되어야 할 것으로 사료되어 본건 항소에 이른 것입니다.

훗날 임휘윤 검사는 승진 가도를 달려 서울지검장에까지 올랐다. 주명의 고문사건에 대한 여론이 비등하자 검찰이 주명 사건의 재수사를 결정했을 때, 재수사를 담당한 서울지검의 지검장이 바로 임휘윤이었다. 우연치고는 묘한 인연이었다.

개성상업학교 동창생 이병택은 주명이 은인처럼 기억하는 친구이다. 훗날 재심을 통해 주명이 무죄 판결을 받았을 때도 가족을 빼고 가장 먼저 그 사실을 알린 사람이 그였을 정도이다. 이병택은 당시 국민은행 관리역이라는 은행 임원 신분으로 재판정에서 주명의 간첩 혐의를 부인했다가 곤욕을 치렀다.

"병택이는 나 때문에 고생 많이 했습니다. 이근안이가 동창생들을 불러다가 조사를 많이 했는데, 함주명이 간첩이라고 하니 얼마나 당황하고 놀랐겠습니까? 그때 이병택은 은행의 고위 간부였어요. 사회적으로 안정되고 확실한 신분의 사람이었죠. 그래서 이근안 등이 병택이만은 조사실로 부르지 않고 자기들이 은행으로 찾아가 조사를 했답니다. 거기서 이근안이가 그러더래요. 동창들이 모인 자리에서 내가 북한을 고무 찬양하지 않았냐고. 그때 병택이가 그랬어요. 그런 얘기는 들은 적이 없다고. 그러자 이근안이가 아니 함주명 씨 본인이 했다고 하는데 왜 아니라고 하십니까? 그렇게 다그쳤답니다. 병택이가 그럼 그래라, 주명이가 그랬다면 그랬다고 쓰라고 했답니다.

그런 상황에서 병택이가 재판에 증인으로 나왔어요. 임휘윤 검사가 물었어요.

'피고인이 북한의 교육제도를 찬양하며 북한은 평등하게 잘산다고 선전한 적이 있지요?'

그런데 병택이가 그런 사실이 없다고 대답했어요. 그러자 검사가 놀라서 증인 신문을 중단했습니다. 검찰 쪽 증인으로 나온 사람이 재판정에서 검찰에서 한 진술 내용을 부인하니까 당황해서 심문을 중단하고 재판 중단 요청까지 한 겁니다."

그리고 20여 일 후 속개된 재판에서 검사는 다시 이병택을 증언대에 불러냈다. 이병택은 검사가 "공소사실을 읽었지요?"라고 묻는데도 아무런 대답을 하지 않은 채 그냥 침묵하고 서 있었다.

"나중에 병택이한테 들으니 재판이 열리는 날 이근안 등 수사관들이 병택이 집에 들이닥쳤다고 합니다. 수사관들은 병택이를 차에 태워 법원으로 가면서 이번에 또다시 헛소리하면 큰일 날 줄 알아라, 진술서대로 말하지 않으면 직장이고 뭐고 다 끝장이다, 불이익을 각오하라는 등 위협을 했다고 합니다. 그래서 병택이가 그날 법정에서 아무 말도 못 하고 그냥 서 있었던 거지요."

또 한 사람의 증인 이기생은 그가 20대 초반의 순진한 젊은이였기에 더욱 마음이 아팠다. 그는 당시 주명의 집에 세 들어 살면서 성북경찰서 삼선파출소에 순경으로 근무하고 있었다. 이기생은 주명이 연행된 뒤 남영동 분실에 불려 가 조사를 받았다. 그는 비번인 날에 집주인인 주명과 술자리를 하면서 주명에게서 대한민국을 헐뜯고 북한 정권을 찬양하는 말을 들은 사람으로 경찰 조서에 등장한다.

"임휘윤 검사가 순경 월급이 얼마냐? 그것으로 생활은 되느냐? 박봉에 나라를 위해 참으로 고생이 많다, 그런 등등으로 이 순경을 치켜세우는 말을 한 뒤 이어서 함주명이 평소에도 북한을 찬양 고무하는 말을 많이 하지 않았느냐고 물었습니다.

그런데 임 검사의 말을 잠자코 듣고 있던 이 순경이 대답을 하지 않고 대뜸 증인 선서를 다시 하겠다고 하는 겁니다. 그러자 임 검사도 놀란 얼굴로 왜 그러느냐고 되묻자 이 순경이 말하기를 '대한민국 경찰관으로서 허위진술은 할 수가 없습니다. 피고인은 나한테 그런 얘기를 한 적이 없습니다'라고 말하는 것이었습니다.

재판정이 금세 술렁댔어요. 함께 불려 나온 증인들 사이에서도 동요의 기색이 역력했습니다. 모두들 검사와 경찰의 서슬에 눌려 그저 시키는 대로 대답하던 상황에서 젊은 경찰관의 용기 있는 행동에 그저 놀라는 눈치였죠.

사실 이기생의 용기 있는 행동은 그가 경찰관인 신분인 걸 감안한다면 더더욱 놀랄 일이었습니다. 누구보다 놀란 사람은 임휘윤 검사였습니다. 임 검사는 자신이 검사라는 사실조차 그 순간에는 잊었는지 막말로 소리쳤습니다. '야, 인마! 이리 와!'

신성하다는 재판정에서 검사가 검찰 쪽 증인에게 폭언이나 다름없는 하대를 마구 하면서 조서 서류를 내두르면서 소리를 쳤습니다. '야, 인마! 범죄인을 수사하고 조서까지 작성한 경찰이라는 놈이 그래 자기가 쓴 걸 아니라고 해? 왜 왔다 갔다 해? 이 나쁜 놈의 새끼!'"

임 검사는 짐짓 분기를 참지 못하는 모습을 보이며 재판정을 나가버렸다. 그러자 이근안 등 수사경찰관들은 당황한 모습으로 그 뒤를 따라 황급히 재판정에서 사라졌다. 그때의 모습이 마치 어제 일인 양 주명의 눈앞에 선하게 그려졌다.

그러나 그런 이기생 경찰관도 이병택 은행 임원처럼 다음 공판에서는 침묵으로 일관했다. 그가 그날 이후 겪은 마음의 고통과 신분상의 불이익은 그 자신이 아니더라도 충분히 짐작하고도 남을 만한 일이었다. 주명은 훗날 감옥에서 나온 뒤 이기생을 수소문해 찾아가 그때 일에 대해 감사 인사를 전했다.

이기생은 서울 시내 변두리 파출소에서 현역 경사로 정년을 얼마 남겨두지 않고 있다. 그는 주명과의 옛일에 대해 이야기하고 싶어 하지 않았다. 다시 만나고 싶지도 않다고 했다. 그때 일로 고초가 많았느냐는 질문에도 대답하지 않았다. 새삼 다시 기억하고 싶지 않다며 그냥 없던 일로 했으면 좋겠다는 것이 그의 마지막 대답이었다.

제3장

진실의 이름으로

2심에서 3심까지

박승서 변호사의 등장

1심에서 사형 구형에 이어 무기징역이 선고되자 경악한 것은 주명만이 아니었다. 주명의 젊은 아내 이춘자와 작은형 주성 등 형제들은 기가 막혔다. 특히 작은형 주성은 도저히 이해가 가지 않았다. 1954년 주명이 남하한 뒤 원주로 찾아가 처음 만났을 때를 생각해보면 주명은 결코 간첩이 아니었다. 그래서 간첩 잡는 방첩부대장인 사촌 매형에게까지 동생의 구명을 부탁하지 않았던가. 조금이라도 의심이 있었다면 방첩부대장이 아무리 친척 동생이라도 쉽게 나설 수 있는 일이 아니었다. 또 그런 동생이 지난 30년 동안 어떻게 살아왔는지 누구보다 잘 아는 것도 그였다. 여러 번 취직도 시켜가면서 지켜봐온 그로서는 동생 주명이 간첩이라니 말도 되지 않았다.

그래도 멀쩡한 사람을 간첩으로 만들어 징역까지 살게 하지는 않겠지, 대한민국은 법치국가인데 설마하니……. 검찰과 사법부에 그나마 기대를 거두지 않고 있었는데 결과는 엄청났다. 세상에 멀쩡한 사람 간첩 만든 것도 모자라, 무기징역을 때려 평생을 감옥에서 살라고 하다니. 대명천지에 이런 일이 우리 가족에게 일어나다니……. 모두들 그런 심정이었다. 이춘자의 심경은 더 말할 것도 없었다. 청천벽력이나 다름없었다. 지푸라기라도 잡고 싶은 심정이었다.

가족 사이에서는 돈을 더 쓰더라도 유명 변호사를 사야 어떻게든 무기징역은 면할 수 있지 않겠느냐는 말들이 오고 갔다. 주명의 집안에도 법조계 사람이 없는 것은 아니었다. 다만 찾아가 부탁하기가 어려운 관계였던 탓에 망설였을 뿐이었다. 그러나 이제는 체면을 따지고 있을 계제가 아니었다.

주성은 당시 동대문 인근 종로통에 보건당이라는 한약방으로 큰매형을 만나러 갔다. 주명의 큰매형에게는 누나와 결혼하기 전에 상처한 부인에게서 낳은 아들이 있었는데, 그는 당시 서울지방법원 판사로 재직하고 있었다. 주명의 집안에서 볼 때 피를 나눈 혈육은 아니었지만, 법적으로 주명 형제와는 외삼촌과 외조카의 사이였다. 그가 훗날 대법원장까지 지낸 이용훈이었다.

주성과 이춘자는 어렵게 찾아간 매형에게 저간의 사정을 설명하고 이 판사에게 부탁하여 좀더 유능하고 연줄 있는 변호사를 소개해줄 것을 간청했다. 주성을 비롯한 주명의 가족에게 사정 설명을 들은 그가 추천한 변호사가 박승서였다.

1980년대 인권변호사로 활동한 박승서의 등장은 주명의 재심 결정에 이르는 과정에서 매우 중요한 의미를 지닌다. 2심 재판은 박승서와 이해진 변호사 2명이 변론을 맡았는데, 이들의 변론 활동은 주명의 무죄를 이끌어내거나, 최소한 감형을 가져오는 데까지는 이르지 못했으니 결과적으로 성공한 변론이라고 말할 수는 없다. 그러나 박 변호사는 주명의 억울한 혐의사실을 조목조목 반박하는 변론을 남겨 훗날 재심을 청구하는 과정에서 주요 근거 자료로 활용될 수 있게 하였다. 특히 주명이 고문을 당했다고 지목한 이근안을 2심 재판 때 증인으로 출석시킨 것은, 비록 의도한 것은 아니었으나, 훗날 주명이 간첩 누명을 벗는 데 결정적인 작용을 하였다. 박승서는 이때 의 일을 이렇게 회고했다.

"당시 시대 분위기로는 이런 용공사건이 진실이 밝혀져 무죄가 되는 것은 거의 불가능했습니다. 제가 이 재판을 맡고 살펴보니 고문 에 의한 용공조작이 분명했지만, 누가 어떻게 고문을 했는지 특정하 지 않고서는 고문의 '고' 자도 꺼내기가 어려울 게 뻔했습니다. 또 설 사 특정 수사관을 지목해 그 사람이 고문을 해 증거가 조작됐다고 주 장을 해도 그것이 재판부에 받아들여질 수 있는 시대가 아니었습니 다. 어떻게 해서도 2심에서 유죄를 무죄로 뒤집기는 불가능한 일이 었습니다.

그런데 함주명 씨는 자신을 고문한 사람이 이근안이란 것을 정 확히 기억하고 있었습니다. 보통 피의자가 자신을 고문한 사람의 이 름이나 신분을 알기란 거의 불가능한 일인데도 말입니다.

나는 이근안을 증언대에 세우는 일 자체도 매우 중요하다고 생 각했습니다. 그가 재판에 나온다 해도 고문 사실을 부인할 것이고, 그 가 부인하는 이상 재판부도 어찌할 수 없겠지만, 일단 그가 증인으로 나와 당시의 정황을 조목조목 자기 입으로 말하게 한다면 언젠가는 그것이 스스로 진실을 드러내는 열쇠가 되어줄 수 있지 않을까 하는 기대를 했던 것이죠. 특히 피고가 자신을 고문한 사람을 구체적으로 지적한 사건에서 그의 증언을 받아두지 못하면 변호인으로 내 소임 을 다하지 못하는 것이 아닌가 하는 생각을 했지요. 그래서 끈질기게 재판부에 요구를 했습니다. 아마도 수차례 했을 거예요. 피고가 억울해하고, 고문한 사람이 누군지도 안다고 한다. 피고가 호소하는데 알고도 안 부르는 건 재판의 도리가 아니다, 그런 취지였습니다."

"당시 재판부도 시대 분위기를 의식하지 않을 수 없었겠지만, 고문조작사건임을 충분히 짐작할 수 있는 그분들도 내 증인 요청을 마냥 무시할 수만은 없었을 겁니다. 그래서 재판부가 이근안이란 수사관의 증인 채택을 허용했는데 처음엔 나오질 않았어요. 그래서 내가 또 강력히 재판부에 요청했지요. 아마도 재판부가 검찰에 이근안을 출석시켜 형식적인 증인신문이라도 마쳐야 선고를 할 수 있다고 했을 겁니다. 그래서 이근안의 증인출석이 이루어졌지요. 그때 이근안 증언을 받아둔 것이 20년이 지나 진실을 여는 판도라의 상자가 되어준 거죠."

"이근안이란 사람은 증인으로 나와 일관되게 자신은 대한민국 대공수사요원으로서 책임을 다하고 있고, 고문 같은 건 결코 한 일이 없다고 큰소리쳤습니다. 저한테도 엄청 대들듯이 했지요. 그러나 나는 침착하게 조목조목 고문조작의 정황을 질문했습니다. 그리고 재판부에 증인신문조서를 최대한 문답대로 정확히 작성해줄 것을 주문한 기억도 납니다. 그 이근안이란 사람 이름이 나중에 김근태 씨 고문사건으로 다시 세상에 알려진 뒤 나도 그 사람이 바로 고문기술자였구나 싶어 깜짝 놀라면서도 한편으로는 내가 그때 그를 증언대에 세우기를 정말 잘했구나 싶었습니다."

박승서 변호사의 요청과 재판부의 재촉에 검찰은 이근안이 재판에 증인으로 나오도록 했다. 전례 없는 일이었지만, 자신의 이름이 특정돼 거론된 이상 어쩔 수 없었을 것이다. 그럼 주명은 어떻게 자신을 고문한 사람이 이근안이라는 것을 알게 되었을까? 보통 수사 대상자를 은밀히 또는 불법적인 수단을 동원하여 조사하는 수사관들은 자신의 신원을 조사받는 사람에게 절대 노출하지 않는 법이다. 조사 상황의 기밀 유지는 물론 조사 방식의 부당성이나 불법성에 대한 빌미를 주지 않기 위해서이다.

그런데 이근안 등에게 고문을 당한 주명이 고문 행사자들의 이름과 직위 등을 비교적 정확히 기억하고 있었다는 것은 당시 상황에서는 매우 이례적인 일이었다. 다른 유사 사건의 피해자들은 대부분 자신을 고문한 사람을 특정하지 못하고 있었다. 그럼에도 주명이 이근안의 신원을 알 수 있었던 것은 주명의 관찰력이 뛰어나서라기보다는 이근안 자신의 부주의 탓이 더 컸다고 할 수 있다.

"제가 조사받을 때는 수사관들이 그런 의식이 별로 없는 듯 행동했습니다. 이근안은 제가 보는 앞에서 조서에 자신의 이름을 쓰고 사인을 했고, 다른 수사관들도 자기들끼리 이름이나 직책을 부르곤 했어요. 심지어 고문을 보조하는 상황에서조차 서로 이름을 부르곤 했으니까요. 처음엔 나도 무심코 지나치다가 그런 상황이 몇 차례 반복되면서 저절로 기억하게 되었던 거지요."

주명은 남영동에 잡혀온 지 보름도 지나지 않아 수사관들의 이름을 대부분 알게 되었다고 기억하고 있다. 이들이 왜 별다른 경계의식을 보이지 않았는지는 알 수 없다. 당시는 불법 수사에 대한 경계의식이 철저하지 못했는지, 아니면 주명이 학생이나 정치범이 아니어서 방심해서 그랬는지도 모른다. 또는 주명이 최고 사형에 해당하는 장기 수형 대상의 간첩 혐의자여서 자신의 신원이 드러나도 큰 상관이 없다고 생각했을지도 모르겠다.

이근안이 경찰 조직 안에서도 매우 특별한 고문전문가였다는 사실을 주명이 알게 된 것은 김근태 전 의원의 고문사건을 통해서였다. 이근안이 김 의원을 고문한 혐의로 잠적하자 그를 현상수배하기로 한 당시 민가협 실무간사(남규선)가 주명을 교도소로 면회 와서 소식을 전해주면서였다. 아무튼 이근안은 매우 투덜거리며 재판정에 나왔겠지만, 이때 이뤄진 증인신문은 훗날 조용환 변호사가 주명의 누명을 벗기는 데 중요한 계기로 작용했다. 이근안이 검찰의 재조사에서 고문 사실을 일부 인정하자, 고문 사실을 부인했던 2심 때의 증인신문 내용이 위증의 결정적 증거가 되었기 때문이다.

그래서 여기에 당시 신문 내용의 일부를 싣는다. 신문은 1983년 12월 29일 열린 2심 3차 공판 때 있었다. 당시 재판장은 이근안에게 위증의 벌을 경고하고 선서하게 하였다. 이근안은 이 신문에서 주명을 고문하지 않았다고 증언했으며, 홍종수가 주명이 북에서 남파된 뒤 체포되었으나 방첩대에 다니는 사촌의 도움을 받아 석방되었다는 사실을 북에서 들었다고 말했다. 나중에 이 두 가지 핵심 사실이 허위로 드러나면서 주명은 결백을 입증할 수 있었다.

문(검사): 증인은 치안본부 대공수사단 간부로서 대공 업무에 종사하고 있는가요.

답(이근안): 예, 그렇습니다.

문: 종사한 기간은 얼마나 되는가요.

답: 만 13년간 종사해왔습니다.

문: 증인은 이 사건 피고인 함주명을 간첩으로 인지해서 사건을 수사한 일이 있는가요.

답: 예, 그렇습니다.

문: 피고인을 간첩으로 인지한 경위는 1980년 5월 23일, 세 번째 남파된 간첩 홍(종수)이라는 사람을 검거하여 그 사람에 대한 방첩신문 단계에서 회유공작에 성공하여 이 사건을 인지하게 되었는가요.

답: 예, 그렇습니다.

문: 홍이라는 사람이 제공한 정보로 수 개의 간첩망을 검거하였고, 이 사건도 그 사람의 제보에 따라 수사 끝에 검거하였는가요.

답: 예, 그렇습니다.

문: 홍이라는 사람이 자기가 재북 중에 혁명가족으로 조직·관리한 바 있는 여교사 우순학이라는 사람이 있었는데, 우순학의 남편이 남파되어 열렬히 싸우고 있는 공로로 우순학은 극진한 대우를 받고 있고, 남편의 월급까지 받고 있는데 위 남파된 우순학의 남편은 한쪽 눈이 실명된 불구 자라고 제보했는가요.

답: 예, 그렇습니다.

문: 이북에 있는 우순학의 남편으로 한쪽 눈이 실명된 사람이 바로 피고인 함주명이라 하여 찾게 된 경위는 어떠한가요.

답: 검거간첩 홍은 1980년 5월 15일 한창 혼란기에 세 번째로 남파되 었던 간첩입니다. 간첩 홍이 서울역에서 주민의 신고로 검거되었을 때, 혀 를 깨물고 자살을 기도했었습니다. 그런데 저희가 그의 신병을 인수하여 치료를 하고 장기간에 걸쳐 회유해서 그가 진술한 제보 내용에 따라 여러 다른 간첩망을 검거했습니다.

간첩 홍은 여교사 우순학의 남편에 대한 진술도 했는데, 우순학의 남편 이름은 모르고 있었습니다. 그가 제보한 내용의 요지를 말씀드리겠습니다.

간첩 홍은 1956년 10월에 개성시당으로부터 제일중학교의 지도원으 로 발령을 받고 부임할 당시에 개성시당 조직부 담당 지도원으로부터 "제 일중학에 우순학이라는 여교사가 있는데 혁명가족이다. 잘 보호하라"는 명령을 받고 부임을 해서 신상을 파악해보았더니 우순학의 아버지는 성 분이 나빠서 처형된 사람이고, 그의 남편은 전상 유공자로 6·25 때 의용 군으로 참전을 해서 한쪽 눈이 실명되었는데, 그 사람이 공작원으로 남파되어 열렬히 싸움을 하고 있다는 사실과 그가 남파되었을 당시에 우리 기관에 검거되어 죽게 된 지경에 첩보부대에 있는 형들의 도움으로 구출되어 열렬히 싸우고 있다는 사실을 알게 되었다고 말했습니다.

여기서 한 가지 말씀드릴 것은 간첩 홍이 제일중학교의 지도원으로 간 것은 피고인이 남파된 지 2년 후라는 것입니다. 또한 간첩 홍은 우순학 여교사의 신상을 관리하면서 매년 정초에 또는 수시로 우순학의 집을 방문하여 조직 관리상 접촉을 하는 과정에서 매년 정초와 김일성의 생일날에는 중앙당으로부터 하사된 선물을 가지고 술대접을 받기도 했다는 것입니다. 그리고 혁명가족에게만 특권으로 부여되어 있는 사항으로서 우순학에게는 개성시 군인상점으로부터 콩기름, 고기, 옷감이 지급되고 있었고, 우순학의 월급은 당시 70원씩이었는데, 남편의 월급 100원씩이 별도로 비밀리에 지급되었다고 했습니다.

또 1961년도엔가 1962년도경에 정초에 간첩 홍이 우순학의 집에 초대되어 갔더니 며칠 전에 중앙당에서 지도원이 와서 가족사진을 가져갔다면서 걱정을 하더라고 했습니다. 다만 간첩 홍은 그 사진을 왜 가져갔는가 하는 설명은 하지 못했습니다. 그리고 1963년 겨울에 우순학의 남동생이 결혼식을 했는데, 간첩 홍이 결혼식에 참석했을 뿐 아니라 그 결혼 비용을 중앙당에서 부담을 했다고 했습니다. 그리고 1964년 5월경에는 우순학이 사회안전부로부터 이주 명령을 받았다고 하면서 보따리를 싸놓고, 간첩 홍에게 뛰어와서 눈물로 하소연해서 간첩 홍은 이를 곧 개성시당에 보고했더니 시당 조직부 담당부 부장의 지시로 "무슨 소리냐. 남편이 지금 남한에서 열렬히 싸움을 하고 있는데, 과거에 아버지의 성분이 나쁘다고 해서 사회안전부에서 이주 명령을 내리는 것은 잘못이다. 중앙당의 지시이니 우순학이 교육사업에 전념토록 잘 보호하라"는 명령을 받았을 뿐 아니라 사회안전부의 이주 명령은 곧 취소되었다고 했습니다.

그 후 간첩 홍은 제일중학교를 떠나서 1978년 8월경 남포 부근의 어느 저수지에서 중앙당 연락부의 자기 담당 지도원과 단둘이 약 보름 동안 침식을 같이하면서 남파되기 위한 수영 훈련을 받았다고 했습니다. 그런데 그 담당 지도원과 대화하는 중에 "집이 어디냐", "개성이다", "개성에서 무엇을 했느냐", "제일중학교 지도원도 하고……" 하는 등의 이야기 끝에 우연히 부화사건(간통사건) 이야기가 나왔는데, 그 담당 지도원이 "우순학이가 자기 집안 동생뻘 되는 사람하고 간통을 해서 아이까지 낳았는데 중앙당에서 크게 문제 될 줄 알았더니 그의 남편이 열렬히 싸우고 있는 공로로 문제 삼지 않고, 본인이 개성에 있으면 부담이 될 것이라고 평남 증산군 한천에 있는 모 중학교로 자리를 옮겨주었다"는 이야기를 하고, 우순학의 남편이 바로 자기가 중앙당 연락부에서 담당했던 공작원이었다는 말을 해서 그 지도원이 우순학의 남편을 담당했던 지도원이라는 사실을 알았다고 했습니다.

위와 같은 일련의 사안을 감안하여 저희 대공수사단에서는 종전에는 1~2개 반의 전담반을 편성하는 것이 통례였는데도 이 사안만은 중대시하여 7개의 전담반을 편성하여 개성 내지는 그 주변 지역의 출신자로 형이 첩보부대에 근무를 했고 현재 남쪽에 나와 있는 동생이 한쪽 눈이 실명된 사람이 누구인가를 조사하기 시작했습니다. 정확한 이름을 몰랐기 때문에 7개 반으로 편성된 전담 수사반이 약 6개월간에 걸쳐서 개성 시민회, 개풍 군민회, 연백 군민회 등등을 전전하면서 그 지역 출신 사람들의 인명부를 입수하여 저희 정보기록을 활용하여 군 경력자 중에서 첩보부대원으로 종사했던 사람을 찾기 시작했습니다.

그러던 중에 한 조에서 과거에 대간첩본부에도 근무했던 임희준 장군을 만나 뵙고 혹시 그런 사람을 아느냐고 문의했더니 임 장군이 "동해 첩보부대에 있던 함주성의 동생이 한쪽 눈이 실명되었다"는 첩보를 주어서 수사에 활기를 띠고 함주성의 인적 사항, 소재 등을 탐지하고 미행해서 동생 함주명이 살고 있는 소재를 아는 데 성공했습니다.

　기록을 보았더니 함주명이 과거에 강원도경에 입건되었던 적이 있기에 강원도에 출장을 가서 함주명이 강원도경에 검거되었던 기록을 보니까 거기에는 함주명의 애인이 우순학으로 기재되어 있었습니다. 그래서 함주명이 바로 우순학의 남편이라는 확증을 잡고, 동행을 해서 개가를 올린 것입니다.

　문: 그 당시 함주명을 찾기 위하여 상당한 노력을 기울였다고 아까도 이야기가 나왔지만, 개성에 있는 호수돈여고 등 모든 학교의 동창회 명부까지도 다 찾고 상당한 기간 조사를 했었지요.

　답: 말할 수가 없을 정도였습니다. 우순학의 언니가 수원에서 살고 있는 것까지 알아내어 우순학의 언니를 접촉해보니까 자기는 1·4후퇴 때 나와가지고 이북에 남아 있는 자기 여동생에 관한 그 후의 상황을 전혀 모르고 있었습니다. 함주명이 우순학의 남편인 사실까지도 우순학의 언니가 몰라서 한때 수사가 딜레마에 빠지기도 했습니다. 그래서 영영 못 찾고 마는가 보다 했었는데, 임희준 장군이 똑바로 대주어서 찾을 수 있었습니다.

　문: 대공수사는 우선 간첩을 검거하면 방첩조치라는 것을 하게 되는 가요.

　답: 예, 그렇습니다.

　문: 방첩조치로서는 보호조치가 되어 있는 상태에서 기본조사와 확인조사가 진행되고, 또한 회유공작으로 공소보류 등 법적 보장을 설명하면서 그 실례로 김신조라든가 김용국 등의 이름을 들어 설득하고, 그 용의자의 진술 내용을 분석 검토하여 연계된 간첩망의 유무, 역공작의 가능성 여부 등을 전부 검토하고, 역용가치가 없을 때 사법조치를 취하게 되는바,

이러한 단계적 조치 때문에 상당히 많은 보호조치 기간이 필요하다는데 그런가요.

답: 예, 그것이 사실입니다.

문: 장기간 보호조치하면서 데리고 있는 것은 불법 구금이 아닌가요.

답: 형사소송법상의 숭고한 이념을 저희도 모르는 바가 아닙니다. 그러나 간첩을 검거하여 조사하다 보면, 특히 남파간첩의 경우에는 애로가 많습니다. 이미 처형된 최수정 여간첩의 실례를 간단히 들자면 신문을 하는 과정에서 김일성을 욕했더니 김일성을 모욕했다고 3일 동안 물 한 모금 밥 한 술 먹지 않았습니다.

그러한 이데올로기적 사상적 바탕 위에서 공작원 생활을 하는 사람들이기 때문에 우리가 300원짜리 담배를 피울 때 500원짜리 담배를 사 주고, 우리가 자장면을 먹을 때 설렁탕을 대접하고, 우리가 바닥이나 소파에서 잠을 잘 때 침대에다 재우고 합니다. 저희들 보안시설은 냉온방시설이라든지, 수세식 변소라든지, 목욕탕 등 시설이 참 잘되어 있습니다.

그리고 담당 신문관이 사건 조사가 끝날 때까지 거기서 기거를 같이합니다. 기거를 같이하면서 회유를 하는데, 어느 간첩치고 데려다가 "너 간첩이냐"고 하면 "네" 하고 대답하는 사람은 한 번도 보지 못했습니다. 죽어도 아니라고 합니다.

함주명의 경우에도 우순학에 관계된 부분을 설득과 설득 끝에 자기가 회개의 눈물까지 흘리면서 자백을 했습니다. 아무튼 간첩사건의 조사에는 시간이 걸리고 고통이 많습니다.

문: 그러면 그렇게 보호조치되어 있는 상태에서 냉온방시설이라든가 욕조, 수세식 변소 등이 갖추어진 안락한 방에서 수사요원들과 침식을 같이한다고 했는데, 그때 음식이나 술 같은 것은 어떻게 하는가요.

답: 회유공작비라는 것이 지급되고 있습니다. 그러면 담당 신문관들이

저녁에 야참으로 음식을 사다 먹는다든지 본인이 원하면 과음은 안 되지만 술도 한잔씩 주거니 받거니 하면서 생활을 했습니다.

문: 그러면 그렇게 보호조치되어 있는 기간 중에 가족에게 알려주는가요.

답: 예, 알려줍니다.

문: 이번 사건의 경우에도 알려주었는가요.

답: 약 10일 정도 지나서 제가 피고인의 본가에 찾아갔더니 마침 피고인의 처 되는 사람과 누님이 있었습니다. 그래서 제가 "우리가 지금 함주명 씨를 보호조치 중에 있는데 다소 시일이 걸릴 것 같으니까 너무 걱정하지 말고 안심하고 기다려달라"는 당부를 했습니다.

문: 다음 질문에 들어가기 전에 앞에서 빠진 것을 한 가지 묻겠는데, 우순학 남편의 한쪽 눈이 실명이라는데 피고인의 한쪽 눈이 실명인가요.

답: 예, 피고인의 왼쪽 눈이 의안인 것으로 압니다. (이때 검사는 피고인에게 왼쪽 눈이 실명되어 의안을 했느냐고 물으니 피고인이 맞다고 대답하였다.)

문: 보호조치를 하고 있다가 역용 가치가 없다든가 하면 사법조치를 하게 되는가요.

답: 예, 그렇습니다. 이 건의 경우는 피고인이 범죄사실 일체를 자백했지만 남파된 지 벌써 근 30년간이 되었기 때문에 일일이 확인하는 과정을 거쳐가지고 역용 가치가 있는지 여부를 평가했었습니다. 이번의 다대포 사건의 예도 있지만 간첩 용의자에 대한 조사를 하고 나서 역용 케이스가 되는가, 관련 간첩망을 진술하지 아니한 것이 있는가 등을 검토해서 조정기관에 조정 품신을 하게 됩니다.

문: 피고인을 연행한 것은 1983년 2월 18일 오전 9시경이고, 연행하여 보호조치하고 있다가 같은 해 3월 24일 조정기관의 조정을 받아 같은 해 4월 4일 구속영장을 발부받아 집행하고 같은 해 4월 21일 검찰에 송치한

것으로 되어 있는데 틀림없는가요.

답: 예, 틀림없습니다.

문: 그러면 연행해서부터 구속영장을 발부받기까지의 기간(83년 2월 18일~4월 4일) 피고인을 어디에 수용하였는가요.

답: 저희 사무실(분실)에 보호조치했습니다.

문: 구속영장이 발부된 때부터 검찰에 송치할 때까지의 기간(83년 4월 4일~4월 21일)에는 피고인을 어디에 수용했는가요.

답: 용산경찰서 유치장에 수감했습니다.

문: 1983년 4월 21일 피고인을 용산경찰서에서 검찰청으로 송치했는데 그때 피고인에게 말하기를 검사에게 공소보류 심사를 받으러 가자고 한 일이 있는가요.

답: 그런 말을 할 수가 없습니다. 이미 1983년 4월 4일에 수갑을 채워서 용산경찰서 유치장에 수감을 했기 때문에 본인이 구속된 사실을 알았고, 사법조치로 들어가는 것도 누구보다도 본인이 더 잘 알았을 것입니다.

문: 검찰에 송치하던 날 검사가 피고인을 조사할 적에 증인이 입회한 사실이 있는가요.

답: 저는 검사가 취조를 하는데 입회해본 사실이 한 번도 없습니다. 그때 저는 참고인들 대기실에서 대기하고 있었습니다.

문: 그날 검사의 조사가 끝난 다음 누가 피고인을 서울구치소에 데리고 갔는가요.

답: 제가 직원 둘을 데리고 호송 수감했습니다.

문: 증인이 직접 호송 수감했다는 말인가요.

답: 예, 그렇습니다. 간첩사건의 경우에는 그것이 관례입니다. 간첩 용의자를 잡범들과 합방을 시켜놓으면 쪽지를 써서 전달한다든지 하는 보안문제가 있기 때문에 저희가 직접 호송 수감해 오고 있습니다.

문: 그날 검사의 조사가 끝나고 피고인을 구치소로 호송하는 중에 저녁 식사를 시켰다는데 사실인가요.

답: 예, 사실입니다.

문: 왜 저녁 식사를 시켰는가요.

답: 함주명 혼자만 시킨 것이 아니고 저희 직원들과 같이 먹었습니다. 검사 취조가 끝났을 때가 저녁때였기 때문에 구치소에 가면 저녁 식사를 굶게 되겠기에 구치소 정문 앞 부근 식당에서 식사를 마치고 데리고 들어 간 것입니다.

문: 휴전 후에도 남북 간에 밀무역을 했다는데 사실인가요.

답: 휴전 후 몇 년까지 했다는 정확한 기록은 없으나 밀무역상이 왕래 하였던 것은 사실입니다. 그 당시 밀무역에 종사했던 자들은 전부 공작원 이었습니다.

문: 이북에서 남파공작원인 친구가 있다면, 그 친구에게 자기도 공작원 으로 선발되게 해달라고 부탁을 하여 공작원으로 남파될 수 있는가요.

답: 북괴의 공작원 선발은 어느 개인의 추천에 의해서 하는 것은 아니 라고 봅니다. 또 공작원이라는 신분은 비밀 신분이기 때문에 친구 간에 알 수 없을뿐더러, 그 선발 과정은 지방당에서 5배수 추천을 하면 중앙당 에서 엄격한 심사 과정을 거쳐 선발하는 것으로 알고 있습니다.

문: 피고인의 법정진술에 의하면 자기는 우순학의 남편이 아니라 그 집 에서 9개월간 하숙을 하였을 뿐이라고 하는데 어떤가요.

답: 북괴와 같은 조직사회에서 가령 함주명이가 우순학의 집에서 하숙 을 하였다고 치더라도 북괴 중앙당에서 남편으로 착각을 해가지고 봉급 을 지급하고, 혁명가 가족 대장에 등재하여 지도원으로 하여금 조직 관리 하게 할 수는 없을 것으로 봅니다.

문: 피고인은 이북에 있을 때 남한에 있는 형 등의 신분을 전혀 몰랐다

고 했지만, 검거 간첩 홍의 진술에 의하면 북괴 중앙당에서 피고인이 강원도경에 검거되었을 때 형들의 도움으로 구출된 것을 알고 있었다고 하는데 사실인가요.

답: 예, 사실입니다. 간첩 홍이 그런 진술을 해주지 않았으면 피고인을 찾지도 못했을 것입니다.

문: 북괴에서는 남파간첩 등의 생활을 보장해주는가요.

답: 공작원 자신의 재남 생활에 대한 보장은 어렵습니다. 왜냐하면 특히 필요한 공작금은 전달되지만 사선을 돌파해서 공작금을 전달한다는 것이 쉬운 일은 아니기 때문입니다. 그러나 재북 가족에게는 월급을 지급하고, 그 가족을 보호해줍니다. 그리고 평화통일 시까지 공작 기간이 부여된 간첩들의 경우를 보면 여기서 직업을 갖고 생활을 한다든지 하는 것은 생활 토대를 위한 하나의 투쟁으로 봅니다.

문: 투쟁으로 보기 때문에 충분한 공작금을 지급하지도 않고 내버려두면 여기서 생존하는 것이 하나의 투쟁이란 말인가요.

답: 예, 그렇습니다.

문: 그러니까 장기간첩의 경우에는 공작금이 지급되지 않는다는 것인가요.

답: 사업 토대 즉 회사를 경영한다든지 공장을 경영한다든지 하는 거점 공작을 할 때에는 다액의 공작금이 지급됩니다. 그리고 개별 활동을 하는 공작원의 경우를 보면 공작금액이 다양합니다. 최수정 여간첩의 경우를 보면 네 번째 남파되었는데, 1년 동안 활동비로 100만 원을 가지고 왔었습니다만 그보다 적은 몇십만 원인 경우도 있습니다.

문: 그러니까 남파공작원이라고 해서 전부 공작금을 받고 풍족한 생활을 하는 것은 아니라는 것인가요.

답: 예, 그렇습니다.

문: 김명환이 남파되었을 당시 기관의 철저한 감시가 있었는가요.

답: 그 당시 사건은 제가 자세히 모르겠습니다만 작성된 간첩카드에 의하면 그 공작을 담당했던 기관이 강화경찰서 대공계였습니다. 그래서 당시 대공계장으로 있었던 전춘식을 조사해보았더니 그가 실토를 하는데 현지에 상주하는 것은 어려웠고 사실 강화에서 서울 평동 45번지까지 그 당시 비포장도로로 완행버스를 타고 왔다 갔다 하는 것도 쉽지 않아 가끔 올라와서 확인하는 정도로 했다고 말했습니다.

문: 피고인이 1954년 8월 이후 이번 검거 전까지는 그 사이에 한 번도 조사를 받은 일이 없다는데 사실인가요.

답: 그럴 수밖에 없는 것입니다. 왜냐하면 귀순을 가장한 침투가 많이 있기는 하지만 일단 한번 법적 조치를 받고 나온 사람에 대하여는 관에서 신경을 써서 관찰하지 못하는 경우가 많기 때문입니다.

문: 그러니까 검거간첩 홍의 제보가 없었다면 이 건도 검거가 안 되었을 것인가요.

답: 그렇습니다. 간첩 홍의 제보가 없었다면 전혀 몰랐을 것입니다.

문: 검거간첩 홍이 혀를 깨물고 했던 것은 언젠가 신문에도 크게 났던 일이지요.

답: 예, 그렇습니다.

문: 증인은 무인 포스트 장소로 화계사라는 절 옆 약수터가 적합한 장소라고 보는가요.

답: 실황조사 때 제가 현장을 가보았습니다만 아주 최적의 장소였습니다.

문: 그곳은 과거에는 사람이 적었겠지만 지금은 약수터라서 사람이 많은 곳인데 어째서 최적의 장소라고 보는가요.

답: 무인 포스트 설치 장소는 다양합니다. 금년에 간첩을 하나 검거해보니까 무인 포스트 장소가 창경원 안이었습니다. 사람이 전혀 안 가는

장소를 선택하는 것이 아니고 용이하게 접근할 수 있는 장소 중에서 무인 포스트를 선택하는 것이 저들의 전략입니다. 왜냐하면 사람이 전혀 갈 수 없는 곳에 정해두면 그곳에 사람이 접근하는 것을 다른 사람이 보고 신고 하게 되기 때문입니다.

문: 그래야만 상부선이 목표 지점에 도달하기도 용이한가요.

답: 예, 그렇습니다.

문: 피고인이 1965년 우성여관에서 상부선인 조 선생과 접선하였다고 진술하였는데, 그 우성여관이라는 곳은 경찰에서 조작하여 진술을 시켰 기 때문에 나타난 여관인가요.

답: 그 당시 우성여관이라는 곳이 있었는지 없었는지 저희로서는 알 수 가 없습니다. 제가 기억하기로는 당초에 피고인이 서부여관이라고 진술 했던 것으로 압니다. 그래서 그 당시 서부여관이 존재해 있었느냐를 조사 해보았는데, 그런 여관은 없었습니다. 그래서 피고인에게 당시 서부여관 은 없었다고 했더니 피고인이 다시 우성여관이었다고 진술해서 우성여관 을 알았던 것입니다.

문: 기록 제1612정 및 제1613정을 보면 증인이 이번에 피고인을 데리 고 실황조사를 할 적에 피고인이 1965년도에 조 선생을 접선할 때는 우 성여관의 2층으로 올라가는 입구와 방들이 지금과는 달랐다고 하면서 그 후 우성여관이 개조된 것을 지적하였다는데 사실인가요.

답: 예, 사실입니다. 실황조사를 나가서 그 여관에 처음 들어가 보니까 마침 여관 주인이 있었습니다. 그래서 같은 방에서 대화를 하는데 함주명 이 옛날에는 2층으로 올라가는 입구가 정문에 들어서면서 바로 우측에 있었는데, 지금은 1층 복도를 지나서 중간 지점에서 우측으로, 2층에 올 라가는 계단이 있다는 것으로 개조되었다는 것을 지적하였습니다. 실황 조사 당시 저희는 여관이 개조된 사실을 전혀 몰랐기 때문에 주인에게 옛

날에는 이렇게 생기지 않았느냐고 했더니 주인이 칠십 몇 년도에(정확한 연도는 기억이 안 남) 개조했다고 이야기를 해서 함주명이 그 당시 왔다 간 것을 알았습니다.

　문: 피고인은 경찰에서 모진 고문을 받고 허위자백을 했다고 하는데 사실인가요.

　답: 회유해보려고 시간이 소비되었고 어려움이 있었을 뿐이고, 고문한 사실은 절대 없었습니다.

　문: 증인은 예천에 가서 김놈복을 조사한 일이 있지요.

　답: 예, 있습니다.

　문: 그 당시 김놈복에게 경찰의 요구대로 진술치 않으면 서울로 연행한다고 하면서 강요하였다는데 그런 사실이 있는가요.

　답: 예천은 시골입니다. 저희가 그 당시 김놈복 씨를 조사하러 간 것은 실황조사차 나갔다가 경유지로서 그곳에 들러 참고인 조사를 한 것이었는데 가보니까 김놈복 씨의 남편 되는 분이 중풍으로 거동이 어려운 상황이어서 한방에서 같이 앉아 계신 가운데 대화를 했습니다. 김놈복 씨의 남편 되는 분은 합기도가 고단자라고 했고 말을 더듬기는 했으나 기개가 대단히 남자다운 분이었는데, 김놈복 씨의 과거 기억을 되살리는 데 그분이 많은 도움을 주었습니다. 그리고 조사를 다 마치고 나서 김놈복 씨가 국가안보를 위해 수고한다고 하면서 사이다까지 사다 주어서 한잔씩 마시고, 화기애애한 가운데 조사를 마치고 나왔습니다.

　문: 경찰에서 이 사건을 조사할 당시 함주성도 조사를 받았는가요.

　답: 예, 그렇습니다.

　문: 그때 함주성에게 "55년 10월경 피고인이 남파된 김명환과 서로 접선한 사실이 있다"고 피고인이 그렇게 말했으니 당신도 거기에 맞추어 쓰라고 하면서 자술서 작성을 강요한 사실이 있다는데 사실인가요.

답: 함주성은 첩보부대원 출신이고 지금은 모 회사의 중역으로 계신 것으로 알고 있는데, 동생의 사활이 걸린 문제를 안일하게 저희가 "동생이 그렇게 진술했으니 여기에 맞추어라" 한다고 해서 형이 동생을 잡는 일을 할 수는 없을 것입니다.

문: 지난번에 함주성이 나와서 한 이야기로는 수사관이 "이런 것은 사건하고 관계도 없는 것이고 아무것도 아니니까 그냥 쓰고 가시오"라고 해서 그렇게 쓴 것이라고 했는데 그렇지 않다는 말인가요.

답: 그렇지 않습니다. 함주성이 다 진술을 하고 나서 "차라리 법이 없으면 내 손으로 때려 죽이겠다"고 하면서 대단했었습니다.

박승서 변호사의 이근안 심문

문(박승서): 증인이 1983년 4월 21일 피고인을 서울지검에 송치하던 날 증인하고 누구와 같이 왔는가요.

답(이근안): 저 외에 직원 두 사람이 같이 왔습니다.

문: 서울지검에 도착한 시간이 몇 시였는가요.

답: 오래되어서 정확한 기억은 안 나지만 아침 일찍이었습니다. 보통은 오전 10시 내지 10시 반에 출발을 합니다.

문: 그날 피고인을 데리고 서울구치소에 간 것은 몇 시였는가요.

답: 검사 취조가 끝나고 나서였으니까 저녁 6시경이었습니다.

문: 그때도 세 사람이 같이 갔는가요.

답: 예, 그렇습니다.

문: 세 사람이 하루 종일 검찰청에서 대기하고 있었는가요.

답: 직원 둘은 증인 대기실에서 대기했고 저는 시내에 볼일이 있어서 가보았습니다.

문: 증인이 시내에 볼일이 있어서 나간 시간은 언제부터 언제까지였는가요.

답: 11시경에 나가서 오후 3~4시경에 들어왔습니다.

문: 그동안에 증인 대기실에서 대기했던 동료 직원 두 분은 성함이 누구누구인가요.

답: 오래되어서 기억이 안 납니다.

문: 여하튼 그 두 분은 그동안에 서울지검에 있었다는 말인가요.

답: 예, 그렇습니다.

문: 그 두 분이 서울지검에 있었을 때 검사가 조사를 하는데 입회를 했는지 안 했는지 증인으로서는 모르는 것이 아닌가요.

답: 제가 그 사람들과 같이 피고인을 데리고 검사실에 갔다가 검사님이 "연락이 있을 때까지 대기실에 가 있으라"고 해서 제가 직원들을 데리고 나왔습니다.

문: 데리고 나와서 증인은 다른 볼일을 보고 오후 3시경에 돌아왔다는 말인가요.

답: 예, 그렇습니다.

문: 따라서 그 사람들은 그동안에도 대기실에 계속 있었을 것이라는 것인가요.

답: 예, 그렇습니다. 제가 3시경에 돌아왔을 때 저희 직원들이 대기실에서 기다리고 있었습니다.

문: 증인은 피고인이 송치되기 전전날쯤 피고인으로 하여금 반성문을 쓰게 한 일이 있는가요.

답: 제가 반성문을 쓰게 한 일은 없습니다.

문: 검거간첩 홍이란 홍종수인가요.

답: 예, 그렇습니다.

문: 그 사람이 검거된 날짜가 언제인가요.

답: 1980년 5월 23일입니다.

문: 그 사람이 제보해주어서 다른 여러 간첩사건을 검거했는가요.

답: 예, 그렇습니다.

문: 홍종수가 이 사건을 제보한 것은 1982년 4월경이라고 되어 있는데 맞는가요.

답: 정확한 날짜는 기억이 안 납니다.

문: 그리고 홍종수에 대한 공소보류가 된 것이 1982년 8월 26일로 되어 있는데 맞는가요.

답: 날짜는 잘 모르겠습니다.

문: 1980년 5월 23일 홍종수를 검거해가지고 계속해서 역용공작에 이용했는가요.

답: 지금도 역용공작에 이용하고 있습니다.

문: 눈 하나 없는 개성에서 온 사람이 함주명이라는 것을 임 장군을 통해서 알게 되었다고 했고 1983년 2월 18일에 함주명을 검거했다고 했는데 그 사람(애꾸눈)이 함주명이라고 안 것은 언제였는가요.

답: 저희가 시경에서 여경을 차출해서 미행 전담반을 편성하여 미행했던 것이 3~4개월 정도 됩니다. 3~4개월 정도 미행하다가 1983년 2월 18일에 함주명을 검거한 것입니다.

문: 그 3~4개월 동안 미행을 하면서 내사를 했을 터인데 거기서 나온 수사 자료가 있는가요.

답: 각 파트별로 나누어져 있어서 자세히 모르겠습니다.

문: 1983년 2월 18일을 기해서 피고인을 검거한 이유는 무엇인가요.

답: 우리가 첩보를 입수하여 보고를 올리면 공작 승인이 나옵니다. 그러면 수사 전담조가 편성되고 그 전담조가 일정 기간 조사를 하면서 접촉

인물이라든지 여행 관계라든지, 재산변동 사항이라든지, 연고선이라든지의 제반 사항을 파악하여 단계별로 보고를 하게 되고 어느 한 단계에 가서 평가를 하여 조정을 받게 됩니다.

문: 제가 묻는 취지는 그 기간 중에 저 사람이 간첩이다 하는 자료를 잡아가지고 검거를 했느냐 아니면 그런 자료 없이 검거했느냐 하는 것을 묻는 것입니다.

답: 그런 자료 없이는 저희가 검거할 수 없습니다.

문: 공작을 하려면 주변 사항만 조사할 것이 아니라 그 사람이 간첩인지 아닌지 알기 위하여 위장을 하고 들어가 대화를 해본다든가, 사귀어본다든가 한 일은 없었는가요.

답: 공작이라는 것이 여러 가지 단계가 있겠는데 넝마주이로 가장해서 집에도 들어가보고 월부 장사를 가장해서 집에 몇 번 다녀오기도 하여 공작 단계는 다 거친 것으로 압니다.

문: 1983년 2월 18일 피고인을 검거하여 그때부터 조서를 작성했는가요.

답: 바로 조서를 작성하지는 않습니다.

문: 조서를 언제부터 작성했는가요.

답: 날짜는 모르겠으나 보호조치 기간 중에는 조서를 작성하지 않습니다.

문: 우순학의 언니라는 여자가 수원에서 산다고 했는데 수원에서 무엇을 하던가요.

답: 농사를 짓고 있었습니다.

문: 우순학의 언니라는 여자가 피고인을 전혀 모르던가요.

답: 예, 전혀 모르고 있었습니다.

문: 간첩을 검거하면 전향시켜보려고 설득공작을 한다고 했는데 피고

인에 대해서도 설득공작을 해보았는가요.

답: 해보았습니다.

문: 어떻게 설득공작을 했는가요.

답: 말로 하는 외에 다른 방법은 없습니다.

문: 설득을 시켰는데도 피고인이 듣지 않던가요.

답: 자기는 간첩이 아니라 귀순했다는 것이었습니다.

문: 그래서 설득도 못 해보았는가요.

답: 아닙니다. 설득은 계속했습니다.

문: 회유 작업을 해보았으나 자기가 간첩이 아니라고 했다면 회유해볼 여유가 없었던 것 아닌가요.

답: 본인이 속이고 있다는 것을 저희가 알았기 때문에 계속 회유를 해본 것입니다.

문: 증인은 김명환을 첩보부대가 관리했다는 이야기를 들은 일이 있는가요.

답: 김명환에 대한 것은 자세히 모릅니다.

문: 첩보부대 강화 파견분대장이 김명환이 가져온 물건을 가지고 시비를 걸어 문제가 되어 파면되고 그랬다는데 그런 것도 모르는가요.

답: 함주성 씨 부인이 자기 아버지(김명환)가 가져온 물건을 누가 가져가고 돈을 주지 않아 그 돈을 받으러 다니느라고 애를 먹었다는 이야기를 해서 들은 일은 있습니다.

문: 수사기관에서 피고인이 안착신호로 일간신문에다 광고를 냈다고 진술한 일이 있는가요.

답: 사건이 하도 많아서 잘 모르겠습니다.

문: 그 때문에 수사기관에서 『동아일보』와 『서울신문』을 뒤진 일은 없는가요.

답: 본인이 정확한 진술을 하면 그대로 확인을 하고 본인이 거짓 진술을 하면 우리가 확인해서 거짓임을 밝혀내고 하는 과정이 있었기 때문에 그것은 지금 정확히 기억이 안 납니다.

문: 피고인이 1954년 10월 30일자 『동아일보』에 심인광고로 안착신호를 한 것으로 자백한 일이 있다는데 그래도 기억이 나지 않는가요.

답: 지상신호를 했다는 것은 기억이 납니다. 그러나 그 당시 확인해보았지만 확인이 되지 않았습니다.

문: 그러면 1954년 10월 30일자 『동아일보』에 실린 김종운을 찾는 심인광고를 가지고 그것이 피고인이 낸 것이라고 추정해본 일이 있는가요.

답: 그런 일이 없습니다.

문: 그러면 대공분실 직원을 서천에 파견해서 김종운이라는 사람을 확인해본 일이 있는가요.

답: 그 당시 여러 군데서 확인을 했기 때문에 사람을 어디어디에 보냈는지 기억이 안 납니다.

문: 선바위가 무인 포스트 지점으로 되어 있는데, 선바위 앞에 제상이 있는가요.

답: 선바위에는 직접 가보지 않았습니다.

문: 수사 과정에서 선바위 앞 제상다리 밑을 무인 포스트로 지정했다는 것은 기억이 나는가요.

답: 기억이 안 납니다.

문: 피고인의 말은 그렇게 진술한 일이 있다는데 그래도 기억이 안 나는가요.

답: 기억이 납니다. 그래서 돌바닥에다 어떻게 묻느냐 하는 이야기가 나온 것 같습니다.

문: 가서 보니까 시멘트 콘크리트가 되어 있더라, 거기다 어떻게 묻느

냐, 이렇게 이야기된 일이 있었지요.

답: 그것이 아닙니다. 저희가 장소를 확인해가지고 신문하는 것이 아니고, 선바위 그 자체가 바윗돌 같은데 말이 안 되지 않느냐고 했더니 피고인이 사실은 그 옆이다, 섬돌 밑창이라고 말을 했기 때문에 실황조사 때 나가본 것입니다.

문: 아무튼 돌바닥에다 무엇을 묻느냐 하는 이야기가 나온 것만은 사실이지요.

답: 용의자가 위장진술을 하게 되면 추궁해보는 것은 당연한 것입니다.

문: 서부여관이 우성여관으로 둔갑되었다고 했는데, '서부여관'이라는 말이 어디서 어떻게 나왔는지 아는가요.

답: 본인이 이야기해서 안 것입니다.

함주명의 이근안 심문

문(함주명): 검사실에서 제가 제1회 피의자 신문을 받을 때 증인이 제 옆에 앉아 있다가 검사가 전과 관계를 묻는 가운데 제가 춘천지방법원에서 판결을 받은 사실이 나오자 증인이 검사 앞에 나가서 "그것은 민청에 가입한 것으로 반국가단체 가입죄로 받은 것입니다"라고 이야기한 사실이 있지요.

답(이근안): 민청에 가입한 것이 죄라는 것을 제가 이야기했을 리도 없고 전과조회는 사법서류에 붙여서 가는 것이기 때문에 그것을 제가 새삼스럽게 설명드려야 할 이유도 없는 것입니다.

문: 증인은 고문을 하지 않았다고 했는데, 증인이 저를 칠성판에다 묶어놓고 수건을 입에 대어 샤워를 틀고, 그것도 모자라서 저의 가슴에 올라서서 머리를 붙잡고 물을 들이대는 방법으로 고문을 하였으며, 빨랫방

망이로 손을 때리고, 뒤로 수정을 채워가지고 두 사람이 저의 머리를 물속에다 잡아넣었으며, 양쪽 새끼발가락에 전기를 통하게 하는 방법 등으로 모진 고문을 하지 않았는가요.

답: 고문을 한 일은 없습니다.

문: 무인 포스트는 수사관이 먼저 지정해주지 않았는가요.

답: 실황조사서에 있는 사진 그대로입니다. 사진에는 승려가 참여한 것으로 나와 있는데, 승려를 참여시키려 했던 것은 아니고, 구경을 나왔길래 제가 승려에게 "이 절이 얼마나 된 절입니까. 이 앞에 있는 고목나무가 몇 년이나 된 것입니까"하고 물어보았습니다. 그리고 화계사 울타리를 이 사건 몇 년 전에 수리를 했다고 했는데 담을 쌓기 전에 찍은 사진까지 절에서 제공해준 것입니다.

문: 신문광고 건에 대해서도 저는 전혀 모르는 이야기입니다. 증인이 김종운을 찾는 신문광고를 들고 와서 저를 때리면서 "김종운을 풀이해볼 테니까 사실인지 아닌지 대답하시오"라고 말하고 김종운의 김은 과거 공작원 김영일의 '김'하고 김종운의 종 자는 조규삼의 '조'에다 김영일에 있는 '영'을 붙여서 '종'이 되었고, 김종운의 '운' 자는 우순학의 '우' 자에다 '순' 자의 'ㄴ'을 따서 '운'이 된 것이라고 풀이하여 그것을 벽에다 붙여놓고 "이놈아 귀신을 속이면 속였지, 나를 속이느냐"고 하였습니다. 1954년 10월 30일 자 『동아일보』에는 "김종운아 보아라. 어머니가 위독하니 속히 돌아오라. 주소. 서울시 영등포구 문래동 271번지. 본적 서천군……"으로 되어 있었는데 1954년도부터 제가 그 신문광고를 가지고 이북과 연락을 하여 1년에 두 번(봄, 가을), 4월에는 제가 지령을 받고, 10월에는 제가 보고를 하고 하는 식으로 1975년도까지 북괴와 공작을 한 것으로 서류를 전부 만들었습니다. 그러면서 "서울 영등포구 문래동 271번지에 조회를 해보았더니 그런 주소가 없더라"고 하면서 그 광고는 틀림없이 제가

낸 광고라고 하다가 그 후 실황조사 시에 직원들을 광고에 적힌 본적지에 보내서 알아보니 실제로 그 신문광고를 낸 사람이 나타나게 되자 그것을 전부 취소해버리고 김명환의 것으로 만들기 시작했는데, 제가 위에서 말한 사실을 증인은 부인하는가요.

답: 공작 파트에서 신문을 하고 조사를 한다고 하지만 몇십 년 전 어느 신문에 무슨 광고가 났는지 저희는 전혀 알 길이 없는 것입니다. 조사를 받을 당시에 피고인의 이야기가 지상신호를 이러이러한 방법으로 했다고 해서 우리 직원들이 어느 대학 도서관에 가서 옛날 신문을 찾다 보니까 그런 이름이 나와서 피고인이 맞게 진술했나 보다 하고 확인해보았더니 그 광고의 당사자가 실제로 있는 것으로 확인이 되어 피고인의 진술이 거짓으로 드러났습니다. 그래서 저희가 피고인에게 "거짓 진술이 우연히 일치된 것이 아니냐. 거짓말하지 말고 실제를 대라"고 해서 번복이 되었던 것입니다.

문: 증인이 저에게 "서울구치소 옆 서부여관 3층에서 조 선생과 만났다"고 하면서 분명히 그 장소를 가르쳐주었습니다. 그런데 실제 실황조사를 나가보니까, 1965년도 당시에 그 여관이 없었다는 것이 밝혀졌습니다. 그러니까 빨리 나가서 그 동네 여관을 알아보아라 했지만 3층 건물은 없었습니다. 그러자 그림을 만들어 제가 볼 수 있게 책상 위에다 놓고 나가면서 제가 그 그림을 보고 외울 수 있게 했는데, 증인은 그것도 부인하는가요.

답: 우성여관의 위치가 바로 함주명 씨가 살던 동네에 있는 여관입니다. 함주명 씨가 살던 집과는 불과 200미터 정도의 거리에 있습니다. 저는 서대문 부근에 산 경력도 없고 그 골목에 우성여관이 있는 줄도 전혀 몰랐습니다. 우성여관은 피고인이 진술하지 않았으면 전혀 알 수 없는 장소입니다.

재판장의 이근안 심문

문(재판장): 증인은 피고인에 대한 검찰 신문조서를 작성할 때 증인과 증인의 동료가 협박한 사실이 없고 수사 과정에서 피고인을 고문한 일도 없으며, 피고인이 주장하는 대로 미리 각본을 짜서 불러주어 진술조서를 작성하고 그 진술조서에 의해서 피의자 신문조서가 작성된 것도 아니라는 것인가요.

답(이근안): 예, 그렇습니다.

문: 그리고 관례대로 피고인을 검찰에 송치하던 날 오전 10시~10시 반경에 송치한 사실도 틀림이 없는가요.

답: 예, 틀림없습니다.

문: 그리고 그날 오후 6시경에 피고인을 서울구치소에 데리고 간 것도 틀림없는가요.

답: 예, 틀림없습니다.

문: 검찰에서 피고인을 신문할 때 관여한 사실도 없는가요.

답: 예, 그렇습니다.

문: 피고인을 검찰에 송치하던 날 10시~10시 반경 피고인을 검찰에 송치한 후, 동료 직원 2명에게는 증인 대기실에서 대기하게 하고, 증인은 11시쯤 해서 시내에 볼일 보러 갔다가 다시 오후 3시경에 들어와 보니 동료 직원 2명이 지시한 대로 대기실에 계속 대기하고 있던가요.

답: 예, 그렇습니다.

문: 그 뒤에는 증인도 계속 검찰청에 있었는데 검사실에 들어간 일이 없었다는 말인가요.

답: 예, 그렇습니다.

문: 간첩 홍으로부터 이 사건 제보를 받은 날은 1982년도 언제였는가요.

답: 제보 받은 날짜까지는 정확히 모르겠습니다. 1982년도경에 자료가 나온 것으로 압니다.

문: 피고인을 연행한 날은 1983년 2월 18일인가요.

답: 예, 그렇습니다.

문: 그리고 같은 해 4월 4일에 구속영장을 발부받았는가요.

답: 예, 그렇습니다.

문: 검찰에 송치한 것은 같은 해 4월 21일인가요.

답: 예, 그렇습니다.

문: 그런데 1983년 3월 25일 자 검거보고서에 의하면 같은 해 3월 24일에 검거한 것으로 되어 있는데, 어떻게 된 것인가요.

답: 그것은 날짜를 조작한 것이 아니라 보호조치 기간 중에는 검거 날짜를 잡지 않기 때문에 그렇게 된 것입니다.

문: 혹시 간첩 홍이 이야기할 때 우순학의 남편 이름을 밝히지 않던가요.

답: 밝히지 않았습니다.

문: 간첩 홍은 1956년경에 제일중학교에 부임했다고 하던가요.

답: 예, 그렇습니다. 피고인이 남파되고 나서 2년 후였습니다.

문: 그 전에 우순학이가 전상을 당해서 눈먼 사람과 결혼을 했다든지 하는 이야기를 하지 않던가요.

답: 그런 이야기는 없었습니다. 다만 홍종수는 저희 안보기관에서 일을 하고 있는데, 1978년 8월경까지 자기가 확인된 바에 의하면 우순학이가 다른 남자와 산 적이 없다고 했습니다.

문: 앞에서 말한 부화사건 때문에 아기를 하나 낳은 사실만 있다고 하던가요.

답: 예, 그렇습니다.

항소 이유와 변론 요지

2심의 항소이유서

박승서 변호사와 이해진 변호사가 작성하여 1983년 11월 28일 재판부(서울고법 3형사부)에 제출한 항소이유서에는 주명이 피를 토하며 말하고자 한 억울한 사연이 그대로 담겨 있다. 당시 항소이유서를 통해 주명과 박승서 변호사 등 변호인들이 검찰의 혐의사실에 대해 조목조목 논박한 내용을 다시 한 번 살펴본다.

1. 피고인(함주명)은 1954년 4월 14일경 귀순하여 처벌을 받았는데 피고인의 주장은 자기가 1954년 8월 23일 춘천지방법원에서 처벌받은 판시 사실이 자기 범죄행위의 전부로서 그 밖에 은폐한 것이 없고 그 처벌을 받은 후 선량한 국민으로 일해왔다.

2. 피고인은 1954년 2월 초순경 평양에서 2개월간, 초대소에서 각각 밀봉교육과 지령을 받고 노동당에 입당하였는데 그 지령사항으로는 가두 접선과 무인 포스트 조직으로 3개소를 정하고 그 무인 포스트에 매몰할

148

보고문은 비닐로 포장 매몰하는 것 등이다. 그러나 당시에는 이른바 '무인 포스트' 지령 방법을 쓰지 않았던 때라고 하며, 보고문을 포장케 하였다는 '비니루'도 국내에서 사용되기 전이었다. 폐일언하고 수사기록의 도처에서 보는 바와 같이 그동안 피고인은 경제적으로 어려움을 겪었음을 알 수 있는데, 피고인이 공작금으로 수령하였다는 그 당시의 거액들은 모두 어디에 썼다는 것인지 설명이 되지 아니하며, 피고인은 1973년 9월 이래 10회에 걸쳐 군사상 기밀을 탐지하였다는 것인데 그 수집한 군사상 기밀을 북괴에 보고하였다는 흔적조차 없으니 모두 어떻게 하였다는 것인지조차 알 수 없는 터라서 그 허구임이 너무나 명백하다 할 것이다.

3. 공소 모두사실 중 1954년 10월 중순 상무대의 군사상 기밀 탐지 수집 사실, 1957년 8월부터 1960년 12월까지 대구 동촌비행장 및 수원비행장의 위치 등 탐지 수집 사실에 관하여 보면 공소사실 자체에 의하더라도 그 수집을 한 이후에 무인 포스트를 통해 동창생 등의 동지 포섭공작 중이라는 사실과 강화의 군사시설을 보고하였다고 되어 있는데, 위 상무대, 대구, 수원 등의 군사시설을 탐지 수집하여 어떻게 하였다는 것인지 알 수 없다. 또 강화는 피고인의 부모 형제자매들의 피난 정착지로서 수시로 왕래를 하였을 뿐이고, 그 왕래 과정에서 모두 용이하게 국민이 상식적으로 지득하고 있는 사실들을 그저 알고 있었을 뿐이고 군사기밀 탐지 수집 운운은 모두 없는 사실이다.

4. (형 주성의 장인인) 김명환은 우리 경찰에서 역용하고 있는 공작원으로서 북괴를 상대로 휴전선을 왕래하면서 인삼, 약품 등의 교역을 하고 있던 자로서, 서울에 와 10여 일간 경찰 감시 아래 김놈복 집에 머물 때 형 주성의 안내로 김명환을 만났는데, 이때에 동인으로부터 우순학 친척의 동향 파악 보고, 통신연락 조직 지령, 공작금 수령 등을 하였다는 것은 위 객관적 사실에 비추어 전혀 허구이다.

5. 제1 무인 포스트를 서울 도봉구 수유동 487 화계사 남쪽 오탁천 약수터 앞 괴목 밑, 제2 무인 포스트를 서울 서대문구 현저동 소재 인왕산 능선 선바위에서 200미터 지점, 제3 장소를 서울 성동구 삼선동 보은사 입구 일주문 앞 느티나무 밑 등은 피고인이 고문에 못 이겨 횡설수설 찍어 댄 곳으로, 가장 많이 이용하였다고 하는 제1 장소는 그 무렵부터 현재에 이르기까지 새벽이면 수백 명의 인근 주민들이 약수터의 물을 구하기 위하여 모여드는 곳이다. 이 점만 보더라도 위 공소사실은 허위이며 더구나 피고인이 1955년 10월에 공작금 10만 원, 1957년 10월에 20만 원을 각각 무인 포스트를 통하여 교부받았다면 당시의 화폐 가치에 비추어 피고인은 상당히 여유 있는 경제생활을 하였을 것인데도 그가 지극히 곤궁한 생활을 하였음은 수사기록에 의하여 쉽게 알 수 있는 터로서 이는 모두 허위이다.

6. 1965년 10월 일자 불상 오전 10시경 우성여관에서 남파공작원으로부터 A-3 통신교육 등을 받고 공작금 20만 원과 통신물건 등을 수령한 후 1966년 11월 1일과 1967년 3월 1일 및 같은 해 11월 1일경 염남선의 집, 셋방과 박이청의 집 셋방에서 각각 금성 7석 라디오에 리시버를 꽂고 A-3 방송을 청취하였다는 것이나 위 염남선의 처 신주교, 같은 박이청에 대한 조서를 보면 당시 화폐로 20만 원의 공작금을 받았다는 피고인이 얼마나 초라한 곁방살이를 하였던가를 알 수 있다. 또 피고인의 전처 오숙자의 증언을 보면 당시 라디오도 가진 바 없었고, 화장대도 없었으며 옷을 보따리에 싸서 얹어놓고 살았다는 것이니 전시 공작금 20만 원은 고사하고라도 북괴 정치공작원이 그와 같이 가난한 살림을 한다는 것은 경험칙에 위배될 뿐만 아니라 그러한 단칸방에서 여러 가족과 같이 자는 고요한 밤중에 A-3를 청취할 수는 없는 것이다.

7. 구체적인 혐의를 보면 군사상 기밀 탐지 사실에 관한 것도 모두 허

위이다.

첫째, 기밀 탐지 장소와 대상을 보면 모두 피고인이 직장의 일 관계로 돌아다니다가 우연히 지득한 사실들로서 하나도 능동적으로 수집행위를 하였다고 볼 만한 것이 없고 누구든지 대로변에 다니다가 자연히 알게 되는 사실들인데 마치 피고인이 이를 탐지 수집한 듯이 되어 있다. 둘째, 탐지 수집 기간이 1973년 9월부터 1982년 12월까지 만 10년간인데 그 10년 3개월간 군사상 기밀을 탐지하였다고 할 뿐 어디에도 보고하였다는 흔적이 없고, 보고하기 위하여 기록하는 등 보고 준비를 하였다는 흔적조차 없다. (중략)

8. 허위사실 유포에 대해서도 공소 내용은 터무니없다. 원 판시 사실 중 접촉 인물, 접촉 장소 등에 한하여는 모두 피고인이 장기간을 두고 수사기관에 스스로 한 것으로서 대체로 사실일 것이나 위 모두사실 중 이병택 등 개성상업 동창생에 대한 허위사실 유포, 고무찬양 행위 등은 차치하고라도 상당한 세월이 흐른 지금 그와 같은 구체적 일시 장소와 대화 내용 한마디 한마디를 구체적으로 묘사한다는 것은 인간의 기억 능력상 불가능한 것일 뿐 아니라 그 많은 사람들이 북괴 찬양의 언사를 듣고도 방치했다는 것은 우리나라 국민의 반공의식이나 반공무장 상태에 비추어 있을 수 없는 일이다.

결국 이 사건은 수사기록상으로 볼 때 자수간첩 홍종수가 공을 세우기 위해 불확실하고 무책임한 제보를 하고, 그 제보를 받은 경찰이 지나치게 그 제보를 과신한 나머지 멀쩡한 선량한 시민을 공산간첩으로 몰아붙인 사안으로서 피고인은 지금 땅을 치며 그 억울함을 호소하고 있는 것이다.

2심의 변론요지

박 변호사 등은 항소이유서를 제출한 데 이어 2심 선고 공판을 앞두고 변론요지를 재판부에 제출해 항소이유를 보충 설명했다. 변론요지서는 선고 공판 1주일 전인 1984년 1월 24일 재판부에 제출됐다.

1. 제1회 피의자 신문조서는 강제 자백에 의한 것으로 증거능력이 없다. 즉 피고인은 63일간 일체의 외부 접촉이 단절된 채 구금되어 피고인 진술과 같이 모진 고문에 못 이겨 허위자백을 한 후 공포에 떨면서 단지 피의자 신문을 하는 사람인 사법경찰관이 검사로 바뀌었을 뿐, 동일한 심리 상태 아래 동일한 사람들의 감시 속에 송치 당일 제1회 피의자 신문조서가 작성되었는데 일반적인 수사 관례와는 달리 속칭 '구류신문'이 끝난 후 검사가 아무 조사도 하지 않고 있다가 구속기간 연장 결정이 있은 후 공소제기 2일 전에 피의사실을 부인하는 내용의 제2회 피의자 신문조서가 작성되었는바 이 점으로 보더라도 제1회 피의자 신문조서 기재가 비록 기록상으로는 자백 기재가 되어 있다고 하지만 실은 그때도 이미 검사는 그 피의사실에 대하여 많은 의심을 가지고 있었고 검사 내부에서도 기소 여부에 대한 우여곡절이 많았을 것임에 아무 의심도 없다 하겠다.

2. 이근안은 이 사건 수사 담당 사법경찰관이므로 그 수사 경위에 대한 증언 내용이 피고인에 대한 사법경찰관 작성 피의자 신문조서와 동일하므로 위 조서의 증거능력이 없는 이상 그 증언은 특신 상태의 정황적 보장이 없어 증거능력이 없다고 함이 일관된 판례이므로 구태여 상론의 필요가 없다.

그런데 피고인은 검사 작성 제1회 피의자 신문조서 기재가 사법경찰관의 무서운 고문의 결과라고 주장함에 대하여 위 이근안 증인은 이를 극구 부인하고 있으므로 그 부인 진술의 신빙성에 관하여 보면 동인은 첫째, 1983년 2월 18일 피고인을 검거하고도 1983년 3월 24일 오전 10시에 서울 종로구 연지동 기독교회관 앞 노상에서 검거 동행하였다는 듯이 허위 문서를 작성하였고(수사기록 62면), 둘째, 구속영장이 발부되기 전에 피의자 신문을 한 사실이 없고, "보호조치 기간 중에는 조서를 작성치 않았다"고 증언하였는바 이 건 수사기록은 그 거개가 1983년 3월 25일 이전에 작성된 것이고, 셋째, 피고인에게 전향하도록 계속 회유하여보았으나 피고인은 자기는 간첩이 아니라고 우겨대었다고 증언함으로써 경찰 수사 과정에서 피고인이 간첩이라고 자백한 사실이 없이 자기는 간첩이 아니라고 주장하였었음을 직접적으로 시인하는 증언을 하였으며, 넷째, 동인의 증언대로라면 검사가 제1회 피의자 신문을 할 때 경찰관도 교도관도 아무도 간수자가 붙어 있지 않았다는 모순에 빠지고 만다.

이렇게 당시 이근안 증인이 고문한 사실이 없다는 진술이 허위임을 위 사실에 비추어도 여실히 말해주었고 나아가 피고인은 동인에 대한 증인신문을 통하여 고문 광경을 소상히 묘사하고 있는 터이다.

3. 이 사건 판단에 있어서는 30년 전인 1954년 당시의 상황이 대전제가 되는 것인바 당시는 휴전 직후로서 북괴간첩의 남파 방식이 오늘날과는 달리 곧 다시 남침할 것을 전제로 남한에 침투하여 포섭 대상자를 포섭하여 이른바 결정적 시기에 대비하라는 지령만을 하였을 때이고, 당시 1·4후퇴로 휴전선을 사이에 두고 이산가족이 많아 공작원을 가장하여 남하하는 경우가 많았으며 특히 개성 시민의 경우 그러하였고 또 동·서 해안에 이중첩자가 엄격한 감시하에 자주 남북한을 왕래하던 시기적 배경이 전제되어야 한다.

4. 공소사실은 피고인이 여기저기 다니면서 군사기밀을 탐지하였다는

것인데 도대체 피고인이 장구한 세월에 걸쳐 소위 군사기밀을 탐지하여 자기의 머릿속에만 넣고 있었다는 결과가 된다. 즉 서면에 기록을 하였다는 흔적도 없고 북괴에 지령사항 보고를 하였다는 자취도 없으며 그저 자기의 부모 성묘차 강화를 왕래할 때, 또 사업차 지방을 왕래할 때, 버스 안, 기차 안에서 보았다는 것뿐으로서 머릿속에서 탐지하여 머릿속에만 넣어두었다는 것이니 그 공소사실의 비상식성은 이루 말할 수 없고 더구나 소위 군사기밀을 탐지 수집하였다는 사람이 적극적으로 탐지한 일 없이 그저 버스나 기차를 타고 여행을 하면서 그 연도에 보이는 것을 본 것뿐이라는 것이니 소위 북괴의 지령을 받은 간첩이 그런 방식의 군사기밀 탐지를 한다는 것은 있을 수 없는 일이다.

5. 공소사실 중 소위 무인 포스트 및 간첩 접선 장소에 관하여 보면 화계사, 선바위, 우성여관, 노상 접선 등 모두 그 장소가 당시 피고인의 주거 부근으로 되어 있어서 북괴의 간첩 활동이나 그 지령의 실제와는 전혀 맞지 않으며 더욱이 무인 포스트가 있었다는 화계사 경내 '오탁천' 앞 고목 밑 운운에 이르면 그곳은 새벽에 약수를 뜨러 오는 일대 주민들로 우글거리는 장소이고 선바위는 나무 하나 없는 바위로서 현저동 주택가에서 한눈으로 보이는 곳이다. 또 북괴간첩이 피고인의 주거 바로 앞길에서 접선한다는 것도 있을 수 없는 일이다.

6. 소위 북괴가 피고인에게 지령하기를 피고인의 형이 국군 장교이니 그를 통하여 군사기밀 탐지를 하라고 하였다는 것인데, 당심 조사 결과 피고인은 물론 그 가족들은 모두 1·4후퇴 시 남하하여 형들과 이산 상태에 있다가 피고인이 춘천지방법원에서 석방된 그다음 해 비로소 피고인의 형이 장교로 광주에 있음을 알게 되었음이 판명되었고, 1954년 남파 당시 비닐에 싸서 무인 포스트에 보고 문서를 매몰하라는 지령을 하였다는 것이나, 실은 당시는 국내에 비닐이 보급조차 되어 있지 않았을 때임

이 사실 조회 결과 판명되었다.

7. 심인광고에 관하여 피고인이 남파되어 소위 위장자수를 하여 춘천 지방법원에서 석방된 후, 안착신호로서 일간신문에 김종운 명의로 심인 광고를 냈다는 자백을 받았다가 그 후 충남 서천에서 위 '김종운'이 실존 인물로서 실제로 동인에 대한 심인광고를 한 사실이 밝혀지자 이를 피의 사실에서 제외하였는바 이와 같이 허위자백이 경찰 임의로 되었었음을 입증하여주는 터이고

8. 사법경찰관 작성 실황조사서에 관하여 그것이 형사소송법 제312 조 소정의 검증조서도 아니므로 그런 뜻에서도 증거능력이 없고 그 내용 은 모두 사법경찰관 작성 피의자 신문조서 내용을 반복하여 사진 촬영 을 한 것뿐이므로 그 증거능력이 없음은 두말할 것도 없거니와 그 조사 서 중 "손병희 묘소 입구 포지석", "왜관역 앞 미군부대", "예천 공군부대 및 비행장" 등의 실황조사에 이르면 아무 사전조사도 없이 실황조사 시 그곳을 지나가다가 그곳도 봤을 것이 아니냐고 하여 사진을 찍어 왔음에 불과한 것으로서 그 조사서 전체가 아무 가치도 없는 서면임을 쉽게 알 수 있다.

9. 역용공작 중이라는 검거간첩 홍종수의 주장의 신빙성에 관하여 보 면 동인의 원심 증언 등을 종합하면 동인은 간첩으로 남파되었다가 서울 역 앞 지하도에서 시민의 신고에 의하여 검거된 자인데 그 후 전향하여 역용공작을 하게 되었는데 이 사건(소위 우순학의 남편 사건)을 수사기관 에 제보한 것은 1982년 4월이라는 것이고 검사에 의하여 공소보류 결정 을 받은 것은 같은 해 8월 25일이라는 것이니 그렇다면 동인은 공소보류 처분을 받기 위하여 허황한 제보를 하였다고 봄이 상식이라 할 것이다.

10. 피고인이 진정 우순학과 동거하다가 간첩 사명을 띠고 남파되었다 고 한다면 우순학 언니의 소재쯤은 쉽사리 찾았을 터인데 위 이근안 증언

에 의하면 수원에 거주하는 우순학의 언니를 조사해본 결과 피고인은 알지도 못하더라는 것이니 홍종수의 위 진술이 허위임이 또한 밝혀졌다고 하겠다.

11. 만일 피고인이 고정간첩이라고 한다면 피고인은 북괴로부터 많은 공작금을 받아 경제적으로 안정된 생활을 하였어야 하였을 것인데 원심 증인 오숙자, 당심 증인 이춘자의 증언을 종합하면 그동안 피고인은 형용할 수 없이 극빈한 생활을 하면서 심지어 이혼까지 당하였음을 알 수 있다. 이 점만 가지고도 피고인이 간첩이 아님을 용이하게 알 수 있다.

12. 피고인은 피고인을 수사했던 증인 이근안 앞에서 자기가 사법경찰관들에게 고문당한 상황을 너무나 소상하고 실감 있게 설명하면서 동인에 대하여 고문 사실을 추궁하였는바 그 묘사 내용인즉 체험한 사람이 아니고서는 도저히 형언할 수 없는 일이니 피고인이 고문에 의하여 허위자백을 하였음은 재론의 여지가 없는 것이다.

13. 결론적으로 수사기관은 홍종수의 허황한 제보를 과신하여 아무 객관적 자료 없이 피고인을 잡아다가 무턱대고 비과학적 수사를 전개하여 허위사실을 조작한 것이다.

한 사람의 선량한 시민이 역적으로 몰리어 중형을 받는 비극이 항소심에서도 재연되지 않기를 바랄 뿐이다.

선고요지

이상 항소이유서와 변론요지서를 통해 변호인들은 경찰과 검찰이 애초부터 주명을 위장자수한 간첩으로 사실을 오인하고 있다는 점, 주명을 불법 연행·구금한 후 고문과 폭행을 통해 허위자백에 의한 신문조서를 작성하였으므로 조서가 증거능력이 없다는 점, 또 검사의 신문조서는 피고인의 자백만을 유일한 증거로 하여 유죄를 주장하고 있다는 점을 들어 주명의 무죄를 주장하였다. 변호인은 설사 일부 유죄를 받아들이더라도 피고의 연령이나 가족관계 등으로 볼 때 무기징역이란 형량이 지나치게 무겁다는 점도 지적하였다.

이에 대해 재판부는 검사의 심문에서 일부 피고인의 자백만으로 유죄를 인정한 부분의 오류를 지적하면서도 "피고인이 경찰에서 고문 등 부당한 대우를 받았다는 것은 피고인의 주장 이외에는 이를 인정할 자료가 없다"며 주명의 고문 주장을 받아들이지 않았다. 또 "피고인의 검찰에서의 진술은 특히 신빙할 수 있는 상태하에서 행해진 임의의 진술임이 인정되고 피고인이 당초 간첩 혐의를 받고 수사기관에서 일시 구속영장 없이 조사를 받았다 하더라도 그 사유만으로는 위 인정을 뒤집을 수 없다"며 불법 연행 구금을 인정하면서도 그것이 무죄의 증거라고 할 수 없다는 입장을 취했다. 재판부는 주명을 간첩으로 최초 제보했던 홍종수의 진술에 대해서도 "홍종수의 진술이 신빙성이 없는지에 대하여 보건대 기록과 대조하여 원심 증인 홍종수에 대한 증인 신문조서를 검토하여 보니 그 진술 내용이 논리 정연하고 구체성이 있으며 피고인의 검찰에서의 진술에도 들어맞고 그 밖의 원심이 들고 있는 증거와도 부합되는바 이에 비추어 볼 때 동 홍종수의 진술이 애매하여 신빙성이 없다고는 볼 수 없다"고 했다.

재판부는 이런 입장하에 주명의 16가지 범죄사실에 대해 유죄를 인정하고 무기징역을 내린 원심 판결대로 무기징역을 선고했다. 2심 재판부는 재판장 노승두, 배석판사 최창, 이두환이었다.

2심에서도 무기징역이 떨어지자 주명은 1984년 3월 25일 대법원에 상고했으나 대법원은 1984년 5월 29일 주명의 상고를 기각했다. 상고를 기각한 대법관은 윤일영, 정태균, 김덕주, 오성환이었다.

상고이유서

    범죄의 성립과 처벌을 법률에 규정된 바에 의하여야 하고 그 법률의 해석과 적용은 가장 엄격하게 하여야 함은 물론 범죄사실의 유죄, 무죄를 인정하기 위해서는 엄격한 증거조사 절차를 거친 증거능력 있는 증거에 의해서만 사실을 인정해야 할 것이며, 증거능력 있는 증거에 의하여 사실을 인정하는 경우에도 합리적이고 전혀 의심이 없는 명백한 자료에 의해서만 이를 유죄로 인정하여야 하는 것이 형사사법의 진리요 현대 형사소송의 기본 원리라고 알고 있다.

    형사절차에 있어 의심이 있을 때에는 피고인의 이익으로 해석하라는 원칙이나 피고인은 유죄의 판결이 확정될 때까지는 무죄의 추정을 받는다는 원칙 등은 모두 형사 피고인의 인권을 보장하여 형사사법의 정의를 실현하자는 데 그 목적이 있다고 우리는 배워왔다.

    우리의 현실과 같이 남북이 대치하고 있는 상황하에서 우리의 자유민주주의의 기초를 흔드는 국가반역행위에 대해서는 단호하게 처단하여 우리의 국기를 지켜야 한다는 점은 아무도 이를 부인할 수 없다. 그러나 우리가 자유민주주의를 지키기 위하여 노력하는 것은 모든 국민의 자유와 권리가 엄격하게 보장되고 결코 부당한 처분을 받지 않는다는 기대에 의하여 공산주의를 배척하고 있는 것이므로 누구든지 억울하게 자기의 자유와 권리가 억압되고 침해되는 것을 거부하는 것이고 무고한 사람이 억울하게 처벌되어서는 아니 되는 것이고 그것이 즉 우리의 자유민주주의를 지키는 기초가 되고 있음을 알고 있다.

만에 하나라도 진정 죄를 짓지 아니한 자가 억울하게 처벌받는 일이 생긴다면 그것도 법의 해석 적용 잘못에서 비롯된 것이라면 그 희생자 개인은 말할 것도 없거니와 국가적으로도 우리의 국가 기본 이념이 흔들리는 엄청난 결과를 초래할 우려마저도 있는 것이다.

이에 이 사건 피고인 함주명은 이제까지 대한민국의 선량한 국민으로서 자유민주주의를 신봉하고 질서를 지키며 법을 충실히 지켜온 착한 시민이었고 단 한 번이라도 국가를 배반한 행위를 한 바가 없고 마음속으로라도 반역의 뜻을 품어본 사실조차 없었는데 청천벽력으로 국가보안법 위반죄로 무기징역의 선고를 받고 보니 그 심정을 어디다 비할 데 없고 어디다 호소할 길 없는 막막한 심정에서 대법원에 대하여 자기의 결백을 땅을 치며 피어린 목소리로 호소하고 있다. (상고이유서 머리말)

피고인은 지금 발을 구르고 통곡하면서 그 억울함을 외치고 있다.

2개월간의 모진 고통을 겪어가면서 엄격하게 통제된 밀실에서 수사관 헌들이 둘러싼 가운데 작성된 검사 작성 제1회 피의자 신문조서에 자백 기재가 되어 있다는 형식적 사실만 가지고 모든 의심을 다 버리고 하나의 시민이 무고하게 반역자의 굴레를 쓰고 무기징역의 중벌을 받는다는 것은 밝은 사회에서 도저히 있어서는 아니 될 일이며, 어떠한 증거법상의 장애가 있다 해도 극복되어야 할 일이다. (상고이유서 맺음말)

이에 대해 대법원 제3부의 대법관들은 1. 검사의 제1회 피의자 신문조서가 피고인이 송치된 당일에 작성되었다고는 하나, 그 이유만으로 조서의 증거능력을 부정할 수 없으며, 2. 신체 구속의 부당한 장기화·고문·폭행·협박·기망 등으로 말미암아 강요된 임의성 없는 허위진술이라거나 특히 그 신빙성을 보장할 수 없는 상황에서의 진술이었다고 의심할 만한 사유를 찾아볼 수 없다. 3. 경찰에서 고문 등 부당한 대우를 받았다는 피고인의 주장 외에 그 (진술의) 임의성을 의심할 만한 사유가 있다고 인정할 수 없고, 4. 검찰에서 피고인의 진술은 신빙할 수 있는 상태에서 이루어진 임의성 있는 진술로 인정된다고 판단하여 이를 유죄의 증거로 채택한 조처는 정당하다고 판단하였다.

대법관들은 또 검사 작성의 피의자 신문조서에 기재된 간첩 범행에 관한 피고인의 자백은 원심이 들고 있는 증인 홍종수의 증언과 사법경찰관 사무취급이 작성한 동인에 대한 진술조서의 기재 내용에 의하여 그 자백사실이 가공적인 것이 아니고 진실한 것이라고 뒷받침되어 원심 판결에 보강 증거가 없는 피고인의 자백만으로 유죄를 인정한 데 위법이 있다고 볼 수 없다고 판시했다.

대법관들은 각각 범죄 혐의를 주명이 부인·반박하고 있는데 대해 "원심이 들고 있는 증거에 의하면 피고인에 대한 판시 각 범죄사실과 모두사실을 넉넉히 인정할 수 있으므로 원심 판결에 증거 없이 사실을 인정한 허물이 있다고 할 수 없다"고 주명의 주장을 일축하며 "피고인이 위장자수한 간첩이라는 사실과 위장자수 이후의 간첩 활동 사실을 뒷받침하는 증인 홍종수의 1, 2심 법정 및 사법경찰관 앞에서의 전문 진술을 신빙할 수 없는 것이라고 단정할 수도 없다"고 보았다. 위와 같은 이유로 대법원은 상고를 기각하고 주명의 유죄를 확정하였다.

　이로써 시민 함주명은 대한민국의 법률로부터도 버림받은 채 길고 긴 기약 없는 장기 수형생활에 들어갔다.

제4장

야만의 시대

5공 시대 간첩단 사건은 왜 빈발했는가

1984년 5월 29일, 주명의 무기징역 형이 확정되었다.

어이없는 일이었다. 왜 잡혀가는지도 모르고 잡혀가 밀실의 공포 속에서 고문을 당해 간첩이 되었으나 어느 누구도 주명의 억울함에 귀를 기울여주지 않았다. 경찰은 아예 내놓고 혐의를 만들다시피 하고, 검사는 마치 동네 강아지 이름 부르듯 아무렇지도 않게 사형을 외쳤다. 판사도 마찬가지였다. 인간적 동정심으로 주명의 호소를 들어주는 척이라도 하는 판사가 없었다. 1심 변호사는 같은 실향민 처지이면서도 간첩사건이란 말에 지레 겁을 먹고 변론을 포기하다시피 했다. 그나마 박승서 변호사가 용기 있게 2심과 3심에 임했지만, 인권변호사 혼자만의 힘으로 국가보안법과 맞서기란 계란으로 바위 치기나 다름없었다. 간첩이란 낙인을 찍어놓고 마치 반역자를 피하듯이 기피하기는 모두 마찬가지였다.

주명은 간첩사건이란 이유만으로 진실 규명은커녕 주변의 관심과 동정조차 제대로 받지 못했다. 그리고 자기가 하지도 않은 일로 남은 평생을 감옥에서 보내야 하는 엄청난 형틀을 짊어졌다. 도대체 신은 어디에 있다는 말인가? 주명은 하늘을 원망하지 않을 수 없었다.

오늘날 민주화된 시대를 사는 사람들에게 주명에게 내려진 무기징역이란 형벌은 납득하기 어려울 것이다. 그렇게 가혹한 운명이 가능하다는 것을 이해하기 위해서는 두 가지 사실을 먼저 떠올려야 한다. 하나는 다른 이념을 용납하지 않는 분단이란 현실이고, 또 하나는 당시의 남한 사회가 전혀 정통성이 없는 군부정권이 공안 통치를 자행하던 시절이었다는 점이다. 정통성이 취약하다 보니, 반독재와 민주화 요구조차 용공으로 몰아 매도하는 방법으로 체제를 정당화하려 했다. 그런 무지한 반공 체제에서 일단 용공사건에 연루되면 사실 여부는 그리 중요하지 않았다. 수많은 민주화운동가와 야당 정치인이 그런 식으로 '빨갱이'로 몰려 사회적으로 매장되거나 격리되었다. 최악의 경우에는 형장의 이슬로 사라져야 했다. 이런 시대였으니 주명이 걸려든 올가미는 참으로 단단하고 잔인한 것이라 할 수밖에 없었다.

주명의 불운한 인생 유전이 분단 현실이 빚은 블랙 코미디라면, 그에게 적용된 어마어마한 그러나 알고 보면 하나같이 허술하기 짝이 없는 혐의들은 체제 유지를 위해 없는 간첩도 만들어내야 했던 한 시대의 야만성을 그대로 보여준다.

왜, 누가, 간첩사건을 원했나

그러면 왜 당시 공안 당국은 경쟁적으로 간첩사건을 만들어내야만 했을까? 그것은 앞에서 말한 두 가지, 분단 상황과 정권안보 차원의 필요성에서 찾을 수밖에 없을 것이다. 주명의 사건도 그런 전형의 하나였다.

남과 북은 한국전쟁 휴전 직후 서로 상당수의 간첩을 보내 상대방의 동태 파악과 지하조직 건설 등의 활동을 치열하게 전개했다. 국제적인 냉전 상황과 남북의 체제 경쟁은 이런 정보 및 체제 전복 공작을 더욱 가열시켰다. 그러다 보니 상대방의 공작 활동을 차단하고 간첩을 적발하는 것은 체제 유지의 중요한 조건이 될 수밖에 없었다.

국정원 과거사건 진실규명을 통한 발전위원회(이하 과거사위)의 조사위원으로 활동한 한홍구 성공회대 교수는 국정원이 펴낸 조사보고서 「과거와 대화 미래의 성찰」에서 당시 상황을 이렇게 정리했다.

1968년의 1·21사태 당시 북쪽이 파견한 무장공작원들이 청와대 턱밑까지 침투했던 것에서 보듯 (북한의 공작에 의한 체제 전복의) 위기는 분명 실재했다. 한국 정부는 다양한 루트로 침투해 들어오는 북쪽의 간첩을 막기 위해 방대한 방첩기구를 운영했다. 중앙정보부-보안사-육해공군-경찰에 걸친 이들 기구의 인력과 예산은 1·21사태 등을 거치면서 크게 증강되었다.

대한민국에서 간첩을 막아내야 한다는 것은 국가안보상의 중대한 과제였고, 한국전쟁을 겪은 대다수 국민의 지지를 받고 있었다. 과거사위의 조사 결과에 의하면 1951년부터 1996년까지 남한 당국은 모두 4,495명의 북한 간첩을 적발했다. 북쪽이 침투시킨 간첩을 적발해내기 위한 관계 당국의 노고는 인정을 받아 마땅한 것이겠지만, 문제는 당국이 적발했다는 간첩 가운데 공안 당국에 의해 조작된 사건도 많았다는 점이다.

정통성이 취약했던 전두환 군부정권은 체제 유지와 반대파 감시를 위해 공안기관들의 경쟁을 부추겼다. 실적이 미미한 쪽은 불이익을 감수하거나 심하면 처벌을 당하고 그 반대는 훈장과 특진이 기다리고 있었으므로 공안기관들은 저마다 실적 쌓기에 경쟁적으로 나설 수밖에 없었다. 이 때문에 무리한 수사와 조작이 발생한 것은 어쩌면 당연하다고 해야 할지 모른다. 게다가 정권 차원에서 정적을 제거하거나 불리한 정치적 국면을 돌파하기 위해 간첩사건을 조작하기도 했으니, 개인적 차원에서 간첩 혐의에 걸려든 사람이 그 올가미를 빠져나오기란 참으로 어려운 일이 아닐 수 없었다.

1958년의 진보당 사건이나 1974년의 인혁당 재건위 사건은 그 대표적인 예이다. 이런 대규모 공안사건은 일반인에게도 널리 알려진 것이지만, 간첩사건을 들여다보면 정말 '돈 없고 빽 없는' 선량한 소시민들이 무고하게 간첩으로 몰린 경우가 너무나 많다. 그 일차적인 책임은 불법 장기구금과 고문으로 사건을 조작해낸 수사기관에 있겠지만, 사법부 역시 조작간첩사건의 책임을 면할 수 없다. 사법부를 인권의 최후 보루라고 하는 이유는 수사기관이 조작한 무고한 혐의를 재판에서 걸러주는 역할을 하기 때문인데, 불행하게도 1970년대와 1980년대의 사법부는 그 구실을 제대로 수행하지 못했다.

국정원 조사보고서를 보면 1960년대까지는 실제로 북쪽에서 간첩이 많이 내려왔던 것으로 보인다. 그러다가 1972년 7·4남북공동성명을 거치면서 남과 북은 서로 상대 지역에 공작원을 침투시키지 않기로 '신사협정'을 맺었다. 이 신사협정이 다 지켜진 것은 아니겠지만 간첩사건 건수는 크게 줄어들었다. 1950년대와 1960년대에 각각 1,600명가량 적발되던 것이 1970년대에 들어서면 681명으로 급감했다.

1980년대에 적발된 간첩은 340명으로 다시 1970년대의 절반으로 줄어들었고, 1990년부터 1996년까지는 모두 114명으로 1980

년대의 3분의 1로 감소했다. 북쪽이 보내는 간첩은 줄어들었지만, 남쪽 방첩기구의 인원은 줄어들지 않았다. 이들은 간첩이 와도 걱정이지만, 어쩌면 간첩이 오지 않으면 더 큰 걱정인 사람들이었다. 기구가 방대해진 상황에서 간첩이 없다는 것은 할 일이 없어지는 것이거나 할 일을 못한다고 질타당할 수 있음을 뜻하기 때문이다. 다시 한홍구 교수의 말을 들어보자.

과거사위에서 필자(한홍구 교수)가 조사한 바로는 7·4남북공동성명 이후 생포되거나 자수한 1,000여 명의 간첩 중 북쪽이 직접 파견한 '직파 간첩'의 수는 30~40명을 넘지 않았다. 그 나머지를 모두 조작된 것이라고 할 수는 없지만, 순도가 떨어지는 함량 미달의 간첩이 차고 넘치게 되었다. 중정-안기부가 사법부에 부당한 압력을 행사한 주된 이유의 하나는 이런 함량 미달의 조작간첩들이 유죄 판결을 받도록 하기 위함이었다. 불행하게도 한국의 사법부는 안기부의 이런 요구에 대체로 순응했다. 이런 요구를 거스른 법관이 없었던 것은 아니지만 그런 법관은 정말 드물었다. 고문에 의한 허위자백임을 호소하는 피의자들에게 바짓가랑이 한번 걷어 올려보라고 하는 판사가 없었던 것이 우리 사법부의 멍에이다.
1950년대에 남파된 공작원들 중에는 간첩죄가 아니라 간첩미수죄로 처벌받은 사람이 상당히 있었다. 그만큼 간첩죄가 엄격히 적용되었다는 뜻이다. 그런데 1970년대에 들어서면서 간첩죄는 제멋대로 적용되기 시작했다. 1980년대의 말도 안 되는 간첩사건 공소장을 읽노라면 남파공작원이 간첩죄로 처벌되지 않던 저 1950년대가 태평성대로 느껴질 뿐이다. 1960년대까지만 해도 사법부가 독립성을 유지하고 있었기에 납북어부들이 간첩으로 몰리지는 않았다. 당시 법원은 북에 억류된 상태에서 자신이 이미 알고 있던 일정한 정보를 제공하고, 돌아올 때 금품을 받았다 하더라도, 그런 행위는 형법상의 이른바 '강요된 혐의'로서 처벌할 수 없다는 자세를 견지하였다. 그러나 1970년대가 되면 납북어부들은 간첩죄로 처벌받기 시작했다. 대단히 불행한 일이지만, 적발된 간첩의 수를 결정하는 최대의 요인은 '북이 얼마나 많은 간첩을 보냈느냐'보다는 '한국의 사법부가 간첩죄를 얼마나 엄격하게 적용했느냐'였다. 특히 신문에 난 공지사항이라도 적게 알려질 경우 적의 이익이 될 수 있다면 국가기밀로 본다는 대법원 판례는 간첩의 범위를 무한정 넓혀놓았다. 피의자가 기밀을 북에 전달하는 것이 아니라 탐지만 해도 '목적 수행'으로 최고 사형까지 받을 수 있게 되자 무전기나 난수표도 없는 함량 미달의 간첩이 쏟아져 나오게 되었다. 이런 상황에서는 수사기관에서 납북어부나 재일동포를 고문하여 간첩으로 만드는 일은 너무 간단한 일이 되었고, 1980년대에 들어와서는 조작 의혹이 제기되는 간첩이 양산되었다. 만일 사법부에서 고문에 의한 허위자백임을 호소하는 피의자에게 바짓가랑이라도 들어 올려보라고 했다면 오늘날 재심에서 무죄가 선고되는 억울한 조작간첩이 이토록 많이 나오지는 않았을 것이다. 1990년대 이후 간첩이 줄어든 것은 1980년대에는 정보기관의 위세에 눌려 제 기능을 하지 못하던 사법부가 민주화 분위기 속에서 조금씩 독자성을 회복해가면서 고문과 증거에 대해 엄격한 자세를 취했기 때문이다. 사법부가 독립성을 일정하게 회복한 뒤, 수사기관이 1980년대식으로 불법 구금과 허위자백에 의해 간첩을 만들어 기소하면, 이제 공소유지가 불가능해지거나 무죄 판결이 속출하기 시작한 것이다. (『한겨레』, 2009년 11월 3일 자)

주명 사건의 판박이 송 씨 일가 간첩단 조작사건

주명의 사건을 이해하는 데 이런 시대적 배경에 대한 이해가 필요하다면, 그 비근한 사례는 주명의 사건에 앞서 벌어진 '송 씨 일가 간첩사건'을 들 수 있다. 이 사건은 1980년대 초반 왜 그토록 간첩단 사건이 빈발했는지, 그 과정에서 누가 어떤 방식으로 간첩이 되는지 전형적인 사례를 보여준다. 이 사건은 여러모로 주명 사건에 대한 당시 경찰과 검찰, 재판부의 의도와 시각, 정서까지도 직간접적으로 읽을 수 있게 해준다.

송 씨 일가 간첩조작사건에 대해서는 역시 안기부 과거사 조사위원으로 이 사건을 조사했던 한홍구 교수가 남긴 조사보고서와 그에 근거해 한 교수가 『한겨레』에 연재한 「한홍구 교수가 쓰는 사법부—회한과 오욕의 역사」에 소개돼 있다. 그것을 인용해 송 씨 일가 사건을 되짚어 보기로 한다. 이 사건을 보면 주명의 사건은 마치 이 사건을 보고 만들어낸 듯한 느낌마저 준다. 어쩌면 실제로 당시 안기부, 경찰 등 공안수사기관은 송 씨 사건을 통해 간첩사건 조작에 대한 많은 실례와 영감을 얻었는지도 모른다. 사건은 주명이 남영동 대공분실에 연행되기 5개월 전에 발생했다. 그러나 경찰이 함주명에 관한 첩보를 입수한 것은 그의 연행 9개월 전이었으므로 두 사건은 어쩌면 공안기관 간의 경쟁 탓에 발생했을지도 모른다.

1982년 9월 10일 안기부는 6·25 당시 충청북도 인민위원회 상공부장으로 활동하다가 월북한 후 남파된 송창섭에게 포섭되어, 서울·충북을 거점으로 25년간 간첩 활동을 해온 일가친척 28명으로 구성된 대규모 고정간첩단을 적발했다고 발표했다. 안기부에 따르면 송창섭은 1957년 5월부터 1977년 2월까지 8차례에 걸쳐 남파되어 그 공로로 '북괴 노동당 연락부 부부장'으로까지 승진했다. 송창섭의 처로 남쪽에서 공화당 중앙위원을 지낸 한경희는 정계, 군 수사기관에 근무했던 송지섭은 군, 사업을 한 송기준은 산업계, 서울시 공무원인 송기섭은 공무원 사회, 대학교수 한 광수와 중학교 교사 송기복은 학원에 침투하여 국가기밀을 수집·보고했고, 이들은 4개 대학에 재학 중인 자녀들까지 간첩조직에 끌어들여 학원 동향을 보고하는 한편 악성 유언비어를 날조하고 학생들을 자극·선동했다는 것이다. 안기부는 이들이 사회 혼란을 조성할 목적으로 불순단체를 조직하여 부마사태, 광주사태, 10·26사태 등 중요 사건 때마다 각종 유언비어를 날조·유포하고 동조세력을 규합해, 대정부 투쟁을 유도하는 등 25년간 장기 암약해왔다고 강조했다.

중앙정보부는 국가 최고 정보기관으로서 나는 새도 떨어뜨린다는 권력을 행사했지만, 김재규가 박정희를 살해하여 권부 내에서 하루아침에 '역적 기관'으로 전락하여 주요 간부들이 보안사에 끌려가 고초를 겪고, 문서를 압수당하는 등 수모를 겪었다. 송 씨 일가 사건은 중앙정보부가 명칭을 안기부로 바꾼 뒤 옛 위상을 회복하고자 대대적으로 준비한 사건이었다. (상동)

주명의 사건은 홍종수라는 전향한 남파간첩을 통한 역용 과정에서 흘러나온 모호한 첩보에서 출발하였는데, 송 씨 사건도 역시 비슷한 제보자로부터 출발하고 있다.

안기부는 송충건이라는 충청북도 출신의 월북자를 중심으로 북한이 지하당을 건설 중이라는 첩보를 입수했다. 송충건의 성은 송이고 충은 충청도이고 건은 지하당건설이라고 풀이한 안기부는 충북 출신 월북자 중 송씨 성을 가진 22명과 연고자 324명을 내사한 결과, 한국전쟁 중 월북한 송창섭을 송충건으로 지목했다. 즉 이 사건은 송창섭 남파라는 확실한 정보에서 출발한 것이 아니라 충북 출신의 송씨 월북자라면 송창섭일 것이라는 추정에서 시작되었다는 뜻이다. 송창섭은 1960년 4월 남파되어 일본 유학 시절의 동창인 김영선 의원(장면 내각의 재무장관 역임)을 접촉한 적이 있는 인물인데, 김영선은 이 사실을 당국에 신고했다. 5·16 후 군사정권은 민주당 요인들이 간첩과 접촉했다며 이를 '용공 음모'라고 대대적으로 선전했다. 이때 송창섭은 서울의 친척 집에서 부인 한경희와 장녀 송기복 등을 만나고 갔다. 송창섭이 남파되었던 사실을 확인한 당국은 한경희 등에게 그를 만난 적이 있나 추궁했지만, 한경희는 완강히 부인했다. 그로부터 22년이 흐른 1982년 3월 2일, 안기부 충북지부는 중학교 미술 교사인 송창섭의 장녀 송기복을 수업 중 연행했다. 송기복은 일주일 동안 고문을 받으면서도 아버지를 만난 사실을 부인했다. 송기복은 필자에게 정말로 자신의 기억 속에서 아버지를 만난 사실이 완벽하게 지워졌다고 회고했다. 월북자 가족으로 이 땅에 살기 위한 자기방어 기제의 놀라운 작동이었다. 일단 풀려났던 송기복은 다른 친척이 송창섭을 만난 사실을 실토하자 하루 만에 다시 잡혀갔다. 해안선이 없는 충청북도는 그때까지 단 한 건의 간첩 침투도 없었던 곳이었다. 바꿔 얘기하면 안기부 충북지부는 한 번도 간첩을 잡아본 적이 없었다. 경험은 없고 의욕은 앞섰던 탓일까, 충북지부의 수사는 별 진전 없이 두 달 가까운 시간만 흘러갔다.

충북지부가 사건을 주물럭거리고만 있자 본부가 나섰다. 4월 27일 자로 피의자들과 관련 자료를 인계받은 안기부 본부는 빠른 속도로 그림을 그려갔다. 충북지부가 애초에 밑그림을 너무 크게 그린 탓인지 본부가 속도를 냈어도 두 달여가 흐른 뒤에야 사건은 검찰에 송치되었다. 송기복이 구속된 것이 7월 2일이니 처음 연행일로부터 꼭 넉 달 만이었다. 안기부가 검찰에 보낸 「인지동행보고」나 「피의자 신문조서」 등 수사 서류를 보면 최초 연행 일자는 6월 15일로 되어 있다. 안기부는 불법 구금을 감추기 위해 공문서를 위조했다.

안기부는 송창섭의 가족이 22년 전 송창섭을 만난 사실을 밝혀낸 것을 엄청난 성과로 생각했다. 그러나 가족이 송창섭을 만났을 당시는 국가보안법에 불고지죄가 생기기 전이었다. 남파된 가족을 만난 뒤 이를 신고하지 않았다고 처벌할 법적 근거는 없었다. 불고지죄가 있었다 해도 22년이라는 세월은 살인죄의 공소시효 15년보다 훨씬 더 긴 기간이었다. 안기부는 송창섭이 무려 여덟 번이나 남파되었다고 주장했지만 아무런 증거가 없었다. 1960년의 남파를 제외하고는 모두 조작된 것이니 증거가 있을 수 없었다. 정말 참담했던 사실은 안기부는 송창섭이 남파될 수 없다는 사실을 이미 알고 있었다는 점이다. 지구 상의 어떤 공작기관도 침투했던 사실이 신문에 대서특필된 공작원을 다시 그 지역에 침투시키지는 않을 것이다. 이런 개연성은 차라리 작은 문제였다. 안기부는 최초의 제보자인 박정수를 통해 송창섭이 1968년도에 김일성이 직접 내린 지시로 숙청되었다는 사실을 이미 파악하고 있었던 것이다. (『한겨레』, 2009년 11월 10일 자)

당시 쿠데타로 집권한 전두환 군사정권은 취약한 정통성을 커버하기 위해 대북 강경 반공노선을 강화하는 한편, 국내 반정부 세력을 용공 세력으로 몰아 체제를 유지하고자 하였다. 이런 정권의 기조로 인해 일선 대공수사기관에는 실적이 곧 승진인 '특수'가 조성되었고, 공명심에 불타던 일선 수사관들은 특진을 위해 조작과 고문마저 서슴지 않게 된 것이다. 출세를 위해 사실상 본연의 정신을 방기하다시피 한 것은 검찰도 예외가 아니었다.

북에 가서 밀봉교육을 받고 왔다는 송기준이 인천 만석동 부두에서 간첩선을 타고 입북하였다가 다시 만석동 부두에 간첩선을 타고 내렸다는 검찰조서와 공소장을 보았을 때 필자는 너무나 당혹스러웠다. 철책을 통해 민간인이 월북을 해도 사단장까지 보직 해임되는데, 간첩선이 버젓이 인천 부두에 배를 대고 간첩을 태우고 갔다가 데려다 준단 말인가? 송지섭의 경우 공소장에 기재된 입북 및 복귀 루트를 따져보면, 휴전선을 넘어 30분을 걸어와 양주 덕정에서 버스를 타고 의정부로 나왔다고 하는데 덕정에서 가장 가까운 휴전선은 직선거리로 20킬로미터가 넘어 차를 타도 30분에 갈 수 없는 거리다. 안기부 서류에는 왜 이런 말도 안 되는 대목이 들어 있을까? 혹 안기부에 그래도 양심적인 사람이 있어 검찰이나 법원에서 풀려나라고 일부러 이렇게 만든 것은 아닐까? 안기부에서 넘어온 이런 말도 안 되는 내용을 그대로 검찰조서와 공소장에 반영한 검사들은 바보 천치일까, 직무유기일까, 아니면 조작의 공범일까? 이런 자들이 얼마 전까지 고검장이나 법무장관이었다는 것이 한국 검찰의 아픈 현실이다.

〔……〕 송기준이 임휘윤 검사 앞에서 안기부 조사 내용을 부인하자 검사는 수사관을 불러 "이 사람 또 부인한다. 이야기 좀 잘해주지"라고 말했다. 피의자가 안기부 조서 내용을 부인하면 어김없이 안기부 조사관들이 나타나 "너 왜 검사 앞에서 부인하느냐. 자백하면 기소유예나 집행유예로 내보내주려고 상사들과 다 합의가 돼 있는데 왜 엉뚱한 소리 하느냐. 다시 가서 조사받아야겠다"고 협박했다.

〔……〕

베스트셀러 형사소송법 교재를 쓴 백형구 변호사는 담당 판사에게 들은 이야기라며 과거사위와의 면담에서 송기복의 사연을 전했다. 검찰 조사 당시 고문의 상처가 남아 있던 송기복은 창피함을 무릅쓰고 옷을 벗고 고문당한 모습을 보이며 사진을 찍을 것을 요구했다고 한다. 송기복의 강력한 요구에 검사가 사진을 찍긴 했지만, 검사는 송기복이 안기부에서 고문에 의해 허위자백했다는 사실을 인정하지 않았다. 그는 안기부 수사관을 불러 이대로는 기소 못 한다며 도움을 청했다. 수사관은 구치소로 송기복을 찾아가 안기부에서의 자백을 그대로 인정하도록 종용했다. 송기복은 상고이유서에서 "검사 수사 도중에 두 번씩이나 수사관이 방문하였고 이러한 심리적인 공포 속에서 안기부의 진술서를 그대로 읽어나가는 조사를 받았다"고 주장했다. 임휘윤 검사는 이 모든 것이 운명이고 숙명이라고 생각하고 받아들이라고 종용했다고 한다. 그는 "분단된 조국이 당신의 잘못만은 아니오. 우리 모두가 책임이 있는데 이것은 어쩔 수 없는 사건이니 시인하라", "당신만 혼자 아니라고 부정해도 당신의 친척 동생들이 전부 시인했는데, 어떻게 당신은 홍수 속으로 떠내려가는 무리 중에 혼자만 떠내려가지 않고 서 있을 수 있겠는가. 혼자만이 독야청청할 수 있겠는가"라고 역설했다.

검찰은 마침내 1982년 8월 4일 이들을 기소했다. 이 과정에서 김경한, 임휘윤 검사는 다시 한 번 안기부의 '조정'을 받았다. 안기부 1국에서 1982년 8월 4일 작성한 「서울·충북 거점 간첩단 사건 피의자 한경희, 송광섭, 김춘순 처분의견」이라는 보고서를 보면 담당 검사는 "한경희, 송광섭, 김춘순 등의 편의제공 및 회합 부분에 대한 공소유지는 가능하나 범증이 경미하고 상 피의자들과의 친족관계인 점 등을 감안, 기소유예 처분"하자는 의견을 내놓았다. 안기부는 이에 반대하며 "당부에서는 위 피의자들의 범증이 경미하여 구속 해제하더라도 불구속 기소 처리하도록 협의한 바 있다"면서 검찰 측과 재협의 처리하겠다는 조치 의견을 밝혔다. 이 보고가 올라간 바로 그날 임휘윤 검사는 편의제공 혐의로 한경희를, 회합 혐의로 송광섭·김춘순을 불구속 기소했다. 검찰의 힘의 원천은 기소독점권에 있다. 그러나 안기부 손을 거친 사건은 안기부가 기소 여부를 결정했다. 이는 「정보 및 보안업무 기획, 조정 규정」 제9조 "검사가 주요 정보사범 등에 대해 공소보류 또는 불기소 의견으로 송치된 사건을 기소하거나 기소 의견으로 송치된 사건을 공소보류, 불기소 처분을 할 때 안기부장과 협의를 해야 한다"에 기초한 것이다. 대통령령에 불과한 이 규정은 형사소송법상의 기소독점주의 원리에 반하는 것이었다. 그러나 1년 전 이 조항에 항의하다 결국 사표를 내고 만 구상진 검사의 사례를 바로 옆에서 지켜본 김경한, 임휘윤 검사는 아무런 이의 제기도 없이 안기부의 '조정'을 그대로 받아들인 것으로 보인다. (상동)

검찰은 안기부 수사관의 '도움'을 받아가며 구치소에서 피고인들을 조사하여 공소장을 작성했다. 3월 초에 잡혀간 피고인들은 9월이 되어서야 재판정에 섰다. 안기부는 공판이 열릴 때마다 수사관을 보내 공판 상황보고를 작성했다. 재판정에서 피고인들은 공소사실을 대부분 부인했다. 피고인들은 한결같이 심한 고문과 장기간의 불법 구금 때문에 허위자백할 수밖에 없었다고 억울함을 토로하면서, 검찰에서의 조사는 안기부 수사관들이 구치소로 찾아와 협박하는 가운데 이루어졌다고 호소했다.

많은 간첩사건의 경우 변호인들(대부분이 국선)조차 피고인들의 호소에 귀 기울이는 대신, 검찰에서 자백한 대로 다 인정하고 재판장에게 관대한 처분을 내려줄 것을 빌라고 권유한다. 그런데 이 사건은 여느 간첩사건과 달리 홍성우 변호사 같은 인권변호사가 1심부터 참여했다. 변호인들은 검찰 자백의 임의성을 문제 삼았다. 그러자 검찰과 안기부는 무려 23명의 증인을 내세워 피고인들의 유죄를 입증하려고 했다.

검찰 쪽 증인 중 눈에 띄는 사람은 1976년에 자수한 거물 간첩 김용규였다. 그는 이 사건과는 아무 상관이 없었지만, 간첩들이 남파될 때 '비상시 행동전술'의 하나로 '법정투쟁전술'을 교육받는다고 증언했다. 재판을 받게 될 경우 유력한 변호사를 돈으로 매수하고, "자신이 진술한 내용까지도 과학적인 근거가 없는 한 무조건 부인"하라는 것이다. 왜 이런 진술을 했느냐고 판사가 물으면 "너무 심하게 고문하기 때문에 한 대라도 덜 맞기 위해서 거짓을 진술"했다고 "끝까지 우겨대면 된다"는 것이 '법정투쟁전술'의 핵심 내용이었다.

검찰의 구형은 대단히 무거웠다. 송지섭·송기준·송기섭은 사형, 한광수는 무기징역, 송기복은 징역 15년, 송기홍·기수 형제는 징역 10년, 한용수는 징역 5년, 송오섭은 징역 3년, 송광섭·김춘순·한경희는 징역 2년이었다. 징역형에는 같은 기간의 자격정지도 부과되었다. 검사의 말처럼 '숙명'으로 받아들이기에는 너무 무거운 형량이었다.

재판장 이 아무개 부장판사는 송지섭·송기준에게 사형을 선고하는 등 피고인 전원에게 유죄를 선고했다. 송기섭은 무기, 한광수는 15년, 송기복은 10년, 송기홍·송기수는 징역 5년 6월이었고, 나머지 피고인 5명은 집행유예로 풀려났다. 1980년대에 『신동아』 기자로 이 사건을 최초로 심층 보도했던 서중석 교수는 349면에 이르는 방대한 1심 판결문은 공소장의 오기(공소장 99면, 송지섭이 68년 1월 송창섭과 접선한 것으로 되어 있는 것이 네 번째인데도 다섯 번째로 오기)까지 그대로 잘못 적고 있듯이(판결문 79면) 거의 글자 한 자 틀리지 않게 공소장을 옮긴 것이었다고 지적했다.

필자가 두 명이나 사형을 때린 1심 판결 내용을 비판하자 송기수는 손을 내저었다. 그는 재판장이 매우 동정적인 눈빛으로 높은 법대 위에서 몸을 앞으로 수그려가며 자신들의 이야기를 경청했다고 회고했다. 7번 재판받는 동안 가장 따뜻한 눈빛이었다. 간첩사건의 최저형이 징역 7년인데, 자신과 형은 그 이하를 받았고, 5명이나 집행유예로 나왔으니 그 시절 판사로서는 나름 고민한 판결이라는 것이다. 어쩌면 그랬는지도 모른다. 안기부 공판 보고에는 이 아무개 부장판사에 대한 '신원 특이사항'이 첨부되어 있었다. 그의 아버지는 한국전쟁 당시 보도연맹원으로 '아군의 처형'을 당했다는 것이다. 그의 운신의 폭은 좁을 수밖에 없었다. (『한겨레』, 2009년 11월 17일 자)

진실을 말한 뒤 위증죄로 구속된 김재철

1심 재판에서는 진실을 말한 증인이 오히려 위증죄로 구속되는 어처구니없는 일도 벌어졌다. 공소사실이 무너질까 두려워한 경찰과 검찰이 사실상 합작하여 증인을 협박한 뒤 구속까지 시킨 사건이었다.

안기부는 송기준이 1968년 입북하여 간첩교육을 받고 복귀한 것으로 조서를 꾸몄다. 조작간첩사건에서 입북 혐의가 등장하는 경우는 대개 피의자가 직장을 옮기는 시기이다. 멀쩡하게 출근 기록이 있는 사람을 입북했다고 할 수 없으니 입북 시기는 늘 피의자가 알리바이를 증명할 수 없는 그런 시기로 선택된다. 진도 간첩사건의 박동운도 직장을 옮기는 사이 북으로 가 간첩교육을 받고 온 것으로 되어 있다. 송기준의 경우 부산에서 음료수 대리점을 하다가 이를 정리하고 서울로 올라온 1968년 9월이 입북 시기로 선택되었다. 1982년 기소될 때로부터 14년 전이니 아직 공소시효 15년을 지난 것은 아니고, 피의자가 알리바이를 증명하기에는 시간이 너무 많이 흐른 때였다. 그런데 송기준의 부인이 알리바이를 입증해 줄 증인을 찾아냈다.

그 사람은 송기준이 부산에서 음료수 대리점을 할 때 경리를 맡았던 김재철이었다. 김재철은 송기준의 동업자의 조카로 공무원 출신이라 서류를 잘 챙겨 당시에 송기준과 자신이 작성한 인수인계 서류를 갖고 있었고, 기억력도 좋아 당시의 정황을 정확하게 기억하고 있었다. 서류의 날짜는 안기부가 송기준이 북에서 밀봉교육을 받고 있다고 조작해놓은 날짜였다. 안기부는 송기준이 부산의 친지들에게는 서울에 간다고 해놓고 10여 일 북에 다녀온 것으로 해놓았는데, 김재철은 당시 송기준은 치질 수술을 받아 서울은커녕 동래온천도 가기 어려운 처지로 자신과 매일 인수인계 작업을 했다는 사실을 송기준의 부인에게 이야기했다. 안기부의 조작을 뒤엎을 수 있는 결정적인 증인과 물증이 나타난 것이다.

부인이 증언해줄 것을 부탁하자 김재철은 "이런 데 증언한 사람들이 다 경치고 왔다는데 증언 서기 좀 그렇다"고 말했다. 부인이 거듭 "그래도 자세히 알고 증언 서줄 사람은 댁밖에 없으니 좀 서달라"고 부탁하자, 김재철은 고민 끝에 '내가 안 서주면 누가 서겠냐'는 심정으로 법정에서 증언할 것을 승낙했다. 홍성우 변호사는 미리 증인 신청을 했다가는 안기부의 손길이 미칠 것을 우려해 김재철을 11월 30일 공판에서 재정증인으로 신청했다. 재정증인이란 미리 증인으로 호출되거나 소환되지 아니하고 법정에서 선정된 증인을 말한다. 김재철은 12월 7일의 공판에서도 재정증인으로 다시 송기준의 알리바이를 증명하는 증언을 했다.

김재철이 증언을 마치고 거주지인 군산으로 돌아온 지 사나흘 뒤 안기부에서 그를 찾아왔다. 안기부원들은 그를 눈을 가려 군산분실로 데려갔다가 다시 인근 여관으로 끌고 갔다. 안기부원들은 그의 옷을 벗기고 "네가 14년 전 것 뭘 알아, 이 자식아" 하며 발로 차고 때렸다. 그들은 증언을 한 번만 했으면 봐주려고 했는데 두 번씩이나 다 된 밥에 재를 뿌렸으니 도저히 용서해줄 수 없다고 을러댔다. 김재철은 그 기세에 눌려 그들이 시키는 대로 진술하고 읽어보는 것도 포기하고 조서에 도장을 찍었다. 조서 내용은 송기준의 부인에게서 돈을 받고 홍성우 변호사가 시키는 대로 위증했다는 것이었다.

임휘윤 검사실로 끌려온 김재철은 입회서기와 똑같은 내용의 조서를 작성했다. 김재철의 제2회 피의자 신문조서를 보면 김재철은 "변호사 홍성우가 허위증언해달라고 하므로 그렇게 허위증언한 것인가요?"라는 질문에 "송기준에 대한 인정도 있었고, 또한 홍성우 변호사가 송기준을 위해서 유리하게 신문하므로 그 신문 내용에 끌려들어가 허위증언한 셈"이라고 답했다. 안기부는 김재철의 친구까지 연행하여 김재철이 허위증언한 사실을 자신에게 고백했다는 진술까지 받아냈다. 김재철을 데려온 안기부 직원들이 검찰 입회서기에게 "잘 처리하라"고 해서 김재철은 이제 내보내라는 소리로 알았는데, 그것은 구속하라는 소리였다.

국정원에는 「간첩 송기준에 대한 변호인(홍성우) 측 증인 김재철 출장수사 결과보고」라는 안기부 보고서가 남아 있다. 이 보고서에 따르면 "82. 12. 14 군산출장, 친구 ○○○의 여관 건축현장에 피신 중인 위 김재철의 신병 확보, 현지 조사 결과 82. 12. 5 군산에서 간첩 송기준의 처 ○○○와 접촉, 그로부터 송기준에게 유리한 증언을 해달라는 조건으로 10만 원 수수, 82. 12. 6 상경, 12. 7 법정에 출두, 변호인 홍성우의 유도신문에 따라 기억이 전혀 없음에도 송기준 입북 시기인 68. 9 매일 회사에서 접촉하였다고 허위증언 사실 자백"했다고 한다. 안기부는 12월 16일 김재철을 서울로 연행, 12월 17일 임휘윤 검사에게 신병을 인계, 12월 20일 검찰에서 위증죄로 구속 처리했다고 밝히고 있다. 선고 공판은 김재철을 구속한 나흘 후인 12월 24일에 있었다. 김재철은 위증죄로 기소되어 1심에서 6개월 형을 받았고, 항소가 기각되어 만기 출소했다. 재재항소심에서는 위증죄로 감옥에 간 김재철의 증언을 받아들여 송기준의 입북 혐의에 무죄를 선고하였으니, 이런 기막힌 옥살이는 다시없다.

김재철은 자기가 구속되었는데 송기준의 부인이 변호사비도 대주지 않았다고 야속해했다. 송기준의 부인은 김재철에게 10만 원을 준 사실이 있음을 필자와의 면담에서 인정했다. 그러나 어디까지나 김재철이 두 차례

나 자기 돈과 시간을 들여 법정에서 증언해준 것에 대해 차비와 밥값으로 준 것이지 위증을 교사한 것은 아니었다. 송기준의 부인 역시 이 일로 다시 검찰에 불려가 조사를 받았다. 김재철과 대질했는데 그는 다리가 아픈 듯 자꾸 손으로 무릎과 허벅지를 만졌다. 조사를 마치고 나오는데 하염없이 눈물이 쏟아졌다고 한다. 내 식구가 당한 것과는 또 달라서 너무 힘들더라는 것이다. 그 후 남편의 영치금을 넣으러 갔다가 김재철의 부인을 만났는데 그 부인은 자신을 보고 엄청나게 울었다고 했다. 그 뒤로는 자기도 영치금 넣으러 그 앞에 가지 못했다고 한다. 너무 미안해서…… "그 후에도 미안해서 연락도 못 하고·그쪽에서도 연락이 없고……" 하며 여든이 넘은 할머니는 25년 전의 일 때문에 처음 보는 필자 앞에서 펑펑 울었다. 하염없이 울었다. (상동)

이렇게 한 가족과 집안이 처절하게 풍비박산이 났다. 이 사건은 당시 많은 인권변호사들이 변론을 맡았고, 한 사려 깊은 판사의 판단으로 일방적인 유죄 심리에 제동이 걸리면서 2년 4개월여를 두고 7번이나 유무죄가 엇갈리는 공방이 벌어졌다. 그러나 이 사건이 무죄가 될 경우 간첩사건 수사에 큰 장애가 생긴다는 공안당국의 주장과 협박, 공작에 밀려 재판부는 결국 유죄를 확정짓게 된다.

그 전의 납북어부 간첩사건이나 해외 유학생을 걸고 들어간 간첩사건에서 보듯이 간첩으로 몰린 사람들은 납북 또는 월북 가족이 있다는 약점이 있고 자기방어가 취약한 사람들이었다. 이들은 수사기관의 조작 의도에 걸려들면 대부분 빠져나오지 못했다. 송 씨 일가가 그나마 치열한 법정 다툼을 벌일 수 있었던 것은 많은 인권변호사들이 이 사건에 참여했기 때문이었다. 그러나 주명은 끝내 자기를 지킬 수 없었다. 그는 자기를 지키기 위해 필요한 사회적 자본, 즉 돈

182

이나 인맥, 법률 지식 그 어느 것도 제대로 갖추지 못했다. 그나마 형과 누이가 헌신적으로 나섰을 뿐이었다. 결과는 무기징역이었다. 사실상 아무런 조력도 진실을 밝히는 데 도움이 되지 못했던 것이다. 경찰이 꾸미고 검찰이 묵인하고 재판부가 시류의 눈치를 보는 한 소시민에게 법은 도저히 넘을 수 없는 거대한 벽이었다.

고문 시대

대법원에서 유죄가 확정된 주명은 대전교도소에서 전주교도소로 이감되었다. 주명은 거기서 광주교도소로 옮겨 갈 때까지 9년의 세월을 보냈다. 주명이 감옥에서 울분과 통한의 세월을 보내는 동안 감옥 밖은 거대한 민주화의 물결이 도도하게 흐르고 있었다.

1980년 광주민중항쟁을 총칼로 진압하고 정권을 잡은 전두환 신군부는 취약한 정통성을 감추기 위해 수많은 민주인사와 학생들의 시위를 최루탄으로 간신히 막아내고 있었다. 국민에게는 북한 위협론을 과장하기 위해 평화의 댐 소동을 일으키는가 하면, 음지에서는 수많은 시국사건을 조작해내고 있었다. 그리고 민주화운동가들에게 용공 혐의를 뒤집어씌우기 위해 가혹한 고문을 자행했다.

대표적인 사건이 당시 민청련 의장 김근태 고문사건이었다. 고문 후유증으로 2011년 안타깝게 세상을 떠난 김근태는 당시 공안당국이 빨갱이 딱지를 붙이기 위해 자신을 어떻게 고문했는지, 그 비인간적인 고문 속에서 어떻게 짐승처럼 울부짖으며 없는 혐의를 인정해야 했는지를 절절하게 폭로했다. 김근태는 면회 온 아내 인재근을 통해 전기고문 때 생긴 피딱지를 '고문의 증거'로 세상 밖으로 내보내는 데 성공했다. 김근태의 고문사실을 확인한 많은 인권변호사들이 변론을 자청했고, 법원에 고문경관들을 고발했다.

그러나 공안당국은 김근태의 호소를 간첩이 체포됐을 때 벌이는 법정투쟁전술처럼 호도했다. 많은 국민이 독재정치의 공공연한 비밀인 고문의 실체를 알고 있으면서도 그것을 공공연히 말하는 것은 주저하고 있었다. 군사정권의 서슬 퍼런 공포정치의 칼날이 여전히 눈앞에서 번쩍이고 있었기 때문이다.

그러나 전국적으로 항의와 저항의 목소리는 높아져갔다. 학원가는 민주화 요구와 "전두환 군사파쇼를 타도하자"는 학생들의 목소리로 뒤덮이고 있었고, 재야와 종교계에서도 서서히 전두환 정권 타도 투쟁을 위해 힘을 결집해가기 시작했다. 이러한 움직임은 부천경찰서 성고문 사건, 보도지침 사건 등과 박종철 고문치사 사건에 이어 1987년 6월항쟁으로 폭발하면서 잊힌 무기수 함주명에게도 한 줄기 희망의 빛을 비춰주게 되었다.

6월항쟁 이후 탄생한 노태우 정권은 비록 전면적인 문민정부는 아니었지만, 민주주의의 제도화를 약속하고 출범한 정부로서 불법사찰, 불법연행, 고문행위 등 전 정권이 자행한 비민주적인 불법행위를 처벌하라는 국민적 요구를 완전히 외면할 수는 없었다. 주명에게 이런 시대적 흐름은 분명 새로운 희망을 품게 만드는 변화가 아닐 수 없었다.

특히 고문은 부천서 성고문 사건, 박종철 고문치사 사건 등을 통해 우리 사회가 반드시 근절해야 할 사회악으로 국민에게 각인되었다. 따라서 6월항쟁 이후 본격적으로 민주주의의 제도화를 시도하는 한국 사회에서 공권력에 의한 고문행위의 근절은 민주화 지표를 가

늘하는 중요한 사회적 의제로 대두되었다. 그런 의제를 사회에 던진 사건이 바로 김근태의 고문 폭로였으며, 뒤이어 터진 부천서 성고문 사건과 박종철 고문치사 사건으로 고문 근절에 대한 사회적 요구는 절정에 달했다.

부천서 성고문 사건

경찰관이 운동권 여학생을 잡아다 조사하면서 성고문을 가한 사실이 폭로되면서 온 국민은 수치스러움에 고개를 돌렸다. 대한민국이 과연 문명국가이며 법치국가인가 하는 개탄의 소리가 온 나라에 넘쳤다. 그러나 경찰 등 공안당국은 그저 사건을 감추고 축소하는 데만 급급했다.

서울대 의류학과 4학년에 재학 중이던 권인숙은 노동운동을 하기 위해 허명숙이라는 가명으로 경기도 부천시에 있던 가스배출기 제조업체에 위장취업을 했다. 그러던 중 1986년 6월 4일 주민등록증을 위조한 공문서 변조 혐의로 부천경찰서에 연행됐다. 권 씨는 부천서 조사실에서 문귀동 경장에게 6월 6일과 7일 이틀에 걸쳐 위장취업과 무관한 이른바 5·3인천사태의 관련자 행방을 조사받으면서 치욕적인 성고문을 당했다.

권 씨는 수치심 때문에 한동안 성고문을 당한 사실을 감추었으나, 여성으로서 경찰의 야만적 행위를 폭로하여 자기보다 처지가 더 어려운 여성들이 같은 피해를 당하는 것을 막아야 한다고 결심했다. 그는 조영래, 홍성우, 이상수 등 인권변호사들의 도움을 얻어 같은 해 7월 3일 문귀동을 강제추행 혐의로 고소했다. 그러자 공안당국은 오히려 권 씨를 공문서 변조 등의 혐의로 구속 기소하였고, 변호인단은 문귀동과 부천경찰서장 등 관련 경찰관 6명을 독직·폭행·가혹행위 등의 혐의로 고발하며 맞섰다. 이런 공방 속에서 성고문 사건은 국민에게 널리 알려지면서 사회적으로 큰 충격을 안겨주었다.

부천서 성고문 사건에 대한 의혹이 증폭되자 공안 당국은 7월 16일 수사 결과를 발표하면서 "성고문은 날조이며 성을 혁명의 도구로 삼는다"고 매도하고 각 언론기관에 보도지침을 내려보내 "성적 수치심까지 정치적으로 이용하고 있다"며 사건을 은폐하고 여론을 호도하려 했다. 그러나 이미 많은 국민은 이런 당국의 발표를 믿지 않았다. 고문은 공공연한 비밀이었으며, 견제받지 않는 독재권력 아래에서는 어떤 일도 벌어질 수 있다는 것을 체험으로 알고 있었기 때문이다. 당연히 많은 여성과 인권단체가 사건의 진상 규명을 촉구하고 나섰다. 1986년 7월 19일 서울 명동성당에서 학생과 시민이 모여 '부천서 성고문 사건 및 김대중 용공조작사건 폭로 규탄대회'를 열면서 이 사건은 정권타도투쟁으로 옮겨 갔다.

그러나 진실이 드러날 경우 공권력의 권위에 심대한 타격을 받을 것을 우려한 검찰은 진실을 규명하기보다는 사건을 감추기에 급급했다. 검찰은 국민의 거센 요구에도 불구하고 문귀동을 불기소했고, 대한변호사협회가 재정신청을 내자 서울고등법원은 이를 기각했다. 검찰도 법원도 진실보다는 보신에 익숙해 있었다. 법률을 가장한 순응의 극치였다.

결국 권인숙은 그해 12월 1일 인천지방법원에서 징역 1년 6월을 선고받았다. 권인숙의 부천서 성고문 폭로사건의 기억이 채 가시기도 전에 이번엔 박종철 고문치사 사건이 터졌다. 이 두 사건은 1987년 6월항쟁이 일어나는 직접적인 도화선이 되었다. 권 씨는 6·29선언이 나온 뒤인 7월 8일에 풀려났으며, 권 씨를 성고문한 문귀동은 1989년 6월 징역 5년을 선고받고 경찰에서 파면됐다.

박종철 고문치사 사건

1987년 1월 14일 서울대생 박종철 군이 치안본부 남영동 대공분실에 연행돼 조사를 받던 중 사망했다. 경찰은 동료 운동권 학생의 행방을 대라며 물고문, 전기고문 등을 가하다 그를 숨지게 했다. 경찰은 그의 사망을 단순 사고사로 처리해 감추려 했으나, 그가 경찰에 연행된 뒤 숨졌다는 사실이 언론에 보도되면서 그의 억울한 죽음이 세상에 알려졌다. 경찰은 고문 사실을 감추기 위해 처음에는 단순 쇼크사로 발표했다. 책상을 '탁' 치니까 '억' 하고 죽었다고 하는 터무니없는 거짓말이 경찰 총수의 입에서 흘러나왔다. 그러나 부검의 오연상 씨가 물고문 가능성이 있다는 증언을 하자 경찰에 의혹의 눈길이 쏠렸고 결국 경찰은 1월 19일 고문 사실을 시인하고, 수사경관 조한경과 강진규를 구속했다.

사건의 진상이 어느 정도 드러나자 당시 야당인 신민당은 대대적인 대정부 규탄에 나섰으며, 재야단체들은 진상 규명을 요구하며 농성에 들어가는 한편, 각계 인사 9,000명으로 구성된 '박종철 군 국민추도회' 등을 주도하였다. 이 사건은 정점을 향해 치닫기 시작한 전두환 군사정권 타도 투쟁을 촉발하는 촉매제 역할을 했다. 정부는 김종호 내무장관과 강민창 치안본부장을 해임하고 고문 근절 대책을 내놓는 등 사태를 조기에 수습하려 하였다. 그러나 대정부 투쟁의 수위를 조금씩 높여가던 재야에서는 5월 18일 천주교정의구현전국사제단의 성명을 통해 박처원 치안감과 유정방·박원택 경정 등 대공간부 3명이 이 사건을 축소·조작하였고, 고문 가담 경관이 2명이 아니라 5명이었다는 사실을 폭로했다.

이런 사실은 당시 감옥에 있던 언론인 이부영 등에 의해 새롭게 밝혀졌다. 경찰과 검찰의 사건 은폐·조작 시도가 있었다는 사실은 전두환 정권의 도덕성에 결정적인 타격을 안겨주었고 이 사건과 관련된 일련의 추모집회와 규탄대회가 연일 계속되는 와중에 연세대생 이한열이 시위 도중 최루탄 파편에 맞아 사망하는 사건이 이어지면서 한국 민주화의 전환점이 된 6월항쟁이 촉발되었다. 이한열의 최루탄 피격은 전두환 정권의 마지막 존립 근거마저 흔들어놓았다. 6월 10일 전국 33개 도시에서 100만여 명이 시위를 벌이는 등 국민의 저항이 절정에 이르자 위기감을 느낀 전두환 정권은 6월 29일 당시 민주정의당 대표위원이었던 노태우에게 대통령 직선제 개헌과 언론기본법 폐지를 통한 언론 자유 보장, 정치 활동의 전면 자유화 등 이른바 '6·29선언'을 발표하게 하였다.

전주교도소에 5년째 수감 중이던 주명에게도 6·29선언의 소식이 전해졌다. 그것이 정확히 무엇을 의미하는지는 몰랐지만, 민주화가 되려나 보다 하는 생각이 들었다. 무기수에게도 그런 변화는 예사롭지가 않았다. 좋은 세상이 와서 감형이 되거나, 진실이 밝혀질 수 있다면 하는 꿈을 꾸어보기도 했다. 그러나 그러한 희망도 잠시, 그해 치러진 대통령 선거에서 김대중과 김영삼의 분열로 인해 야당이 패배하고 전두환 정권의 계승자인 노태우가 대통령에 당선되었다. 민주화는 아직 요원해 보였다.

김근태의 처절한 고문 폭로 수기

국가보안법 위반으로 징역 5년이 확정돼 김천교도소에서 복역 중이던 김근태 민청련 의장이 1988년 8·15특사로 가석방됐다. 보통 사람의 시대를 표방한 노태우 정부는 전두환 군사정권의 연장이란 한계를 극복하고 88서울올림픽을 무사히 치르기 위해 소극적이나마 제도 민주주의를 실시하려는 태도를 보였다. 그러나 야권과 재야는 5·18을 통해 집권한 전두환 군사정권의 연장이란 본질적 한계와 기만성을 폭로하기 위해 대정부 투쟁의 고삐를 늦추지 않았다. 김근태가 자신을 고문한 경찰관을 상대로 옥중에서도 끈질기게 손해배상 소송을 계속한 것도 그런 투쟁의 하나였다.

김근태는 석방되어 나오자마자 자신의 사건에 대한 재정신청을 법원에 내고, 고문경관을 고발했다. 하지만 고문한 경관이 누구인지 정확히 특정하지 못함으로써 그의 법적 투쟁은 현실적인 한계를 가질 수밖에 없는 상태였다. 그러나 사회적으로 고문 문제는 한국 사회가 민주국가로 진입하느냐 아니냐 하는 갈림길의 화두처럼 여겨졌다. 국회와 정당, 사회에서 한목소리로 고문 근절을 요구하고 있었다.

1988년 창간한 『한겨레신문』은 창간호에서 김근태를 비롯한 김문수, 박충렬에 대한 고문 사실을 열거하면서 이렇게 쓰고 있다.

우리는 지난 40여 년 동안 남북 간의 이데올로기 대립과 체제 대결이 지속되는 분단 상황 속에서 물리적 강제와 전제적 탄압이 횡행하는 강권 통치에 시달려왔다. 그 속에서 국민은 권리의 주체가 아닌, 통치와 지배의 객체로서 인식돼 인권을 경시하는 풍조가 사회 구석구석으로 번져나갔다. 특히 1980년 5월 '광주항쟁'을 억누르고 등장한 전두환 정권은 권력의 창출 과정뿐 아니라 유지 과정에서도 민주적 규범을 무시함으로써 집권 기간 중 정통성의 위기에 시달렸고 이에 대응한 물리적 억압은 수많은 인권침해 사례를 낳았다.

임의동행을 빙자한 불법 연행과 영장 없는 장기 구금, 불법 압수수색과 잔혹한 고문이 일상화되다시피 했다. 책상을 '탁' 하고 치니 '억' 하고 죽었다는 박종철 씨 고문치사와 이 사건의 축소은폐 사건은 공권력의 도덕성에 대한 근원적인 의문을 제기했다. '성'이 고문의 도구로 이용된 부천경찰서 성고문 사건, 세계의 여론을 들끓게 했던 전 민청련 의장 김근태 씨에 대한 혹독한 고문 사건, 한일합섬 김근조 씨 고문치사 사건 등 고문에 의한 인권유린 사례가 빈발하면서 "고문 없는 나라에서 살고 싶다"는 사회 여론이 비등했다. 지난 86년 5월 15일 '서울노동운동연합'(서노련) 지도위원인 김문수(37) 씨 등 13명의 노동자가 국가보안법 위반으로 구속되었다. 이들은 '5·3인천시위사태' 직후인 5월 3일과 6일 사이에 경기도 부천시 역곡동과 서울 잠실 등의 거주지에서 수사관이라고만 밝힌 사람들에 의해 어디론가 불법 연행되었다. 김 씨의 부인 설난영(36) 씨에 따르면 남편이 경찰의 내부 수배를 받고 있는 상태에서 집에 들어오지 않았기 때문에 연행된 사실을 뒤늦게 알았다고 한다.

김 씨는 5월 6일 밤 11시쯤 보안사 요원들에게 연행되어 보안사 송파분실과 서울시경 장안동 대공분실에서 조사를 받은 후 5월 15일 성동경찰서에 수감되기까지 9일 동안 영장 없이 군·경 비밀 수사기관에서 고문을 받았다. 그는 보안사 송파분실에 연행되어 고문실로 끌려가 서노련 관계자들의 소재를 추궁하는 수사요원들에게 전기고문을 받았다. 또 전기방망이로 손과 발을 지져 기절을 하면 마사지를 해 깨어나게 했고, 고문 흔적을 없애기 위해 고문이 끝나면 목욕과 마사지를 시키고 안티푸라민 등을 발라주었다고 한다.

김씨가 이 같은 잔인한 고문을 받은 사실이 가족에 의해 폭로되자 군 수사기관이 민간인을 불법 연행해 조사, 고문할 수 있는가 하는 점에서 사회에 큰 파문을 일으켰다.

흔히 '용공좌경'의 혐의를 받는 '조직사건'은 공안당국의 분석 자료나 발표문이 신문과 텔레비전에 미리 크게 보도돼 확정 판결까지 무죄 추정이란 법 일반 원칙이 무시된 '여론재판'이란 비난이 뒤따르고 있다.

지난 86년 11월 12일 발표된 '반제동맹당' 사건도 그 이름만큼이나 어마어마한 내용으로 신문, 텔레비전에 크게 보도되었다. 이 사건의 주모자로 지목된 박충렬(28 · 서울대 법대 졸업) 씨는 혹독한 고문을 견디다 못해 혀를 깨물고 자살을 기도한 것으로 전해졌다. 그는 고문 중에서도 잔혹하다는 '비녀꽂이'를 당했는데, 이 고문은 몸이 뒤쪽으로 활처럼 휘어져 가슴이 찢어지는 듯한 고통을 안겨준다. 보통 30분을 견디지 못하는 이 고문을 그는 3일 동안이나 받았다.

전두환 정권은 정치적 통제의 수단으로 이 두 가지 법률을 마구 적용해 흔히 80년대 전반은 '집시법 시대', 중반 이후는 '국가보안법 시대'라는 비아냥거림을 받을 만큼 정권안보를 위해 인권을 탄압하고 유린했다는 비난을 받고 있다.

이 같은 과정에서 가장 지탄의 대상이 되고 있는 것이 인간의 존엄성을 훼손하고 짓밟는 고문이 일상적으로 자행되었다는 점을 들 수 있다. 당국은 고문 시비가 잇따를 때마다 '그런 사실이 없다', '있을 수도 없고 있어서도 안 된다'는 천편일률적인 대답이었지만 고문은 아직도 진행되고 있다는 데 그 심각성을 더해주고 있다. (「고문 없는 나라에 살고 싶다」, 1988년 5월 15일 자, 현이섭)

국가보안법 위반 혐의로 징역 5년을 선고받고 복역하다 1988년 풀려난 김근태는 석방된 직후 『한겨레신문』에 자신이 어떻게 고문을 받고 간첩으로 조작되었는지를 밝히는 수기를 게재했다.

1983년 9월 30일에 창립된 민주화운동청년연합은 돈암동에 있는 상지회관에서 창립총회를 마친 밤 9시 30분께 박우섭, 박계동 씨를 포함한 간부 6명은 회관 현관에서 체포돼 안기부로 연행되었다. 이들은 안기부에서 일주일 정도 협박적인 수사를 받다가 풀려났다.

1985년 8월 24일부터 9월 4일까지 서부경찰서 유치장에서 산 구류는 민청련 의장으로 재임했던 2년 동안의 구금 중 일곱 번째였다. 이 마지막 구류가 끝나던 날, 나는 잠이 덜 깬 채로 남영동(치안본부 대공수사단)에 끌려갔다.

5층 15호실. 그러니까 박종철 씨가 물고문으로 살해된 그 바로 옆방으로 끌려갔다. 이날부터 9월 26일 검찰에 송치되기까지 23일 동안 전기고문 8번, 물고문 2번을 당했다. 한번 시작하면 3시간 반 내지 5시간 정도씩 계속되는 것이었다. 나는 한 번도 의식을 잃지는 않았다. 의식이 가물가물해지면 즉시 고문을 멈췄다. 고문 전문가만이 그렇게 할 수 있었다. 차라리 의식을 잃어버리면 얼마나 좋을까 생각한 적이 한두 번이 아니었다. 면밀하게 계획되고 준비된 고문은 어디에도 들뜬 구석이 없었다. 냉정하고 엄격하게 진행되었다. 그 피 묻은 고문 자행자들은 다음과 같다. 총경 윤재호, 경감 김수현, 경감 백남은, 경감 고문전문가(성명 불상), 경위 김영두, 경장 정현규, 경장 최상남, 경장 박병선, 경장 임희갑 이렇게 9명이다. 이들은 사실 고문 하수인에 불과하며, 진정한 고문 주범은 '관계기관 대책회의'이고, 그 책임자였던 장세동이라고 나는 단정한다.

고문은 물고문으로부터 시작되었다. 9월 4일 오전 7시 반부터 12시 반까지 5시간 걸렸다. 팬티만 남긴 채 알몸이 되어 칠성대 위에 올려졌다. 담요에 둘둘 말린 채 발목, 무릎, 허벅지, 배, 가슴, 다섯 군데가 칠성대 위에 꽁꽁 묶였다. 눈은 가려지고 코와 입에는 두꺼운 노란 타월이 덮어씌워졌다. 머리는 약간 뒤로 젖혀지고, 두 사람이 양옆에 서서 힘껏 눌러 머리를 움직이지 못하게 했다. 수도 샤워 꼭지와 주전자에서 물이 "쏴아" 하고 내리꽂혀왔다. 물속에 빠져 익사할 때의 고통과 공포 속으로 쳐넣어진 것이었다. 얼마간은 버텼다. 그러나 버틸 수 있는 것이 아니었다.

얼마나 시간이 지났을까. 수건이 치워졌다. 나는 다짜고짜로 소리쳤다. "묻는 말에 뭐든지 대답하겠습니다." 이에 대해 백남은 차디차게 비웃었다. "뭐, 묻는 말에 대답하겠다고? 필요 없어. 아직 멀었구먼. 우리가 요구하는 것은 항복이야. 다시 시작해."

물고문은 또 시작됐다. 숨 막히는 답답함, 질식해버릴 것 같은 공포, 아득한 절망감…… 그것뿐이었다. 나는 기진맥진해졌다. "항복하지. 그래도 진술 거부할 거야? 안 하지?" 하는 뭔가 재촉하는 목소리가 어렴풋이 들려왔다. 나는 머리를 끄덕거렸고 이어 수건이 치워졌다. 이렇게 하여 진술 거부권은 박살이 났다. 저항 의지는 무너져가기 시작했다.

두 번째 물고문은 4일 밤 8시부터 5일 새벽 1시까지 계속되었다. 아무런 요구사항도 없었고 무조건 고문을 했다. 칠성판 위에 계속 묶어둔 채 잠시 고문을 중단하고 이런 것을 요구해왔다. 즉 나는 폭력혁명주의자이고 민족주의자로서 사회주의 사상을 갖고 있음을 시인하고 학생운동과 노동 현장에서 움직이는 하수인을 대라는 것이었다. 나는 시인하지 않고 버텼다. 그러자 곧바로 물고문이 다시 시작됐다. 결국 첫 번째 고문에서와 마찬가지로 나는 또 굴복을 했다. 이것은 구체적인 것의 시인은 아니며, 다른 사건으로 이미 피신 중에 있는 이범영 씨를 학생운동의 배후라고 댐으로써 고비를 넘기자고 생각했다. 피신 중에 있기 때문에 그에게 뒤집어 씌워도 별 피해가 없을 것이라는 계산에서였다. 고문자들은 쾌재를 부르는 것 같았다. 그러나 하루쯤 뒤 이범영 씨가 도피 중인 것을 알고 낭패해하면서 더욱 무서운 전기고문으로 앙갚음하고자 했다.

전기고문 할 때는 팬티마저 벗겨버렸다. 회음부가 터져 피가 팬티에 묻게 되면 골치가 아프게 될 것이기 때문이라고 했다. 전기 접촉면을 새끼 발가락과 그다음 발가락 사이에 끼우고 그것이 움직이지 않도록 붕대를 엄지발가락과 발등에 칭칭 감았다.

전기고문을 하기 전에 반드시 물고문을 먼저 했다. 전기 충격을 예방하기 위해서였고 또한 전기고문과 물고문이 서로 작용하여 상승 효과를 거두도록 하기 위해서였을 것이다.

물고문이 어느 정도 진행되면 온몸이 흠뻑 땀으로 젖게 되는데, 그때부터 전기고문은 시작된다.

처음에는 짧고 약하게, 그러다가 점점 길고 강하게, 중간에는 다시 약해지고 또 별안간 강력하게 전류를 보냈다. 가끔씩은 전기를 발등에 직접 대기도 했는데, 그 때문에 발등의 살가죽 점점이 꺼멓게 타버리고 말았다.

외상을 남기지 않으면서 치명적으로 내상을 입히는 전기고문, 그것은 뜨거운 불 인두로 온몸을 지져서 바싹 말라 바스러뜨리는 것이었다. 핏줄을 뒤틀어놓고 신경을 팽팽하게 잡아당겨 마침내 마디마디 끊어버리는 것 같았다.

빠개질 듯이 아픈 머리가 큰 수박처럼 부풀어 오르는 것 같기도 했고 나는 칙칙하고 끈적끈적한 외마디를 계속 질러댔다. 먹따진 돼지가 마지막 숨을 몰아쉬는 것처럼 헉헉 꺼이꺼이 하면서 어두운 비명을 토해냈다.

거기에는 슬픔이라든지 뭐 외로움이라든지 그런 것이 끼어들 여지는 전혀 없었다. 드디어는 축 늘어졌다. 전기 배터리 충격으로 허연 배를 물 위로 내밀고 둥둥 떠내려가는 피라미가 되어버리는 것이었다. 그것은 뿌연 죽음이었다.

전기고문은 불도그같이 생긴 고문기술자에 의해서만 행해졌다. 매우 위험한 것이어서 그랬을 것이다. 전형적인 깡패 타입의 이자는 델시라는 상표가 붙어 있는 가방 속에 전기 도구를 가지고 다녔다. 그동안 장의사 일이 없어 한가했는데 이제 일감이 풍족하게 생겨서 살맛이 난다고 했다.

전기고문을 할 때는 반드시 라디오를 켰다. 라디오 속에서는 천하태평으로 지껄이고 있는 남자와 여자 들의 수다가 흘러나왔다. 비명 소리를 깔아뭉개기 위해 일부러 라디오를 크게 틀어놓는 것이었다.

9월 5일 저녁 8시 반께부터 다음 날 새벽 1시께까지, 6일 저녁 9시께부터 다음 날 새벽 1시께까지, 고문자들이 지쳐서 물러날 때까지 전기고문은 계속되었다.

고문대 위에서 답은 "네, 그렇습니다" 그것 하나뿐이었다. 그러고는 고문자들이 불러주는 것을 외어야 했다. 고문대 위에선 어쩌나 잘 외어지는지······.

〔······〕

9월 8일 일요일. 오전 10시께부터 1시 반까지, 저녁 7시께부터 밤 12시까지 최악의 전기고문을 두 번 당했다. 저 80년 5월의 광주민중항쟁이 85년 9월에 또다시 일어나고 있음이 틀림없다고 나는 생각했다. 그렇지 않고서야 도저히 이럴 수는 없는 것이었다. 당시의 내 추측은 맞지 않았지만 나에 관한 한 이날의 고문은 80년 5월의 광주민중항쟁, 그 악몽의 연속이었다.

고문자들의 광기, 잔혹함이 한편에 있었고, 인격의 붕괴, 착란 상태가 그 반대편에 있었다. 사실상 저항다운 저항은 이날로써 끝장나버렸다. 나는 끝내 항복하고 만 것이었다.

아침 10시께 총경 윤재호가 들어와 이렇게 소리쳤다. "너 이 새끼, 배후를 안 대, 콧구멍에 고춧가루를 처넣어서 폐기종을 만들어 죽여버리겠다. 안 댈 거지. 그거(고문대) 들여와. 이 새끼 내가 직접 고문할게." 이날 고문자들의 모습은 달밤에 먹이를 앞에 놓고 질질 침을 흘리는 털 빠진 승냥이들 같았다.

강력한 전류를 오랫동안 흘려 나를 거의 죽음의 강 건너편으로 보냈다. 수건 대신 가제를 대고 고춧가루를 입속에 처넣었고 소금 비슷한 화학약품도 쏟아부으면서 물고문을 했다. 연거푸 소리를 질러대 목은 완전히 붓고 쉬었으며 이후 한동안 말을 할 수가 없었다. 칠성대에 묶인 채로 발버둥을 쳐 발뒤꿈치와 팔꿈치가 헤졌으며 상처는 깊어졌다.

[……]

10일 밤 7시부터 10시까지 전기봉 고문을 당했다. 양쪽 발등에 장치를 하고 진동을 일으켜 고통을 가하는 것이었다. 진동 때문에 심한 통증이 오고 상처가 깊이 패 피가 흐르는 듯했지만 그래도 이것은 다른 고문에 비하면 견딜 만했다.

이날의 주제는 74년도에 강원룡 목사가 원장인 크리스찬아카데미에서 개최한 '노조간부 지도력개발교육'에 참석하여 작성한 프로그램 내용이었다. [……]

13일, 금요일. 이날의 고문을 경감 김수현은 '최후의 만찬'이라고 했다. 그렇게 말할 만했다. 악독하게 감행되었다. 13일 밤 10시부터 다음 날 새벽 2시 반까지, 14일 새벽 3시부터 5시 반까지 전기고문이 계속되었다. 민청련 재정이 중요 문제였다. 재미동포 심기섭 선생으로부터 개신교 인권위원회를 거쳐 부쳐 온 45만 원이 문제였다. 안기부는 이를 이미 알고 있었고, 그것을 밝혀내지 못한 남영동(치안본부 대공수사단)을 비웃었던 모양이다. 망신당한 분풀이를 몽땅 쏟아붓는 고문을 했다. 13일, 이날부터는 이미 기력이 다 떨어져 전기고문, 물고문을 가해도 발버둥을 칠 수 없었다.

20일 저녁 8시부터 10시 반께까지 열 번째의 마지막 전기고문을 받았다. 이때까지의 모든 것을 총정리하는 것이었다.

마침내 남영동을 떠나는 날이 왔다. 26일 오후 2시께, 나는 김수현과 백남은에게 악수를 청했다. 속으로 울면서 이렇게 말하고 있었다. '나는 당신들에게 처참한 고문을 당하고 간다. 너무나 끔찍하게 당해서 분노하는 것조차 두려운 것이 한스럽다. 이 저주받을 인간들이, 악마 같은 자들이 내 생사여탈권을 가진 것처럼 군림하였으며, 그에 아양조차 떨어야 했던 이 끔찍한 지옥을 내가 어떻게 잊을 것인가.'

구치감으로 향하는 자동차 속에서 따스한 오후의 햇볕을 온몸에 받았다. 아, 이 햇빛 속으로, 이 낯익은 거리로 나는 돌아온 것이었다. 죽음으로부터 회생하기 시작한 것이었다.

검찰청사 5층 승강기 앞에서 아내 인재근이 나를 기다리고 있었다. 이 기적 같은 만남을 놓칠 수는 없었다. 내가 받은 처참한 고문을 정확하고 간명하게 얘기했다. 그러면서 발과 팔꿈치의 찢어진 상처를 보여주었고 발등의 꺼멓게 탄 전기고문 상처를 설명하였다. 이렇게 해서 정치군부의 야수적인 고문은 온 세상에 폭로되게 된 것이었다. (『한겨레신문』, 1988년 7월 17~21일 자)

김근태의 구체적인 폭로와 고발에도 불구하고 공안 당국은 고문의 실체를 인정하지 않았다. 그들은 고문에 대한 사회적 논란이 계속되고, 과거 간첩을 잡기 위해 불가피하게 자행됐던 고문을 처벌한다면 한국 사회는 간첩이 판을 치게 될 것이라고 국민을 위협했다.

심지어 국회에 출석한 경찰 간부는 일반 사범은 물론 간첩도 고문을 하지 않는다며 철저히 오리발을 내밀었다. 15년 만에 다시 시작된 국정감사(1988년 10월 19일 국회 내무위)에 출석한 당시 윤재호 총경(전 치안본부 남영동 대공분실장) 등은 "남영동 대공분실은 간첩을 다루는 곳이다. 남영동 대공분실에서는 간첩도 고문을 하지 않는다. 우리 사회의 우월성을 알려서 스스로 자백하게 한다. 우리가 아는 한 고문한 적도, 고문하는 것을 본 적도 없다"고 말해 실소를 불러일으키기도 했다.

그러나 그런 위증으로 진실을 가릴 수는 없었다. 대한변호사협회(이하 변협)는 1988년 10월 26일 국정감사 결과와 관련한 성명을 발표하고 "국정감사 결과 드러난 각종 비리는 권력층과 수사기관의 인간멸시 풍조에서 연유하는 만큼 국회는 인권보장을 위한 입법과 대책을 서둘러 수립해야 한다"고 주장했다. 변협은 또 "김근태 씨 고문사건은 변호사 두 사람의 증언을 통해 유력한 정황 증거가 드러난 만큼 국회가 할 수 있는 최선책은 검찰의 철저한 재수사를 촉구하거나 특별검사법을 제정, 특별검사가 이들 사건을 끝까지 파헤치는 것뿐"이라고 밝혔다.

또 미국의 로버트 케네디 인권센터, 아시아 워치, 북미 한국인권연맹 및 국제 인권법률가단체 등 4개 단체는 노태우 대통령에게 서한을 보내 김근태 고문사건에 대해 불편부당하고 독립적인 조사를 보장하라고 촉구했다.

이제 불법 구금, 용공 조작을 위한 고문행위 등에 대한 국민적 여론은 돌이킬 수 없는 대세가 되어가고 있었다. 국회에서 다수파가 된 야권은 노태우 정부에게 전 정권의 비리는 물론 고문과 같은 공권력 남용을 철저히 재조사하라고 압박했다. 정권의 시녀 노릇을 한 법원에 대한 반성의 움직임이 커지면서 보수적인 변협까지 김근태 고문사건의 재심을 촉구했다. 또한 미국의 유력한 인권단체들도 앞다퉈 한국의 인권 상황을 우려하면서 88서울올림픽을 앞둔 정부를 곤혹스럽게 만들었다. 이런 시대적 움직임은 용공 조작으로 간첩이 되어 복역 중인 숱한 피해자들에게도 한 줄기 희망의 빛이 되고 있었다.

사회 여론이 물 끓듯 비등하자 법원은 마침내 김근태 고문사건에 대한 재심을 결정했다. 당시 서울고법 형사3부(재판장 조열래 부장판사)는 12월 15일 김근태와 부인 인재근, 강철선·홍성우·조영래 변호사 등 7명의 변호사가 전 치안본부 대공수사단 백남은 경정, 김수현 경감, 김영두 경위, 최상남 경장 등 4명에 대한 검찰의 불기소 처분에 불복해 신청한 재정신청을 받아들였다. 이로써 이 사건은 사건 발생 39개월, 재정신청 접수 22개월 만에 법원에 의해 사실상 고문 사실을 인정받게 된 것이다.

고문기술자 이근안의 정체

김근태가 검찰의 불기소에 항의해 재판 회부를 요청한 고문경관 가운데 그를 직접 전기고문한 '고문전문가'는 그때까지도 신원이 확인되지 않고 있었다. 그래서 김근태는 수기에서도 성명 불상의 고문 기술자라고 쓸 수밖에 없었다. 고문한 사람을 특정할 수 없다 보니, 고문 여부의 실체적 진실을 가리는 데 어려움이 많았다. 고문을 지시한 간부들이 고문한 사실이 없다거나 고문을 지시한 적이 없다고 부인하고 있었기 때문에, 고문 사실을 입증하려면 실제로 고문을 집행한 당사자를 찾아 법정에 세우지 않으면 안 되었다. 그러던 1988년 12월 22일 『한겨레신문』은 1면 머리기사로 김근태를 고문한 전기고문 기술자가 '이근안'이란 경감이라고 보도했다.

이 특종 보도가 나온 정황은 이랬다. 당시 『한겨레신문』의 치안본부(지금의 경찰청) 출입 기자였던 문학진(전 민주당 의원) 기자는 평소 친분이 있던 김근태와 부인 인재근 등을 12월 19일 오후 6시 서울기독교회관 지하 다방에서 만나 취재를 하고 있었다. 화제가 자연

스레 고문 이야기로 옮겨지자 문 기자는 김근태를 고문한 '이름 모를 전기고문 기술자'의 정체에 대해 물었다. 김근태도 이 경찰관이 누구인지를 밝혀야 자신이 당한 고문의 실상을 백일하에 드러낼 수 있었기 때문에 그의 정체를 밝히기 위해 개인적으로도 무척 애쓰던 중이었다. "조금 알아내긴 했는데, 이근 뭐라던데. 현재 경기도경 대공분실장이라는 이야기가 있고…… 확인해본 건 아니야." 기자인 문학진에게는 귀가 확 뜨일 만한 정보였다. 문 기자는 그 즉시 경기 지역 담당인 후배 배경록 기자에게 전화를 걸어 확인을 부탁했다. "경기도경 대공분실장은 김 아무개고, 다만 공안분실장 이름이 이근안"이라고 알려 온 것이다. 문 기자는 바로 자신의 출입처인 치안본부로 달려가 경찰 인사 파일을 구했다. 이근안의 거주지 등 인적 사항과 함께 희미한 사진 복사본이 붙어 있었다. 김근태를 찾아가 그 사진을 보여주었다. 김근태는 아무 말 없이 한참을 쳐다봤다. "맞습니다. 바로 그자요." 문 기자는 이근안에게 고문당한 다른 사람들에게도 거듭 확인을 받았다. 이근안 경감이 김근태 고문사건에서 고문을 직접 집행한 사람으로 밝혀지자, 공안 당국은 할 수 없이 이근안을 파면하고 현상수배하기에 이른다. 고문기술자 이근안은 이렇게 해서 그 어두운 실체를 백일하에 드러내게 되었다. 정체가 드러나는 순간 고문기술자가 있을 곳은 단 한 군데도 없었다. 그는 신분이 탄로 나자 곧바로 잠적해 긴 도피 생활을 할 수밖에 없었다.

민가협의 활동

민가협의 창립

앞에서 일부 서술했듯이 1980년대 군사독재에 맞서 민주화운동이 거세게 전개되면서 죽고 다치고 감옥에 가는 민주화운동가들이 급증하였다. 이런 민주화운동가들의 양산은 그 부모 형제에게는 큰 슬픔과 아픔이었다. 이들은 처음에는 숨죽인 채 남편이나 형제자매, 자식 들의 옥바라지에 나섰으나 1980년대 들어 민주화운동의 정당성이 사회적으로 확산되면서 하나둘씩 거리로 나서 구속된 가족의 명예회복을 위해 투쟁하기 시작했다. 그들이 바로 1980~90년대 한국 민주화 운동사에서 빼놓을 수 없는 단체인 민주화실천가족운동협의회(이하 민가협) 사람들이다.

1970~80년대 간첩사건에 연루된 사람들은 간첩 가족이라는 사회의 차가운 시선에 어디에도 억울함을 호소할 길 없이 시커멓게 타는 가슴을 안으로 삭일 수밖에 없었다. 그런 이들에게 민가협의 존재는 위안과 상호 격려의 울타리이자 쉼터였고, 억울한 장기수의 존

재를 세상에 알리고 함께 연대해 구명운동을 펼 수 있는 성채였다.

이렇다 할 연줄도 인맥도 없는 주명의 아내 이춘자와 누나 주옥에게도 민가협은 소중한 의지처였다. 특히 누나 주옥은 이춘자가 세 아들을 부양하기 위해 생업에 전념할 수밖에 없을 때 가족을 대표해 민가협 활동에 열성적으로 참여했다. 주옥은 민가협 사람들에게 무기수 함주명의 존재를 알리고, 그가 이근안의 고문에 의해 간첩으로 조작된 사연을 세상에 알리는 데 크게 기여했다. 주옥은 민가협에서 장기수 석방운동은 물론 『한겨레신문』과 월간 『말』 같은 진보적 언론기관을 찾아다니며 주명의 존재를 알리고 구명을 호소했다. 주옥의 이런 활동도 든든한 두레 같은 민가협이 없었다면 불가능했을 것이다.

민가협은 1985년 12월 12일 창립되었다. 민가협이 창립되던 1985년은 군사독재 정권 아래 수많은 청년과 학생, 노동자, 민주인사 들이 구금되어 있었고, 안기부 등 수사기관, 교도소에서 고문 등 인권유린이 심각했기에 이러한 인권침해와 맞서 싸우고 양심수들을 구조하기 위해 가족 모임이 만들어진 것이다.

민가협의 뿌리는 유신독재 시기로 거슬러 올라간다. 1974년 민청학련 사건을 계기로 만들어진 '구속자가족협의회'를 모태로 1976년 양심범가족협의회의 전통을 이어 남민전 사건, 재일교포 간첩단 사건 등 유신독재 시절부터 정치적 박해를 받고 있던 가족들과 1985년 미문화원 사건, 민정당 연수원 점거농성 사건 등 민주화를 요구하다 구속된 수많은 학생의 가족들이 모여 '민가협'이라는 조직을 만들게 되었다.

주로 학생운동가의 어머니들로 구성된 민가협은 구속자의 '가족'이라는 울타리를 넘어 '인권 지킴이'로 민주주의와 인권 실현을 위해 싸워왔다. 민가협 어머니들이 벌여온 활동 가운데 가장 특징적인 점은 인권이 침해되는 그 어떤 곳이라도 맨 먼저 달려가 긴급구조 활동을 벌이는 '인권 앰뷸런스' 역할을 해온 점이다. 민주화를 위한 집회, 농성, 시위 현장의 맨 앞에서 싸웠으며, 시위 도중 전투경찰에 끌려가는 학생들을 맨몸으로 구출하는 사람들이 바로 민가협 어머니들이었다. 교도소에서 재소자에 대한 인권침해 사건이 발생하면 교도소 앞 노상에서 밤을 지새우기 일쑤였으며, 안기부와 경찰 등 수사기관에서 고문 등 가혹행위 사건이 일어났을 때도 맨 먼저 달려가 이의 중단과 책임자의 사과와 재발 방지를 촉구하는 농성을 하는 일이 잦았다. 또한 시국사건 재판 때마다 재판을 방청하며 공정하지도 정의롭지도 못한 사법부를 질타하는 등 이 사회에서 관행처럼 벌어지던 국가 공권력에 의한 인권침해를 규탄하고 근절하기 위한 활동을 멈추지 않았다. 그러한 과정에서 '인권 119'였던 민가협 회원들이 구속되기도 했으며, 경찰차에 실려 어디론가 버려지기도 하고 전경들에게 많이 얻어맞기도 하는 등 수년씩 민가협 활동을 한 어머니들은 대개 몸 성한 데가 없을 정도이다. 이러한 민가협의 노력은 그동안 무소불위의 성역으로 알려졌던 안기부, 대공분실, 교도소 등의 인권침해 행위를 상당 부분 근절하는 성과를 낳았다. 〔……〕

1989년 2월 21일 민가협은 고문경찰 이근안을 국민이 직접 검거하자고 국민 수사를 선언하며 현상 수배를 하였다. 검거 의지가 없는 권력을 향한 포고였으며 고문 근절을 위한 의지의 표현이었다. 그 후 10년 동안 끊임없이 '고문경찰 이근안'의 처벌을 위해 노력해온 결과 1999년 10월 마침내 이근안이 자수하여 구속되었다. 이근안 처벌운동은 반인도적 범죄행위인 고문 근절 및 재발 방지를 위한 운동이었으며, 이로 인해 고문 문제가 사회 이슈가 되었다. (민가협 누리집 소개글)

민가협 총무 남규선의 활동

이 무렵 민가협의 실무를 이끈 사람은 남규선이다. 그는 홍익대학생운동 출신으로 민가협 간사 일을 맡아 민주화운동을 계속해나간 사람으로, 주명은 물론 민가협의 역사를 이야기할 때 빼놓을 수 없는 인물이다.

남규선은 민가협 총무로 있으면서 장기수 문제를 민주화운동 차원에서 과감히 세상에 제기한 최초의 사람 중 하나이다. 장기수는 대개가 좌익 계열의 사상범과 간첩 혐의로 장기형 또는 무기징역을 선고받고 수십 년 이상 감옥에서 복역하는 양심수를 말하는데, 이들은 민주화운동 관련 양심수와 달리 공산주의자·사회주의자·간첩 등의 낙인이 찍힌 채 반공주의 장막 뒤에 방치되어 있었다. 불법 연행·구금과 고문에 의해 억울하게 간첩의 누명을 쓰고 수십 년씩 감옥살이를 해야 하는 억울한 피해자들의 구명에 맨 먼저 조직적인 움직임을 보인 곳이 바로 민가협이었으며, 남규선과 같은 일꾼들이 맡은 소중한 역할이었던 것이다.

1987년 6월항쟁으로 사회 각 부문에서 조금씩 민주화가 진행되기 시작하고, 통일운동이 거세게 일어나면서 장기수 가족도 하나둘씩 민가협을 찾아와 억울함을 호소하기 시작했다. 장기수 본인의 억울함과 분함은 말할 것도 없지만, 가족에게 쏟아지는 간첩 가족이란 차가운 시선은 견디기 어려운 것이었다. 그들은 대부분 숨도 크게 쉬지 못하고 지내고 있었다.

민가협을 찾아와 밑도 끝도 없이 옥에 갇힌 가족의 억울함을 호소하는 이들을 지켜보던 남규선은 민가협 안에 '조작간첩사건가족모임'을 만들어 이들의 사례를 조사하고 서로 위로와 정보를 얻도록 도

왔다. 이 모임은 곧 인권운동가 서준식이 이끄는 '장기수가족협의회'
로 확대되어 이후 조작간첩사건 사례 발표회를 갖고 수십 건에 이르
는 조작간첩사건의 진상 규명을 요구하는 농성과 집회를 벌이기 시
작했다. 이들의 활동은 보도지침에 묶인 언론들의 침묵으로 세상에
거의 알려지지 못했으나, 『한겨레신문』이 1988년 5월 창간되면서 세
상에 알려지기 시작했다.

남규선은 1988년 12월 많은 민주화운동가들을 잔인하게 고문
해 사건을 조작한 고문경찰관 이근안의 신원이 『한겨레신문』에 의해
폭로된 뒤 이근안이 검찰의 수사를 피해 잠적하자, 이근안 현상수배
'국민수사운동'을 전개했다. 1989년 10월에는 전국을 돌며 조작간
첩사건의 실태를 고발하는 사례 발표회를 열었다. 특히 1989년 악명
높은 사회안전법이 폐지되면서 남규선을 비롯한 민가협 활동가들은
본격적인 장기수 석방운동에 들어갔다.

남규선은 장기수가족협의회 회장을 맡은 서준식과 함께 회원들
을 이끌고 당시 평민당사 등 야 3당 당사에 들어가 조작간첩사건의
진상 규명과 조기 석방을 요구하는 농성투쟁을 전개했다. 남규선은
이에 앞서 '부도덕한 전두환 정권이 북한의 위협을 무기 삼아 궁지에
서 벗어나기 위해 간첩사건을 조작, 장기수를 양산했음'을 알리기 위
해 장기수들의 공소장, 항소이유서, 증언 등을 토대로 한 가족들의 탄
원서, 호소문 등을 묶은 자료집을 펴내, 정치권이 이를 활용해 이들의
구명에 나서줄 것을 호소했다.

민가협의 이러한 노력은 그러나 아직은 민주화운동 진영 내의
목소리를 벗어나지 못했다. 간첩사건에 대한 일반의 인식이 차가웠
던 데다, 당시 언론들마저 대부분 장기수 가족의 눈물겨운 호소를
'용공'의 이미지를 덧쓸까 봐 두려워한 나머지 외면하고 있었다.

그런 상황에서 『한겨레신문』의 창간은 이들 장기수 가족에게 커다란 힘과 위안이 되어주었다. 이들이 야 3당 당사를 돌며 농성을 벌이는 한편, 과거 조작간첩사건의 실태를 구체적으로 조사해 발표하자, 『한겨레신문』은 사설을 통해 정부가 이들의 호소에 귀 기울일 것을 강력히 촉구했다.

　　어쨌든 세상이 많이 달라졌다고 해야 할 것인가? 얼마 전까지만 해도 주위의 눈총 때문에 숨을 죽이고 살아야만 했던 '간첩사건' 관련 장기수 가족들이 국회 차원에서 '장기수 사건 진상규명위원회'를 구성해달라고 요구하며 평민당사에서 농성을 벌이고 있다. 가족들의 주장은 "부도덕한 정권이 정치적 궁지에서 벗어나려고 간첩사건을 자주 조작했다는 것이다. 민주화실천가족운동협의회(민가협) 산하 장기수가족협의회가 조사한 바에 따르면 간첩 활동을 한 혐의로 실형을 선고받고 복역 중인 216명의 장기수 가운데 67퍼센트를 차지하는 145명은 북한에서 남파된 공작원이 아닌 것으로 드러났다(『한겨레신문』 6일 자). 가족들은 장기수들이 대부분 박정희 정권의 3선 개헌 이후인 70년대와 '5공' 때에 구속되어 "짧게는 10일, 길게는 3개월, 때로는 반년 동안의 밀실 수사와 고문을 당했다"고 지적하면서 그 장기수들은 "전면적 또는 부분적으로 혹독한 고문에 의해 조작된 간첩"이라고 주장했다.

　　만일 장기수 가족들의 주장이 사실이라면 그동안 세상을 놀라게 했던 간첩사건들이 정치적 목적을 위해 급조됐음을 의미한다. 장기수 가족들이 이처럼 중요한 문제를 제기했으므로 정치권은 가족들의 요구대로 진상을 철저히 밝혀 한 사람도 억울하게 옥살이하는 일이 없도록 해야 할 것이다.

　　정통성과 도덕성이 부족한 권위주의적 정권이 거듭되는 악정과 실정으로 정치적 위기에 몰릴 때마다 남북의 대결 상황이나 긴장관계를 더욱 부추기면서 악용해왔다는 사실을 부인할 사람은 그리 많지 않을 것이다. 그런 예는 특히 유신독재 시대와 '5공' 독재 시절에 많이 있었다. 따라서 지금 억울하다고 호소하는 장기수들의 대부분이 그 시대에 구속되었다는 사실은 우연한 일이 아닐 것이다.

잘못된 과거를 청산하자는 이 마당에 간첩사건 관련 장기수들의 문제도 진상을 철저히 가려내어 억울한 사람들의 한을 풀어주어야 할 것이다.

억울한 옥살이를 하는 사람들이 많다면 그것은 시대에 맞지 않고 인류를 거스르는 법과 제도가 존재하기 때문이다. 고문도 사실은 실정법의 조문에 맞게 사건을 조작하기 위해 자행되는 것이다. 국제 정세와 국내의 정치 발전과 시대정신을 거론하지 않더라도 역대의 정권이 양심수나 억울한 죄인을 양산했다면, 그 사실만으로도 국가보안법은 폐지되거나 개정되어야 한다. (『한겨레신문』, 1989년 12월 8일 자)

16년간의 감옥 생활

광복절 특사

주명은 1998년 8·15 광복절 특사로 출옥했다. 1983년 2월 백주 대로에서 납치되듯 연행돼 세상과 격리된 이후 16년 만이었다. 주명은 비록 고문을 받아가며 간첩 혐의를 뒤집어쓰게 되었지만, 설마 그 감옥살이가 16년이나 계속될 것이라고는 꿈에도 생각하지 않았다.

그는 처음 수사를 받을 때부터 막연하긴 했지만 아무리 그래도 생사람을 잡을 리는 없다고 생각했고 서대문형무소에 들어갈 때도, 심지어 사형이 구형되고 대법원에 올라갈 때까지도 믿지 않았다. 그러나 무기징역이 확정돼 차가운 독방에서 추운 겨울을 넘기면서 점차 그는 자신이 지금 어디에 있는지를 뼈저리게 실감해야 했다. 그만큼 그는 순진한 사람이었고, 그렇기에 더욱 감옥살이가 원통하기 짝이 없었다.

그러나 한편으로 주명은 의지가 굳고 집념도 강한 사람이었다.

그는 감옥살이를 마치 다른 사람이 다른 죄로 들어와 사는 듯 남의 일처럼 덤덤하게 잘 견뎌냈다. 나중에는 당뇨병이 생겨 고생하긴 했지만, 질병도 감옥을 나가 억울함을 풀고 말겠다는 그의 의지를 꺾을 수 없었다. 그는 어떻게든 하루빨리 감옥을 나가 자신의 억울함을 세상에 알리고 싶었다.

면회 온 아내에게는 늘 바깥소식을 물었다. 민가협 활동에 적극적으로 참가하라고 가족에게 당부하기도 했다. 민가협의 남규선 총무가 고문 피해자들의 연명으로 이근안을 고소하는 데 협조를 구하러 교도소에 면회를 왔을 때는 오히려 주명이 더 반가워했다. 세상 사람들이 아직 자기를 잊지 않고 있다는 것이 너무나 고마웠다. 세상에서 고문 문제가 불거지고, 느리지만 민주화가 진전되고 있다는 사실이 그에겐 큰 힘이 되어주고 있었다.

1990년대 초 국내 인권 상황에 대한 국내외 비판 여론이 비등하자 당시 노태우 정부는 장기간 수감 중인 정치범의 석방을 추진하면서 이들에게 가석방의 전제조건으로 형식상의 전향서를 요구하였다. 당시 법무부에서 나온 검사는 "전향서를 내면 향후 어느 정도 수형 생활을 한 뒤에는 (가석방을 위한) 정상 참작을 할 때 큰 도움이 될 것"이라고 전향서 제출을 권유했다. 주명도 별 망설임 없이 전향서를 제출했다. 간첩 혐의를 부인하는 그로서는 전향서가 어떤 면에서는 죄를 시인하는 격이 되는 것이었지만, 간첩이 아니라고 주장하는 마당에 전향서를 못 쓸 이유도 없다고 주명은 생각했다. 하루빨리 감옥을 나갈 수만 있다면 전향서를 쓰고 안 쓰고는 전혀 중요하지 않았다. 그때가 전주교도소에서 8년째 수감 생활을 하던 1991년이었다. 전향 제도는 김대중 정부 들어 사실상 폐지되었는데 이때 전향서를 쓰지 않은 비전향 장기수 가운데 고령자였던 이인모는 김영삼 정부가 들어선 뒤인 1993년 본인의 희망에 따라 북한으로 송환되기도 했다.

각종 질병과도 싸우다

이 무렵 주명은 여러 가지 지병에 시달리고 있었다. 그를 가장 괴롭힌 것은 당뇨였으며, 간경화 증세도 나타났다. 당뇨 합병증으로 관절까지 상해 한쪽 다리를 절기 시작했다. 그는 망가진 몸과도 사투를 벌여야 했다.

주명은 자신은 질병에도 져서는 안 되는 몸이라고 생각했다. '건 강이 무너지면 밖에 나가서도 결백을 밝힐 수가 없다.' 이런 일념 아래 감옥 생활의 거의 모든 시간과 노력을 당뇨와 싸우는 데 바쳤다고 해도 과언이 아닐 정도로 열심히 질병과 싸워나갔다.

전주교도소에서 9년을 보낸 주명은 1992년 광주교도소로 이감 되었다. 광주에서는 전주에서보다 감옥 생활이 조금 나아졌다. 장기 복역자의 처우도 훨씬 나아졌다. 문민정부의 출범 등 시대 상황, 학생 등 정치범들의 교도소 처우개선 투쟁 등이 일정한 영향을 미치고 있었다. 주명은 이곳에서 민가협이 주도한 비전향 장기수들의 장기 구금에 대한 헌법소원에 동참했고, 1994년에는 이근안 고소에 참여했다. 그는 비록 감옥에 갇혀 있지만, 자신의 결백을 증명하기 위해 할 수 있는 일은 무엇이든 마다하지 않았다.

사실 주명은 김영삼 정부가 들어서자 내심 석방 또는 최소한 감 형 정도는 기대하고 있었다. 군사독재가 끝났으니 자신같이 억울한 사람들에게도 서광이 비칠 것이라는 기대가 컸던 것이다. 특히 이인 모가 송환되는 등 골수 사상범에 대해서도 정부의 특혜 조처가 내려 지는 마당이었으니 그런 기대도 무리는 아니었다. 하지만 주명의 기대는 이뤄지지 않았다. 문민정부가 들어서서 2년이 지나도록 석방은 커녕 감형조차 되지 않았다. 특히 자신을 고문해 사건을 조작했던 이근안을 경찰은 안 잡는 건지 못 잡는 건지, 지지부진하게 세월만 보내고 있었다.

문민정부는 숱한 민주인사를 고문한 이근안 이야기가 나올 때마다 검거에 전력을 기울이겠다면서도 정작 그를 검거하지 못했다. 주명으로서는 답답했다. 이근안을 검거해야만 고문당한 사실을 밝혀낼 수 있고, 그의 혐의가 고문에 의한 허위자백임이 밝혀져야 사건의 재심을 청구할 수 있기 때문이었다. 주명은 1993년 2월 부인 이춘자에게 보낸 편지에서 애달픈 심정을 이렇게 썼다.

"문민정부 탄생으로 최소한 감형은 받을 줄 알았는데 이마저 없어 실의와 좌절의 나날을 보내고 있지만 이대로 주저앉을 수는 없습니다. 내 마지막 소원은 재심을 받는 것입니다. 지난 대선 때 김영삼 대통령이 조작간첩 문제는 정권 유지 차원에서 밝혀야 한다고 했습니다. 억울해서 밤잠을 못 이루며 10년을 기다려왔습니다."

남규선과 민변, 이근안을 고발하다

1994년 민가협은 함주명 등 장기수들의 연명으로 이근안을 검찰에 고소했다. 형이 확정되어 장기간 수감 중인 조작간첩 피해자들로서는 이미 확정된 재판을 되돌릴 수 있는 길은 재판 과정에서 인정된 유죄 증거가 법적으로 증거능력이 없음을 밝히는 것뿐이었다. 그것은 결국 고문에 의한 허위자백임을 입증하는 길밖에는 없었다. 특히 민가협을 이끌고 있던 남규선은 그걸 냉정하게 인식하고 있었다. 실무자로서 아무리 농성을 하고 시위를 조직하고 어머니와 아내와 자식 들이 눈물로 호소해도, 결백의 정황이 아무리 명명백백해도 3심으로 유죄가 확정된 이상 이를 바꿀 수 없는 일사부재리의 원칙 아래에서는 아무런 소용이 없다는 걸 숱한 사건들을 지켜보며 절감해온 터였다.

남규선은 장기수 가족들과 인권변호사들의 도움을 받아 장기수 66명의 고문 사례를 모아 이근안을 고소했다. 남규선이 광주교도소로 주명을 찾아가 처음 대면하게 된 것도 이 일에 그의 참여를 요청하기 위한 것이었다. 당시 고문에 의한 간첩 조작을 줄기차게 주장하고 있던 대표적인 장기수 중의 한 사람이 주명임을 남규선도 잘 알고 있었다. 주명에 대한 이근안의 고문은 공소시효가 지나 법적으로 처벌 대상에서 제외되는 사건이었지만, 남규선은 처음부터 이근안을 고문경관으로 지목해온 주명을 고소인에 포함시켰다.

"함주명 씨 등 장기수 17명의 경우 이미 공소시효가 지났으나 수사기관에서 극심한 가혹행위로 혐의사실을 조작한 데 이어 검찰과 법원까지 합세해 범법자로 만들었습니다. 이들이 재심 등을 통한 구제의 길이 막혀 있어 재조사 등 피해 구제를 촉구하기 위해 고소장을 냈던 것입니다."

남규선의 생각은 주명의 생각과 일치했다. 주명은 민가협에게 비록 공소시효가 지났더라도 자신은 꼭 무죄를 밝혀야겠다고 호소하고, 오히려 남규선에게 고소인 대열에 자신도 포함시켜줄 것을 강력히 희망했던 것이다.

이 고소 투쟁은 사실 남규선 개인의 단독 투쟁의 결실이나 다름없었다. 오랫동안 민가협 총무 일을 하면서 고문에 의해 간첩으로 조작된 장기수들의 안타까운 사연을 접해온 남규선은 시민운동가의 양심과 실천 차원에서라도 이들에게 진실의 힘을 보여주고 싶었다. 그러기 위해서는 유죄의 증거가 조작된 것임을 입증해야 했고, 그 방법은 고문에 의한 허위자백임을 밝히는 것뿐이었다. 남규선은 숱한 고문 사례에 대한 피해자와 가족의 호소를 들어왔으므로 고문 입증을 통해 재심청구의 길을 모색하려 했던 것이다.

남규선은 거의 혼자 힘으로 10여 일 밤잠을 자지 않고 66명의 고소장을 일일이 작성하는 투지를 보였다. 그가 이처럼 초인적인 노력을 기울인 것은 그 스스로 이 일이 민주화운동의 하나이며, 피해자들의 주장이 진실이라고 확신했기 때문이었다.

그러나 검찰은 민가협의 고소를 가볍게 일축했다. 공소시효가 지난 사건을 수사할 수 없다며 불기소 처분을 내린 것이었다. 남규선은 다시 함주명 등 9명의 이름으로 서울고검에 수사를 요청하는 항고장을 제출했다. "영국과 미국 등 여러 나라에 시효제도가 없으며 '국제인권규약', '전범과 비인도적 범죄자에 대하여 국내법적 제한을 적용하지 않기로 하는 협약' 등 국제법은 고문을 비롯하여 비인도적 범죄에 대해 공소시효가 적용될 수 없음을 명백히 하고 있음"을 근거로 제시했다. 당시 이 움직임을 거의 유일하게 보도해온 『한겨레신문』은 함주명 등의 항고장 제출을 보도하면서 고문사건에 대한 공소시효 제도의 문제점을 상세히 다루기도 했다.

남규선은 항고, 재항고, 헌법소원 등 국내의 모든 법적 절차에 호소해보고, 그래도 안 되면 국제사법재판소에 제소하는 등 국제사회에서 한국의 정치범에 대한 고문행위를 여론화할 결심을 굳히고 있었다. 그러나 현실의 벽은 높아 법원에 낸 항고도 기각되고 말았다. 어느 정도 예상한 일이기도 했다. 남규선은 주명과 다른 장기수 5명의 이름으로 헌법재판소에 헌법소원을 냈다. "고문을 금지하는 헌법 규정은 어떠한 경우에도 침해될 수 없으며 고문 범죄자에 대한 공소

214

시효 제도는 이런 원칙을 무너뜨리는 것"이라며 "고문에 대한 공소
시효 제도는 우리나라가 1990년 가입한 '시민적 및 정치적 권리에
관한 국제인권규약' 제7조에서 '고문으로부터의 자유는 어떠한 경우
에도 적용을 배제할 수 없다'고 규정하고 있는 것에도 위반된다"고
주장했다.

하지만 계란으로 바위 치기나 다름없었다. 어디에도 메아리는
들려오지 않았다. 남규선과 변호사들도 조금씩 지쳐갔지만 그래도
포기할 수는 없었다. 주명은 더욱 그랬다. 도저히 여기서 주저앉을 수
없었다. 1995년 7월 27일 자 『한겨레신문』은 당시 이들의 간절한 몸
부림을 이렇게 전했다.

최근 부산지법이 간첩사건 관련자에 대한 재심청구를 받아들인 뒤 인
권운동단체들을 중심으로, 그동안 조작 시비를 불러일으킨 간첩단 사건
관련자들에 대한 재심청구 움직임이 활발해지고 있다.

민주화실천가족운동협의회(민가협)는 26일 간첩죄로 복역 중인 박동
운(50·무기), 함주명(64·무기), 이상철(45·17년) 씨와 복역을 마치고
1991년 출소한 김양기 씨 등 10여 명에 대한 재심청구를 오는 9월 법원
에 내기 위해 자료 등을 마련하고 있다고 밝혔다.

천주교인권위원회도 이날 강희철(38·무기), 이장형(62·무기), 이헌치
(44·20년) 씨 등 3명의 간첩죄 수감자들에 대한 재심청구를 이르면 내달
중 낼 계획이라고 밝혔다.

민가협과 천주교인권위는 "재심청구 대상자들은 대부분 5공 출범 초
기인 1980년대 초 집중적으로 간첩단 사건에 연루된 사람들로, 당시 수
사기관의 불법 연행과 고문 등을 통해 간첩으로 조작됐을 가능성이 높다"
고 주장했다.

이번에 재심청구를 내게 될 사람들은 ◇6·25 때 실종된 가족이 있는 경우(박동운) ◇납북어부 출신(이상철) ◇옛 반공법으로 이미 형을 산 경우(함주명) ◇재일동포 또는 일본에 유학·취업한 경력이 있는 경우(강희철·이장형·이헌치·김양기) 등으로, 뚜렷한 물증 없이 주변 사람의 진술이나 임의성 없는 본인 자백만으로 최고 무기징역까지 선고받았다고 인권단체들은 주장했다.

1981년 구속된 박동운(당시 전남 진도농협 예금계장) 씨의 경우 "6·25 때 납북된 아버지가 다시 나타난 것 같다"는 마을 주민들의 신고로 수사가 시작돼 남파된 아버지를 따라 두 차례 밀입북한 것으로 수사 결과 발표됐으나, 박 씨 자백과 마을 사람들의 진술이 유일한 증거라고 민가협은 밝혔다.

또 어린 시절 일본으로 밀항한 강희철 씨는 지난 1983년 북한에서 간첩교육을 받은 혐의로 무기징역을 선고받았으나, 당시 수사기관이 제시한 증거는 북한 당국에서 강 씨에게 지급했다는 일제 만년필과 스웨터, 양복뿐이었다고 천주교인권위는 밝혔다.

민가협 관계자는 "그동안 재심청구를 위해 공소장과 수사기록, 공판조서 등을 검토한 결과 이들의 혐의사실을 뒤집을 수 있는 새로운 사실을 상당수 발견했다"며 "한 예로 재일동포 출신으로 삼성전자에 근무하다 간첩사건에 연루된 이헌치 씨는 수사기관이 북한 잠입 기간으로 발표한 1978년 12월에 일본에 있었다는 일본인 친구들의 증언을 확보했다"고 말했다.

민가협과 천주교인권위는 "최근 5공 초기 간첩단 사건 관련자에 대한 재심청구를 부산지법이 받아들인 것은 앞으로 간첩단 사건 재심청구에 대한 법원의 판단에 변화가 나타나는 것"이라며 재심청구에 기대를 걸고 있다.

이때 천주교인권위의 법률 문제를 이끈 사람이 김형태 변호사였다. 당시 천주교인권위는 장기수들의 피해 상황을 누구보다 잘 알고 있었고, 공안정국 아래 숱한 사건들이 고문에 의해 조작되었다는 심증을 갖고 있었지만, 구체적으로 고문 사실을 입증하는 것은 하늘의 별 따기나 다름이 없다는 사실도 잘 알고 있었다. 이미 김근태 사건에서도 보았듯이 고문에 관련된 것으로 드러나는 순간 그들의 운명이 어떻게 될지 뻔히 아는 상황에서 고문 관련자들이 순순히 고문 사실을 인정할 리가 없었다. 고문 관련자들은 철저히 서로를 감춰주고 보호해주는 관계였고, 사법부 또한 그 책임에서 벗어날 수 없었으므로 그들은 침묵과 외면 속에 고문 문제가 수면 아래로 가라앉기만을 바라고 있었다. 그런 상황에서 고문을 입증하는 것은 아무리 뛰어난 변호사라 하더라도 매우 어려운 일이었다.

실제로 남규선과 민주사회를 위한 변호사 모임(이하 민변)의 백승헌 변호사, 천주교인권위 김형태 변호사 등이 추진한 재심청구는 이뤄지지 않았다. 재심청구의 전제조건인 고문 조작에 의한 허위자백임을 주장할 구체적인 반증을 제시할 수 없었기 때문이었다. 그래도 가장 확실한 방법은 김근태 사건에서처럼 가해자를 특정할 수 있는 이근안에 의한 고문 사실을 밝혀내는 것이었는데, 이때 이근안은 김근태 사건으로 이미 도피 생활에 들어간 상태였다. 말하자면 이근안이 없는 한 재심도 없는 상황이 된 것이다.

오랫동안 장기수들의 재심청구에 혼신의 힘을 기울였던 남규선은 억울했다. 그동안 애쓴 시간과 수십 년 감옥살이를 해온 이들의 억울한 누명을 벗기지 못하는 것이 너무나 안타까웠다. 문민정부의 등장으로 사회 여러 곳에서 민주주의의 싹이 움트고 있었고, 많은 민주화운동가들이 합법적인 사회 활동을 하게 되었으며 그 가운데 일부는 정치와 공직에 진출하는 등 새로운 사회를 향한 기운이 높아지고 있었다. 그러나 간첩이란 붉은 딱지를 붙이고 감옥에서 불우한 나날을 보내고 있는 사람들이 있는 한 우리 사회의 민주화는 아직도 요원하다고 생각했다.

남규선은 평소 알고 지내던 민변의 조용환 변호사를 찾아갔다. 조용환은 1980년대 초반 2년여가 넘는 법정 공방을 벌였던 '송 씨 일가 간첩사건'을 선배 변호사인 황인철로부터 인계받아 다룬 적이 있는 터라 이 분야에 경험과 지식을 상대적으로 많이 갖고 있던 젊은 변호사였다.

조용환은 공식적으로 사건을 수임한 것은 아니지만 남규선의 부탁으로 이 사건을 넘겨받아 재심 가능성이 있는지를 검토하게 되었다. 그러나 재심청구를 위한 새로운 증거가 나오지 않는 한 그로서도 어쩔 수가 없었다. 장기수들에 대한 이런 관심은 1995년을 기점으로 더는 진척되지 않았다. 사실상 법률적으로 제기할 수 있는 모든 방법을 취했음에도 진전이 없었기 때문이다.

새로운 변화, 국민의 정부 등장

민가협의 남규선과 민변의 조용환, 김형태 변호사 등의 노력에도 불구하고 장기수들에 대한 재심 문제는 사람들의 관심권 밖으로 점차 멀어져갔다. 문민정부의 등장으로 민주화 기운이 사회 전반에 퍼지면서 한때 고문 근절에 대한 사회적 관심이 높았으나 정쟁의 와중에 파묻혀갔다.

1995년 남규선이 벌인 재심청구 운동을 마지막으로 한동안 언론의 주목조차 끌지 못했던 조작간첩 피해자들의 진실 규명 노력은 정치적 환경이 바뀌면서 새로운 국면을 맞이하기 시작했다. 1998년 김대중 대통령이 취임하면서 우리나라 헌정 사상 최초의 여야 정권 교체가 이뤄진 것이다. 한때 용공좌익 혐의를 뒤집어쓰고 숱한 고초를 겪은 정치인의 대통령 당선은 확실히 새로운 변화를 예고하기에 충분한 것이었다. 하지만 변화는 더디게 진행되었다. 사상적 오해를 받은 정부인 만큼 국가보안법 사건 같은 정치적으로 예민한 사안에 대해 신속하고 적극적인 조처를 취하기는 어려웠던 것이다.

그럼에도 변화는 감지되고 있었다. 먼저 김대중 정부 출범 직후인 1998년 3·1절을 기해 특별사면이 단행되었다. 이때 주명은 무기징역에서 20년으로 감형되었다. 1983년 유죄가 확정되고 1991년 전향서를 내면서까지 지난 15년 동안 무죄를 주장해온 '무기수 함주명'의 존재를 정부 당국이 인정한 것이었다.

이어 주명은 김대중 정부가 장기 복역 중인 사상범을 석방하기 위해 현실적으로 고안한 준법서약서에도 서명했다. 가석방을 전제로 준법서약을 받는다는 것은 가까운 시일 안에 특사가 있을 경우 가석방될 수도 있다는 것을 의미했다. 마침내 주명에게 감옥 문을 나설 수 있는 기회가 다가온 것이다.

준법서약서는 가석방 결정의 전제조건으로 대한민국 체제와 법을 준수하겠다는 내용을 서약하도록 한 것으로, 이 제도는 김대중 정부가 일제 때부터 내려오던 '사상전향제'를 폐지하면서 동시에 현행법의 테두리 안에서 정부가 좌익수나 양심수의 석방을 위해 고안한 편의적인 제도였다. 따라서 당시 진보 학계 및 시민단체와 일부 양심수들은 준법서약서 제도가 사상전향제의 변형에 불과하다고 비판하였고 일부 양심수는 준법서약서에 서명하기를 거부했다. 준법서약 강요 자체가 헌법에 보장된 양심의 자유에 위배된다는 주장이다. 이

제도는 2002년 헌법재판소에서 합헌 결정을 받았으나, 2003년 노무현 정부의 등장 직후 법무부가 이 제도를 폐지하여 우리나라에서 사상전향제는 법적으로 사라지게 되었다. 주명은 준법서약서에 서명할 당시의 심정에 대해 이렇게 말했다.

"1991년 전향서를 쓸 때와 같은 심정이었습니다. 내가 사상적으로 문제가 없고 아무런 간첩 활동도 한 일이 없지만, 억울하게 누명을 쓰고 무기징역을 살고 있었습니다. 그런 나로서는 사상전향 같은 말은 사치나 다름이 없었지요. 무슨 짓을 하든 하루라도 빨리 감옥을 벗어나 자유로운 상태에서 내 억울함을 풀고 싶었습니다."

그는 준법서약서를 들고 온 검사에게 말했다. "검사님, 제가 여기 서명하는 것은 오로지 누명을 벗기 위한 겁니다."

김대중 정부는 1998년 8월 15일을 기해 광복절 특사를 단행하여 사노맹 사건으로 복역 중이던 박노해(본명 박기평), 백태웅 등 공안사건 관련자 등을 포함해 모두 7,007명에 대한 특별사면과 복권, 가석방 조처를 단행했다. 주명도 이들 속에 포함되었다. 무기징역에서 20년으로 감형된 지 5개월여 만에, 감옥 생활을 시작한 지 16년 만에 그는 세상으로 다시 돌아왔다.

제5장

나는 무죄다

이근안 고문은 사실이다

첫 번째 행운, 강금실 변호사

1998년 8·15 광복절 특사로 풀려난 주명의 목표는 오직 재심을 통해 무죄를 밝히는 것뿐이었다. 재심을 향한 그의 집념은 무서울 정도로 강했다. 그만큼 그는 억울했고, 절실했다.

하지만 현실은 녹록지 않았다. 대법원까지 가서 유죄가 확정된 사건은 유죄를 부정할 새로운 증거가 나타나지 않는 한 재심이 사실상 불가능에 가까웠다. 더욱이 주명의 죄명은 간첩이 아니던가. 주명의 사건이 재심을 받기 위해서는 공안당국이 주명을 남파 고정간첩으로 지목하게 된 단서를 제공한 전향간첩 홍종수의 증언이 허위이거나, 주명이 이근안의 고문을 받고 허위자백한 사실이 밝혀져야만 한다. 그러나 홍종수가 제 발로 나서서 제보 내용을 부인할 리는 만무하고, 이근안은 세상에서 모습을 감춘 지 오래였다. 16년을 감옥에서 오직 결백을 밝힐 날만을 기다려왔지만, 감옥 밖으로 나와 마주한 현실은 주명에게 깊은 좌절감만 안겨주고 있었다.

주명의 동창생 중에는 고위 경찰관도 있었다. 당시 경무관이었던 한 친구는 이렇게 충고했다. "주명아, 네 사건은 국가보안법 사건이다. 재심도 안 되거니와 만에 하나 재심을 하더라도 무죄를 받을 수 없을 거다. 그러니 이제 그 일에 그만 매달려라. 그 정열과 정성을 가족을 돌보고 생활을 꾸리는 데 쓰는 게 백번 낫다." 비단 그 친구만이 아니었다. 많은 지인들이 비슷한 시선으로 그를 바라보고 있었다. 그러나 주명은 결코 포기할 수 없었다. 그러기에는 너무나 억울하고 분했다. 감옥에서 보낸 16년의 세월이 천근만근의 무게로 주명의 가슴을 짓누르고 있었다.

마음이 답답한 주명은 분노와 초조감을 이기지 못한 채 주변 사람들을 괴롭혔다. 걸핏하면 화를 내고 주변 사람들을 의심했다. 오죽했으면 아내 이춘자마저 차라리 남편이 감옥에 있을 때가 더 나았다는 생각을 했을까.

"남편은 처음 면회를 갔을 때부터 출옥할 때까지 16년 동안 거의 매번 입버릇처럼 억울하다, 나는 억울하다고 가슴을 치며 원통해했어요. 밖에 나갈 수만 있다면 무조건 무죄를 받을 수 있다는 말을 한 번도 빼놓지 않았어요. 그만큼 결백을 밝히는 일이 살아가는 목적이었으니, 남편의 초조감을 이해하지 못할 바도 아니었습니다. 하지만 어떨 때는 그 정도가 너무 심했습니다. 특히 나를 의심할 때는 죽고 싶었고, 차라리 남편이 그냥 감옥에 있었으면 하고 생각한 적마저 있었으니까요."

민가협 총무 남규선도 주명에게 시달려야 했다.

"제가 밖에서 정말 할 만큼 다 했는데도 함 선생이 그걸 알아주지 않는 것 같아 내심 많이 섭섭했습니다. 하지만 이해도 했습니다. 16년간 억울한 옥살이를 했다면 나라도 저러지 않았을까요?"

주명은 민가협과 민변 변호사들이 추진한 재심청구 노력을 인정하면서도 새로운 돌파구를 찾고 싶어 했다. 민변의 힘만으로 부족하다면 다른 힘 있는 변호사를 붙여달라고 남규선을 재촉했다. 남규선은 자신의 노력을 몰라주고 투정 아닌 투정을 하는 주명이 원망스러웠지만, 그의 집념을 그냥 무시할 수만도 없었다. 남규선은 고심하던 끝에 평소 친분이 있던 민변의 강금실 변호사를 찾아갔다.

강금실은 서울고법 판사 출신으로 1995년부터 민변 소속 변호사로 민주화운동 관련 사건을 맡아 변론에 나서던 인권변호사였다. 그는 훗날 노무현 정부가 출범하면서 법무장관에 발탁된다. 이런 강금실과의 인연은 주명에게 커다란 행운으로 돌아오게 된다.

남규선은 강금실에게 주명 사건의 개요와 재심을 받아 무죄가 되었을 때의 역사적 의의 등을 상세히 설명하고 재심청구 변론을 맡아줄 것을 간청했다. 앞에서도 간략히 언급했지만, 주명의 사건은 고문에 의해 사건이 조작되었다는 증거를 새롭게 제시하지 않는 한 재심이 받아들여질 가능성은 거의 제로에 가까운 사건이었다. 따라서 어느 변호사든 선뜻 나서서 맡을 만한 사건이 아니었다. 그러나 강금실은 남규선과의 친분과 주명의 처지 등을 두루 고려했는지, 흔쾌히 재심청구 사건을 맡아주었다. 남규선은 그때를 1999년 초로 기억하고 있었다.

그렇지만 법원의 현실은 판사 출신인 강금실이 사건을 맡았다고 해서 크게 달라질 것 같지는 않았다. 원심의 결정을 뒤흔들 만큼 중요하고도 결정적인 새 증거나 증언이 나와야 했다. 그것이 없는 한 천하의 명변호사라 하더라도 법원으로부터 재심 판단을 이끌어내기는 불가능한 것이 사실이었다. 그렇게 시간은 또 흘러가고 있었다.

두 번째 행운, 고문기술자 이근안 자수

강금실이 주명의 사건을 맡아 재심청구의 기회를 엿보던 1999년 10월 주명과 강금실, 남규선 등 민가협 사람들에게 믿기지 않는 소식이 전해졌다. 11년 전 김근태 의원을 고문한 사실이 드러나 잠적했던 이근안 경감이 자수를 했다는 것이다. 이근안의 자수는 당시 언론들이 그해 10대 뉴스의 하나로 꼽았을 만큼 세상을 떠들썩하게 한 사건이었다. 누군가의 비호를 받으며 완벽한 도피 생활을 하고 있을 줄 알았던 그의 자수는 그만큼 뜻밖의 일이었고, 그런 만큼 많은 사람을 놀라게 했다.

이근안은 검찰에서 "납북어부 김성학 씨를 고문했던 동료 경관 6명이 법정에서 전격 구속되는 것을 보고 자수를 결심했다"고 밝혔다. 아마도 공소시효가 연장되면 차라리 감옥에서 몇 년을 마음 편하게(?) 지내는 것이, 기약 없이 두려움과 불편 속에 지내야 하는 도피 생활보다는 나을 것이란 판단을 했을 가능성이 높았다.

그러나 그의 말을 어디까지 믿어야 할지는 여전히 의문으로 남아 있다. 당시 『한겨레신문』은 이근안의 자수 동기에 대해 한 가지 추론을 제시하기도 했다.

우선, 도피 생활이 장기화된 데 따른 자포자기 상태에서의 자수일 가능성이 있다. 11년간의 도피 기간 동안 가족과의 접촉도 전혀 못하는 등 심신의 피로가 막다른 지경에 이른 데 따른 결정일 수 있다는 것이다. 도피 초기 대공수사 경찰 선후배의 도움으로 도피 생활을 유지하고 있다는 소문도 있었으나 이미 12년이란 세월이 지나면서 경제적 지원이 한계에 부닥쳤을 가능성도 상정해볼 수 있다.

재판시효가 2003년까지 연기됨으로써 사실상 자연 수명이 유지되는 동안에는 자유 생활이 불가능하다는 점도 그의 자포자기를 부추겼을 것으로 관측된다.

그러나 왜 지금 시점에, 11년간의 도피 생활을 마쳤는가 하는 점은 여전히 의문으로 남는다. [……] 이 때문에 이 씨가 자수 전에 현 여권 또는 수사 당국과 묵계를 한 게 아니냐는 추측도 나올 수 있다. [……] 그러나 수사 당국은 이 씨에 대한 조사 내용을 공개하지 않고 있어 구체적인 동기는 여전히 베일에 싸여 있다.

이근안은 숨어 지내면서 공소시효가 완료되기를 기다렸던 것 같다. 그는 도피 기간 대부분을 은신처에 숨어 있었으며, 경찰 대공부서의 상관이 도피 생활을 돕기 위해 돈을 대 주기도 했던 것으로 드러났다. 이는 동료들의 비호 아래 숨어 지내면서 공소시효가 끝나기만을 기다린 게 아닌가 하는 추측을 가능케 했다. 사실 그의 의도는 거의 적중할 뻔했다. 11년 동안 버티는 사이에 주명의 사건을 비롯해 그가 연루된 고문조작사건들의 공소시효가 완료된 것이다. 그런데 뜻밖에도 그가 고문에 가담한 사건 중 납북어부 김성학 씨 고문사건에 대해 법원이 궐석재판이 위헌이란 점을 들어 공소시효를 2003년으로 4년 더 연장하자, 그 이상의 도피는 실익이 없다고 판단했던 것 같다.

나중에 이근안은 검찰 조사 과정에서 "도피 생활 하루하루가 지옥 같았다. 일각이 여삼추라는 말이 실감 날 정도로 하룻밤이 엄청 길게 느껴졌다. 매일 날 잡으러 오는 사람들의 환각과 환청에 시달렸다"면서 "김성학 씨 건으로 공소시효가 늘어나는 걸 보고 그만 버틸 힘이 사라졌다"고 말했다고 한다. 구속돼 재판을 받아도 5년 이내의 형량을 받고 감옥에 있을 수 있다면 체포의 위협에 떨면서 숨어 사는 것보다는 더 나을 수 있다는 판단을 했으리란 짐작을 해볼 수 있는 대목이다.

이근안은 김성학 씨 관련 재판에서 고문 사실이 인정돼 공소유지 검사(백오현 변호사)로부터 10년 6월의 법정 최고형을 구형받았으며, 재판부는 징역 7년을 선고했다.

세 번째 행운, 이진우 검사

이근안의 자수는 주명에게 어둠 속의 한 줄기 햇살 같은 희망을 안겨주었다. 이근안에게 당한 고문이 세상에 밝혀진다면, 재심의 길은 그만큼 넓어질 수 있다는 믿음이 확고했기 때문이다. 특히 주명은 다른 고문 피해자들과는 달리 자신을 고문한 이근안을 정확히 기억하고 있었다. 또한 1984년에 있었던 2심 재판에서 박승서 변호사가 이근안을 법정에 증인으로 불러낸 적도 있었다. 이런 점들은 이근안의 고문 혐의가 드러나면 곧바로 재심청구의 사유가 될 수 있는 필요충분조건들이었다.

더욱이 사회 분위기도 공권력에 의한 고문만큼은 근절할 때가 됐다는 국민적 여론이 대세를 이루고 있었다. 이런 상황에서 11년 만에 이근안이 모습을 나타내자 이근안에게 고문을 당한 피해자들과 시민단체 등에서 이근안의 고문 범죄에 대한 철저한 조사를 촉구하는 목소리가 높아졌다. 이렇게 사회 여론이 비등해지자 과거 권위주의 정권 시절에 자행한 검찰권 남용과 검찰이 한때 탄압에 동원된 야당 정치인 김대중의 집권에 큰 부담을 느끼고 있던 검찰 수뇌부는 이근안이 자수한 즉시 그를 구속하고, 이근안과 관련된 각종 고문사건에 대해 재조사를 실시하겠다고 발표했다.

강금실 등 민변 변호사들과 남규선 등은 이런 사회정치적 분위기를 적절히 활용해 주명의 사건을 대표적인 이근안 고문피해 사례로 부각하는 데 노력을 집중했다. 그리고 그런 '전략'의 하나로 1999년 11월 10일 이근안을 고문과 위증 혐의로 서울지검에 고발했다. 고발장은 주명이 1983년 영장 없이 체포돼 치안본부 대공분실에서 45일 동안 불법 구금된 뒤 간첩 혐의 자백을 강요받으면서 이근안에게 물고문과 전기고문, 무차별 구타를 당한 사실과, 이근안이 주명의 항소심 공판에 검찰 쪽 증인으로 나와 주명을 고문한 적이 없다고 말한 것이 위증죄에 해당한다는 점을 재심 개시 사유로 지적하였다.

이근안이 자수하자 검찰은 즉각 이근안을 납북어부 김성학 씨 고문사건과 관련해 구속한 뒤 다른 고문사건에 대한 재조사 요구가 높아지면서 이근안 관련 고문피해 사건 전반에 대한 재조사를 벌이게 되었다. 앞에서 언급했지만, 이근안의 갑작스러운 자수는 검찰 수뇌부에게도 곤혹스러운 일이었다. 고문 근절에 대한 사회적 요구가 컸지만, 그동안 경찰과 함께 공안사건이나 시국사건을 다뤄온 검찰 입장에서 모든 책임을 과거의 잘못된 수사 관행으로 돌릴 수만은 없었다. 자칫 책임론이 불거져 불똥이 현재의 검찰 수뇌부로 튈 수도 있었다. 그렇지만 현직 대통령인 김대중 대통령과 가족, 김근태 의원 같은 여권 핵심 인사들이 고문 피해자란 사실을 계속 외면하기는 어려웠을 것이다. 결국 검찰은 정치권과 시민단체들의 재수사 요구를 수렴하는 형식을 취해 이근안 고문 관련 재수사에 들어가게 된 것이다.

하지만 재수사를 한다고 해도 결론은 이미 나 있는 상태나 다름없었다. 이근안이 잠적한 11년 동안 그와 관련된 고문사건은 대부분 공소시효가 지나 처벌할 수 없게 되어 있었기 때문이다. 문제는 처벌 여부와 관계없이 과연 이근안에게 고문을 당했다는 주장을 사실로 입증할 수 있겠느냐 하는 것이었다. 이 점에 대해 당시 법조계에서는 대부분 비관적인 견해를 갖고 있었다. 공소권도 없는 사건인 데다 검찰 스스로 과오를 인정하는 결론을 내기 위해 수사검사가 최선을 다해 수사를 하겠느냐 하는 회의가 일반적이었다. 그런 상황에서 재수사를 떠맡은 불운한(?) 검사는 당시 38살의 서울지검 강력부 이진우 검사였다.

80학번인 그는 한국외국어대 재학 시절 잠깐이나마 학보사 기자로 활동할 만큼 일찍이 사회 문제에도 관심을 기울인 고시 준비생이었다. 그는 검사에 보임된 뒤 줄곧 지방에서 형사부 검사 근무를 하다가 1999년 서울지검 강력부에 배속됐다. 당시 그는 살인사건 수사 지휘를 위해 대전에 내려가 있던 중 급히 상경하라는 상부의 연락을 받고 서울에 올라와 이근안 고문사건 전반에 대한 재조사를 명령받았다. 그는 훗날 자신이 이근안 고문사건 재수사를 맡게 된 경위에 대해 이렇게 회고했다.

"처음에는 당황했지요. 이근안이면 공안사건 아닌가? 그래서 강력부 검사한테 웬 고문 수사입니까? 저는 지금 대전 살인사건을 하는 중이니 다른 사람한테 맡기시지요, 하고 난색을 표했지만, 검찰이 어디 일개 검사가 하기 싫다고 안 할 수 있는 곳인가요? 결국 사건을 배당받으면서 물어봤지요. 이건 공안부나 특수부에서 할 일이 아니냐고. 나중에 수사가 끝난 뒤 윗분들이 그러더군요. 이근안은 김대중 정부의 실세 국회의원인 김근태 의원을 고문한 사람 아니냐. 그리고 숱한 고문조작사건에 단골로 등장하는 고문기술자가 아니냐. 게다가 대공형사로 잔뼈가 굵은 공무원이 아니냐. 그런 대공경찰관 출신을 공안부가 수사한다고 해봐라. 사실 한 식구나 다름없는 처지인데 누가 수사 결과를 믿어주겠냐. 그렇다고 특수부에 맡기자니, 위로부터 하명 수사가 많은 특수부의 성격상 외부 압력에 대해 괜한 오해를 받거나 수사의 진실성이 의심받을 가능성이 크지 않겠나. 그렇다고 형사부에 맡기면 검찰이 중요 사건 수사를 소홀하게 다루는 것처럼 보이지 않겠나. 그래서 강력부가 '선발'된 거다, 그런 요지였습니다."

이진우 검사는 그때 이근안 사건을 맡으면서 이런 생각을 했다고 한다. 어떤 외부 간섭도 없이 내 힘과 의지대로 한번 해보리라. 비록 공소시효가 끝난 사건이긴 해도 사실관계나마 밝혀놓는다면 언젠가는 우리나라가 민주화되는 과정에 조금이라도 보탬이 될 날이 있지 않겠는가……. 그런 책임감 비슷한 것이 가슴속에서 솟아오르는 걸 느꼈다고 한다.

훗날 재심에서 주명의 무죄를 이끌어낸 조용환 변호사는 "그때 이진우 검사가 공소시효 완료를 이유로 수사를 대충 마무리할 수 있었는데도 끝까지 포기하지 않고 수사를 벌여 이근안에게서 부분적이나마 고문 자백을 받아낸 것이 재심을 이끌어내는 데 결정적인 작용을 했다"며 이 검사의 정의감과 사명감을 높이 평가했다.

이진우 검사는 두 달여의 재조사 활동 끝에 1999년 12월 16일 주명의 사건에 대해 공소시효 만료를 이유로 '공소권 없음' 결정을 내렸다. 그러나 이 결정에는 그가 애초 다짐한 바대로 중요한 역사적 공로가 포함되어 있었다. 그 '공로'는 이근안의 행위, 즉 고문 사실을 밝혀놓았다는 데 있다. 그러면 이 검사는 이근안에게서 어떻게 고문 사실을 시인받았을까?

이 검사에 따르면 이근안은 처음부터 작심하고 고문 사실을 부인하다가 조사 막바지에 가서 딱 한 번 고문 사실을 시인했다고 한다. 당시 이 검사가 조사한 이근안 진술조서에 따르면, 이근안은 고문 사실에 대해 부인으로 일관하다가 이 검사가 전기고문, 물고문이 아니라면 어떤 식으로 함주명에게 가혹행위를 했느냐고 묻자, "실황조사서를 보셨겠지만 함주명이 이끄는 대로 속초로 해서 동해안 일대를 한 바퀴 돌았는데 간첩은 반드시 북측과 무인 포스트를 지정하여 연락을 주고받고 하기 때문에 무인 포스트를 대라고 하는데 없다고 딴청을 늘어놓으므로 칠성판에 눕혀 물을 먹인 적이 딱 한 번 있었습니다"라고 되어 있다. 즉 "딱 한 번" 칠성판에다 눕혀놓고 물을 먹인 적이 있다는 내용이었다. 고문은 일절 없었다고 일관되게 부인해온 노회한 이근안이 그냥 사실을 실토하거나 말실수를 했다고 보기는 어려웠다.

"60여 일을 함께 살다시피 하며 조사했는데 처음엔 고문 사실을 다 부인했어요. 그러다 수사 막바지에 딱 한 번 슬쩍 물고문을 했다고 말한 겁니다. 저도 당시에 속으로 깜짝 놀랐어요. 고문한 것은 사실일 테니 실수라기보다는 아마 함께 침식을 같이하며 인간적으로 친해지다 보니 잠시 마음이 약해졌는지도…… 어쩌면 그게 사실에 가까울지 모르겠어요. 내가 조사실에서 이근안의 회갑연을 차려주기도 했으니까요. 어느 날 조사를 하던 중 이 씨가 자기가 회갑을 맞았다고 하길래 뭘 먹고 싶으냐고 물으니 초밥이 먹고 싶다고 해서 초밥으로 회갑상을 차려줬지요. 그런저런 일들이 아무래도 인간적으로 약간 마음을 움직이게 한 게 아닌가, 저는 지금도 그렇게 생각하고 있습니다."

주명과 이근안의 대질신문도 이때 이뤄졌다. 둘의 만남은 거의 16년 만의 불행한 재회였다. 이 부분은 주명의 회고로 들어보자.

"이근안과의 대질은 1999년 11월 16일 담당검사인 서울지검

이진우 검사 방에서 이뤄졌습니다. 막상 만나니 고문할 때 '이 새끼 저 새끼' 하던 옛날의 그가 아니었어요. 대질신문 자리에서 이근안은 나를 보자마자 먼저 수갑 찬 손으로 내 손을 꽉 잡고는 '함주명 씨 죄송했습니다'라고 했습니다. 그런데 막상 검사가 고문 여부를 묻자 그는 고문한 적이 없다고 딱 잡아뗐어요. 그러자 이진우 검사가 고문 피해 주장이 담긴 자료들을 이근안에게 내보이며 이렇게 여기에 다 적혀 있는데 그래도 안 했다는 겁니까! 하고 다그쳤지요. 그러더니 이 검사가 저보고 당시 고문받던 상황을 그대로 재연해보라고 하길래 내가 당한 물고문과 전기고문 등을 그대로 재연해 보였더니, 이근안이 갑자기 벌떡 일어나 검사가 묻기도 전에 '죄송합니다' 그러는 겁니다. 대질조사가 끝나고 나올 때는 연민의 정이 느껴져서 이근안을 용서하기로 마음먹고 '건강하라'고 그의 등까지 두드려줬습니다."

이렇게 하여 1999년 12월 16일 이진우 검사는 60여 일간의 재조사를 마치고 이근안에 대해 공소권 없음 결정을 내리는 한편, 이근안이 주명을 불법 구금한 상태에서 물고문, 전기고문 등을 가한 것은 사실이며, 이근안이 법정에서 이런 고문 사실을 부정한 것은 위증에 해당된다는 수사 내용을 발표했다. 이진우 검사는 이때 이근안의 불법행위에 대해 다음과 같이 밝혀놓고 있다.

본건 피의사실의 요지는 피고발인 이근안은 1983년부터 1985년 3월 경까지 치안본부 남영동 대공수사1과 소속 경위로서 인신구속에 관한 직무를 보조하던 경찰관인바, 같은 소속 경찰관인 사건 외 이봉구·이동구·최평선·최병갑·이춘웅과 공모하여, 1. 1983년 2월 18일경 서울 용산구 갈월동 98 소재 위 대공수사단 5층 호실 불상 조사실에서 피해자 함주명을 간첩 혐의로 체포하여 연행한 후 간첩죄로 구속영장이 발부되기 전인 같은 해 4월 3일까지 아무런 근거 없이 대공수사의 관행이라는 이유로 피해자를 불법 구금하고, 2. 위 기간 동안 피해자 함주명에 대한 간첩 등 혐의사실에 관하여 조사를 함에 있어 폭력을 행사하여서라도 동인의 기를 꺾어 자백을 받아낼 목적으로, 가. 같은 해 2월 하순 일자 불상 위 조사실에서 "우순학이가 재북처가 아니냐. 너는 판문점 군사정전위에서 근무하지 않았느냐. 이를 자백하라"고 강요하면서 피해자의 얼굴, 몸통 등을 주먹과 발 및 몽둥이를 이용하여 구타하고, 고문 기구인 소위 '칠성판'에 피해자를 눕힌 채, 묶어놓고 피고발인 이근안이 가슴에 올라타 얼굴에 수건을 뒤집어씌운 다음 샤워기로 얼굴 부위에 물을 흘려보냄으로써 호흡 곤란 등으로 고통을 받게 하는 방법(이하 편의상 물고문)으로 피해자에게 폭행을 가함은 물론 같은 무렵 위 함주명을 칠성판에 묶어놓은 상태에서 불상의 전기고문 기구를 이용하여 양발의 새끼발가락에 전선줄을 감고 전류를 흘려보내 극심한 통증을 느끼게 하는 방법(이하 편의상 전기고문)으로 폭행을 가하고, 나. 같은 해 3월 초순 일자 불상 위 조사실에서 "남파간첩으로 활동하면서 군사기밀을 탐지한 내용에 대하여 자백하라"고 강요하면서 같은 방법으로 물고문 및 전기고문을 하여서 폭행을 가하고, 다. 같은 달 중순 일자 불상 위 조사실에서 "남파간첩으로 활동하면서 남한 내 포섭한 사람들과 내용에 대하여 자백하라"고 강요하면서 같은 방법으로 물고문 및 전기고문을 하여서 폭행을 가함으로써 피해자로 하여금 치료 일수 불상의 전신쇠약 및 심한 두통증과 양하지타박상 등의 상해에 이르게 하고, 3. 피고발인 이근안은 같은 해 12월 29일경 서울 서초구 서초동 소재 서울지방법원 호실 불상 법정에서 위 함주명에 대한 국가보안법 위반(간첩) 등 사건의 검찰 측 증인으로 출석하여 선서한 다음 증언함에 있어 사실은 제2항과 같이 수사 과정에서 물고문, 전기고문 등의 폭행을 가한 사실이 있음에도 불구하고 수사 과정에서 고문을 가한 사실이 전혀 없다고 기억에 반하는 허위의 공술을 하여 위증한 것이라고 함에 있는바, 수사한 결과 피고발인 이근안, 참고인 이봉구·이동구·최평선·최병갑·이춘웅 및 피해자 함주명을 조사한 결과 이근안 등이 위와 같이 피해자 함주명을 약 45일 동안 불법 구금하며 전기고문, 물고문 등 고문 수사를 자행하여 상해를 입게 하고, 피고발인 이근안이 법정에 증인으로 출석하여 고문한 사실이 없다고 위증한 것은 사실임.

검사를 그만두고 변호사 개업을 한 이진우 검사는 훗날 자신의 조사로 인해 주명이 재심 결정을 받게 된 것에 큰 보람을 느껴 당시의 수사기록을 한동안 버리지 않고 근무지를 옮길 때마다 가지고 다녔다고 한다.

"그때 수사를 마치고 함주명 씨를 따로 불러, 비록 공소권 없음 결론으로 이근안을 바로 처벌하지는 못하지만, 부분적으로나마 고문 사실을 시인받아냈으니, 고문 및 위증 혐의로 재심을 청구할 수 있는 길은 열릴 수 있게 되었다고 말해주었던 기억이 지금도 생생합니다."

머나먼 재심의 길

마침내 재심을 신청하다

이진우 검사가 이근안에 대해 공소권 없음 결정을 내리면서도 사실관계에서는 이근안이 주명을 고문한 사실이 있음을 결정문에 적시한 것은 사안의 역사성을 직시한 젊은 검사의 소신 있는 행동이었다.

이근안의 고문 사실이 재수사에서 확인된 지 두 달여가 지난 2000년 2월 10일 수원지법 성남지원 형사합의부(재판장 구만회 부장판사)는 납북어부 김성학 씨를 고문한 혐의로 이근안에게 불법 구금과 독직 및 가혹행위 죄를 적용해 징역 7년, 자격정지 7년을 선고했다. 재판부는 판결문에서 "지난 1985년 납북어부 김성학 씨를 간첩으로 몰아 불법 구금하고 전기고문과 물고문을 한 혐의가 인정된다"며 "피해자 김 씨가 회복하기 어려운 신체적 · 정신적 피해를 입었으므로 이렇게 선고한다"고 밝혔다. 도피 생활에 지쳐 제 발로 걸어 나왔던 이근안은 예상보다 형량이 높다고 여겼는지 곧바로 항소했으나 항소심에서도 같은 형량이 선고되자 상고를 포기하고 말았다.

김성학 씨 재판에서 이근안의 유죄가 확정되자 주명과 강금실 변호사, 남규선 총무의 뒤를 이어 민가협 간사를 맡은 송소연 간사 등은 곧바로 주명의 재심청구에 나섰다. 이근안에 대한 이진우 검사의 재수사 결과와 김성학 씨 사건에서 이근안에 대한 유죄 판결은 주명 사건에서 수사관의 불법행위와 위증 혐의가 새롭게 드러난 것이나 다름없었다.

　또 민주화운동 진영의 집권이라는 시대적 상황과 사회 전반에 걸쳐 공권력의 남용, 특히 고문과 같은 반인륜적 가혹행위 근절에 대한 비판 여론이 재심청구에 큰 힘을 실어주고 있었다. 하지만 법원이 재심청구를 받아들일 가능성은 여전히 미지수였다. 대법원 확정 판결이 난 사건의 재심청구가 받아들여진 전례가 거의 없었기 때문이다. 민가협 송소연 간사는 당시를 이렇게 회고했다.

　"2000년 6월 이근안의 유죄가 확정된 뒤 9월에 재심을 청구하기는 했지만, 대법원까지 가서 유죄가 확정된 간첩사건에 대해 재심 신청이 받아들여진 전례가 없어서 실제로 재심이 이뤄질지에 대해서는 모두들 반신반의했습니다. 아니 솔직히 말하면 재심이 받아들여질 것이란 기대가 그리 크지 않았습니다. 물론 이진우 검사가 이근안을 재조사하면서 함 선생을 고문한 사실을 밝힌 상태였기 때문에 일단 재심이 열리기만 하면 무죄 판결을 받을 수 있을 거라는 확신이 있었지만, 보수적이고 상하관계가 엄격한 법원 풍토에서 대법원이 유죄를 확정한 간첩사건을 하급법원인 고등법원이 과연 재심을 허용하겠느냐 하는 회의가 더 컸던 것이죠."

　실제로 이때 재심을 청구한 뒤에도 2년여의 시간이 별다른 법원의 반응 없이 그냥 흘러갔으니 이들의 우려가 단순한 기우만은 아니었다.

징검다리가 된 노무현 정부

2000년 9월 주명은 강금실 변호사를 통해 서울고법에 재심을 청구했지만 법원에서는 아무런 반응을 보이지 않았다. 일반적으로 재심이 청구되면 법원은 사건을 재판부에 배당하지만, 실제 재심 여부 결정에만 보통 1~2년 가까운 시간이 소요된다. 계류 중인 사건이 많은 데다 결정 절차도 까다롭기 때문이다. 게다가 이 사건은 간첩사건이었다. 비록 검찰이 재조사에서 이근안이 주명을 고문한 사실을 밝힌 것이 재심청구의 결정적인 동력이 되었지만, 대법원에서 유죄가 확정된 간첩사건에 대한 재심 요구를 법원이 적극적으로 받아줄 이유는 없었다. 더욱이 이근안 등 고문경찰과 합작하여 주명을 간첩으로 만든 공안검사 최병국이 한나라당 의원으로 국회 법사위원회에 있는 한 재심은 요원한 듯했다.

주명은 그런저런 현실적인 사정을 감안해 꾹 참고 기다렸다. 그나마 재심을 신청했다는 사실만으로도 그 전보다는 나은 상황이었다. 감옥에서 나온 뒤 재심 신청이 제대로 이뤄지지 않자 주명은 괜히 남규선, 송소연 등 자신을 도와온 민가협 일꾼들에게까지 짜증을 부려댔다. 가족은 말할 것도 없었다. 술을 마시고 끊임없이 신세 한탄을 늘어놓거나 멀쩡한 아내를 의심하기까지 했다. 정신적으로 불안정한 날들이 이어졌다.

그러나 재심을 청구한 뒤로는 희망의 끈이 생긴 탓인지 주명은 법원의 결정을 기다리는 동안 길음사회복지관에서 운영하는 컴퓨터 교실에 나가 컴퓨터를 배우며 재활 의지를 다져나갔다.

주명이 사회생활에 적응해가듯이 우리 사회는 더디지만 조금씩 제도 민주주의를 갖춰가고 있었다. 이때 한국 정치사는 물론 주명에게도 일생일대의 전환점이 될 사건이 일어났다. 노무현 정부의 출범이었다. 김대중 정부의 등장으로 가석방의 기회를 얻었던 주명에게 더욱 진보적이며 민중 지향적인 노무현 정부의 등장은 희소식이 아닐 수 없었다.

주명은 훗날 자신이 간첩사건으로서는 사상 처음으로 재심에서 무죄 판결을 받아낼 수 있었던 가장 큰 원인을 노무현 대통령 당선에서 찾았다. 주명은 "만약 16대 대통령 선거에서 한나라당의 이회창 후보가 당선되었다면 과연 '간첩 함주명'에 대한 재심이 가능했을까" 하고 자문해본다고 한다.

"저는 노무현 대통령이 당선되지 않았다면 재심은 이뤄지지 않았을 거라고 여기고 있습니다. 만약 그때 한나라당의 이회창 씨가 대통령이 되었다면, 과연 법원이 간첩사건을 재심할 수 있었을까요? 도도한 민주화의 물결이 철옹성같이 꿈쩍도 않던 법원을 움직이게 한 힘이었다고 저는 믿고 있어요. 그래서 가장 감사한 분이 고 노무현 대통령입니다."

사실 노무현 정부의 등장과 주명의 재심 사이에는 아무런 논리적 연관성이 없다. 오히려 있다면 변호인의 남다른 열정과 능력이 재판 결과에 더 크게 작용했을 것이다. 그렇지만 재심이 결정되고 재판이 공정하게 진행될 수 있었던 데는 노무현 정부의 출범이 어느 정도 영향을 미쳤다고 보아야 할 것이다. 검찰이 고문과 위증 사실을 확인해주었음에도 2년 반이 다 되도록 재심 신청을 외면하고 있던 법원이 노무현 정부 출범 후 불과 한 달여 만에 사실상 재심 개시에 대한 심리 절차에 들어갔다는 점은 사실 여부를 떠나 이런 추정을 충분히 가능케 한다.

담당 변호인이 법무장관이 되다

주명에게 직접적인 행운도 찾아왔다. 강금실 변호사가 노무현 정부의 초대 법무장관이 된 것이다. 2003년 2월 25일 취임식을 하고 출범한 노무현 대통령은 이틀 뒤인 2월 27일 참여정부 초대 법무장관에 우리 헌정 사상 처음으로 여성 변호사인 강금실을 발탁했다. 강금실은 앞에서 말한 대로 진보적 성향의 여성 판사 출신으로 서울고법 판사를 끝으로 변호사가 되어 인권변호사 활동을 활발하게 펼친 인물이다.

주명은 자신의 재심사건 변호인단의 대표 변호사인 강금실이 장관이 되자 크게 기뻐했다. 변호인 업무에서는 손을 떼겠지만, 그가 현직 장관으로 존재한다는 사실만으로도 재심에 유리했으면 했지 결코 불리한 일이 아니라고 보았기 때문이다. 신임 장관이 변호사 시절에 다루었던 인권 관련 사건을 검찰이나 법원이 나 몰라라 한 채 방치해 두지는 않을 것이라는 소박한 기대도 있었다.

그러나 훗날 재심 재판을 맡은 조용환 변호사 등은 강금실이 장관이 된 것과 재심 결정은 아무런 직접적인 관련이 없다고 말했다. 즉 그런 기대는 기대에 불과할 뿐 재심 결정과 뒤이은 재심 재판은 별개였다는 주장이다. 조용환 변호사의 말이다.

"노무현 정부의 등장과 강금실의 장관 취임 등 시대적인 변화상이 법원이나 검찰 쪽 인사들에게도 정서적으로 영향을 미치지 않았다고 볼 수는 없겠지요. 그렇지만 아무리 판사 출신 법무장관이래도 강 장관이 법원의 개별 사건에 대해 영향력을 행사한다는 것은 상상하기 어렵습니다. 그런 일 자체가 불법인 데다, 아무리 법원이 정치 바람에 휩쓸려도 그걸 그대로 용납하기도 쉽지 않았을 것이고요. 그냥 사람들이 말하기 좋아서 그렇지 그 사건의 재심은 재심 청구 2년 6개월 만에 절차에 따라 이뤄진 것입니다. 재심의 성격상 이런 시간도 결코 길다고 할 수는 없는, 어느 정도는 일반적인 범주에 들어가는 기간입니다. 이 사건은 제가 한 일이라 제 입으로 말하기 뭣하지만, 무죄에 대한 확신을 가지고 임한 변호인들의 노력을 과소평가하는 것은 사회 발전에 그리 도움이 되는 해석이라고 생각하지 않습니다."

재심 개시 결정이 내려지다

강금실에 이어 주명 사건을 맡은 조용환 변호사는 사법연수원 14기로 곧바로 변호사가 된 뒤 일찍부터 인권변호사로 활약했다. 1980년대에 수많은 시국 공안사건에 소장 변호인으로 활약했고 민변의 창립에도 주도적인 역할을 했다.

2003년 3월, 강금실에게 '법무법인 지평'의 대표직을 넘겨받은 조용환은 강금실이 대표 변호사로 돼 있는 사건들을 소속 변호사들에게 배당하면서 주명의 사건만은 자신이 직접 맡기로 결정했다. 여기에는 두 가지가 주요하게 작용했다고 한다.

"우선 함주명 씨 사건은 나한테도 친숙한 사건이었습니다. 1980년대 초반 선배 변호사인 고 황인철 변호사와 함께 '송 씨 일가 간첩사건'을 변론한 적이 있었습니다. 송 씨 일가 간첩사건은 수년 동안 법원에서 유·무죄 공방을 벌인 사건으로 훗날 대표적인 조작간첩사건으로 꼽히는 사건입니다. 이 사건을 다루면서 공안당국의 조작간첩 사건의 속성을 어느 정도 경험할 수 있었습니다. 그리고 민가협 남규선 총무 등에게 장기수 및 간첩사건 고문 피해자에 대한 법률 조언을 해주면서 '장기수' 함주명 씨의 존재도 알게 되었지요.

한편으로는 대법원에서 유죄 판결까지 난 사건의 재심이란 것이 심리하는 재판부나 변호인 쪽이나 모두 익숙하지 않은 재판이어서 경험이 없는 후배 변호사들에게 맡기는 것보다는 내가 맡는 것이 좋겠다는 생각도 있었습니다."

　한편 조용환은 주명의 2000년 9월 재심청구 자료를 검토하던 중 재심 개시 여부를 심리하는 데 필요한 피고인 및 대리인 쪽의 의견서가 첨부되어 있지 않다는 것을 발견했다.

　"절차상 재심을 청구할 때는 의견서를 함께 제출해야 하는데 그것이 없으니, 재심을 달가워하지 않는 법원으로서는 그냥 의견서가 없다는 핑계로 심리 절차를 진행하지 않고 그냥 덮어두고 있었던 게 아닌가 싶습니다. 그래서 내가 부랴부랴 이근안에 대한 이진우 검사의 수사기록 등을 담아 의견서를 냈습니다. 그때 함주명 선생에게도 의견서를 작성해 내도록 했습니다."

　2003년 9월 18일 자 의견서를 끝으로 서울고법에 접수된 함주명 사건의 재심 신청은 2003년 10월 28일 법원에 의해 정식으로 받아들여졌다. 서울고법 형사4부 조대현 부장판사와 이동철·한숙희 배석판사는 형사소송법 제426조 7호, 422조를 적용하여 다음과 같이 재심 개시 결정을 내렸다.

　"청구인은 반국가단체의 지령을 받아 간첩행위를 하였다는 등의 사실로 재심 대상 판결로 유죄 판결을 선고받았고, 1984년 5월 29일 피고인의 상고가 기각되어 그대로 확정되었다. 서울지방검찰청 검사는 이근안에 대한 독직폭행 등 사건 (1999형131012)에서 치안본부 대공분실 수사관 이근안이 재심 대상 사건을 수사하면서 피고인을 고문한 사실을 밝히고, 그에 대한 공소시효가 1990년 3월 19일 완성되었다는 이유로 1999년 12월 27일 불기소 결정을 하였다. 따라서 재심 대상 판결에는 형사소송법 제420조 제7호, 제422조 소정의 재심 사유가 있으므로, 형사소송법 제435조 제1항에 의하여 주문(2003년 11월 26일 재심 개시)과 같이 결정한다."

재심 개시 사유인 형사소송법 제420조(재심 이유)는 "재심은 다음 각 호의 1에 해당하는 이유가 있는 경우에 유죄의 확정 판결에 대하여 그 선고를 받은 자의 이익을 위하여 청구할 수 있다"고 하고, "제7호 원판결, 전심 판결 또는 그 판결의 기초가 된 조사에 관여한 법관, 공소의 제기 또는 그 공소의 기초가 된 수사에 관여한 검사나 사법경찰관이 그 직무에 관한 죄를 범한 것이 확정 판결에 의하여 증명된 때. 단, 원판결의 선고 전에 법관, 검사 또는 사법경찰관에 대하여 공소의 제기가 있는 경우에는 원판결의 법원이 그 사유를 알지 못한 때에 한한다"고 되어 있다. 그리고 제422조(확정 판결에 대신하는 증명)는 "전 2조의 규정에 의하여 확정 판결로써 범죄가 증명됨을 재심청구의 이유로 할 경우에 그 확정 판결을 얻을 수 없는 때에는 그 사실을 증명하여 재심의 청구를 할 수 있다. 단, 증거가 없다는 이유로 확정 판결을 얻을 수 없는 때에는 예외로 한다"고 규정하고 있다.

결정문에 나와 있듯이 재심 결정의 결정적인 근거는 수사에 관여한 사법경찰관이 그 직무에 관한 죄를 범한 것이 확정 판결에 의하여 증명된 때인데, 고문 사실을 시인하고 고문 혐의로 유죄가 확정된 이근안의 고문행위가 바로 여기에 해당한다. 따라서 1999년 자수한 이근안을 조사하여 그의 고문행위를 밝혀낸 검찰의 수사 결과가 재심이라는 판도라의 상자를 여는 결정적 열쇠가 되어주었던 셈이다. 검사 개인의 소신과 역사의식이 얼마나 중요한지 새삼 여기서도 확인할 수 있다.

재심 개시 결정을 내린 조대현 판사는 노무현 대통령의 사법시

험 동기(17회)로 노무현 정부에서 이른바 사법연수원 7기생으로 함께 공부했던 8인회의 멤버로 주목을 받았던 법조인이다. 노무현 대통령 탄핵사건 때 노무현의 대리인이었으며, 2005년 한나라당의 반대 속에 헌법재판관에 지명됐다. 그는 법원 주변에서 비교적 진보적인 판사로 알려져 있었다.

아무튼 조용환이 처음 의견서를 제출한 3월부터 치면 약 7개월 만에 법원은 결정문에서 밝힌 것과 같은 사유로 재심 개시를 결정했고, 한 달 뒤인 2003년 11월 26일 첫 심리를 시작했다. 이로써 주명은 1984년 5월 29일 대법원에서 유죄가 확정되어 16년여 감옥살이를 하며 무죄 투쟁을 벌인 지 19년 6개월 만에 자신의 결백을 입증할 기회를 잡았다.

마침내 재심이다: 재심 개시에서 무죄 판결까지

새로운 도전

재심이 결정되자 주명은 마치 무죄 판결을 받은 사람처럼 기뻐
했다. 자신이 간첩이 아니라는 사실은 누구보다 주명 자신이 잘 알고
있었으므로, 재심에 들어가면 반드시 무죄를 받을 것이란 확신이 있
었다. 더욱이 이근안의 고문 사실이 다른 곳도 아닌 검찰의 재수사로
밝혀진 마당이 아닌가. 주명의 가족도 마찬가지였다. 지난 20여 년의
악몽이 마침내 끝나가고 있다고 느꼈다. 감격스럽고 경이로운 시간
이었다.

그러나 법률가인 조용환에게 그것은 새로운 도전이었다. 조용환
은 주명이 생각하는 것처럼 그렇게 간단하게 무죄가 날 수 있으리라
고는 전혀 생각하지 않았다. 증거제일주의라는 재판 체계와 한번 내
려진 판결을 뒤집는 데 인색한 법원의 속성을 잘 알고 있는 그로서는
앞으로의 험난한 재판 과정이 눈앞에 선했다. 재판부가 재심 사유에
대해 동정적인 태도를 보인다 해도 어디까지나 무죄를 입증할 책임

은 재심을 요구한 쪽에 있었다. 재판부가 아무리 도와주고 싶어도 재심을 신청한 원고 쪽에서 합당한 판결 번복 사유를 제시하거나 입증하지 못하면 도로 아미타불일 수밖에 없는 것이다.

목마른 사람이 샘을 판다는 속담은 바로 지금의 자신들을 두고 하는 말이라고 조용환은 생각했다. 따라서 조용환은 소송을 대리하는 변호인으로서 자신이 해야 할 일이 무엇인지 명확히 인식했다. 고문에 의한 허위사실로서의 증거가 아니라, 원천적으로 주명이 간첩이 아니었다는 확실한 증거나 증언을 재판부에 내놓는 것이었다. 그것만이 재판부로 하여금 흔쾌히 판결을 뒤집을 수 있도록 하는 것이다, 조용환은 그렇게 다짐했다.

그러나 이것은 말처럼 쉬운 일이 아니다. 원심에서 재판부가 유죄 심증을 굳히는 데 결정적인 작용을 한 것은 주명을 간첩으로 지목한 남파간첩 홍종수의 증언이었다. 홍종수라는 진짜 간첩이 주명을 간첩이라고 지목한 것보다 더 확실한 간첩의 증거가 어디 있느냐는 것이 원심 재판부들의 판단이었을 것이다. 그러니 홍종수의 증언이 사실이 아니라는 것을 밝혀야 하는데, 과연 어디 가서 그 증언을 뒤집을 증거나 증언을 가져온단 말인가?

조용환이 재판의 험난함을 예상하면서도 개인적으로 주명의 무죄를 확신한 데는 나름의 근거가 있었다. 조용환은 이미 홍종수를 직접 심문해본 적이 있었다. 그때의 경험이 그가 주명 사건을 조작으로 확신한 결정적인 계기였다.

"1987년 화가 신학철 씨가 남북 민중들의 모습을 그린 「모내기」라는 걸개그림이 북한 체제를 찬양했다며 당시 안기부가 신 화백을 국가보안법 위반으로 기소한 사건이 있었습니다. 그때 안기부가 그림의 이적성 여부를 감정한다며 내세운 감정인이 바로 전향간첩 홍

246

종수였습니다. 그런데 함주명 씨 수사기록을 읽다 보니 홍종수가 함 선생을 간첩으로 지목한 사람으로 등장하질 않겠습니까? 그걸 보면서 저는 직감적으로 이 사건도 공안당국의 조작이구나 하는 걸 확신할 수 있었습니다."

재판은 조용환의 예상대로 1년 반 이상을 지루하게 끌었다. 주명이 월남한 뒤 강원도경에서 수사한 수사기록은 마치 누가 일부러 감춰놓은 양 찾을 수가 없었고, 홍종수는 온갖 핑계를 대며 재판정에 나오지 않았다. 재심 심리에 익숙지 않은 재판부와, 어떻게든 원심 판결을 유지하고자 재판 진행에 소극적인 검찰을 상대로 한 재판은 인내와 끈기의 한계를 시험하는 무대와도 같았다.

첫 심리의 불안감

재심은 2003년 11월 26일 서울고등법원의 한 법정에서 열렸다. 오랫동안 이 순간을 기다려온 주명과 가족은 설레는 가슴으로 재판정에 들어섰지만, 무죄를 향한 기대감은 인정 신문이 끝나자마자 불안감으로 변했다. 주명은 그때를 이렇게 회고했다.

"20년 만에 다시 서는 법정이었습니다. 너무나 오랫동안 기다리면서 어렵고 힘들게 잡은 재심의 기회였던 만큼 나름대로 마음의 준비를 단단히 하고 재판정에 나왔습니다. 그런데 인정 신문이 끝난후 판사는 실제로 고문이 있었는지에 대해 의혹의 시선으로 내게 물어보기 시작했습니다. 판사는 대한민국이 민주주의 국가인데 과연 경찰이 그런 무지막지한 고문을 자행할 수 있는지 의심했고, 또 아무리 고문을 한다고 해서 간첩 같은 어마어마한 혐의가 만들어진다는게 이해가 안 된다는 등 다분히 날 의심하는 투의 질문이 이어졌습니다. 기분이 몹시 나빴고, 이번 재판도 쉽지만은 않겠구나 하는 불안감이 일어났습니다."

조용환에게도 판사의 태도는 충격적이었다.

"인정 신문을 마치고 함 선생에게 판사가 이리저리 질문을 하는데, 처음엔 어떻게 고문을 받았느냐며 고문받은 사실 자체를 의심하는 듯한 질문을 하더니, 그다음엔 수사관이 자백을 얻기 위해 고문을 가한 것은 잘못이지만, 당신이 간첩행위를 한 것도 맞지 않느냐는 취지의 질문을 하더군요. 그때 정말 저는 큰 충격을 받았습니다. 나는 판사가 보수적이든 진보적이든 간에 수사 과정에서 고문을 당해 누명을 쓰고 16년간 감옥살이를 했다면, 인간적으로도 일말의 연민이나 미안함 같은 것을 내보일 줄 알았는데 그게 아니었습니다. 더욱이 재판을 맡은 판사는 강금실 장관을 비롯해 민변 소속의 여러 변호사들로부터 진보적인 성향으로 인품과 능력이 모두 뛰어난 분이라는 이야기를 들어왔던 터라 충격이 더 컸나 봅니다. 아니, 저렇게 평판이 높은 판사조차도 이럴진대 하물며 다른 사람들이라면 오죽할까 싶은 마음이 드니 아, 재판이 순탄치 않겠구나 싶어 가슴이 답답하고 앞으로 갈 길이 아득해지는 기분이었습니다."

어쩌면 판사의 태도는 당시 법원 또는 우리 사회의 일반적인 정서를 고스란히 반영한 것인지 모른다. 반공을 국시처럼 여기며 살아온 세대가 아닌가? 또 일제 강점기와 군사정권 시대를 겪은 우리 사회의 이면에는 간첩을 상대로 하는 수사의 가혹행위를 일종의 필요악처럼 여기는 풍조가 없지 않았으니, 판사의 그런 태도가 결코 이상한 것만은 아니었다. 주명과 조용환이 마주한 현실은 이처럼 단순히 유죄냐 무죄냐, 간첩이냐 아니냐를 법리로 다투는 일만이 아니었다. 그것은 우리 사회에서 간첩 혐의가 씌워진 사람에 대한 불신과 배척의 시선과도 싸우는 일이었다.

재판의 핵심은 무엇인가

앞에서도 언급했지만 재판의 관건은 홍종수의 증언이 사실과 다르다는 것을 입증하는 일이었다. 검찰이 공소장에 열거한 16가지 혐의사실은 누가 읽어보더라도 무리한 결론의 연속이었다. 간첩 활동이라고 제시된 것이 대부분 차를 타고 지나가다가, 또는 성묘를 다녀오면서 본 길가의 풍경이나 시설물에 대한 목격담에 불과했다. 게다가 그런 혐의 내용조차도 수사상의 필요에 따라 그때그때 고문으로 만들어졌다는 사실도 이미 밝혀졌다.

결국 남는 것은 주명에 대한 수사의 발단이 된 홍종수의 증언이었다. 공안 당국은 홍종수의 증언을 근거로 주명을 간첩으로 몰아갔고, 주명은 홍종수의 증언 내용이 공안 당국에 의해 조작된 것이라고 주장하고 있었다. 재판의 핵심은 주명의 주장을 구체적인 증거나 증언으로 입증하는 것이었다.

조용환은 주명의 수사기록 및 공판기록과 홍종수의 수사기록을 면밀히 검토하는 동안 홍종수의 증언에 모순이 있다는 걸 깨달았다. 홍종수의 증언들에는 그가 북한에 있을 때 전해 들은 이야기와 그가 남한에 내려와 전향한 뒤 남한의 대북공작에 협력하는 과정에서 남쪽 수사관들에게 전해 들은 내용이 뒤섞여 있다고 확신했다. 바로 홍종수의 증언 속에서 진짜 홍종수의 말과 나중에 덧붙여진 공안 당국자의 말을 가려내는 일이 재판의 핵심이 될 수밖에 없었다. 실재한 사실과 만들어진 사실이 분리되고 그 사이에 존재하는 모순점들이 드러난다면 그것이 바로 조작의 명백한 증거이며, 주명이 간첩이 아니라는 결정적인 증거가 되는 것이었다.

조용환은 이런 모순점들을 찾아내기 위해 공판 및 수사기록상에 나타나는 홍종수 증언을 모두 추려내 도표를 만들어 일일이 비교·대조해 보았다. 이런 작업을 통해 얻은 심증은 더욱 주명의 무죄를 확신하게 만들었지만, 실제로 재판정에서 이를 입증하는 일은 결코 간단한 일이 아니었다.

"가장 조심했던 점은 저의 변론 방향이 검찰에 미리 노출되어서는 안 된다는 것이었습니다. 만약 내가 홍종수의 증언 속에서 발견한 모순점을 검찰이나 홍종수가 사전에 알게 된다면 원심 판결을 유지하려는 검사가 무슨 짓을 할지 알 수 없는 일이었고, 홍종수는 또 다른 거짓말로 사실을 더욱 깊숙이 은폐하려 할 것이기 때문입니다."

조용환은 최대한 변론의 목표를 감춘 상태에서 홍종수를 법정에 세워 그 자신의 입으로 모순점을 털어놓게 만들면 그보다 더 분명한 증거는 없다고 보았다. 이와 관련해 조용환이 주목한 것은 1998년 11월호 월간 『말』에 게재된 홍종수 인터뷰(오연호 기자)였다. 여기에는 홍종수가 주명을 간첩으로 지목하게 된 경위를 스스로 밝혀놓은 부분이 들어 있다.

-함주명 씨가 간첩이라는 유일한 증거는 당신의 제보뿐입니다. 함 씨는 당신 때문에 억울한 옥살이를 16년간 했다고 주장하고 있습니다. 어떤 근거로 함 씨가 간첩이라고 제보했나요.

"전향해서 시경 대공분실에 있었는데 수사관들이 대공첩보를 자꾸 요구했습니다. 최 모 수사관이 '생각나는 것 다 얘기해달라'고 졸라대서 '혹시 자료가 될지 모르겠다'며 내가 개성에서 학교에 근무하고 있을 때 들은 이야기를 해줬습니다."

-어떤 이야기였습니까.

"개성 학교에 근무할 때 우순학이라는 여선생이 혼자 살고 있었어요. 교장이 말하기를 '우순학 남편은 애꾸눈인데 대남공작원으로 나가 있다'고 하더군요. 내가 남파될 때까지도 우순학은 혁명가 가족 대우를 받고 있었어요."

-그런 사실만으로 (1954년에 귀순 자수했던) 함주명 씨가 남한에서 간첩행위를 계속해왔다고 보긴 힘들지 않을까요.

"난 거기까지만 제보한 겁니다. 그 이상은 아니었어요. 난 함주명이란 이름도 몰랐어요. 함주명 씨 재판에서 증인으로 나갔을 때도 '수사관에게 그런 제보 한 사실 있냐'고 해서 '사실이다'고 대답한 게 전부입니다. 법정에서는 1분도 안 돼 나왔어요. 그러니 나한테 따질 일은 아니지요."

-함주명 씨 재판기록을 보면 이근안이 당신의 증인조서를 문답식으로 작성해놓은 것이 있는데.

"이근안 씨는 만난 적도 없어요. 이근안 씨가 나를 심문한 적도 없어요. 나는 증언사실을 자술서로 썼을 뿐 문답식 조사는 어느 누구한테도 받은 적이 없습니다."

홍 씨의 주장이 사실이라면 함주명 씨의 재판기록에 남아 있는 이근안의 홍 씨에 대한 문답식 신문조서는 이근안에 의해 자의적으로 꾸며졌을 가능성이 높다.

이 인터뷰에서 홍종수가 한 말이 사실이라면 홍종수는 주명의 이름도 몰랐으며, 주명에 대해서는 애꾸눈에 우순학의 남편(실제로는 하숙을 하면서 좋아하는 사이였을 뿐 정식 결혼은 하지 않았다)이라는 말을 남쪽 수사관에게 해준 것이 전부였다. 따라서 재심 재판부가 홍종수를 재판에 불러내 그가 북한에서 듣고 온 말과 남쪽에서 들은 말을 가려내면, 홍종수 진술의 모순점을 밝혀낼 수가 있는 것이다.

조용환은 홍종수의 입을 통해 직접 사건의 조작 여부를 밝히는 것이 이 재판을 최종적으로 마무리 지을 수 있는 유일한 열쇠라고 거듭 생각했다. 그러기 위해서는 어떻게든 홍종수를 찾아서 법정에 세워야 했다.

사라진 수사기록

그러나 치밀한 사전 준비 없이 홍종수를 불러냈다가 그 자리에서 모순점을 밝혀내지 못한다면 오히려 홍종수 증언의 신빙성만 더해주는 최악의 결과를 낳을 수 있었다. 이는 재판 자체를 돌이킬 수 없는 수렁에 빠뜨릴 수 있는 일이었기에 신중에 신중을 기하지 않으면 안 되었다.

조용환은 우선 주명에 대한 최초의 수사기록과 1980년 남파되었다가 체포된 후 전향한 홍종수의 수사기록을 비교·검토할 수 있는 기회를 달라고 재판부에 요청했다. 조용환이 살펴보고자 한 사건기록은 1954년 주명이 월남한 뒤 처음 한국 경찰의 조사를 받은 강원도 원주경찰서(강원도경)의 수사기록 및 주명에게 집행유예를 선고한 춘천지법의 공판기록이었다. 원주경찰서 수사기록은 주명에 대한 가장 초기의 기록인 만큼 어떤 자료보다 주명의 남파 당시 정황을 가장 사실에 가깝게 보여줄 수 있는 것이었다. 더욱이 1983년 이근안이 주명을 조사할 때 원주경찰서 수사기록이라며 주명에게 일부를 직접 보여준 적도 있었기에 그 수사기록 전체를 검토하는 일은 매우 중요했다.

그때 이근안이 주명 자신조차 까맣게 잊고 있었던 과거, 즉 북한군에서 제대한 후 개성 고향 집에 돌아왔을 때 만났던 동네 형 김달원을 기억 속에서 꺼내준 것이 이 기록이었고, 남파 후 북한 공작원 가족에 대한 경제적 지원을 우순학에게 해주라고 한 내용도 그 기록에 근거한 것이었다. 조용환은 경찰이 이 기록을 자의적으로 이용했을 가능성이 있다고 보고 기록 전체의 열람을 요청했던 것이다. 이에 따라 원주경찰서가 작성한 주명의 검거(실제로는 자수)보고서, 춘천지법의 판결문, 이근안이 작성한 홍종수 심문기록 등은 확보할 수 있었으나 당시 수사기록 및 공판기록은 찾을 수가 없었다.

재판에 중요한 근거가 되는 수사기록이 없다는 것은 중대한 문제였다. 춘천지검 원주지청에 주명에 대한 수사 및 공판기록이 보관돼 있지 않다는 사실이 최종 확인되자, 재판장(재판부가 2004년 7월 법원 인사로 조대현 부장판사에서 이호원 부장판사로 교체되었다)이 "공안 사건 기록은 영구 보관하게 돼 있는데, 그런 중요한 수사기록이 없어졌다는 게 말이 되느냐"며 검사를 질책할 정도였다. 조용환은 이때를 놓칠세라 더욱더 재판부와 검찰을 압박했다.

"수사 및 공판기록이 없다고 하는데 왜 없습니까? 정부의 문서 폐기 원칙에 따르면 간첩사건 기록은 영구 보관하게 되어 있는데 이게 없어졌다면 그 자체로도 중대한 문제입니다. 특히 새롭게 사실 여부를 다투는 사건의 중요한 근거가 되는 자료가 아무런 이유 없이 사라졌다면 그 이유를 의심해보는 것이 당연하지 않겠습니까?"

이러한 조용환의 문제 제기에 재판부도 긴장하지 않을 수 없었다. 재판부는 한국전쟁 후 피난 시절의 임시 수도로서 한때 전체 검찰기록을 보관하고 있던 부산지검과 국가기록원에도 사실 조회를 하기에 이르렀다. 그러나 부산지검에는 수사기록이 없었고, 국가기록원에는 춘천지법의 판결문이 이관돼 왔다는 사실을 확인했으나, 주명의 최초 수사 및 공판기록은 여기에도 이관된 흔적이 없었다.

그러나 실망할 일은 아니었다. 조용환은 중요한 단서 하나를 기록 추적 과정에서 찾아냈다. 1983년 주명에 대한 재판이 진행되던 시기에 누군가가 부산지검에서 주명의 수사 및 공판기록을 대출해 간 정황을 발견한 것이다.

"대출자가 누구인지는 끝내 알 수 없었지만, 1983년 수사기록이 어딘가로 보내진 뒤 되돌아오지 않았다는 사실을 확인한 겁니다. 이는 수사기록이 1983년까지는 존재하고 있었고, 이 사건 수사 즈음에 누군가가 가져간 뒤 반환하지 않았다는 뜻이 아니겠습니까? 그래서 나는 재판부에 당시 경찰이 기록을 가져가 사건을 조작하는 데 사용한 뒤 이를 은폐하기 위해 돌려주지 않았을 가능성을 강하게 제기했습니다. 나중에 판사도 판결문에는 그런 내용을 담지 않았지만, 이때부터 이 사건의 조작 가능성에 대해 깊은 심증을 품게 된 것이 아닌가 생각합니다."

주명에 대한 최초의 수사 및 공판기록 실종은 조용환의 회고처럼 재판부가 사건의 조작 가능성에 대해 의심을 품게 하는 데 결정적으로 작용했다. 유·무죄 판단의 중요한 근거가 될 핵심적인 증거 자료가 재심의 피고 쪽인 경찰 또는 검찰에 의해 고의적으로 폐기되었을 가능성은 홍종수의 증언이 조작되었을 가능성으로 의구심이 이어졌다. 이런 일련의 과정을 통해 재판부는 조용환이 강력히 제기하던 홍종수를 직접 심문할 필요성을 강하게 인식하게 된 것으로 보인다.

홍종수를 증인으로 신청하다

홍종수를 법정에 세우는 일은 쉽지가 않았다. 우선 그가 전향간첩 출신이라 다른 증인과 달리 경호상의 문제가 있었고, 홍종수의 출석이 달가울 리 없는 검찰이 그의 출석에 적극 협력할 리도 만무했다. 재판부도 이런 사정을 잘 알고 있었기 때문에 홍종수의 증인 채택에는 신중한 자세를 유지하고 있었다. 그러나 재판부도 계속해서 조용환의 홍종수 출석 요청을 묵살하기가 어려워져갔다. 재판에 중대한 영향을 미칠 수 있는 수사기록 등 근거 자료를 찾을 수 없게 돼 재판의 공정성이 흔들리는 마당에 신청인 쪽의 증인 출석 요구를 마냥 미룰 수만은 없는 노릇이었다.

이호원 부장판사는 결국 조용환의 요구를 받아들여 검사에게 홍종수를 법정에 출석시킬 것을 지시했다. 그러나 검찰은 홍종수가 1990년대 말에 받은 암 수술로 인해 현재 가료 중이어서 법정에 나오기 어렵다고 한다는 말을 되풀이해 전할 뿐이었다. 연로한 데다 진짜로 아프다면 억지로 법정에 세울 수는 없겠지만, 그가 정말 법정에 나와 증언을 할 수 없을 정도로 거동이 불편한지는 확인해봐야 할 일이었다. 조용환은 인내심을 가지고 홍종수의 출석을 끈질기게 요청했다.

"이 재판에서 홍종수의 증언을 듣는 것은 진실을 가리는 데 결정적입니다. 자료조사에서 보듯이 피고인에게 꼭 필요한 수사 및 공판기록이 고의적으로 망실된 정황이 역력한 상황에서 홍종수의 증언은 피고인이 결백을 입증하는 데 반드시 필요한 절차입니다. 따라서 존경하는 재판장님께서 홍종수를 강제 구인해서라도 법정에 설 수 있도록 해주시거나, 그조차 어렵다면 사회정의와 법이 지켜줘야 하는 국민의 소중한 권리를 위해서 판사님께서 어려우시더라도 직접 홍종수의 출장 심문에 나서주시기를 간곡히 청합니다."

법원의 속성상 판사들이 직접 증인을 만나러 법정을 벗어나는 일은 극히 드물었다. 판사는 검사와 피고 쪽이 제출한 문서와 법정에 나온 증인들의 직접 신문 등에 의해 사실을 판단하는 것을 원칙으로 삼는 사람들이었다. 그런 사정을 누구보다 잘 알고 있는 조용환은 진심으로 재판부에 호소했다. 그는 판사의 마음을 움직이기 위해 지난 1년여 동안 기록을 찾는 데 시간을 보내면서도 불평 한마디 하지 않고 끈질기게 기다렸다. 홍종수가 노골적으로 재판 출석을 기피하는 것을 알면서도 흥분하지 않고 판사의 결심을 이끌어내는 데만 모든 노력을 집중했다.

"우리로서는 어떻게든 판사가 홍종수 증인 채택을 포기하지 않도록 상황을 계속 끌고 가야 했습니다. 홍종수가 신분이 불안정한 간첩 출신으로 고령인 데다 암 치료 병력이 있는 사람입니다. 그가 굳이 병을 핑계로 나올 수 없다고 할 때 재판부가 어쩌겠습니까? 재판부가 홍종수의 증인 채택을 현실적으로 불가능한 것으로 판단해버리면 우리로서는 가장 중요한 증인을 놓치는 셈이 됩니다. 그래서 판사가 사안의 중대성과 더불어 피고인에 대해 연민과 인간적 동정을 가지고 재판부의 직분을 상기하도록 분위기를 만들어나가는 것이 정말 중요했습니다."

조용환의 이런 전략은 적중했다. 비교적 보수적인 성향의 판사로 알려진 이호원은 업무에서는 상식과 균형을 갖춘 인물이었다. 인간적으로도 온화한 성품을 지니고 있었다. 그는 조용환의 간곡한 요청이 잇따르자, 결국 홍종수의 집으로 직접 출장 신문을 나가기로 결정하기에 이르렀다.

"이호원 판사가 인간적으로 좋은 분이 아니었다면 아마 어려웠을 겁니다. 그때 재판부가 광명시에 있는 홍종수의 집으로 찾아가기로 결정한 것은 판사들로는 결코 쉬운 결정이 아니었다는 점을 많은 사람들이 알아주었으면 합니다."

홍종수를 직접 심문하다

홍종수에 대한 재판부의 신문은 재심이 개시된 지 1년 반이 지난 2005년 6월 1일 경기도 광명시 광명4동에 있는 홍종수의 집에서 있었다. 그날 신문에는 이호원 부장판사와 배석판사 2명, 검사와 서기 등 검찰 쪽 2명, 피고 쪽에서는 조용환과 송소연 등이 심문 자리에 참석했다. 이 심문에서 홍종수는 조용환이 생각한 대로 단지 세월이 지나서 생기는 혼란과 혼선이 아니라, 자신이 알고 있는 진실과 가공의 진실 사이에서 발생하는 어쩔 수 없는 기억의 불일치를 그대로 드러내면서 20여 년간 주명의 인생을 옥죄어온 간첩의 누명을 벗기는 결정적인 증언을 자신도 모르게 토해내고 말았다.

늙고 병약했지만 생각보다 정정하고 건강해 보인 홍종수가 한 증언의 모순은 재판부는 물론 검찰에게도 강한 심증을 남겼다. 특히 원심 판결의 오류를 검증해야 하는 심적 부담을 갖고 있던 이호원 판사에게 그것은 더욱 강렬하게 다가왔다. 이날 홍종수를 2시간여 동안 신문하고 홍종수 집을 나선 이 판사는 조용환과 골목길을 나란히 걸으며 말했다.

"조 변호사님, 이젠 끝냅시다."

조용환은 이 판사의 그 말이 무슨 뜻인지 대번에 알아차렸다. 마침내 길고 어두운 동굴을 빠져나와 한 줄기 빛과 마주친 느낌이었다.

'아, 이분도 이제야 느꼈구나. 무엇이 진실인지를.'

그렇게 감동에 젖은 기분으로 "아, 네" 하고 얼떨결에 대답하자 이호원 부장판사는 "2주일 뒤에 결심하지요"라며 아예 기일까지 잡는 것이었다. 그렇다면 홍종수의 어떤 증언이 재판부나 검찰 쪽에 사건이 조작되었을 가능성에 대한 심증을 안겨주었을까?

핵심은 주명을 간첩으로 지목한 홍종수의 증언 가운데 어디까지가 북한에서 들어 알고 있는 내용이며, 어디부터가 남한에 내려와 공안 당국으로부터 들은 내용인가 하는 점을 가려내는 것이었다. 만약 남한에 와서 들은 이야기를 가지고 주명을 간첩이라고 지목했다면 그것이야말로 주명의 혐의가 남한에서 조작되었다는 것을 역으로 입증하는 것이 되지 않겠는가? 조용환이 홍종수에게서 직접 듣고자 했던 증언의 모순이 바로 그것이었다.

바로 다음의 부분은 그런 모순을 결정적으로 보여준다. (홍종수는 주명에 대해 북한에서 "우순학의 남편은 전쟁 때 한쪽 눈을 잃은 뒤 개성 정전위에서 근무하다가 남파되어 열성적으로 활동하고 있다"는 말을 북한에서 들었다고 증언했다. 이에 대해 출장 신문에서 이뤄진 신문 내용이다.)

검사: 우순학의 남편은 한쪽 눈을 다친 애꾸인데 개성 정전위에서 근무하다가 1950년대 초에 남파돼 검거되었으나, 첩보대에 있던 친척이 힘을 써서 석방돼 무사히 대남사업을 계속하고 있다는 사실을 알고 있었지요?

홍: 전 모르는 일입니다.

재판장: 우순학의 남편이 남쪽에 와서 잡혔다가 풀려났다는 이야기도 들은 적이 있나요?

홍: 저는 몰랐는데 여기에 와서 누군가 이야기를 하여 간접적으로 들은 것 같습니다.

재판장: 그 당시 북쪽에서 들은 것은 아니라는 것인가요?

홍: 예, 그곳에서는 몰랐습니다.

재판장: 북쪽에서 우순학의 남편이 애꾸였고 남쪽에 와서 활동하였다

는 이야기는 들었다는 것인가요?

홍: 예, 그것뿐입니다.

재판장: 우순학의 남편이 남쪽으로 내려왔다가 검거되었다는 이야기를 북쪽에서 들은 기억이 있나요?

홍: 들은 기억이 없습니다.

이런 홍종수의 진술은 홍종수가 북에서 들어서 알고 있는 내용처럼 되어 있는 애초의 진술을 부인하는 것이다. 이는 주명의 수사와 관련된 홍종수의 증언이 수사 과정에서 의도적으로 만들어진 것임을 결정적으로 반증하는 것이었다. 조용환은 나중에 결심 공판에 제출한 변론 요지서에서 이 부분을 이렇게 정리했다.

우순학의 '남편'에 관하여 북쪽에서 들은 이야기는 그가 '애꾸'(한쪽 눈이 없는 장애인을 일컫는 비속어)이며 남쪽에 공작원으로 내려왔다는 것뿐이며 '남쪽에 와서 잡혔다가 풀려났다는 이야기'는 '여기에서 누군가 이야기를 하여 간접적으로 들은 것'이라고 홍종수는 분명하게 밝혔습니다. 그 후 과거 진술에는 우순학의 남편이 남쪽에 내려와서 체포되었다가 석방되었다는 이야기를 북쪽에서 구체적으로 들은 것으로 되어 있다는 점을 거듭 지적하자, 홍종수는 어디서 들은 것인지 기억이 흐리다거나 과거에 거짓말을 하지는 않았다는 식으로 말을 모호하게 바꾸고 있습니다. 그러나 이는 실제로 기억이 흐려서 잘 모르겠다는 뜻이 아니라 오랜 시간이 지나 잊어버렸던, 과거의 거짓말을 구체적으로 지적받자 그 사실을 감추고 일관성을 유지하려는 의도에서 나온 것일 뿐입니다. 특히 변호인의 반대 신문에서 홍종수가 아래와 같이 자신의 과거 진술을 부인한 것을 보면 우순학의 '남편'이 남쪽에서 검거되었다가 풀려난 과정에 관하여 북쪽에서 상세히 들었던 것처럼 진술한 것은 사실이 아니라고 보아야 합니다.

변호인: 증인은 1957년 10월경 (개성의) 왕정현 교장으로부터 우순학의 남편이 1954년 남파되었다가 체포되었으나 중령인가 대령인 형의 신원보증으로 빠져나와 무사히 활동하고 있다는 말을 들었다고 진술하였는데 사실인가요?

홍: 그렇게 진술한 기억이 없습니다.

과거 홍종수의 진술 가운데 피고인의 혐의를 뒷받침하는 또 하나의 중요한 대목인, "1978년 8월 (밀봉교육 중) 수영 훈련 중 '장 지도원'에게 들었다"는 이야기에 관하여도 홍종수는 과거의 진술을 뒤집었습니다.

검사: 1978년 8월경 장 지도원이 우순학의 남편을 자기가 관리하고 있다고 하였고, 그는 애꾸이며 현재 혁명가로 열심히 싸우고 있다는 이야기를 하였나요?

홍: 그런 이야기는 하지 않았습니다.

검사: 우순학의 남편에 대한 이야기는 하였나요?

홍: 예, 그런데 남편 이야기는 하지 않고 개성에 학교가 같았으니까 우순학의 현 근황에 대하여 물어보았습니다.

검사: 그때 우순학의 남편에 대하여도 이야기하지 않았나요? 장 지도원이 자기가 지도 관리하고 있는 요원이라는 그런 이야기를 했습니까?

홍: 그런 이야기를 할 사람도 없고 그것은 상식에 어긋나는 것인데……

이처럼 홍종수는 직접 신문에서 과거 그가 말한 것으로 수사기록에 나와 있는 대부분의 결정적인 증거를 부인하거나 기억하지 못했다. 그가 인정한 것은 북한에서 들은 이야기, 즉 "우순학의 남편이 애꾸이며 남파되어 열심히 활동하고 있다"는 것이 전부였다. 따라서 "남파된 뒤 붙잡혔다가 첩보대의 도움으로 풀려났다"같이 북한에서 이미 알고 있었던 것처럼 되어 있는 그의 증언은 남한에 내려와 붙잡힌 뒤 그가 (누군가에게) 새롭게 들은 말이었다는 것이 명확해진 것이다.

재심은 재판부가 홍종수에 대한 직접 신문을 통해 홍종수 진술의 모순을 직접 확인하는 순간 사실상 끝난 것이나 다름없었다. 이호원 판사도 거듭 이 부분을 확인한 뒤 주명의 간첩 혐의에 대한 증거와 증언이라는 것이 대부분 수사경찰에 의해 만들어진 것이라는 점을 확신하게 된 듯하다. 그래서 이 판사는 홍종수 신문을 마치고 나오면서 바로 변호인에게 더는 재판을 끌 필요가 없다는 뜻을 전했던 것이다.

이날 신문에 대해 주명은 이렇게 기억하고 있다.

"그날 조 변호사와 나, 송소연이 먼저 도착해 홍종수 방에 들어서니까 홍이 누워 있다가 일어나 앉는데 혈색이 나쁘지 않았습니다. 우리가 그냥 누워 계시라고 하니 다시 눕더군요. 이윽고 재판부와 검찰이 나란히 들어오자 홍은 일어나 앉았고 곧이어 신문이 시작되었지요. 검사, 판사, 변호인이 번갈아 묻는데 공소장과 맞지 않는 이야기가 나오기 시작했습니다. 그래서 판사가 직접 물었어요. 이근안이 조서를 꾸밀 때 당신이 이러이러한 증언을 한 걸로 되어 있는데 맞느냐, 그러니까 자기는 모르는 일이라는 거예요. 그게 뭐냐 하면 이근안이 내가 북에서 나올 때 이미 사촌 매형이 HID 속초지구대장으로 있다는 걸 알고 있었고, 내가 원주서 재판을 받을 때 형들이 손을 써서 석방된 걸로 사건조서를 꾸며놓았는데, 그런 사실을 북에서 이미 알았던 것으로 되어 있는 홍종수는 이런 내용이 조서에 들어 있었는지까지는 모르고 있었던 거지요.

그때 판사님이 마지막으로 다시 묻습디다. 혹시 이북에서 나올 때 함주명 사촌 매형이 속초지구대 HID 대장이란 걸 알고 나왔습니까? 모르고 나왔습니까? 라고 물으니, 홍종수가 아, 그건 내가 모르죠. 내가 그걸 어떻게 알겠습니까? 라는 겁니다. 바로 딱이었죠. 그것이야말로 홍종수의 증언이라고 돼 있는 것이 사실은 홍종수 자신의 말이 아니라는 결정적인 증거였습니다. 그 부분은 이근안이 꾸민 것이니까요.

그랬더니 판사님이 자, 됐습니다. 이제 그만합시다. 그러시는 겁니다. 그리고 밖으로 나와서는 바로 조용환 변호사에게 2주 뒤 결심합시다, 그랬답니다. 저도 그 이야기를 듣고 아, 마침내 내가 간첩의 오명을 벗게 되는구나 싶어 벌써 가슴이 북받쳐 올랐습니다."

눈물 젖은 최후진술

2005년 6월 15일 아침이 밝았다.

결심 재판이 열리는 날이었다. 주명은 평소처럼 일어나 잠시 눈을 감고 심호흡을 깊게 했다. 그리고 마음을 다잡았다. 검사는 물론 원심대로 구형을 하겠지만, 나는 나의 무죄를 잘 알고 있다. 꼭 최후진술에서 내 진심을 재판장에게 전달해야지, 그렇게 다짐하고 또 다짐했다.

재판은 오전 10시에 열렸다. 주명이 피고석에 착석하고 조용환과 검사가 각각 재판정에 서자 이호원 부장판사는 검사와 변호사에게 각각 구형과 변론을 지시했다. 검사는 원심대로 사형을 구형했고, 조용환 변호사는 당연히 무죄를 요구했다. 구형과 변론이 끝나자 판사는 주명에게 시선을 돌렸다.

"피고는 재심의 기회를 얻어 여기까지 왔습니다. 오늘이 마지막 재판이니 할 말이 있으면 하십시오."

"최후진술을 하라는 말을 들으니 참으로 만감이 교차하고 심장이 쿵쿵 뛰더군요. 떨리는 목소리로 '제가 두서없는 말을 할 것 같아 미리 적어왔습니다' 하고 그걸 읽는데, 나도 모르게 눈물이 줄줄 흐르는 거예요. 자식들이 저 때문에 취직도 결혼도 제대로 못 했습니다, 아내는 16년을 남편 옥바라지하며 젊은 시절을 홀로 보냈습니다, 간첩 가족이라며 온갖 손가락질을 당했습니다, 그렇게 말하고 나니 정말 감정이 복받쳤습니다. 그걸 어떻게 다 읽었는지……."

　　존경하는 재판장님!
　　함주명입니다.

　　1954년 전쟁 때 헤어진 가족을 만나겠다는 일념 하나로 북쪽 땅에서 외롭게 견디며, 남파공작원을 자원하여 남파된 제가 자수하여 가족들의 품에 안긴 것이 1954년, 지금으로부터 51년 전이었습니다.
　　그리고 어느 날 갑자기, 치안본부 남영동 대공분실의 이근안을 비롯한 수사관들에게 납치되듯이 끌려온 때가 1983년이었고, 그로부터 16년이 지난 1998년 8월에서야 저는 다시 가족에게 돌아올 수 있었습니다.
　　돌이켜 생각건대 홍종수라는 남파간첩의 자술서를 근거로, 이근안 씨가 사실을 부풀리고 왜곡하여 간첩으로 만든 것이었습니다. 사실 이근안이 초기 수사에서 우순학을 저의 재북처로 조작한 것도, 결국 홍종수의 자술서를 입증하기 위한 것이었습니다. 그러나 저는 재북 시 하숙집 딸인 우순학을 사춘기에 좋아하며 지내기는 했지만, 결혼한 적이 없는 19살의 어린 나이였습니다. 특히 제가 북에 있을 때 우순학에게 들은 얘기지만 언니 둘, 남동생인가 오빠가 한 명(이 남쪽에) 있다고 했는데, 제가 만일 우순학과 결혼하였다면, 자수하여 풀려 나와서 어찌 만나 보지 않았겠습니까?

　　사람들은 태어나서 모두들 자기 나름의 꿈을 가지고 살아갑니다. 때로는 꿈이 이뤄지기도 하고 이뤄지지 않기도 하지만, 그 꿈을 버리지 않고 기어코 이루려는 사람들에게 인생은 언젠가 보답을 꼭 해준다고 저는 믿습니다. 저 역시 꿈을 지니고 있었습니다. 스무 살 즈음에는 이북에 홀로 남겨진 제 처지 때문에 꼭 가족을 만나기 위해 남쪽으로 가겠다는 꿈이 있었고, 그 꿈을 이루고자 남파공작원을 자원하여 남파된 즉시 자수하여 가족 품에 안길 수 있었습니다.

너 나 할 것 없이 어려웠던 그 시기에 저 역시 대한민국 국민의 한 사람으로서 열심히 살았습니다. 폐품팔이, 테이프 복사, 사진점, 분식점 안 해본 일이 없이 닥치는 대로 일을 했습니다. 저에게는 새로 태어난 아이들이 있었고 아내가 있었기에, 세상의 모든 가장들처럼 어려워도 어려운 줄 모르고 30대, 40대를 살아왔습니다. 그 와중에 가난에 못 이긴 처가 이혼을 하자고 해서 이혼을 하기도 하였지만, 수년 후에 지금의 부인을 만나 보금자리를 꾸릴 수 있었습니다.

그렇게 30년을 대한민국의 한 국민으로서, 가족을 책임지는 평범한 가장으로서 살아왔습니다.

1983년 제 운명이 바뀔 줄은 꿈에도 생각해본 적이 없었습니다. 68년도엔가 중앙정보부로부터 요시찰 대상에서 해제되었다는 통보도 있었거니와, 저에게는 살뜰히 보살펴야 할 가족이 있었습니다.

치안본부 남영동 대공분실에서의 45일 동안은 더 말씀드리고 싶지 않습니다. 그저 지금도 가끔 꿈속에서 그때 그 처참하고, 죽을 것만 같았던 분위기들이 떠오르면 자다가도 식은땀을 흘리며 벌떡 일어나기도 합니다만……. 제가 수사기관에 연행되어 간첩으로 송치되었을 때, 저는 검사님에게 또 판사님에게 "고문을 당해서 허위자백을 했습니다. 다시 조사해주십시오!" 울고 또 울면서 매달리고 호소했지만 그 누구도 제 주장에 귀기울여주지 않았습니다.

16년 감옥살이는 가파르기만 했습니다. 왜 이 감옥에 있어야 하는지, 다시 생각하고 싶지 않은 분노와 좌절의 시간이었지요. 죽고 싶은 마음이 어디 한두 번이었겠습니까? 그때마다 '간첩' 자식이라고 손가락질 받으면서도, 이 아비한테 원망 한번 비치지 않았던 내 자식들, 어느 날 '간첩' 마누라가 되어 사람들에게 외면당하면서도 자식들 훌륭히 키워 대학 교육까지 마치게 한 내 안사람을 생각해서 꼭 살아야겠다는 마음을 다잡곤 했습니다.

그때, 저는 다시 꿈을 꾸게 되었습니다.

그렇게 하루에도 몇 번씩 무너져 내리는 희망을 다잡게 해준 것은, 바로 그 꿈이었습니다. 불쌍한 내 자식들, 그리고 가족들에게 내가 '간첩'임을 남기고 갈 수는 없다, 내 자식들을 '간첩 자식'으로 살게 할 수 없다, 내가 고문당했다는 사실을 밝혀야 한다. 바로 그것이었습니다. 그 꿈이 16년, 하루같이 밤을 뒤척이면서도, 단 하루도 잊어본 적이 없는, 저를 살아가게 해준 희망이었습니다.

1999년 이근안 씨가 자수하여 서울지검에서 대질 심문을 하게 된 적이 있었습니다. 이때 이근안 씨는 저에게 "미안하다"고 말을 건넸습니다. 감옥살이 16년 동안 단 하루도 잊어본 적이 없었던 얼굴인데, 너무나 많은 원망과 저주를 해왔던 얼굴인데, 초췌한 수인이 되어 있는 걸 보니, 게다가 "미안하다"는 그 사람의 그 한마디가 16년 동안의 분노와 원망을 어느 정도 잠재워주더군요. 그때, 저는 내가 고문당했다는 사실, 전기고문 당하고, 물고문 당하고, 인간 이하의 수치스러운 고문을 당했다는 주장이 거짓이 아니었음을, 내 말이 진실이었음을 인정받았습니다.

존경하는 재판장님!

이제 제 나이 일흔다섯입니다. 인생의 마지막을 향해 가고 있지요. 그러나 일흔다섯인 저에게는 아직 이루지 못한 꿈이 있습니다. 그 꿈은

1984년 이래 한 번도 변치 않았던 꿈입니다. 아니 꿈속에서라도 단 한 번만이라도 이뤄보고 싶었던 꿈입니다.

'간첩 자식'이 되어 한 번도 기 펴고 살아보지 못한 내 자식들, 그 자식들에게 아버지의 진실을 보여주고 싶은 꿈입니다. 아버지가 간첩이라서, 마음에 둔 여인과 혼인에 이르지 못한 채 이 못난 아비 때문에 좌절을 맛봐야 했던 셋째 녀석을 이제 떳떳하게 장가보내고 싶은 꿈입니다.

그런 자식들의 고통을 견뎌내며 감옥에 있는 남편 뒷바라지에 청춘과 중년을 다 보내버린 제 아내에게 죽기 전에 기쁨을 안겨주고 싶은 꿈입니다.

동네 사람들 심지어 먼 친지들에게까지 얼굴 한번 들지 못하고 살았던 제 누님, 제가 남쪽으로 내려온 이래 지금까지 못난 동생 돌봐주고 계시는 누님을 비롯한 형들에게 살아생전에 진실을 안겨드리고 싶은 꿈입니다.

못난 저로 인해 너무나 큰 고초를 겪어야 했던 우리 형님, 누님, 어머님, 이 모든 가족들에게 진실을 보여주고 싶은 꿈입니다.

존경하는 재판장님!

저는 지금 일흔다섯으로 인생의 마지막에 서 있지만 '간첩'이라는 누명을 쓰고 죽지도 못합니다. 본인보다 우선하여 가족들을 생각하면 반드시 억울한 누명을 벗고 싶습니다.

마지막으로 오늘 이 자리에 이르기까지 재심청구를 받아들여주시고, 재심 재판을 이끌어주신 이호원 부장판사님, 그리고 검사님, 무엇보다 저와 제 가족의 고통에 귀 기울여주시고 변론을 맡아주신 조용환 변호사님, 감사드립니다.

감사합니다.

2005년 6월 15일 함주명.

제6장

마침내 정의가 이기다

결심 공판이 열리고 꼭 한 달 후인 2005년 7월 15일 선고 공판이 열렸다.

　주명이 최후진술에서 말한 대로 참으로 오랫동안 기다려온 날이었다. 밤새 설렘과 긴장감으로 거의 잠을 이루지 못하고 뒤척인 주명과 아내 이춘자는 아침 일찍 일어나 기도하는 마음으로 출정을 준비했다. 이미 홍종수의 심문을 다녀와서부터는 무죄를 받을 수 있으리라는 확신이 섰지만, 무죄가 선고되기 이전까지는 마음을 놓을 수 없었기에 주명의 마음은 내내 기도하는 마음이 되지 않을 수 없었다. 조용환은 이때 중국 출장 중이었다. 조용환은 이미 무죄를 확신하였기에 굳이 선고 공판에 출석하기 위해 중요한 해외 출장을 연기하지 않았다.

　오전 10시. 주명과 가족들이 지켜보는 가운데 이호원 판사가 주문을 읽기 시작했다.

　"원심 판결을 파기한다!"

　"피고인은 무죄!"

"참 감격적이었어요. 나중에 변호사님한테 들으니, 원래 무죄를 선고할 때는 판결문을 다 읽고 끝에 가서 주문을 읽는데, 판사님이 반대로 주문부터 먼저 읽은 거랍니다. 재판부가 고령인 제가 판결문을 읽는 동안 초조감을 견디지 못해 혹시 쓰러지기라도 할까 봐 착석하자마자 바로 사건 번호만 읽고 주문부터 읽은 거라고 했습니다."

그 무죄 소리에 방청석은 순간 환호의 도가니로 바뀌었다. 주명과 이춘자는 감격의 눈물을 쏟았고, 응원 방청을 나온 민가협 어머니들과 시민단체 사람들도 모두 자기 일처럼 기뻐했다.

선고 공판은 그렇게 10여 분 만에 간단히 끝났다. 30년을 하루같이 기다려온 시간들에 비하면 찰나나 다름없이 짧은 시간이었지만, 주명의 뇌리 속에는 지난 반생의 순간순간이 파노라마처럼 스쳐 갔다. 결코 잊지 못할 순간이었다.

그날 『한겨레』는 함주명의 무죄 소식을 1면 머리기사로 세상에 전했다.

무죄 선고를 받은 함 씨는 "진실을 밝혀내야 한다는 '희망' 하나만으로 지금껏 버텨왔다"며 "남편 뒷바라지에 고생해온 아내와 '간첩의 자식'이라는 이유로 주변의 눈총을 받고, 결혼에서도 좌절하는 아픔을 겪은 자식들에게 고마울 뿐"이라고 말했다. 그는 또 다른 '조작간첩'사건 피해자들에 대한 미안함도 잊지 않았다. 함 씨는 "이제는 국가가 나서 이들의 '피맺힌 한'을 풀어줘야 한다"고 강조했다.

함 씨의 변호를 맡은 조용환 변호사는 "고문에 의한 조작간첩사건은 국가권력에 의한 조직범죄"라며 "따라서 엄격한 형사소송법의 재심 사유에 얽매일 것이 아니라, 국가가 직접 피해자들의 명예회복과 손해배상 등 당시 사건의 진실을 밝혀내야 한다"고 말했다.

민가협은 함 씨와 같이 뚜렷한 물증 없이 주변의 진술이나 고문으로 인한 본인의 자백만을 근거로 유죄를 선고받은 조작간첩사건의 피해자가 100여 명에 이를 것으로 추정하고 있다. '사법살인'으로 불리는 인혁당 재건위 사건도 법원의 재심 결정을 기다리고 있다.

『한겨레』가 당시 보도한 대로 간첩죄가 재심을 거쳐 무죄가 된 것은 주명이 최초였다. 그만큼 이 사건은 주명 한 사람의 일을 떠나 한국 현대사에 기록될 역사적인 재판이었다.

함주명 사건 재심이 선례가 되어 2013년 현재까지 여러 건의 조작 및 의문사 사건의 재심이 결정되었고 대부분의 사건이 무죄를 인정받아 관련자들이 신원되었으며, 정부로부터 피해보상을 받았다. 유명한 인혁당 사건도 재심이 이뤄져 사형당한 사람과 유가족의 한을 조금이나마 위로할 수 있게 되었다.

2005년 7월 16일 자『한겨레』에 실린 장문의 1면 기사 첫 구절은 이러했다.

"피고인 함주명, 무죄!"

제7장

가족의 눈물

젊은 아내 이춘자

주명이 모진 고문 끝에 간첩의 누명을 쓰고 16년간 감옥살이를 하는 동안 그의 가족도 말할 수 없는 고초를 겪었다. 갓 스물의 나이에 아들 둘이 딸린 이혼남과 결혼해 잘 살아보겠다고 온갖 궂은일도 마다 않은 젊은 아내는 졸지에 '간첩의 아내'가 되어 죄인처럼 20여 년을 살아야 했다. 아이들이 겪어야 했던 마음고생은 또 어떠했을까. 남편과 아버지를 감옥에 보내고, 남들의 손가락질 속에서 살아야 했던 20년의 세월은 고스란히 아버지 주명에게도 큰 마음의 빚이었다. 이 가족 이야기는 당시 민가협이 손해배상 소송을 위해 가족을 인터뷰한 내용을 정리한 것이다.

열아홉에 만난 사람

저는 문경에서 어머니, 아버지, 언니들 셋 있는 막내딸로 태어났습니다. 호강도 안 했지만 생활에 구애받는 고생은 없었습니다.

남편은 제가 문경광업소에 사환으로 근무하던 때 만났습니다. 당시 남편은 자재과장이었고, 저는 사무실에서 심부름도 하고 청소도 하고 전화도 받는 일을 하고 있었습니다. 처음에는 서로 사귀는 것도 아니었고, 그저 사무실에서 오래 보다 보니까 친하게 됐죠.

남편이 전처와 이혼하고 애가 둘이 있다는 것은 여름방학 때 아이들이 문경에 온 적이 있어서 자연스럽게 알게 됐습니다. 그러다 보니 더 동정심이 가더라고요. 애들 때문에 저렇게 있으면 어떡하나 싶기도 하고 자꾸 마음이 가는 거예요. 그래서 그때 마음먹고, 가족에게는 한마디도 하지 않고 둘이서 서울로 올라왔습니다. 시누이 집에서 신혼살림 비슷하게 살게 되었는데 그렇게 시작한 결혼이 30년이 되었습니다.

서울로 온 뒤에도 살림살이는 크게 좋아지지 않았습니다. 1년 남짓은 남편이 광업소에 출근해서 월급이 있으니까 생활에 구애는 안 받고 먹고사는 것은 걱정 없었어요. 그러다 광산이 안되고 해서 다시 서울에 올라와 일자리를 찾는데 잘되지 않았습니다. 그래서 함께 파지도 모으고 건축 공사 현장에서 일하기도 하고 장사도 하고 스낵 장사도 하고 여러 가지 일을 했습니다. 참 어렵게 살던 시절이었습니다.

서울행, 그리고 가난

서울로 도망치듯 온 뒤로는 친정하고의 관계는 이미 금이 간 상태였습니다. 특히 남편은 '나이 어린 애를 꼬여서 데려갔다'는 식으로 매도를 당했고, '어린것을 데려다가 저렇게 고생시킨다'며 우리 가족한테는 미움을 많이 받았습니다. 서울에서 저는 친정 식구도, 친척도 하나 없이 살았습니다. 지금 생각해도 가슴이 먹먹합니다.

어머니는 제가 결혼한 뒤 두어 번 서울 집에 왔던 게 전부고, 언니들하고는 아예 왕래마저 끊어지다시피 했습니다. 저도 소외를 당했지만 남편은 더했지요. 특히 큰형부는 지금껏 남편을 가족으로 인정하려 들지 않습니다. 어린것을 데려다가 그 고생을 시키더니 간첩으로 교도소까지 갔다고, 가족 입장에서는 기가 막혔겠지요. 형부는 함 서방이 교도소 들어가고 나서는 저에게 자꾸 이혼하라고 했지요.

1980년부터 테이프 장사를 했습니다. 남편과 둘이 일을 했는데, 그때는 그나마 일이 편안한 셈이었죠. 그때는 쉴 틈도 없이 정신없이 바쁘게 일에 치여 살았지만, 그래도 그때가 제 인생에서는 가장 행복했던 시간이었던 것 같습니다. 막내 종호가 태어났고, 위의 두 아이도 저를 친엄마 이상으로 따르면서 문제 없이 잘 자라주었고, 남편도 건

강했고. 그때는 정말 희망이 있었습니다. 남편도 늘 말했죠. "종호 엄마, 조금만 더 고생하자, 곧 우리 살림도 펴질 거야." 그래서 밤새워 일을 해도 피곤한 줄 모르고 그렇게 열심히 살았더랬습니다.

남편의 행방불명

그런 작은 행복도 1983년 남편이 느닷없이 잡혀간 뒤로부터 산산조각이 나고 말았습니다. 납품하러 간 남편이 돌아올 시간이 지나도 연락이 없었습니다. 하루, 이틀, 사흘…… 처음에는 행여 뺑소니차 사고라도 당한 게 아닌가 하는 걱정에 밤잠을 못 잤습니다. 한 시간 한 시간이 피 말리는 시간이었습니다. 그래도 어떻게 달리 남편을 찾을 방도가 없었습니다. 그래서 집 가까운 종암경찰서에 실종 신고를 내고 수사를 해달라고 애원했습니다.

남영동 이런 데서 사람을 납치해 간 줄은 꿈에도 몰랐습니다. 전혀 생각도 못 할 일이었지요. 한 사나흘 뒤에 시숙이 그러는 거예요. 어디선가 조사를 받고 있다고. 사람은 살아 있느냐고 하니까 살아 있다고 해요. 그래서 살아 있으니 어떻게든 돌아는 오겠구나 싶은 게, 그나마 한숨을 돌릴 수 있었습니다.

그런데 행방불명된 지 한 일주일인가 지난 어느 날 새벽 6시경, "함주명 씨 때문에 왔습니다" 하면서 네댓의 건장한 남자들이 집 안으로 마구 들이닥치는 겁니다. 신분증을 보여주긴 했지만, 놀란 가슴에 그런 게 보이지도 않더군요. 겨울이니까 두꺼운 잠바를 입고 우락부락한 게 덩치가 좋은 사람들인데 얼굴은 잘 안 보였습니다.

정말 무서웠어요. 막내는 놀라 깨서 울면서 제 뒤에 숨고, 저 역시 무서웠습니다. 네 명이 와서 건넛방으로 다락으로 막 흩어져서, 장

롱을 마구 열어젖히고 살림살이 다 밟아놓고선 하는 말이 "일본에서 뭐 온 거 없느냐"고 물어요. 무서워서 덜덜 떨고 막내는 울고. 그 사람들은 "일제 라디오 있느냐", "일본에서 온 편지 있느냐"는 둥 생전 듣지도 보지도 못한 것들을 내놓으라고 하는 거예요. 그 사람들이 이리저리 뒤집어놓는 통에 집 안은 온통 쑥대밭이 됐습니다. 나중에 알고 보니 우리 집 덮친 그 시각에 시숙네도 가서 큰아빠, 큰엄마 다 데려갔습니다. 친정 형부도 그때 조사를 받았습니다. 테이프 복사업을 할 때 큰언니 집에 물건을 갖다 놓은 적이 있었는데, 그 때문에 조사를 받았던 것 같아요. 그리고 재판에도 증인으로 불려 나왔습니다. 남영동에서는 시골 어머니 집까지 조사를 했다고 합니다.

그날 새벽 일은 생각만 해도 몸서리가 쳐집니다. 덩치 건장하고 검정 옷을 입은 남자들은 멀리서 보기만 해도 깜짝깜짝 놀랍니다. 제가 지금은 50대 중반이 넘었으니까 그나마 괜찮지만, 그 당시 제 나이 스물아홉 살이었습니다. 게다가 세상 물정 어두운 완전 숙맥이었으니 얼마나 무서웠겠습니까.

이 정도로도 제가 잊지 못하는데, 남편은 그 안에서 직접 당했으니 오죽하겠습니까? 도저히 잊을 수가 없을 겁니다. 요새도 남편은 자다가도 "악" 소리를 지르며 깨는 일이 종종 있습니다. 지금도 잠을 못 자고 식은땀을 쫙 흘리고 다리에 자주 쥐가 나고 온몸이 퉁퉁 붓기도 합니다. 약을 먹어도 도통 낫질 않습니다. 고문당한 직후라도 약을 좀 썼으면 차도가 있었을 텐데 하는 생각을 하면 가슴이 도려내는 듯 아픕니다.

남영동 앞에서 보낸 63일

그 사람들이 그렇게 집으로 와서 한바탕 난리를 치르고 시숙 식구까지 끌려가 조사를 받은 뒤, 남편이 남영동에 있다는 것을 알았습니다. 무조건 찾아갔습니다. 그동안 살면서 파출소 한번 안 갔으니, 그런 곳은 처음이었습니다. 처음에는 얌전히 가서 현관의 벨을 눌렀더니 면회가 안 된다고 그래요. 아무 말도 못 하고 돌아오고, 다시 찾아가고 그렇게 몇 번을 찾아갔는데도 면회를 안 시켜줘요. 거의 매일 가다시피 하니까, 나중에야 한 사람이 나와서 여기서 조사를 받고 있는데 면회가 안 되니까 집에 가서 기다리라고 해요. 울면서 애원하고 사정했는데도 안 된다고 해요. 그 사람들은 여기가 어딘데 와서 철대문을 두들기느냐며 호통을 치기도 하고, 아줌마 집에 가서 기다리세요, 하며 달래기도 하고 그랬습니다.

남영동, 그 철대문이 얼마나 큰지 엄청났습니다. 담도 높고 어마어마해서 여기는 정말 무서운 데구나, 옆에만 가도 으스스하고 무서워 몸을 벌벌 떨면서도 그 사람들에게 내 남편이 여기 있으니 얼굴만이라도 보고 가게 해달라며 얼마나 애원했는지 모릅니다.

나중에는 용산경찰서로 가면 면회가 된다고 일러주더라고요. 그래서 또 용산경찰서로 쫓아갔지요. 그랬더니 없다 그래요. 다른 사람들은 면회가 되는 것 같은데, 저는 안 시켜주더라고요. 그래서 계속 그런 식으로 가슴을 태우며 왔다 갔다 하기만 했습니다. 그러면서도 먹고는 살아야 하니까 테이프 복사 일은 계속했습니다. 아이들 돌봐야지요, 일해야지요, 면회 가야 하지요, 정말 정신이 하나도 없던 시간들이었습니다.

그렇게 남편 얼굴 한번 못 보고 63일을 보냈습니다. 그 철대문 높은 건물 안에서 도대체 남편에게 어떤 일이 일어나고 있는지, 남편이 무슨 일을 겪고 있는지, 속은 바싹바싹 타들어가고, 어디다 하소연하거나 도움을 청할 곳도 모르겠고, 내가 뭘 어떻게 해야 하는지 알수도 없고, 그저 면회시켜달라고 그 사람들에게 애원하는 일밖에 없었습니다. 그런데도 면회를 시켜주지 않으니까, 사람이 죽었는지 살았는지 얼마나 애간장이 타던지……. 아마 그때 저 역시 죽은 목숨이었지 싶습니다. 그 63일을 어떻게 보냈는지, 지금 생각해도 참 아찔합니다.

지금도 남영동의 그 철대문을 보면 가슴이 떨려와요. 문이 열려도 바로 열리는 게 아니라 옆으로 스르르 열리던. 22년 전에 갔던 곳인데 지금도 무섭고 그래서 생각조차 하고 싶지 않습니다. 저는 지금도 남영동 부근으로는 다니지 않습니다.

남편에게 남은 고문 흔적

그렇게 애타게 기다렸는데, 63일이 지나 서대문구치소로 넘어간 다음에야 면회가 되었습니다. 그런데 구치소에서 첫 면회를 하는데 지금도 생생하게 기억되는 것이, 남편이 가슴을 움켜쥐고 나오는 겁니다. 얼굴은 퉁퉁 부어 있고, 이전의 남편이 아니었어요. 그때는 남편이 고문을 당했는지, 매를 맞았는지 아무것도 알 수가 없었습니다. 남편도 저에게는 아무런 말도 하지 않고, 첫마디가 "변호사를 빨리 선임해라, 나는 억울하다"고만 하는 거예요. 그래서 알겠다고, 그런데 가슴을 왜 움켜쥐느냐, 얼굴은 왜 그리 부었느냐고 물어도, 남편은 대답은 하지 않은 채 울면서 그저 억울하다는 말만 되풀이하는 겁니다. 그렇게 면회가 끝났어요. 남편은 정말 펑펑 울었습니다. 울면서

"나는 괜찮으니까 빨리 변호사 선임해라"면서. 결국 그 말만 하고 면회가 끝났습니다. 그때 내 울음은 남편에 비하면 아무것도 아니었습니다.

다음 날 아침, 아이들 도시락 싸서 학교 보내고 난 다음 다시 면회를 갔습니다. 여전히 아무 말도 하지 않고, 얼굴은 푸석푸석한 표가 그대로 나고, 눈도 부어 있고. 그곳에서 뭔가 있었구나, 그렇게 짐작만 했습니다. 변호사를 선임한 뒤 변호사를 통해 남편이 고문당했다, 매를 많이 맞았다는 사실을 듣게 됐습니다.

재판하면서는 남편이 고문당한 사실을 매우 상세히 진술해서 그때 저도 자세히 알게 됐습니다. 전기고문, 물고문…… 제가 남영동 철대문 앞에서 그렇게 남편을 보여달라고 애원하고 그럴 때 남편은 그런 끔찍한 고문을 바로 그 철대문 안에서 당하고 있었던 거죠. 제가 바보 같기도 하고, 아무런 도움도 되지 못한 제가 얼마나 원망스럽던지. 사람이 사람을 저렇게 고문을 할 수도 있구나. 그런데 가서 좋은 대접 받았을 리는 없다고 나름대로 생각했지만, 그래도 그렇게 심하게 고문당한 것은 정말 꿈에도 몰랐죠. 어떻게 사람에게 그렇게 할 수 있을까요. 정말 소름이 돋고, 그때는 전기 소리만 들어도, 물 흐르는 소리만 들어도 몸이 바들바들 떨리는 거예요. 물도 틀어두지 못할 정도였습니다.

남편은 그렇게 끔찍한 고문에 못 이겨서 '간첩'이라고 허위자백했다며 억울하다고 하소연했습니다. 재판정에서, 저 역시 그때까지는 텔레비전에서나 '간첩'을 봤지, 변호사님이 '간첩죄'로 구속되었다고 해도 그게 현실감으로 느껴지질 않았어요. 저는 무조건 "남편은 간첩이 아녜요" 그랬지요. 남편도 재판만 끝나면 나올 거라 하고, 변호사도 억울하게 되었다고 했습니다. 그래서 저는 변호사만 있으면, 그렇

게 해서 재판만 받으면 당연히 나올 거라고 믿었죠. 남편은 재판받는
내내 고문을 당했다, 허위자백했다, 억울하다고 호소했고 저 역시 남
편이 간첩이 아니라는 사실을 누구보다도 잘 아니까, 남편과 결혼해
서 거의 24시간 내내 함께했던 사람이 바로 저니까 그렇게 굳게 믿
었습니다. 그런데 검사가 구형을 하는데 '극형에 처해달라'는 겁니다.
그 말이 무슨 말인지 몰라서 변호사님에게 물어보니 '사형'이라는 겁
니다. 한집에 산 남편인데 간첩 행동을 했는지 안 했는지 제가 알아
요. 그 자리에서 쓰러져 통곡을 했습니다. 저는 무죄로 나올 것만 생
각했지, 사형이라니……

간첩 가족이라는 손가락질

동네 사람들은 남편 사건이 일어나고 얼마 지나지 않아서 어떻
게 알았는지 자기들끼리 쑥덕거렸습니다. 제가 아침에 연탄재를 내
다 버릴 때, 대문 앞을 쓸러 나갈 때면 저를 보고 슬슬 피하면서 싹
들어가버리는 거예요. 왜 그러느냐고 묻지도 못했습니다.

종호 아빠는 억울하다고 밝히고 싶지도 않고, 설령 말한다 해도
믿어주지도 않을 것 같고, 다른 것도 아니고 간첩으로 몰리니까 사
람 시선이 무서웠습니다. 누가 쳐다보기만 해도 무섭고, 누가 나에게
말 걸까 그것도 무섭고. 그저 속만 타고, 속병, 맘고생은 말도 못 했
습니다.

친정 엄마, 언니들마저도 죄 없는 사람한테 사형, 무기징역을 주
겠느냐고 하는 판에 생판 남인 사람들이 믿어줄 것이라고는 저도 생
각하지 않았습니다. 식구조차 믿으려 하지 않는데, 누구한테 억울하
다 말을 할 수 있겠어요. 아예 입을 닫고 혼자 참고 살았습니다. 친언

니랑 식구들도 못 믿겠다는 판에 동네 사람들이 그런다고 서운해하면 안 될 것 같아 언젠가 진실이 밝혀지겠지 하며 이사도 안 가고 그 동네에서 살았습니다. 오로지 돈 벌기 위해 일만 하고, 아이들 학교 보내고, 남편 면회 다니고, 내 일만 했어요. 사람들은 쳐다보지도 못하고 살았습니다.

사실 동네 사람들은 남편이 연행되기 전부터 미행당하고 있다는 걸 눈치채고 있었다고 합니다. 그리고 우리 애 혼자 집에 있을 때 어떤 여자가 고모 친구라며 집에 와 뭘 뒤지고 간 적도 있었습니다. 지금 생각하면 도청 장치 그런 걸 해놓고 간 게 아닌가 싶습니다. 그리고 우리 집 건너편에 이근안 일행이 집 한 채를 빌려서 살았다고 합니다. 전셋집 주인은 그걸 알고 있었던 모양입니다. 그 낌새를 안 다른 동네 사람들은 우리를 피했고.

그러던 동네 사람들도 16년 내내 그러지는 않았습니다. 처음에는 그렇게 쉬쉬하면서 우리 식구들을 피하더니, 세월이 조금 지나자 나중에는 인사도 받아주고, 제가 종호 아버지 억울하다고 말하면 그러냐면서 들어주기도 했습니다. 재심에서 무죄가 나고 나서는 "종호 엄마, 그동안 고생 많이 했어. 그때는 미안했어. 진실이 밝혀져 축하한다. 잘됐다" 이런 전화를 주더라고요.

홀로 떠넘겨진 삶의 무게

남편이 갑자기 잡혀가고 그 뒤로는 제가 혼자 돈 벌어야 하고, 살림해야 하고, 아이 셋 가르쳐야 하고, 남편 면회 다니며 뒷바라지도 해야 하고, 그 일을 다 맡아서 하려니까 잠잘 시간도 없었습니다. 그렇다고 안 할 수가 없지요. 그냥 앉아서 운다고 해결될 문제도 아니고. 당장은 남편과 함께 해왔던 테이프 복사하는 일을 해야 했습니다. 그런데 경찰이 남편 잡아간 다음, 복사 주문을 했던 사람들을 많이 찾아갔나 봐요. 양 아무개 씨라고 복사 사업을 크게 하던 분인데, 그 사람도 경찰에 끌려가 남편 관련 조사받고 나와서는 저에게 일을 안 줬습니다. '고교 생활영어' 책 만드는 사람인데, 우리에게 일거리를 주지 않았습니다. 그 사람들을 조사해서 증인으로 세웠죠. 그러니 우리에겐 일이 딱 끊어질 수밖에요.

테이프 복사하는 일은 지금 생각해도 엄청나게 힘든 일이었습니다. 그도 그럴 것이 남편과 함께 하던 걸 혼자서 해야 했고, 테이프 박스가 어찌나 무거운지, 돌이켜보면 그걸 어떻게 들고 다녔나 싶어요. 트럭으로 테이프 박스를 싣고 와서 그걸 집 마당에 뿌려놓으면 나 혼자 다 방으로 옮기죠. 그리고 혼자서 밤새워 복사하고 그러면 다시 다 배달해야 하는데, 남편도 없이 혼자 날라야 할 때는 너무 힘들었습니다. 그걸 그만두고 싶은 마음이 왜 없었겠어요. 그런데 그럴 수가 없었습니다. 당장 오늘 하루 아이들 끼니를 걱정해야 하고, 학비 대야 하고…… 아이들 등록금 한 번씩 낼 때마다 한고비를 넘었구나, 생각하며 살았습니다.

'생활영어' 일이 끊기고 나서는 주로 교회를 상대로 해서 생계를 꾸렸습니다. 목사님 부흥회나 설교 테이프 복사해서 가져다 팔고. 그래도 테이프 복사 일은 둘째 종헌이 대학 졸업시킬 때까지 그나마 일이 쭈욱 들어왔고 수입도 있었습니다. 그러나 점차 그 일거리도 줄어들고, 남편이 감옥에 있다는 소문도 돌고 그러니까 아무래도 그 일을 계속할 수 없게 됐어요. 그때 남편이 있었더라면 남부럽지 않게 돈 벌었을 겁니다. 주문도 많이 들어오고 복사량도 많았거든요. 그러면 아이들 고생도 덜 시키고, 공부도 제대로 시켰을 텐데.

테이프 일을 접고 나선 한복집에서 일을 했습니다. 추석하고 설 때는 일감이 말도 못 하게 많아서 밤을 새우기 일쑤인데, 그 일을 한 5년 했습니다. 그다음엔 식당에서 주방 설거지 같은 일을 또 한 5년 넘게 했죠.

그 시절을 어떻게 버텨왔는지 몰라요. 나도 사람인데 원망이 없을 수 없지요. 그렇지만 죄가 없으니까, 너무나 억울하니까, 그나마 아이들이 착하게 자라주어서 그 힘으로 버텨온 거죠.

남겨진 아이들과 막내 종호

저는 둘째 치더라도 애들은 '간첩 자식'이라는 누명을 벗겨줘야 할 텐데, 늘 그 생각만 하고 살았습니다. 아버지가 간첩으로 되어 있으니까 아이들 셋 군대 갈 때마다 가슴이 조마조마했어요. 무슨 일 나지 않을까 하고. 다행히 아이들이 다 적응도 잘하고, 군대 못 있겠다 이런 얘기는 안 하더라고요.

늘 마음에 걸리던 아이가 막내였습니다. 두 형들은 그래도 나이가 어느 정도 들어서 당한 일이라 서로 의지할 수 있었는데, 막내는 초등학생이었잖아요. 그 아이가 초등학교 다닐 땐가, 어느 날은 울고 들어오면서 "엄마, 아버지 간첩이야?" 해요. 같이 놀던 동네 형이 자기 엄마가 "종호 아버지 간첩이니까 종호랑 놀지 말라"고 그랬대요. 막내를 껴안고 울면서 "아버지 간첩 아냐, 아버지 나쁜 사람 아냐" 하면 고개를 끄떡끄떡했어요.

또 어느 날은 학교에서 친구들이 간첩이라고 놀린다고, 학교를 안 가려고 하는 거예요. 그래서 제가 담임 선생님한테 사정을 말하고 부탁했더니 선생님이 학생들 앞에서 잘 말해주셔서 그다음부터는 학교 안 간다는 얘기는 안 했습니다.

막내는 여름, 겨울 방학 때마다 면회 데리고 다니면서 교도소는 잘못한 사람이 오는 거지만 아버지는 잘못 없고, 간첩 아니니까 걱정하지 말라고 말해주곤 했어요. 위로 두 자식은 다 컸고, 아버지가 죄 없다는 걸 알고 이해할 수 있었는데, 막내는 어렸을 때 상처 입힌 것이 지금까지 가슴이 아프지요. 초등학교, 중학교, 고등학교 다닐 때 아버지 없이 자랐고 대학 입학 때 아버지 자리가 많이 필요했는데 아무것도 못했습니다. 16년 동안 '아버지'라는 이름만 있었지 곁에 아무것도 없었잖아요. 1년 6개월도 아니고……. 지금도 종호 생각만 하면 가슴이 저리고 불쌍하고 미안해요. 이만큼 자라준 것만도 고맙습니다.

자식 결혼식 날 남겨진 깊은 상처

첫째, 둘째 아들 결혼식 때 부모가 앉는 자리에 큰아버지, 큰어머니가 대신 앉았습니다. 결혼 전에 사돈 간 상견례도 큰집이 했습니다. 사돈 될 집안에서 애들 아버지가 간첩으로 교도소에 들어가 있다는 걸 알고 반대를 하면 어쩌나, 행여나 아이들 결혼을 못 시키면 어떡하나 하는 걱정에 잠을 못 이룰 정도였습니다. 그래서 그분들 앞에 선뜻 나설 수가 없었습니다. 사돈댁 친척들은 많은데 왜 신랑 집은 아버지가 안 보이느냐, 혹시나 '간첩 아버지'가 들통 나서 결혼 못 하게 될까 봐, 파혼을 당할까 봐 그저 조마조마했고, 어떻게든 결혼식을 무사히 마쳐야 한다고만 생각했습니다. 그래서 큰아버지와 큰어머니를 아버지, 어머니인 양 혼주석에 앉혔습니다. 남편이 그렇게 들어가지 않았다면, 간첩으로 조작되지만 않았다면 그런 일은 있을 수 없겠지요. 그때 그 심정, 아마 그 누구도 모를 겁니다. 결혼식장에서 피를 토하고 통곡하고 싶은 심정이었습니다. 그러나 마음대로 울지도 못하고 얼마나 속울음을 삼켜야 했는지. 지금도 생각하면 억울하고 원통해서 피가 거꾸로 솟는 듯합니다. 분하고 억울했습니다. 남편이 감옥에 가 있는 동안 참 많은 일이 있었지만, 이 일이 가장 잊히지 않습니다. 아이들 아빠 때문에 파혼당할까 봐 두려워서 그렇게 했지만 지금 생각하면 내가 설 자리에 못 선 것이 그렇게 억울하고 분할 수가 없습니다.

둘째 아이 결혼식 때는 친정 식구들이 결혼식에 왔다가 내가 부모석에 앉지 않은 걸 보고 크게 놀랐습니다. 비록 제가 낳은 자식은 아니지만 두 아들이 초등학교 2, 3학년 때 시집 와서 온갖 뒷바라지다 해서 키운 자식들인데, 결혼식 부모 자리에 앉지 못한다면 이 집안에 계속 살아야 할 이유가 뭐냐며 언니들하고 어머니가 당장 내려가자고 난리가 났어요. 남편은 감옥에서 언제 나올지 기약도 없고, 고생해서 키운 아들 결혼식에서조차 뒷전에 밀려나 있는 천치 바보라며 언니와 형부가 어찌나 화를 내던지. 하지만 전 "사돈집에서 시아버지 될 사람이 간첩이라고 하면 누가 딸을 주겠냐"며 언니와 어머니를 달래며 버텼습니다. 그러나 제 속마음은 오죽했겠습니까. 억울하고 기가 막힌 마음은 같았어요. 어떤 어머니가 자식 결혼을 시키면서 혼주석에 앉지 못하는 상황을 받아들일 수 있겠습니까. 어머니가 그날 얼마나 우시던지요.

우리 어머니는 돌아가실 때 저 때문에 눈도 못 감고 가셨습니다. 시골에 가면 동네 할머니들이 "막내 사위 언제 나오느냐, 간첩이냐"고 물어보는 판국에, 결혼식장에서마저 그 꼴을 봤으니 얼마나 기가 막혔겠어요. 그러니 어머니는 함 서방이 무죄 판결을 받았다고 하면 가장 기뻐했을 분이었습니다. 남편 무죄 판결 받고 나서 가장 생각나는 사람이 어머니였습니다. "엄마, 함 서방 무죄 받았어" 이렇게 큰 소리로 알려드리고 싶었는데 함 서방 무죄 소식을 못 듣고 가셨으니까, 그게 원통합니다…….

계속되는 걱정과 불안

어떻게 지났는지 모르게 16년이 지나고 남편이 풀려났습니다. 반갑고 기뻤지요. 그러나 막상 밖에 나온 남편은 속절없이 늙어버렸고, 감옥 들어갈 때의 그 모습이 아니었습니다.

게다가 생활은 여전히 어려웠습니다. 하다못해 차비라도 손에 쥐여 줘야 할 텐데, 집에는 남편 신을 양말 한 켤레가 없었습니다. 돈 들어갈 일이 더 늘어난 셈이었습니다. 언니들도 "네 짐이 하나 늘었구나" 하고, "그래도 언니, 나온 게 낫잖아" 해도 언니들은 "네 말대로 40대나 50대 나이면 하다못해 경비라도 하겠지만 칠십 살이 다 된 노인이 뭘 하겠느냐, 네가 뒷바라지해야 할 일만 늘어난 거지" 하며 안타까워했습니다.

그뿐 아니었죠. 남편은 감옥 생활을 하면서 성격도 많이 변해 있었습니다. 난폭해졌다고 할까요, 여하튼 예전에는 절대 그러지 않았는데, 걸핏하면 소리 지르고 화부터 냈습니다. 특히 심각한 것은 의심이었습니다. 집에 가끔 잘못 걸린 전화가 걸려오거나, 잘못 걸어서 끊는 전화가 생기면 말도 못 하게 의심을 하는 겁니다. 누구냐, 왜 전화를 끊느냐 하는 것은 말할 것도 없고, 옷걸이에 옷 걸어놓은 것만 봐도 의심하고, 화장대에 놓인 화장품을 갖고 시비를 걸기도 했습니다. 저는 생전 옷을 사거나 화장품을 내 손으로 사본 일이 없습니다.

그저 언니들이 주는 거 걸쳐 입는 형편인데도 남편은 이 옷은 뭐냐, 화장품은 다 뭐냐 하는 거예요. 아주 기본적인 것 외에는 전혀 없는데도 말입니다. 감옥에서 오래 있다가 나온 남편이 의처증 비슷하게 행동을 하니 저도 못 살 것 같은 심정이었습니다. 감옥에 들어가기 전에는 남편이 이런 사람이 결코 아니었습니다. 정말 전혀 딴사람이 되어서 거의 날마다 들볶아대니, 남편이 저렇게 변한 게 기가 막히기도 하고, 내 신세가 하도 기막혀 울기도 많이 울었습니다. 16년 그 고생을 했으면 남들 보란 듯이 살아야 할 텐데 어떻게 이런 일이 다 생기나, 어떻게 나한테 이런 모진 일이 계속되나, 남편 원망을 많이 했습니다. 친정에서도 그만 살라고 하는 결혼 생활인데, 남편한테까지 의심받고 싸우니까 도무지 더 살고 싶지 않았습니다.

그래서 어느 날 제가 그랬습니다. 너무 힘들어서 못 살겠다, 이렇게 살 바엔 차라리 갈라서자고. 그러니까 남편이 그래, 헤어지자 그러면서 소리소리 질러대는데, 예전에는 절대 그런 식으로 말을 할 사람이 아니었습니다. 나는 나대로 울고, 남편은 남편대로 화내고. 이런 상황이 정말 한 1년 정도는 갔습니다.

이런 우리 부부를 보다 못한 막내아들이 아버지를 많이 달랬습니다. 아버지 붙들고 설득하고 이야기하고. 저 역시 어느 정도 시간이 지나니까 남편을 조금 이해할 수 있게 되더라고요. 억울하게 간첩 누명 쓰고 들어간 남편을 16년도 기다렸는데, 지금 내가 이것 하나 못 견디겠냐 싶기도 했습니다. 그나마 그 시간을 버틸 수 있었던 건 남편 억울한 것을 누구보다 내가 잘 알고 있었기 때문이 아니었나 싶습니다. 기가 막히죠.

남편도 나중에 그랬습니다. 그때는 자기도 제정신이 아니었다고. 저도 충분히 이해가 갑니다. 16년을, 세상에 1년 6개월도 아니고 그

긴 세월을 억울하게 살았으니 그 한이 얼마나 깊었겠습니까? 저 양반은 절대로 간첩이 아니다. 그것은 한집에서 같이 살아온 내가 잘 아는데, 간첩이 됐으니 자신은 얼마나 억울할 것이냐. 그 쌓인 억울함을 풀 데가 없어 나한테 푸는 것 같다는 생각을 했지요. 그것 하나 믿고 참았습니다.

남편도 마찬가지였을 겁니다. 나가기만 하면 뭐든 될 것 같은 기대감으로 나왔는데, 현실은 그렇지 않다는 걸 깨달았을 때 얼마나 좌절감이 컸겠어요. 남은 것은 늙은 몸뿐이고, 아내와 자식들에게 뭘 해주고 싶어도 해줄 게 아무것도 없었으니까. 하다못해 차비라도 내가 쥐여 줘야 돌아다닐 수 있고 그랬으니, 미안한 마음이 겉으로는 화를 내는 것으로 나타난 거지요. 자기가 아무런 능력이 없다는 자격지심에 사로잡히니, 내가 밖에 나가서 나쁜 짓이라도 하는 것처럼 보이고……. 본인도 무척 괴롭고 힘들었을 겁니다. 그렇게 고문 후유증, 사회 적응에 어려움을 겪는 남편을 돌보고 인내해야 하는 심정도 어느 고통에 비할 바가 아니었습니다.

잃어버린 내 인생

자나 깨나 재심만을 생각하는 남편. 그러다 보니 그거 잘못되면 또 어떻게 될까 얼마나 조마조마한 시간이었는지 모릅니다. 재심만 얘기하는 남편을 보면 막막한 심정이 되기도 했습니다. 재심이 결정되고 나서 무죄가 나오기까지 5년이 걸렸습니다. 말이 5년이지, 또 여기서 잘못되면 어떡하나 늘 불안한 세월이었습니다. 남편은 무조건 무죄를 받을 거라고 철석같이 믿고 있는데, 그걸 어떻게 장담할 수 있겠어요. 저는 그걸 생각하면 오히려 시간이 갈수록 더 불안한 날들이었습니다.

　그 긴긴 5년의 세월 끝에 무죄 판결이 났습니다. 남편의 무죄는 무엇보다 자식들한테 씌워진 '간첩 자식', '간첩 아들'이란 누명을 벗겨주었습니다. 저도 '간첩 마누라' 딱지를 떼어내게 돼 정말 기뻤습니다. 무죄 판결을 듣고 제일 먼저 떠오른 것은 돌아가신 친정어머니였습니다. 이 기쁜 소식을 듣고 돌아가셨더라면 얼마나 좋을까……. 다음은 막내 종호였습니다. 종호한테 전화를 걸어 "아빠 무죄 받았어!"했더니 그렇게 좋아하더라고요.

　그날은 우리 가족 모두에게 죽느냐, 사느냐 하는 갈림길이었습니다. 아무도 잠을 못 잤습니다. 무죄 판결 받고 나서 애들이랑 며느리들이랑 다 모여 밥 먹는데, 참 기분이 좋았습니다. 고생해서 길러놓으니까 좋구나, 어려웠어도 공부시켜놓으니 좋구나. 큰애, 작은애, 막내 나란히 있는 것 보니 참 좋고 뿌듯하고 내가 고생스러웠어도 열심히 산 보람이 있구나 싶었습니다.

　그런데요, 생각해보니 나 자신에 대해서는 생각을 해본 적이 없는 것 같습니다. 스물아홉 살에 남편이 잡혀갔습니다. 서른 살부터 쉰 살까지 제 인생은 없는 것이나 다름없었습니다. 그냥 백지 같다고 할까요. 내가 뭘 하고 싶고, 내 인생은 뭐며, 어떻게 살아야 하는가 하는 생각조차 해본 적이 없는 세월이었습니다. 남편만 세상에서 사라진 게 아니라 나라는 사람도 없어진 거예요.

　이제 남편이 무죄 판결을 받았다고 잃어버린 제 청춘을 돌려받을 수 있을까요? 어려서부터 열아홉 살 때까지 시골집에서 살던 기억하고, 애들 아버지 감옥에서 나온 이후 기억밖엔 없는 것 같습니다. 그나마 무죄를 받고 난 요즈음 들어 저도 가끔은 제 인생을 되돌아보곤 합니다. 아, 나도 참 힘들게 살았구나 싶어 서러운 마음이 일다가도, 그래, 참 어려운 세월 용케도 잘 버텨냈구나 싶을 때는 혼자 미소도 지어봅니다. 앞으로는 예쁜 옷도 한번 입어보고 남들 다 하는 반지 목걸이도 한번 해보고, 병원에도 들러 여기저기 아픈 데는 없는지 검사도 해봐야겠다 싶은 심정입니다.

그렇게 살아온 세월이 22년이 되었습니다.

남편이 무죄를 받아 기쁘기 그지없지만, 너무나 고생하고 힘들었던 상처, 내가 아팠던 상처는 죽을 때까지 아물지 않을 것 같습니다. 악몽에 빼앗긴 젊은 청춘, 백지로 남은 30대에서 50대까지의 세월, 자식들 결혼식 때 겪었던 비참함……. 그 상처들을 다 어떻게 말로 할 수 있을까요. 그렇게 맺힌 응어리, 사무치게 맺힌 한은 쉽게 풀리지 않나 봅니다. 제 가슴에 맺힌 이 한은 아무도 모를 겁니다.

큰아들 함종우

죽이고 싶도록 미웠다

아버지 사건이 났을 때 저는 군 복무 중이었습니다.

아버지 일을 전혀 모르고 있었는데, 보안사에서 절 불렀어요. 가족관계를 물어보고 난 뒤 아버지 행적을 많이 물었습니다. 그래도 그때는 상황을 자세히 알 수 없었습니다. 휴가 나와서 아버지 재판을 보고 난 뒤 비로소 사건을 조금 이해하게 되었습니다. 그렇지만 군복무 중이니까 아버지 면회도 잘 못했고, 집 안에서도 제가 걱정할까봐 얘기를 잘 해주지 않았습니다.

저도 어떻게든 사건이 해결되지 않겠는가 여겼지, 설마 무기징역을 받게 될 줄은 상상도 못 했습니다. 제가 1983년 말 제대하고 나서 친어머니를 찾아갔습니다. 그때 친어머니가 그러셨어요. "아버지는 그럴 분이 아니다. 그때는 먹고사는 것 자체가 어려웠는데 무슨 소리냐, 아버지가 억울하게 된 것 같다"고 하셨습니다. 친어머니가 재판 나가서도 그렇게 말씀을 하셨다는데, 그게 인정이 되지 않았다고 했습니다.

그런데 막상 무기징역을 받았다고 하니까 갑갑했습니다. 어떻게 아버지한테 이런 일이 있을 수 있을까. 제가 아버지랑 같이 살았으니깐 제일 잘 아는데 간첩이란 건 말도 안 되고, 전혀 있을 수 없는 일인데도 말입니다. 그래서 그 홍종수라는 자를 찾으려고 했습니다. 아버지를 간첩이라고 지목했다는 그 사람을 찾아서 죽여버릴까 생각했습니다. 정말입니다. 군대 있을 때니까 '진짜 총 하나 들고 나갈까' 그런 생각마저 했어요. 그런데 그가 어디 사는지 알아볼 길도 없고 찾을 수도 없고. 설령 그래 봤자 나 혼자 개죽음당하고 아버지 일도 묻혀버릴 테니 그것은 안 되겠다 싶어 마음을 고쳤습니다.

가장 노릇 못해 가슴 아팠다

그 당시 새어머니가 오셔서 고생을 많이 했을 때이고, 막내는 아직 어릴 때였습니다. 아버지가 그렇게 감옥에 들어갔으니까 장남인 제가 생활에 도움도 드리고 그래야 하는데, 제가 뚜렷한 직장이 없고 겉돌다 보니까 그런 부분이 가슴이 참 아픕니다.

형제들끼리도 아버지가 간첩으로 감옥에 들어가 있다는 짓눌림이 심했고 그래서 서로 아픔이 있는데도, 그걸 알면서도 피했어요. 아프니까 오히려 서로 얘기도 못 했습니다. 그런 점이 큰형으로서 마음이 많이 아픕니다.

둘째 종헌이 결혼식 때도 형으로서 역할을 전혀 하지 못했습니다. 제 생활에 부침이 있어서 많이 힘들 때였거든요. 결혼을 하려는데 아버지 일이 걸림돌이 될 것이기 때문에, 내가 지켜주고 막아주고 해야 했고, 사돈 집안에도 내가 나섰어야 했는데 그걸 못해서 동생한테 미안했습니다. 게다가 막내가 아버지 일 때문에 사귀던 사람하고 헤어졌다는 말을 듣고, 너무 안타까운데도 정작 아무것도 해줄 수가 없던 게 정말 미안하고 그렇습니다.

명절 때가 되면 친척들 만나는 자리가 어려웠습니다. 이북에서 내려온 집안이라서 친척들이 많지 않습니다. 아버지가 계실 때는 제사 지낼 때나 명절 때 자주 가곤 했는데 안 계시니까 자꾸 멀어지게 되는 것 같았습니다. 아버지가 계셨으면 큰집과 작은집이 왕래하면서 유대관계가 있었을 텐데 그런 부분이 차단되고 가족관계가 좁아졌습니다. 친척들하고도 아버지가 감옥에 계시다 보니까 자연 멀어지게 되었습니다.

끝내 감춘 아버지의 흔적

결혼할 때는 아버지가 걸림돌이 되겠구나 하는 생각을 했습니다. 집사람하고 결혼할 때 많이 힘들었습니다. 남들은 이해 못하는 일이고 지금하고는 많이 다를 때이니까요. 아내하고 연애할 때는 구체적으로 말하지 못하고, 집안에 좀 안 좋은 일이 있다는 정도까지만 얘기했습니다. 아버지 일은 1985년 결혼을 하게 될 때 얘기했습니다. 간첩으로 들어가 있다고 이야기했더니 많이 놀라더군요. 집사람만 알고 처갓집에는 그 사실을 숨겼어요. 제가 아무리 구구절절 설명한다고 해도 그걸 누가 이해해주겠습니까? 그 억울한 마음이나 심정을 다른 사람들은 이해할 수가 없지요. 그 시절에는 더욱 그랬습니다. 간첩이라고 하면…… 그래서 결혼식도 큰아버지가 대신 나서게 된 거고요. 장인어른만은 결혼식에 나온 사람이 큰아버지인 줄 아셨습니다. 아버지가 외국에 나가 계신다고만 알고 계셨고, 다른 분들은 다

들 큰아버지가 결혼식에서 아버지 역을 하셨으니까 그냥 진짜 아버지인 줄 알았겠지요.

아버지는 출소한 이후에, 그때 무죄를 받으시기 이전인데, 처갓집 잔치가 있어서 그 자리에서 처음으로 인사를 나누셨습니다. 그때도 외국에서 들어오셨다고 그랬지, 형무소에서 나오셨다는 얘기는 못 했습니다. 장모님은 아무것도 모르신 채 돌아가셨고, 장인어른도 이번에 무죄 판결이 나서야 아셨습니다. 신혼여행 때 아내와 처음으로 들른 곳이 아버지가 계신 교도소였습니다. 결혼했으니 인사는 드려야겠기에……. 아버지는 교도소에서 큰며느리한테 처음 인사를 받으셨습니다. 그때가 잊히지 않습니다. 그때 그 심정이란 게……. 그 뒤로 면회는 1년에 한 번씩밖에 못 갔습니다. 그때는 한 달에 한 번밖에 면회가 되지 않아서 어머니가 주로 면회를 하셔야 했기에 그랬기도 하지만 솔직히 제가 외면을 한 적이 많았습니다. 처갓집에 아버지 이야기도 못 하고 있었고, 그런 상황을 제가 감당하기 어려웠으니까요. 아버지 일을 외면하고 살다 보니 마음속에는 늘 아픈 생채기 같은 것이 있었습니다. 상처가 도지는 날이면 어디 가서 얘기도 못 하고, 그저 혼자 끙끙 앓아야 했습니다.

아들 승환이가 다섯 살 때, 할아버지께 인사를 드리도록 전주교도소로 면회를 데려갔습니다. 그런데 갔다 오더니 거기 이상한 데 아니냐, 할아버지가 왜 거기 있느냐고 자꾸 물어요. 아마 좀 놀랐나 봐요. 철문이 철컥철컥하고 안에 들어가서도 여러 차례 철문을 열고 닫잖아요? 애가 자꾸 이상하게 생각하고 무서워하니까 그다음에는 데려가지 않았습니다.

저는 고등학교 졸업하고 2년 정도 있다가 군대에 갔습니다. 군대 가기 전까지는 친구 관계도 넓고 말을 많이 하는 편이었습니다. 그런데 아버지 사건 뒤로는 성격이 많이 바뀌었습니다. 성격이 내성적으로 변하고, 자꾸 사람을 가리게 되고, 편한 사람만 만나게 되고. 아무래도 친하게 되면 가족사 이야기도 하게 되잖아요. 그런데 아버지 일을 자꾸 숨기게 되더라고요. 20년 이상 사귄 친구들도 아버지 일을 모르는 친구들이 대부분일 정도니까. 지금도 우리 아버지가 함주명 씨라고 말하지 못합니다. 친구들이 종우야, 네 아버지는 뭐 하시냐고 물어볼까 봐, 자꾸 내가 먼저 피하게 되는 것 같았습니다. 그 말 자체가 나오지 않도록 내가 막아버리니까 친구들은 이상하게 여기면서도 아버지나 가족에 대해서는 물어오지 않았습니다. 그런데도 아는 친구들을 통해서 종우 아버지가 간첩이라더라 하는 소리도 들리고, 속닥속닥하기도 하고. 그런 것이 참 힘들었습니다. 친구들과는 속을 털어놓고 가족사도 얘기하고 그래야 하는데. 그리고 때가 되면 부모님 환갑, 진갑 잔치도 해야 하는데 남들 부모는 쫓아다녀도 나는 그걸 못 하니까 스트레스 많이 받았습니다.

영화 일에 대한 꿈을 접고, 부동산 컨설팅으로

군대 가기 전에는 충무로 영화 제작 스튜디오에서 일했습니다. 아버지가 그 스튜디오를 소개해주셨죠. 고등학교 졸업 뒤 대학 진학보다는 일을 하고 싶다고 하니까, 영화 쪽 일을 해봐라 하시더라고요. 그때는 비디오가 처음 들어왔을 때였는데, 저는 8밀리미터 비디오카메라를 가지고 다니면서 촬영했습니다. 그런데 제대하고 나서는 충무로로 다시 돌아갈 수가 없었습니다. 당시만 해도 '간첩'이라고 하면 외면하고 등 돌리는 그런 때였잖아요. 아무래도 아버지 소문이 금세 날 테니까. 그래서 제대한 후에는 인사만 하고 일은 그만두고 말았습니다. 지금 생각하면 참 많이 아쉽습니다. 아버지 일만 당하지 않았다면 영화 제작 일이나 매니지먼트 쪽 일을 많이 배워서 지금쯤은 크게 성장하지 않았을까 싶습니다.

새로운 직장을 생각하면서도 늘 아버지 일이 걸림돌이었습니다. 일단 회사는 신원보증 같은 게 필요할 때였습니다. 그래서 신원보증이 필요 없는 개인 회사 몇 군데를 전전하다가 개인 사업을 시작했습니다. 그러다 부동산 컨설팅 일을 하게 됐습니다. 자기 자본금 없이 할 수 있는 일이고 신원보증 같은 게 필요 없으니까. 집사람이 직장 다니면서 꽤 돈을 모은 편이었는데, 한 다섯 가지 이상의 사업을 한답시고 다 까먹었습니다. 개인 사업을 한다고 투자했다가 떼이기도 했어요.

실패하고 넘어질 때마다 내가 왜 이렇게 살아야 하나, 그런 일 생길 때마다 아버지 생각이 많이 났습니다. 제가 직장 생활을 할 수 없는 처지니까 사업으로 성공해야 한다는 강박이 심했던 것 같습니다. 얼른 성공해서 아버지 자리를 대신해야 하고 집안도 일으켜야 하고 종헌이 학비도 도와줘야겠고…… 그런 생각이 많았습니다. 어찌 됐든 집안의 장남이잖아요. 아버지 일이 잘못된 것도 있지만 내가 중심이 돼서 잘 일어나야 하는데 중심이 되지 못하는 것이 늘 맘에 걸렸습니다.

아버지가 그 일을 당하지 않았더라면 지금과는 많이 달랐을 겁니다. 충무로에서 계속 일하면서 영화 관련 일을 재미나게 했겠지요. 아니면 일반 친구들처럼 직장 생활 꾸준히 해나가고 편안하게 가정 생활을 하고 살았을 텐데, 아버지가 '간첩'으로 들어가 징역을 살고 있는 게 평범한 직장 생활을 못하게 되는 데 크게 작용을 했습니다. 영화일도 마찬가지고요. 한창 인생 계획을 세우려 할 때 아버지 일이 발생하면서 제 인생 자체가 바뀌게 되었습니다.

처갓집에서도 뚜렷한 직장을 갖고 잘 좀 살지, 왜 우리 애 데려가서 고생시키느냐 그런 얘기 많이 들었습니다. 그때는 왜 이런 일이 나한테 벌어질까, 왜 아버지 때문에 우리가 고생해야 하나, 아버지가 원망스럽기도 했습니다. 그래도 세월이 흐르고 나니까 편하게 이런 이야기 할 수 있네요. 아무에게도 못 하고 가슴에 묻고 가야 했을 텐데 말입니다.

출소 이후: 이제 다 잊어버리시길

아버지가 출소하시고 난 뒤에도, 부자지간에 정이 없으니까 서먹서먹하고 친화가 잘 안됐습니다. 생각은 잘해드려야겠다고 하면서도 막상 행동은 잘 안되었습니다. 아버지도 16년 고생한 만큼 자식들이 잘돼 있으리라는 기대도 있었을 텐데, 당신이 이런 상황을 만들어서 애들이 고생했구나 하는 자책을 많이 하시는 것 같았습니다. 저는 저대로 제가 잘못해서 아버지를 고생시키는 것 같아 힘들었고요. 아버지 출소하시면 편히 모시고 쉬시게 해드리자 그런 생각을 하지만, 제 조건이 안되니까 많이 죄송했어요. 마음이 많이 아프죠.

아버지는 출소한 뒤에도 매일매일 잠도 못 주무시면서 억울함을 풀어야 한다고 하셨습니다. 그런데 저는 재심이 받아들여지는 게 힘들지 않을까, 그런 생각을 많이 했습니다. 아버지는 억울하게 당했다고 하지만, '우리나라 현실에 간첩이 무죄 받는 게 쉽지 않을 것이다' 생각했어요. 그래서 저는 오히려 아버지 그동안 고생 많이 하셨으니 이제 다 잊어버리고 사셔야 하지 않겠어요, 그렇게 말씀드릴 수밖에 없더군요. 게다가 당뇨까지 얻으셔서 몸이 많이 좋지 않으셨으니까.

무죄를 받지 못하면 아버지는 간첩, 저는 간첩 아들, 제 아들 승환이도 간첩 손자……. 그렇게 간첩 집안으로 인정이 될 텐데 그런 것은 아예 생각도 못 했습니다. 그런 세상을 살아왔으니까요. 2000년대 들어 사회가 많이 바뀌고서야 적어도 내 아들은 연좌제에 안 걸리겠구나 하는 생각을 하게 되었지요. 승환이에게까지 아버지 일이 쫓아다닐까 봐, 그래서 더욱 일부러 아버지 일을 외면하고 기억하지 않으려고 애써온 시절이었습니다.

무죄 받았을 때

판사님이 "피고인은 무죄"라고 말을 했을 때, 나도 모르게 눈물이 주르르 흐르며 머리가 하얘지는 게, 아무 생각도 안 났습니다. 기대는 하고 갔지만 혹시나 하는 불안한 마음도 있었거든요. 재판을 앞두고는 착잡한 심정이었습니다. 무죄를 받지 못하면 간첩, 간첩 자식이라는 굴레를 벗을 수 없다는 걱정도 있었고요. 그런데 막상 무죄라고 하니까 만감이 교차하는 겁니다. 지나온 날들이 주마등처럼 스쳐가면서, 아버지가 정말 고생 많으셨구나, 이제 고생 끝나셨구나 생각하니 나도 모르게 눈물이 흘렀습니다. 집사람이 아주 많이 좋아했습니다. 그동안 아무것도 모르던 동서들도 함께 기뻐해주었습니다. 동서가 뉴스에 나온 걸 보고 혹시 아버님이 함주명 씨 아니냐고 하더라고요. 고생 많이 했다, 많이 힘들었겠다, 어떻게 그걸 견디고 살았냐며 위로해주는데, 그동안 사실을 감춰서 미안했다는 말밖에 할 수가 없더라고요. 이런 얘기 처음 합니다. 어디 가서 누구한테 얘기하겠어요? 한 번도 해본 적이 없어요. 얘기할 데도 없었고요. 앞으로도 할 일이 없었으면 좋겠습니다…….

에필로그

    1931년생인 함주명은 24살 때 남파된 후 즉시 자수한 사실이 인정돼 집행유예를 받고 대한민국 시민의 한 사람으로 살아왔다. 쉰 두 살 때인 1983년 이근안 등 대공수사관들에 의해 연행돼 가혹한 고문을 받고 간첩으로 조작되어 무기징역을 선고받고 16년여를 감옥에서 보낸 뒤 1998년 68살에 가석방되었다.

    줄곧 자신의 무죄를 주장해온 함주명은 출옥 후 남규선 등 민가협 운동가와 강금실 등 인권변호사들의 도움을 받아 끈질긴 재심청구 끝에 2003년 9월 법원의 재심 결정을 받았으며, 75살 때인 2005년 7월 15일 마침내 무죄 판결을 받았다. 함주명은 이어 국가를 상대로 손해배상을 청구하여 2006년 11월 본인과 부인, 세 아들 앞으로 총 14억 원의 배상 판결을 받았다.

    당시 서울중앙지법 민사12부(재판장 강민구)는 판결문에서 "피고 이근안 등 대공수사관들의 불법 체포·구금, 고문, 허위증언 등은 불법행위에 해당하므로 국가와 이근안 씨는 손해배상 책임이 있다"고 밝혔다. 재판부는 손해배상 결정에 대해 "이 사건에 대한 손해배상 청구시효가 소멸됐지만, 함 씨 등이 손해배상을 청구할 수 없었던 타당한 이유가 있고, 같은 피해를 당한 원고들을 보호할 필요성이 크다"고 그 이유를 설명했다. 이는 과거 국가권력을 등에 업고 이루어진 인권침해 행위에 대해 가해자와 국가의 손해배상 책임을 인정하고, 소멸시효와 상관없이 피해자들이 손해배상을 받을 수 있도록 인정한 중요한 판결이었다.

함주명에 대한 재심 결정과 무죄, 이에 따른 국가의 손해배상은 한국 현대사에서 중요한 의미를 갖는다. 이 사건은 1970년대와 1980년대에 집중적으로 발생한 간첩조작사건들에 대한 진실 규명과 피해 구제가 본격적으로 이뤄지는 물꼬였다.

함주명 사건의 무죄 판결이 있은 후 5개월 뒤에 과거사 진상규명과 피해 구제를 목적으로 진실·화해를 위한 과거사정리위원회(이하 진실화해위)가 국가기관으로 설치되었는데, 함주명 사건의 무죄 주장과 그 이후 재심 및 무죄 판결 과정은 이 역사적인 기구의 등장에 깊은 영감을 주었을 것이다.

진실화해위는 2010년 그 활동을 마칠 때까지 조작간첩사건에 대한 재조사도 벌여 약 30여 건의 조작간첩사건이 대부분 고문에 의해 증거들이 조작되었고 이로 인해 관련자들이 수십 년간 장기 복역하고 당사자와 가족들이 통한 속에 사망하였음을 인정하고, 국가가 재조사하여 진실 규명과 피해 구제에 나설 것을 권고하였다. 이후 진실화해위의 권고 판정을 받은 많은 조작간첩사건들이 함주명의 무죄 판결 사례를 계기로 재심 결정과 함께 무죄 판결을 받는 일이 줄을 잇고 있다.

함주명은 손해배상 판결 후 배상금 중 1억 원을 민가협의 활동기금으로 기부했는데, 이후 무죄 판결과 손해배상 판결을 받은 조작간첩사건 피해자들이 배상금의 일부를 모아 고문 피해 구제 및 방지를 위한 재단(진실의 힘)을 설립한 것도 특기할 만한 일이다.

함주명 등 조작간첩사건 피해자들이 수십 년 만에 진실을 되찾아 국가로부터 손해배상까지 받을 수 있게 된 것은 이 땅의 민주화에 많이 힘입은 것이라고 말해도 과언은 아니다. 수많은 민주화 운동가와 학생 들이 흘린 피땀 위에서 대한민국은 조금씩 민주주의의 토대를 갖추어왔으며, 재판을 통한 진실 규명도 더디지만 하나둘씩 이뤄지고 있는 것이다.

김영삼 대통령의 '문민정부'에 이어 김대중 대통령의 '국민의 정부' 등장으로 함주명은 특사를 받아 석방될 수 있었고, 이어 노무현 대통령의 '참여정부' 등장으로 재심을 위한 정치·사회적 분위기가 조성되었던 점도 우리나라가 더디게나마 민주화의 장정을 거듭해왔음을 웅변한다.

특히 고문 피해를 세상에 알리는 데 결정적으로 기여하였고, 또 고문 후유증 때문에 아까운 나이에 2011년 타계한 김근태 전 의원을 눈물로 보내며 함주명은 다시는 남영동 대공분실과 같은 곳에서 사람들이 고문을 받고 인간성을 말살당하는 일이 없기를 간절히 기원했다.

함주명은 자신의 무죄 판결이 사랑하는 가족들의 눈물겨운 희생은 물론 사회적 희생과 진보의 바탕 위에서 이뤄졌음을 잘 알고 있다. 민가협이 없었다면, 특히 남규선과 같은 활동가의 노력과 열정이 없었다면, 수많은 인권변호사들의 관심과 조력이 없었다면 그의 투쟁은 결실을 거둘 수 없었을 것이다.

무엇보다 함주명이 꼭 기억해야 할 사람은 그의 재심을 이끈 조용환 변호사이다. 제2세대 인권변호사의 대표 격인 조용환은 함주명

사건을 자진해서 맡은 뒤 2년여 동안 함주명의 진실을 밝히는 데 전력투구했다. 그의 헌신과 경험, 기지와 끈질김이 없었다면 함주명의 진실은 끝내 햇빛을 보지 못했을 것이다. 언젠가 인권변호사 조용환에 대한 역사적 평가가 따로 이뤄지는 날이 오기를 고대한다.

2014년 현재 83살인 함주명은 서울에서 아내와 함께 살고 있다. 그는 매사에 적극적이고 활동적인 성격답게 고령에도 불구하고 수천 세대가 살고 있는 대단지 아파트 입주자대표회의 회장으로 선출돼 단지 관리업체 선정 입찰을 진행하고 있다. 그는 아파트 관리업체 선정이 이렇게 복잡하고 까다로울 줄 알았다면 입주자대표회의 회장 선거에 출마하지 않았을 것이라고 했다. 하지만 그는 알았더라도 선거에 출마했을 것이다. 그는 자신의 인생에는 아직 채워 넣어야 할 빈 시간이 많다고 여기고 있다.

발문

만들어진 간첩의 말에 귀 기울일 의무

박래군(인권중심 사람 소장)

지난 2월 13일, 나는 사건 발생 23년 만에 재심 재판에서 무죄 선고를 받는 자리에 있었다. 평소 한가하던 법정은 기자와 방청인으로 가득 차서 들어가지도 못하고 열린 문에 귀를 바짝 대고 흘러나오는 재판장의 목소리에 귀를 기울였다. 강기훈 무죄. 얼마나 듣고 싶었던 말인가. 23년을 기다려온 그 말 한마디. 강기훈은 쓰지도 않은 유서를 써서 동료를 죽음으로 내몬 패륜아로 몰려 23년을 버텨왔다. 동료를 죽음으로 몰아넣었다는 누명을 쓰고 살아가기에는 너무 힘들었다. 급기야 그는 건강을 해쳤다. 간암과 싸우며 죽음의 문턱까지 갔다. 그러는 사이 재심 개시가 결정되고 드디어 2월 13일 서울고법에서 무죄라는 말을 들었다. 아직 그의 무죄는 확정되지 않았다. 있지도 않은 혐의를 뒤집어씌운 것에 대해 사과라도 한마디 듣고 싶은 그의 바람과는 달리 검찰은 다시 대법원에 상고했다. 대법원이 언제 최종적으로 그의 무죄를 확정해줄지는 모른다.

세상 사람들은 그런다. 나라가 하는 일인데, 뭐라도 했으니까 간첩이 되었겠지, 생판 아무것도 없는데 간첩을 만들겠느냐고. 이런 말이 당사자에게는 얼마나 가혹하게 들리는지 사람들은 모른다. 강기훈에게도 마찬가지였다. "유서는 왜 써주었어요?" 이런 말을 들어보라. 처음 보는 어느 노인은 "저런 나쁜 놈은 죽여야 한다"고 막말을 했다고 한다. 간첩으로 몰린 사람들은 어떠했겠는가.

여기 그런 사람의 이야기가 있다. 나는 함주명이라는 이름을 희대의 고문기술자 이근안 사건 때 들어보았다. 이근안은 납북어부 김성학과 이제는 고인이 된 김근태 전 의원을 고문한 사람이었다. 최근에는 당시 자신이 했던 고문이 예술이라는 말까지 하고 다녔다고 전해진다. 목사라면서 하고 다니는 짓이 하도 가당찮으니 교단에서 목사직을 박탈해버렸다고도 한다. 자신이 저지른 범죄를 반성할 줄 모르는 철면피, 인간의 얼굴을 한 악마를 그에게서 본다. 그 악마에게 잡혀서 고문을 당해 간첩이 되고, 16년이나 감옥에서 썩어야 했던 함주명은 사건 발생 22년 만에 재심을 통해 무죄를 선고받았다. 그는 조작간첩사건 중에서 가장 먼저 무죄를 확인받은 사람이다.

그런 기막힌 이야기가 펼쳐지는 이 책은 조작간첩 함주명의 인간 승리 기록이며 끔찍한 국가범죄의 기록이자 고발장이기도 하다. 대한민국이라는 국가는 함주명에게만 그런 범죄를 저지른 것이 아니라 숱한 사람들에게 고통을 가했다. 그리고 침묵했다. 아니 오히려 가해자가 승승장구 출세 가도를 달렸다. 국민을 고통스럽게 하는 범죄를 저지른 세력이 나라를 지배했다. 그것은 지금껏 단 한 번도 변한 적이 없었다. 동족상잔의 전쟁 중에도 수많은 국민이 죽어갔다. 그 뒤에도 전쟁을 이용한 통치는 변하지 않았다. 지배세력에 대항하는 이들을 걸핏하면 빨갱이로 몰아서 죽였고, 분단을 이용한 악마의 정치는 지금까지 이어지고 있다. 한국 정치에서 전쟁은 언제나 반대세력을 몰아치는 데 악용되어왔다. 국가폭력은 지금도 계속된다. 강정에서 해군기지 저지 투쟁을 하는 신부들에게도, 밀양에서 송전탑 건설 저지 투쟁을 하는 할머니들에게도 '종북'이라는 딱지가 붙는다. 이석기 내란음모 사건에서 그런 행태는 더욱 치명적으로 이용된다.

함주명 이후 조작간첩사건 피해자들이 사법부의 재심을 거쳐서 무죄를 선고받고 있다. 국가는 과거 국가범죄의 잘못을 피해자 배상으로 속죄한다. 하지만 무엇이 달라졌는가? 아무것도 달라지지 않았다. 국가를 대신해 사법부가 반성을 한다고도 하고 다시는 이런 국가폭력이 없어야 한다고 하지만 국가는 여전히 과거 정권의 악습을 반복한다. 없는 일마저 조작해내는 국정원의 행태를 우리는 현재 서울시 공무원 간첩사건에서 보고 있지 않은가? 유우성이라는 이가 위장귀순해 서울시 공무원이 되었다고 하는 이 사건에서 국정원은 심지어 중국의 공문서를 조작해 법원에 제출하기까지 했다. 과거에도 재일동포 간첩사건을 비롯해서 해외 관련 간첩사건들에 등장하던 영사증명서를 이용해 유 씨를 간첩으로 만들려고 한다. 얼마나 악랄한 범죄인가.

전쟁 전에 개성의 부잣집 막내아들로 태어나 철없이 자란 함주명은 전쟁 통에 인민군에 자원입대했다가 첫 전투에서 왼쪽 눈을 실명하고 만다. 개성에 돌아왔을 때는 가족이 모두 남한으로 넘어간 뒤였다. 홀로 남겨진 함주명은 한동네 살던 우순학의 집에 하숙을 하다가 그리운 가족을 만나기 위해 스스로 남파간첩이 되기에 이른다. 1954년 그는 무사히 휴전선을 넘자마자 자수했고, 국가보안법 위반죄로 재판을 받고 출소한다. 이때 그는 결코 간첩죄로 기소되지 않았으며 다만 북한에서 청년 조직에 가입했다는 이유로 이적단체 가입 혐의를 적용받았을 뿐이었다. 당시에는 북에서 넘어온 간첩에게도 간첩죄를 적용하지 않는 경우가 있었다. 남과 북이 서로 간첩을 남파,

북파하던 시기였지만 사법부가 신중한 판단을 했기 때문이라는 해석이 설득력이 있다.

그렇게 감옥에서 나온 그는 가족과 재회했고, 결혼해 아이를 낳고 살면서 닥치는 대로 일하고 흥하기도 망하기도 하는 등 이 나라 밑바닥 사람들의 삶을 고스란히 살아냈다. 재혼한 아내와 함께 하던 일이 때마침 잘되어 분주히 살고 있을 때 "그들이 찾아왔다." 그는 그저 순진하게도 혹시 직업상의 문제 때문인가 보다고 생각했지만 그가 잡혀간 곳은 꿈에도 생각지 못한 남영동 대공분실이었고, 그를 잡아간 이들은 백남은 경감을 반장으로 하고 이근안 경위가 속해 있던 '백인공작' 팀이었다.

남영동 대공분실은 한국의 대표적인 건축가 김수근의 작품이라는 점이 알려져 최근 새삼 주목을 받는 곳이다. 육중한 검은색 철문, 몇 층인지 알 수 없는 나선형 계단을 타고 올라가면 나타나는 5층 고문실. 좁은 세로 창과 빛의 밝기까지 밖에서 조절하게 되어 있는 조광기 등 세심하게 설계된 고문실에서 그는 45일간 지독한 고문에 시달려야 했다. 그곳 5층 15호실에서 1985년에는 김근태 전 의원이 고문을 당했고, 1987년에는 9호실에서 박종철 열사가 고문 끝에 죽임을 당했다.

함주명은 거기서 남파 전 개성에서 한집에서 살면서 잠시 연정을 느꼈던 여인의 이름을 듣는다. 우순학을 안다고 하자 고문경관들은 쾌재를 불렀고, 그 뒤 45일 동안 그는 남영동 대공분실에서 지옥을 수없이 왔다 갔다 하면서 '간첩'이 되었다. 드보크, 무인 포스트 운영 방법, 북에서 내려온 간첩과의 접선, 암호 해독 방법까지 모두 지독한 고문을 견디지 못하고 더 맞지 않기 위해서 시키는 대로 진술한 결과였다. 이근안은 그야말로 고문기술자답게 죽음의 문턱까지 그를 몰아세웠다. 숨이 턱 막힐 때까지 물고문을 당했고, 물고문과 전기고문을 동시에 당하기도 했다. 오로지 죽지 않기 위해서, 그게 자신의 목을 죄는 올가미가 될 줄 알면서도 그들이 강요하는 대로 진술해줄 수밖에 없었다.

63일 만에 검찰에 송치된 그는 최병국 검사 앞에서 억울함을 호소했다. 고문을 받으면서도 검찰과 법원만은 자신의 억울함을 들어주리라는 기대가 있었다. 그러나 최 검사는 그의 호소를 일축했다. 심지어 그가 송치되어 조사를 받을 때 이근안을 비롯한 고문경관들이 배석해 그 자리에서도 협박을 일삼았다. 그때 함주명의 심경은 어땠을까? 다시 법원에서 재판을 받을 때 공판 검사는 임휘윤이었다. 최병국은 여당 국회의원이 되었고, 임휘윤은 부산고검장까지 하다가 이용호 게이트에 연루되어 퇴임한 뒤 변호사를 하고 있다. 함주명의 호소를 외면했던 검사들은 이후 대표적인 정치검사가 된 것이다.

판사들은 달랐을까? 한홍구 교수의 말처럼 "고문에 의한 허위자백임을 호소하는 피의자들에게 바짓가랑이 한번 걷어 올려보라고 하는 판사가 없었던 것이 우리 사법부의 명예이다." 1심, 2심, 3심을 거치는 동안 고문당해서 사건이 조작되었다고 억울함을 호소하는 함주명의 말을 들어준 판사는 없었다. 심지어 그의 친구 이병택이 법정에 나와 어렵게 진실을 말했을 때도, 그의 집에 세 들어 살던 이기생 순경이 진실을 밝혔을 때도 판사들은 이 증인들의 진술은 묵살하고 경찰과 검찰의 진술만을 인정해서 결국 그에게 무기징역을 선고했다.

이 책에서 보듯이 1950년대에는 북한에서 직파한 간첩조차도 간첩죄로 처벌하지 않았고, 1960년대는 납북어부도 간첩으로 몰리지 않았다. 그런데도 1950, 60년대 각각 1,600여 명이 간첩죄로 처벌되었다. 1972년 남북공동성명이 발표되고 북한이 직파하는 간첩이 현격하게 줄어들자 간첩죄로 처벌되는 수도 따라서 줄어들게 된다. 1970년대에는 681명, 1980년대에는 340명이 간첩죄로 처벌되었다. 이때는 북한에서 남파시킨 간첩들은 별로 없었고, 공안기관에서 만들어진 간첩들이 많았다. 특히 1980년대 초반 전두환 정권이 집권한 직후에 간첩사건이 많았다. 이때 조작간첩사건이 집중적으로 등장하는 것은 광주 시민을 학살한 전두환 정권이 정당성을 입증받기 위해서 정치적으로 간첩사건을 양산했기 때문이다. 심지어는 공안기관의 책임자를 승진시키기 위한 선물로 만들어져 진상되는 경우도 있었고, 공안기관끼리 경쟁하면서 이런 추세가 더욱 강화되기도 했다. 하지만 법원이 제대로 판단을 해주었다면 조작간첩사건 상당수는 그때 이미 걸러낼 수 있었을 것이고 억울한 옥살이를 하는 피해자도 많이 줄어들었을 것이다.

정치권력의 시녀를 자처한 사법부의 굴종, 심지어는 쪽지 재판이라고 하는 행태까지 있었던 당시에 법정에서 누명을 벗을 수 있으리라는 실낱같은 희망은 찾을 수 없었다. 민주화운동의 결과로 고문이 사라지고 사법부가 정치권력으로부터 독립하기 시작한 1990년대 이후 간첩죄로 처벌되는 수는 현저하게 줄었다. 사법부의 독립이 중요한 이유를 여기서 찾을 수 있다. 현재 사법부가 다시 정치권력의 시녀 노릇을 하는 것을 보면 더욱 그 중요성을 절감하게 된다.

함주명은 대법원에서 무기징역이 확정된 뒤에도 면회 오는 아내에게 눈물로 억울함을 호소했지만 별달리 방법이 없었다. 수감 중이던 1994년 고문경관 이근안을 고소하기도 하고, 헌법소원을 내기도 했지만 모두 기각되었다. 공소시효가 지났다거나 자료가 없다는 등의 이유였다. 새로운 증거를 찾지 않으면 재심을 하기도 어려웠다. 민가협과 민변은 함주명 사건을 비롯해 조작간첩사건들의 진상을 밝히기 위해 지속적으로 노력했다. 이 책에는 그런 과정들이 자세히 서술되어 있다. 그러므로 이 책은 진실을 밝히기 위한 인권운동의 기록이기도 하다. 함주명의 항소심을 맡았던 박승서 변호사는 법원을 설득해 이근안을 법정에 세우고 훗날 이런 기록이 재심에 쓰이도록 배려했다. 공소권 없음을 알면서도 이근안을 수사하면서 재심의 근거를 만들어놓은 이진우 검사는 끝내 "단 한 번" 고문을 했다는 이근안의 진술을 받아낸다. 이근안의 이 한마디, 단 한 번 물고문을 했다는 그 진술은 이후에 재심의 사유로 인정받게 된다.

1998년 8·15 특사로 16년 만에 출소한 함주명은 자신을 도와주던 민가협 활동가와 조용환 변호사에게 왜 빨리 자신의 사건을 해결해주지 않느냐며 괴롭힐 정도였다. 억울한 감옥살이로 심신이 모두 망가진 그는 옥바라지를 하면서 아이들을 키운 아내를 의심하기까지 했다. 그가 사람답게 제대로 살아갈 힘을 얻은 것은 2003년 서울고법이 재심청구를 받아들여 재심개시 결정을 하고 드디어 2005년 7월 15일 서울고법 형사4부(이호현 부장판사)가 무죄를 선고하면서였다. 22년 만에 그는 간첩이 아니라는 너무도 당연한 사실을 확인받은 것이다.

재심 과정을 통해서 밝혀진 사실은 1980년에 검거된 간첩 홍종수가 조사를 받으면서 했다는 말, "우순학의 애꾸눈 남편이 대남공작원으로 나가 있다"는 한마디가 그 모든 고통의 시작이었다는 점이다. 홍종수는 검거 후 전향해 경찰에 근무하면서 1980년대 초반 여러 공안사건에 등장하는데 나중에는 이적 표현물을 감정하는 전문가 행세를 하기도 했다. 홍종수의 진술 한마디로 공작이 시행되었으며, 함주명을 미행하고 심지어는 집 근처에 집을 얻어서 감시하면서도 쓸 만한 단서가 없자 전격 연행해 고문으로 간첩을 조작해냈던 것이다.

함주명만이 아니라 조작간첩으로 몰린 사람들은 대부분 힘없고 '빽' 없는 사람들이었다. 그래야 억울하게 간첩으로 조작되어도 '안전'하기 때문일 것이다. 피해를 입은 당사자뿐이겠는가. 졸지에 가장이 간첩이라고 언론에 대서특필되고, 무시무시한 형벌을 받고 감옥살이를 할 때, 그 가족은 빨갱이 가족으로 낙인찍혀 고된 삶을 살아야 한다. 빨갱이 자식, 빨갱이 아내로 살아야 하는 삶이 얼마나 고통스러운지는 상상만으로도 끔찍하다. 그런 그들의 고통에 대해 국가는 돈으로 배상한다. 그것으로 끝이다.

함주명 자신은 누명을 벗고 억울함이 풀렸다고 생각할 수도 있다. 하지만 과연 그럴까? 그를 고문한 경관들, 그를 간첩으로 만드는 데 일조한 검사와 판사는 어떤 처벌도 받지 않았다. 이근안은 납북어부 간첩사건을 고문 조작했던 것에 대해서만 7년 형을 받았을 뿐이다. 다른 사건의 책임자들은 어떤 처벌도 받지 않았다. 심지어 국가는 그들을 대신해서 배상을 해주고도 그들에게 구상권조차 청구하지 않았다. 국가범죄를 저지른 대가를 국민의 혈세로 대신 치러주는 꼴이다. 어떻게 해야 하는가? 이러고도 정의가 세워지길 바라는가?

'함주명 법'이 되었든 '강기훈 법'이 되었든 이제 과거청산 운동은 가해자의 책임을 엄중하게 묻는 방향으로 전환되어야 할 때다. 책임자를 법정에 세워 처벌하는 것이 가장 좋은 방법이지만, 우선 그들에게 주어진 훈포장을 박탈하고 각종 연금도 환수하고 공직에서 추방하고 구상권을 행사해 민사적 책임을 지도록 해야 한다. 과거 자신이 저지른 범죄를 반성하기는커녕 아직도 그것이 애국이었다고 강변하는 이들에게 진정한 반성과 사과를 기대할 수 없기 때문이다. 한편에서는 과거의 국가범죄를 단죄하는 재심이 이루어지는데 다른 한편에서는 김동춘 교수가 말하는 '전쟁정치'가 이어지고 있다. 이런 부조리한 상황에서는 정의를 세울 길이 없다.

함주명의 증언이 소중한 이유는 전면전쟁 이후 계속되는 전쟁정치가 종식되어야 할 이유를 구체적인 실제 사실로 보여주기 때문이다. 분단을 이용한 정치세력에게서 자유로울 수 있는 사람은 없다. 이제 그의 말에 귀를 기울이자. 사회는 그 말에 귀 기울일 의무가 있다. 그럼으로써 정의를 세울 힘이 우리 사회에서 자라날 것이다. 진실을 밝히기 위해 무던히 애써온 당사자인 함주명, 인권활동가와 인권변호사, 그리고 어려운 조건에서도 자기 역할을 해주었던 많은 이들에게 감사한다. 이 책이 널리 읽혀서 국가범죄로 인한 고통이 하루빨리 끝났으면 하는 바람을 보태본다.

같은 시대를 산 인연, 그리고 진정한 저자들

1.

철든 후 누군가의 죽음 때문에 운 적이 몇 번 있었다. 1980년 어느 봄날 밤, 명동성당 마리아상 앞에서. 5년 후 어머니가 젊은 나이로 돌아가셨을 때. 그리고 20여 년이 흐른 50대에 이르러 한 번은 노무현, 한 번은 김근태. 기자라는 직업 때문에 노무현은 그가 낙백한 정치인이던 시절, 김근태는 그가 쫓기는 재야인사일 때 만났다. 노무현과의 만남은 그것이 유일했고, 김근태는 초상집 같은 데서 우연히 마주치면 "요즘은 어느 부서에서 일하세요?"라고 물어주는 정도의 거리일 뿐이었다. 요컨대 직업적인 만남 외에는 이렇다 할 친분이 없는 사람 때문에 나는 몹시 울었다. 노무현의 장례식을 신문사 어느 어두컴컴한 방에서 혼자 TV로 지켜보았는데 왜 그렇게 눈물이 나던지.

그리고 2년 반쯤 뒤 김근태가 아까운 나이에 죽었다. 그의 영결미사가 있던 2012년 1월 3일 아침에 나는 명동성당으로 갔다. 장례위원도 명사도 아니었지만, 왠지 이 사람만큼은 마지막 가는 길을 직접 전송해주고 싶었다. "잘 가시오, 고마웠소." 그 한마디를 꼭 해주

고 싶었다. 영결미사 마지막에 참석자들이 다 같이 김근태가 생전에
즐겨 불렀다는 노래 「사랑으로」를 부르는 순서가 있었다.

> 내가 살아가는 동안에
> 할 일이 또 하나 있지
> 바람 부는 벌판에 서 있어도
> 나는 외롭지 않아
> 그러나 솔잎 하나 떨어지면
> 눈물 따라 흐르고
> 우리 타는 가슴 가슴마다
> 햇살은 다시 떠오르네
> 아아 영원히 변치 않을
> 우리들의 사랑으로
> 어두운 곳에 손을 내밀어 밝혀주리라

어느 대목에선가 울컥, 하더니 나도 모르게 눈물이 흐르기 시작
했다. 멈추려 해도 멈출 수가 없었다.

그 장례식이 있은 후 나는 그동안 가제(假題)만 정하고 미뤄놓고
있었던 '함주명 이야기'의 집필 계획을 다시 책상 위에 올려놓았다.

이제 더는 핑계를 대지 말자.

2.

원고는 2012년부터 본격적으로 쓰기 시작했지만, 이 일을 맡은
것은 2010년으로 거슬러 올라간다. 한겨레신문사 자회사 근무를 마
치고 편집국으로 복귀해 「한겨레가 만난 사람」이라는 와이드 인터뷰

를 맡고 있을 때였다. 이 책을 펴낸 도서출판 길 대표이자 한겨레신문 편집국장을 지낸 박우정 선배의 호출을 받았다. 출판사로 찾아간 나에게 박 선배는 함주명이란 사람에 대해 아는지 물었다. '고문기술자' 이근안에게 고문을 당해 간첩으로 조작돼 16년간 옥살이를 한 사람, 간첩 혐의로 유죄를 받은 사람으로는 최초로 재심을 통해 무죄를 받았다는 '역사적 의의'를 상기시켰다. 그제야 나는 2005년 7월 『한겨레』 1면 톱을 장식했던 함선생의 무죄 판결 기사를 기억에 떠올릴 수 있었다.

"아, 그분. 억세게 운이 없었던 사람, 어두운 우리 현대사의 희생양이자, 끈질긴 무죄투쟁으로 진실의 힘을 새삼 확인시킨 집념의 사람……."

"이인우 씨, 그 함주명 선생이 자기 이야기를 책으로 쓰고 싶어 한다네. 어때? 내가 보기엔 당신이 아무래도 적임자 같아."

존경하는 선배의 후한 평가는 과분할 따름이었지만, 한편으론 '아, 이런 걸 자서전 대필이라고 하는 건가?' 하는 거부감이 이는 것도 솔직한 기분이었다. 그래서 그날은 즉답을 하지 않았는데, 결국 두어 달 후쯤에 나는 함주명 선생을 만나고 있었다. 그것이 이 책을 쓰게 된 발단이었다.

애초 이 책의 발주자이자 주인공인 함주명 선생은 2011년 가을쯤 책이 나오길 희망했으나, 취재의 어려움과 내 게으름이 겹치면서 차일피일 뒤로 미뤄지고 있었다. 그런 나를 채찍질한 사건이 바로 김근태의 죽음이었다. 책의 방향도 그때 구체화되었다. '이 이야기는 단순히 함주명 개인의 자서전으로 그쳐선 안 된다. 민권투쟁의 기록이자 헌신의 기록이어야 한다.'

그렇게 책의 방향을 잡고 나니 집필에 어느 정도 속도를 낼 수

있게 되었다. 함 선생은 노무현 정부의 출범으로 인해 자신이 신원될
수 있었다고 굳게 믿는 분이었다. 그래서인지 그는 기왕에 늦어진 책
의 출간 시점을 좀 더 늦춰 2012년 대선이 끝난 뒤에 책을 내고 싶어
했다. 아마도 그는 민주진보 진영의 대선 승리를 확신하고 있었던 듯
하다. 그러나 함 선생의 희망은 이뤄지지 않았다. 박근혜 정부의 출범
으로 오히려 사회 전반에 퇴행의 기운만 더욱 여실해지고, 함 선생도
다리를 다쳐 입원 치료를 하는 등 사정이 생겨 2013년 겨울에야 출
간 준비를 마무리 짓게 되었다. 2010년 7월 함 선생을 처음 뵌 이래
4년 만에 책을 내게 된 대략의 경위이다.

3.

이 책의 의의에 대해서는 에필로그에서 언급했으므로 여기서는
생략하겠다. 다만 개인적으로 탈고 뒤 맨 먼저 떠올린 단어는 '인연'
이었다. 시작할 때는 몰랐는데, 마칠 때 즈음에 알게 된 사실은 이 책
에 등장하는 주요 인물들이 기실은 나와 이런저런 인연으로 얽혀 있
는 사람들이란 사실이었다. 정작 이야기의 주인공인 함주명 선생이
가장 나중에 알게 된 사람일 정도로.

우선 내가 『한겨레』에 속한 기자가 아니고, 박우정 선배가 1988
년 한겨레신문사를 찾아온 함주옥 여사(함주명 선생의 누나)를 만나지
않았더라면, 동생의 억울함을 호소하는 함 여사의 눈물을 박 선배가
외면했다면 오늘의 인연은 시작되지 못했을 것이다. 그 얼마 뒤에는
『한겨레』 문학진(전 민주당 국회의원) 기자가 '김근태를 고문한 자는
이근안'이란 사실을 세상에 처음 알렸다. 그 보도로 이근안은 지명수
배자 신세가 되었고, 나는 후배 기자로서 "문 선배는 앞으로 1년 동
안 아무 기사 안 써도 된다. '한 방의 부르스'란 이를 두고 한 말"이라

며 부러워했던 기억이 있었다.

이 이야기에서 또 한 명의 주인공인 변호인 조용환(전 법무법인 지평 대표)은 시국사건 취재를 다닐 때 법정 등지에서 자주 보며 면식을 쌓았던 분이었다. 그는 1980년대 민변 활동의 핵심에 있으면서도 자신을 내세우기보다는 성실하고 치열한 변론 준비로 늘 신뢰감을 주었다. 그런 조 변호사가 여당의 중상모략에 막혀 헌법재판소 재판관이 되지 못하는 것을 보니 참으로 우리 정치 수준의 저열함이 개탄스러웠다.

민가협 총무 남규선도 빼놓을 수 없다. 남규선은 서준식 등과 함께 금기시되어온 좌익계 및 간첩 혐의 장기수의 인권 문제를 처음으로 본격 제기한 열정적인 운동가였다. 민가협의 역사는 곧 남규선의 역사일 정도이다. 남규선 같은 활동가가 없었다면 많은 조작간첩과 장기수 사건이 신원되는 데는 더 많은 투쟁의 시간이 필요했을 것이다.

검찰이 함 선생 사건을 재조사할 당시 사건을 맡아 이근안의 위증 혐의를 밝혀내 재심의 결정적 물꼬를 터준 이진우 검사와의 인연은 신기하기조차 했다. 알고 보니 그는 1980년 광주항쟁으로 인한 휴교 이후 30년이 넘도록 만나지 못했던 나의 대학신문 1년 후배였다.

4.

글쓴이로서 부족함이 많았다. 좀 더 깊게 당시의 상황을 파고들어가야 했으나 그렇게 하지 못했다. 가해자와 동조자에게 좀 더 엄정한 심판의 잣대를 들이대어야 했으나 왠지 그렇게 되지 않았다. 그들도 어쩌면 한 시대의 희생자가 아닐까 하는 나이브한 생각이 머릿속을 맴돈 탓일까. 신이 있다면 부디 그들을 용서하되 그들이 한 일만은 결코 잊히지 않도록 해주기만을 바랄 뿐이다.

함 선생과 그의 가족은 빼앗긴 시간만큼, 아니 그 몇 배를 더 행복하게 사시길 빈다. 함 선생의 고난과 함 선생을 도운 수많은 유무명의 사람들 덕분에 나도 누군가에게 얼마나 빚을 지고 사는지 새삼 생각해보게 되었다. 살아서 그 빚을 갚고자 한다면 그 누군가도 나에게 진 빚을 갚고자 할 것이다. 세상은 그렇게 조금씩 더 좋아지고 따뜻해질 것이라 믿어본다.

끝으로 이 책의 진정한 저자로서 두 사람의 이름을 기록하고 싶다. 노무현과 김근태. 김근태의 투쟁이 없었다면 함주명의 투쟁은 시작될 수 없었고, 노무현의 시대가 없었다면 함주명의 투쟁은 승리하지 못했을 것이다.

2014년 3월
이인우